Marie Force
Sonnige Tage auf Gansett Island

AF214673

Montlake

Das Buch

Es ist Sommer, alle sind auf Gansett Island, und ausgerechnet in der größten Hitze fällt der Strom aus. Damit ist nicht nur Charlies und Sarahs von langer Hand geplante Einweihungsparty in Gefahr, sondern auch die mit Spannung erwartete Inselpremiere von Grants Film und die Hochzeitsfeierlichkeiten von Mallory und Quinn. Doch so leicht geben sich die McCarthys und ihre Freunde nicht geschlagen. Das gilt auch für Dara und Oliver Watkins, die nach einem tragischen Verlust nach Gansett gekommen sind, um im Leuchtturm einen Neuanfang zu wagen ...

Die Autorin

Marie Force ist die Autorin von über 80 zeitgenössischen Liebesromanen, von denen etliche sich auf den Bestsellerlisten der New York Times, der USA Today und des Wall Street Journal platziert haben. In deutscher Sprache sind bisher die erfolgreichen Reihen »Gansett Island«, »Quantum« und »Neuengland« erschienen.

Marie Force wurde in Rhode Island geboren, wo sie auch heute wieder mit ihrem Mann und ihren Hunden lebt.

Marie Force

Sonnige Tage auf Gansett Island

Roman

Aus dem Amerikanischen
von Lotta Fabian

 Montlake

Die Originalausgabe erschien 2021 unter dem Titel
»Blackout After Dark« bei HTJB, Inc., Portsmouth, Rhode Island.

Deutsche Erstveröffentlichung bei
Montlake, Amazon Media E.U. Sàrl
38, avenue John F. Kennedy, L-1855 Luxembourg
Juli 2021
Copyright © der Originalausgabe 2021
By HTJB, Inc.
All rights reserved.
Copyright © der deutschsprachigen Ausgabe 2021
By Lotta Fabian

Die Übersetzung dieses Buches wurde durch Amazon Crossing ermöglicht.

Umschlaggestaltung: bürosüd⁰ München, www.buerosued.de
Umschlagmotiv: © Yaping / Shutterstock;
© Lucky-photographer / Shutterstock; © Stone36 / Shutterstock
Lektorat: Birte Lilienthal, Ute-Christine Geiler, Agentur Libelli GmbH
Gedruckt durch:
Amazon Distribution GmbH, Amazonstraße 1, 04347 Leipzig /
Canon Deutschland Business Services GmbH, Ferdinand-Jühlke-Str. 7,
99095 Erfurt /
CPI books GmbH, Birkstraße 10, 25917 Leck

ISBN: 978-2-49670-745-8

www.montlake.de

KAPITEL 1

Die Einladung war heute in der Post gewesen – eine zwanglose Einweihungsparty in dem Haus am Meer, das Charlie und Sarah Grandchamp gerade bezogen hatten. *Eure Freundschaft ist das einzige Geschenk, das wir brauchen*, stand da zu lesen. Linda McCarthy reichte die Karte ihrem Ehemann Big Mac beim Abendessen.

»Ich bin schon sehr gespannt darauf, wie sie es eingerichtet haben«, meinte Big Mac. »Von außen ist es auf jeden Fall toll.«

Das geräumige, moderne Haus konnte mit einer der besten Aussichten der Insel aufwarten. Es hatte sechs Schlafzimmer und sieben Bäder, und damit bot es Sarah und Charlie genug Platz, um ihre ganze Familie bei sich unterzubringen, wenn sie sie besuchte. Sarah hatte Linda erzählt, dass sie bei der Suche vor allem auf die Größe geachtet hatten.

»Ich freue mich auch schon darauf.« Linda nahm einen Schluck von dem kräftigen Rotwein, den ihre Freundin Carolina O'Grady ihr neulich Abend serviert und der ihr so gut geschmeckt hatte. »Und darf ich hinzufügen: Nach allem, was sie durchgemacht haben, verdient niemand ein Happy End mehr als die beiden.«

»Stimmt. Den Gerüchten zufolge hat er ihr gesagt, sie solle sich irgendein Haus auf der Insel aussuchen, das ihr gefällt, und er werde dann einen Weg finden, es ihr zu kaufen.«

Linda fächelte sich Luft zu. »Das ist so romantisch. Er möchte, dass sie alles hat, was sie sich wünscht.«

»Nach ihrer Albtraumehe mit Mark Lawry wäre das nur gerecht.«

»Allerdings. Und ich finde es klasse, dass die Entschädigungszahlung ihr Traumhaus finanziert.«

Charlie hatte vom Staat eine Entschädigung von sieben Millionen Dollar erhalten – für jedes der vierzehn Jahre, die er zu Unrecht im Gefängnis gesessen hatte, eine halbe Million. Lindas und Big Macs Schwiegertochter Stephanie hatte während der gesamten Zeit unermüdlich daran gearbeitet, ihren Stiefvater freizubekommen, der von ihrer inzwischen verstorbenen Mutter fälschlicherweise der Kindesmisshandlung beschuldigt worden war – dabei war sie selbst es gewesen, die Stephanie geschlagen hatte.

Stephanies Ehemann, Lindas und Big Macs Sohn Grant, hatte das Drehbuch für einen Film über Charlies Schicksal und Stephanies jahrelange Odyssee durch die Gerichte geschrieben, der unter dem Titel »Indefatigable – Unbeirrbar« den Winter über in Los Angeles gedreht worden war und bald auch auf Gansett Island gezeigt werden würde. »Ich kann es gar nicht erwarten, dass der Film hier vorgeführt wird. Grant hat gesagt, er sei besser geworden, als er es sich je hätte träumen lassen.«

»Hat Steph ihn sich schon angeschaut?«, erkundigte sich Big Mac.

Linda schüttelte den Kopf. »Offensichtlich fällt es ihr schwer, sich dazu durchzuringen. Sie meint, dass sie das ja selbst erlebt habe und das mehr als genug für sie sei. Andererseits möchte sie etwas, für das Grant so hart gearbeitet hat, natürlich dringend sehen, obwohl er ihr erklärt hat, dass er es gut verstehen könne, wenn sie lieber darauf verzichten würde.«

»Das ist echt schwierig«, sagte Big Mac. »Niemand will, dass irgendetwas sie an den Punkt zurückwirft, an dem sie war, als wir sie kennengelernt haben. Man hatte das Gefühl, als trüge sie die Last der ganzen Welt auf ihren Schultern.«

»Ich glaub zwar nicht, dass das passieren wird, trotzdem muss sie sich auf jeden Fall emotional dafür wappnen, ihre Geschichte auf der Leinwand zu verfolgen.«

»Das muss surreal sein – etwas, was man selbst erlebt hat, als Film anzuschauen.«

»Das können wir uns vermutlich gar nicht vorstellen.«

»Wann ist Charlies und Sarahs Party?«

»Am Samstagabend. Sie haben gewartet, bis Grant und Steph aus L. A. zurück sind.«

»Das ist der Tag, an dem die neuen Leuchtturmwärter hier eintreffen. Das ist dieses Mal ein verheiratetes Paar.«

»Du hast mir noch gar nicht viel über sie erzählt.«

Big Mac war Sprecher des Stadtrats von Gansett Island und hatte daher jede Menge Insiderwissen über alles, was auf der kleinen Insel vor sich ging. Er zuckte die Achseln, spielte mit dem Stiel seines Weinglases und wirkte irgendwie traurig.

»Haben sie das übliche Bewerbungsschreiben geschickt?«

»Ja.«

»Himmel, Jennys Brief werde ich nie vergessen.«

Jenny Wilks hatte sich, zwölf Jahre nachdem sie ihren Verlobten bei den Anschlägen vom 11. September in New York verloren hatte, auf die Stelle beworben. Ihr Brief gehörte zu dem Herzzerreißendsten, was Linda je gelesen hatte. Seit sie auf Gansett Island eingetroffen war, war Jenny eine gute Freundin der McCarthys und vieler anderer Inselbewohner geworden. Sie hatte Alex Martinez kennengelernt und geheiratet, hatte mit ihm zusammen ein Baby, das sie nach Alex' verstorbenem Vater George getauft hatten.

»Die beiden Neuen haben eine ebenso aufwühlende Geschichte«, erwiderte Big Mac. »Wie bei Jenny ist es fast mehr, als man ertragen kann.«

»Möchtest du mit mir darüber reden?«

»Ja, aber ich will dich nicht aufregen.«

»So schlimm, ja?«

Mit einer Grimasse nickte er, stand vom Stuhl auf und ging in sein Büro, kehrte mit zwei Blatt Papier zurück, die er ihr reichte. Und dann schenkte er ihnen beiden Wein nach.

»Ich habe beinahe Angst, das zu lesen.«

»Es ist ziemlich heftig, da will ich nicht lügen.«

Linda nippte an ihrem Wein, um sich zu stärken, und wandte sich dann dem Brief zu.

An den Stadtrat von Gansett Island
Ich heiße Oliver Watkins. Meine Frau Dara und ich möchten uns um die Stelle des Leuchtturmwärters auf Ihrer Insel bewerben, auch wenn wir über keinerlei Erfahrung auf dem Gebiet verfügen. Bewerben sich eigentlich überhaupt Leute mit Leuchtturmerfahrung? Ein Ortswechsel wäre uns höchst willkommen, denn vor etwas mehr als einem Jahr haben wir unseren dreijährigen Sohn Lewis bei einem Unfall verloren. Diese Erfahrung quält uns bis zum heutigen Tag, da wir uns die Schuld an der Tragödie geben, auch wenn wir rein verstandesmäßig wissen, dass das Unsinn ist. Aber wenn solche schrecklichen Dinge passieren, durchlebt man jede Minute wieder und wieder, versucht, den Moment zu finden,

in dem man anders hätte reagieren müssen, um die Tragödie zu verhindern.

Wir haben unseren Sohn nach meinem persönlichen Helden, dem verstorbenen Politiker John Lewis, Bürgerrechtler und Kongressabgeordneter von Georgia, benannt. Ich habe nach dem College als Praktikant in seinem Büro gearbeitet und Dara bei einer Party kennengelernt, als sie Jura an der Howard-Universität studierte.

Erschüttert von dem, was sie bisher gelesen hatte, nahm Linda einen weiteren Schluck Wein, bevor sie sich wieder der Lektüre des Briefes widmete.

Es war ein ganz normaler Sonntag, und wir waren zu Hause. Lewis hielt ein Mittagsschläfchen in seinem Zimmer, und ich war auf dem Sofa eingenickt, während im Fernseher ein Spiel der Ravens lief. Dara hatte einen dienstlichen Video-Call. Sie hatte unglaublich viel zu tun mit den Vorbereitungen für einen Prozess, der in wenigen Wochen stattfinden sollte. Da wurde ich plötzlich durch einen Schrei unseres Hundes Maisy aus dem Schlaf gerissen. Der Laut, den Maisy ausstieß, lässt sich nicht anders beschreiben, und als mir klar wurde, dass er von draußen kam, bin ich vom Sofa aufgesprungen und rausgerannt, bevor ich richtig wach war. Ich konnte nicht glauben, dass die Haustür offen stand, doch dann begriff ich, dass Lewis sie aufgemacht haben und hinausgelaufen sein musste …

Mir blieb das Herz stehen. Und dann sah ich, warum Maisy schrie. Unser kleiner Sohn war von einem Auto angefahren worden. Die Fahrerin war völlig hysterisch, die Nachbarn waren aus ihren Häusern gekommen, und jemand hatte einen Krankenwagen gerufen, dabei war es viel zu spät. Wir glauben, Lewis war sofort tot.

»Oh.« Linda tupfte sich die Augen mit einer Serviette trocken. »Ich weiß. Es ist wirklich furchtbar.«

Als ich Dara sagen musste, was passiert war, war das der schlimmste Moment meines Lebens. Ich werde nie vergessen, wie verzweifelt sie geweint hat und versucht hat, zu ihm zu laufen, aber ich hab sie nicht gelassen. Ich wollte nicht, dass sie sah, was ich gesehen hatte, ein Anblick, den ich bis in alle Ewigkeit nicht werde vergessen können. Die Wochen, die diesem furchtbaren Tag folgten, waren einfach schrecklich. Seit Lewis' Unfall ist ein Jahr vergangen, und unser Leben ist völlig aus den Fugen geraten. Wir konnten beide nicht mehr arbeiten, und so mussten wir das Haus verkaufen, von dem wir dachten, wir würden es für den Rest unseres Lebens bewohnen. Unsere Ehe hat darunter gelitten, dass es uns nicht gelungen ist, gemeinsam an unserer Trauer zu arbeiten. Dara will überhaupt nicht darüber reden, im Gegensatz zu mir. Wir geben uns beide selbst die Schuld. Ich, weil ich eingeschlafen bin, und sie, weil sie an dem Tag gearbeitet hat und meint, sie hätte sich besser um ihre Familie kümmern sollen. Unsere Schuldgefühle und unsere Trauer haben einen Abgrund zwischen uns aufgerissen, von dem wir nicht wissen, wie wir ihn überwinden können.

Insgesamt ist unsere Situation im Moment also kaum zu ertragen, und wir brauchen dringend einen Ortswechsel, können uns einen teuren Umzug jedoch nicht leisten. Als ich online die Stellenausschreibung für den Leuchtturmwärterposten auf Gansett Island gesehen habe, habe ich Dara davon erzählt, und wir beide waren uns einig, dass es nicht schaden könnte, uns darum zu bewerben. Das ist das erste Mal seit langer Zeit, dass wir uns in einer Sache einig waren.

Ich bin mir nicht sicher, ob unsere Ehe den Verlust unseres Sohnes verkraften wird. Aber ich bin mir sicher, dass wir so wie bisher nicht weitermachen können. Wir wären Ihnen sehr dankbar, wenn Sie unsere Bewerbung in die engere Wahl ziehen würden, und freuen uns darauf, von Ihnen zu hören.

Mit besten Grüßen

Oliver und Dara Watkins

»Ich bin so froh, dass ihr sie genommen habt«, erklärte Linda.

»Nachdem wir den Brief gelesen hatten, haben wir nicht gezögert, ihnen die Stelle anzubieten.«

11

»Gansett wird ihnen guttun. Wir werden sie herzlich und liebevoll aufnehmen und ihnen die Hoffnung auf ein neues Leben bieten. Das hat schon bei Jenny und Erin gewirkt, und sogar bei Sydney, als sie nach dem schrecklichen Unfall hierher zurückgekehrt ist.«

»Ich hoffe nur, du hast recht. Es klingt, als bräuchten sie ganz dringend einen Neubeginn. Und danke, dass du sie herzlich willkommen heißen willst.«

»Ich mag mir kaum vorstellen, was sie hinter sich haben. Es war schlimm genug, ein Baby zu verlieren, das wir noch gar nicht kannten, aber einen Dreijährigen ...« Sie schüttelte den Kopf. »Unerträglich.«

Big Mac rückte mit seinem Stuhl näher an sie heran und streckte die Arme nach ihr aus. »Absolut.«

Linda lehnte sich an ihn, genoss den Trost seiner Nähe. »Warum passieren so netten Menschen bloß derart furchtbare Sachen?«

»Das weiß ich nicht, Liebste. Es erscheint mir so unfair.«

»Allerdings.« Nach einem langen Moment nachdenklichen Schweigens schaute sie zu ihm hoch. »Hast du heute schon Mac gesehen?«

»Er war den ganzen Vormittag über in der Marina, ist aber nach dem Lunch nach Hause gefahren.«

»Der Arme steht immer noch so unter Strom.« So schnell würden sie den Schreck nicht verwinden, der ihnen in die Glieder gefahren war, als ihr ältester Sohn im Frühjahr einen Zusammenbruch erlitten hatte. Gott sei Dank war er in der Krankenstation gewesen, als es passiert war. Schließlich war es dann als Angstattacke diagnostiziert worden. »Ich kann es kaum erwarten, dass die Zwillinge sicher auf der Welt sind, damit er innerlich endlich zur Ruhe kommen kann.«

»Ich mach mir Sorgen, dass er vorher einen Herzinfarkt erleidet«, stellte Big Mac mit einem Seufzen fest.

»Es ist ja nicht so, als hätte er keine guten Gründe, sich zu sorgen, nach dem, was bei Haileys Geburt passiert ist oder als Janey bei der Entbindung von P. J. fast gestorben wäre oder bei ihrer Tochter dann die Sturzgeburt auf der Fähre hatte.« Linda stieß ein kleines nervöses Lachen aus. »Unsere Enkelkinder scheinen eine Vorliebe dafür zu haben, ihren Eintritt in die Welt mit jeder Menge Dramatik zu gestalten. Man kann Mac nicht vorwerfen, dass es ihn beunruhigt, was die Zwillinge in der Beziehung wohl für ihn in petto haben.«

»Wenigstens ziehen er und Maddie rechtzeitig für die letzten paar Wochen der Schwangerschaft aufs Festland. Weißt du, ob sie schon entschieden haben, ob Thomas mit aufs Festland soll?«, erkundigte sich Big Mac nach ihrem sechsjährigen Enkel.

»Er wird bei Tiffany bleiben, damit er auf jeden Fall zur Einschulung hier ist«, antwortete Linda.

»Das ist vermutlich das Beste.«

»Aber es wird den Stress für seine Eltern kaum verringern, wenn er einen Monat lang oder so von ihnen getrennt ist.«

»Tiffany und Blaine und wir anderen werden uns alle bestmöglich um ihn kümmern.«

»Natürlich werden wir das, trotzdem werden seine Eltern sich sorgen. Ich hoffe, die Babys kommen etwas früher, damit die beiden schnell wieder auf die Insel zurückkehren können.«

»Das hoffe ich auch. Wenn es einen Nachteil an dem Leben hier gibt, dann ist es der eingeschränkte Zugang zu einem Krankenhaus und der neusten medizinischen Versorgung.«

»Genau.« Lindas Handy klingelte, und sie stand auf, um es sich aus der Ladestation auf dem Küchentresen zu holen, und sah, dass es ihre Tochter Janey war. »Hi, Süße«, sagte sie. »Was gibt's?«

»Joe und ich haben uns gefragt, ob wir kurz bei euch vorbeischauen könnten.«

»Natürlich. Du weißt doch, dass ihr nicht erst vorher fragen müsst.«

»Wir haben alle ein bisschen Angst vor den zweiten Flitterwochen, die ihr beide da im Weißen Haus am Laufen habt.«

»Ach, sei still. Bringst du meine Enkelkinder mit?«

»Klar. Dann bis gleich.«

»Ich mach dir das Licht an.« Linda beendete das Telefonat und drehte sich zu ihrem Mann um. »Sie sind unterwegs zu uns.«

»Hab ich gehört.«

Sie waren immer froh, ihre Kinder zu sehen, insbesondere wenn sie die Enkelkinder mitbrachten. Dass alle ihre fünf Kinder und zusätzlich Big Macs Tochter Mallory inzwischen auf der Insel wohnten, war wie ein wahr gewordener Traum, nachdem ihre vier Söhne die Insel gar nicht schnell genug hatten verlassen können, sobald sie alt genug dafür gewesen waren. Aber einer nach dem anderen waren sie alle wieder heimgekehrt, hatten die Liebe ihres Lebens gefunden und sich auf der Insel niedergelassen.

Janey war die Einzige, die direkt nach ihrem Collegeabschluss an der UConn wieder zu ihren Eltern zurückgekommen war. Schließlich hatte sie dann zwei Jahre lang an der Ohio State University Veterinärmedizin studiert. Nach der dramatischen Geburt ihres Sohnes P. J., bei der sie beide fast gestorben wären, hatte sie beschlossen, das Studium erst mal nicht wieder aufzunehmen. Während Linda das Licht auf der vorderen Veranda einschaltete, schauderte ihr, als sie an jenen schrecklichen Tag dachte.

Big Mac trat hinter sie und legte ihr die Hände auf die Schultern. »Ich hoffe, sie will uns nicht schonend beibringen, dass sie wieder schwanger ist.«

Das verriet ihr, dass er es ebenfalls beunruhigend fand, dass die Cantrells ihnen so kurz vor der Schlafenszeit der Kinder einen Besuch abstatten wollten. Das konnte nur heißen, dass irgendwas im Busch war.

»Oh, bitte nicht. Joe hatte fest vor, sich sterilisieren zu lassen – was allerdings noch nicht passiert ist.« Ihr Schwiegersohn, dem zusammen mit seiner Mutter Carolina die Gansett-Island-Fährgesellschaft gehörte, hatte während des Sommers jede Menge zu tun, wenn die Fähren pausenlos im Einsatz waren.

»Ich bin dafür, dass er und Mac nach der Saison bei einem ›Zwei zum Preis von einem‹-Schnäppchenangebot zuschlagen«, erklärte Big Mac.

»Alle, die dafür sind, sagen ›Ja, bitte‹.«

»Ja, bitte«, sagten sie gleichzeitig und lachten los.

»Wer hätte gedacht, dass sie alle hierzuhaben so viele Sorgen wegen Geburten auf einer abgelegenen Insel mit sich bringen würde?«, fragte Big Mac. Sie selbst hatten es immer rechtzeitig aufs Festland geschafft, doch für ihre Kinder schien das nicht zu gelten.

»Ich muss gestehen, darüber habe ich mir nie Gedanken gemacht, bis Hailey mitten in einem Tropensturm geboren wurde, und das auch noch, während der Inselarzt gerade auf dem Festland war.«

»Das war auf jeden Fall ein Weckruf.« Er massierte ihr die Schultern, die sich jedes Mal verspannten, wenn sie an all das dachte, was auf einer Insel mit eingeschränkter medizinischer Versorgung schiefgehen konnte. »Wir haben geglaubt, es sei schwierig, als sie Teenager waren, dabei ist das kein Vergleich zu jetzt.«

»Definitiv.« Sie seufzte genüsslich, während er ihr weiter die Muskeln knetete. »Das ist der einzige Nachteil am Inselleben.«

»Da kommen sie.« Er küsste sie auf den Nacken. »Was immer es ist, versuch bitte, dich nicht aufzuregen. Wir finden eine Lösung. Das tun wir immer.«

Da das stimmte, gab sie sich Mühe, aus seinen Worten Zuversicht zu schöpfen, aber sie würde erst wieder aufatmen, wenn sie wusste, was ihre Tochter ihnen mitzuteilen hatte.

Kapitel 2

Janeys Magen zog sich vor Nervosität zusammen, als sie in der Einfahrt des Hauses, in dem sie aufgewachsen war, parkten und sie ihre Eltern in der Tür stehen und auf sie warten sah.

Joe legte seine warme Hand über ihre kalte. »Alles wird gut. Du weißt, sie wünschen sich das hier genauso sehr für dich wie ich.«

»Stimmt. Aber sie werden auch traurig sein.«

»Es wird alles gut, Janey. Das verspreche ich dir. Bringen wir es hinter uns, damit wir mit den Planungen weitermachen können.«

Sie nickte und löste ihren Sicherheitsgurt, stieg aus und holte Vivienne aus ihrem Kindersitz, während Joe sich um P. J. kümmerte. Ihre Kinder hatten beide blondes Haar, wie ihre Eltern es in dem Alter auch gehabt hatten, und haselnussbraune Augen wie ihr Vater.

»Dann wollen wir mal zu Oma und Opa«, sagte Janey zu ihrer Tochter.

Die Kleine quietschte bei den Worten »Oma und Opa« vergnügt. Janeys Eltern schenkten all ihren Enkelkindern ihre ungeteilte Aufmerksamkeit, wenn sie bei ihnen waren, und die Kinder liebten sie.

An der Eingangstür nahm Linda Janey ihre Tochter ab, während Big Mac P. J. aus Joes Armen pflückte. Ihre Eltern in ihrer Rolle als Großeltern aufgehen zu sehen gehörte zu dem Schönsten überhaupt in Janeys Leben. Wenn sie an das dachte, was sie ihnen gleich mitteilen musste, brach ihr fast das Herz. Aber sie und Joe hatten ihre Entscheidung getroffen und wollten sie nun auch in die Tat umsetzen.

Sie mussten es nur allen sagen, und das war der schwierige Teil.

»Was ist los?«, wollte Linda wissen und schaute Janey durchdringend an.

Es hatte seinen Grund, dass ihre Kinder sie Voodoo-Mama nannten. Sie hatte einen sechsten Sinn dafür, wenn irgendetwas in der Luft lag.

»Wir wollten kurz mit euch reden«, erklärte Janey und blickte zu Joe.

Er legte einen Arm um sie, erinnerte sie durch die Geste daran, dass sie ein Team waren und das hier gemeinsam durchstehen würden.

Dem Himmel sei Dank, dass es ihn gab. Das dachte sie jeden Tag mehrmals. Wenn sie überlegte, dass sie beinahe den falschen Mann geheiratet hätte …

»Du bist aber nicht schwanger, oder, Prinzessin?«, fragte Big Mac.

»Nein, Dad!« Janey lachte. »Ich hab euch doch erzählt, dass ich mit dem Kinderkriegen fertig bin.« Nachdem die Geburt ihres Sohnes sie und P. J. beinahe das Leben gekostet hätte und ihre Tochter auf der Fähre zur Welt gekommen war, hatten sie und Joe das Thema Schwangerschaft ein für alle Mal abgehakt. Sie hatten das Schicksal bereits zweimal herausgefordert, und das war mehr als genug.

»Oh, Gott sei Dank«, entfuhr es Big Mac. »Ihr beide habt euren Anteil an meinen Blutdrucktabletten nämlich bereits aufgebraucht.«

»Sei still, Daddy. Dein Blutdruck ist prima.«

»Nicht wenn meine geliebte Tochter in Gefahr schwebt.«

»Das tue ich aber gar nicht.« Janey folgte ihnen ins Wohnzimmer. Dort wurden die Kinder auf den Teppich gesetzt, wo sie sich mit dem Spielzeug beschäftigen konnten, das Big Mac und Linda für ihre Enkelkinder angeschafft hatten.

»Wie wär's denn mit einem Sandwich-Eis?«, schlug Linda P. J. vor, der bei dem Wort »Eis« immer gleich Feuer und Flamme war, egal in welchem Zusammenhang es genannt wurde.

Er lief mit seiner Großmutter mit, um die versprochene Süßigkeit für sich und seine Schwester zu holen, während Big Mac es sich bei Vivienne auf dem Boden gemütlich machte, so wie er es getan hatte, als Janey und ihre Brüder noch klein gewesen waren. »Jetzt rück endlich mit der Sprache raus, damit wir aufhören können, uns zu sorgen.«

»Es ist nichts Schlimmes«, beteuerte Janey und blickte erneut zu Joe.

Er lächelte ihr voller Liebe zu. Seine Unterstützung war für sie unersetzlich, und ohne ihn hätte sie den ersten Teil ihres Studiums niemals so erfolgreich hinter sich gebracht. »Joe und ich haben geredet, und es sieht ganz so aus, als ob wir im Herbst zurück nach Ohio gehen, damit ich mein Studium ordnungsgemäß abschließen kann.«

»Das sind ja großartige Neuigkeiten, Süße.« Ihr Vater lächelte breit. »Du weißt doch, dass wir uns das für dich wünschen, seit du ein kleines Mädchen warst und immer irgendwelche verletzten Vögel und Eichhörnchen angeschleppt hast, um sie gesund zu pflegen.«

»Es ist nur ...« Sie schaute auf ihre Hände, während sie gegen die Tränen kämpfte, die ihr dauernd kamen, seit sie die

Entscheidung letzte Woche getroffen hatten. Irgendwie hatte sie halb darauf gehofft, dass die Universität ihr mitteilen würde, es sei zu spät für die Einschreibung zum Herbst, aber man hatte sie mit offenen Armen wieder aufgenommen. »Dieses Mal fällt mir der Abschied von hier irgendwie schwerer.«

»Weil du die Kleinen hast«, erklärte Linda und kümmerte sich um die beiden Kinder, die eine ziemliche Schweinerei mit dem Sandwich-Eis anrichteten, obwohl jeder bloß ein halbes bekommen hatte.

»Die sind so furchtbar gern hier auf der Insel, bei euch, Carolina, Seamus, meinen Geschwistern, ihren Cousins und Cousinen und unseren Freunden. Ganz zu schweigen davon, wie tief verwurzelt wir hier sind.« Obwohl sie sich so gewünscht hatte, diese Unterhaltung ohne einen Gefühlsausbruch durchzustehen, liefen ihr Tränen über die Wangen. »Es wird echt schwer werden, Gansett Island zu verlassen.«

»Und für uns wird es schwer werden, euch abreisen zu sehen«, erwiderte Linda. »Mach dir wegen der Kinder keine Sorgen. Sie werden das ohne Weiteres verkraften, solange sie dich und Joe haben. Und in ein paar Jahren werden sie gar nicht mehr wissen, dass sie je irgendwo anders gelebt haben als auf Gansett. Sie werden sich nur an die Liebe erinnern, die ihnen stets von allen in ihrer Umgebung entgegengebracht worden ist.«

»Ich weiß, darüber haben wir viel gesprochen. Sie sind noch zu klein, um zu begreifen, dass sie euch und die andern eine ganze Weile lang nicht sehen werden, und das ist auch nur gut so.«

»Das ist einer der Gründe, weshalb ich Janey ermutigt habe, das jetzt in Angriff zu nehmen«, erklärte Joe. »Sie sind noch jung genug, um das ohne Probleme wegzustecken. Wenn P. J. erst mal in der Schule ist, wird alles viel komplizierter.«

»Das stimmt«, bekräftigte Big Mac. »Ich erinnere mich noch, dass ich Urlaubspläne gemacht habe, nachdem Mac frisch in die Schule gekommen war, ohne zu bedenken, dass er dann ja gar nicht Ferien hatte. Es war schon eine ganz schöne Umstellung für uns, dass wir nicht länger tun konnten, was immer wir wollten. Es ist auf jeden Fall klug von euch, es jetzt anzugehen, bevor die Schule euch dazwischenfunkt. Und ich möchte noch hinzufügen … Ich kann es gar nicht erwarten, dich mit ›Dr. Cantrell‹ anzusprechen, Janey. Darauf warte ich schon ganz lange.«

»Ich weiß.« Ihr Dad war stinksauer auf ihren Ex-Verlobten David Lawrence gewesen, als der ihr ausgeredet hatte, nach dem College Tiermedizin zu studieren. David hatte damals das Argument vorgebracht, dass es finanziell zu schwierig werden würde, zwei Studienkredite abzuzahlen. »Und Doc Potter erwähnt in letzter Zeit immer häufiger, dass er vorhat, sich in ein paar Jahren zur Ruhe zu setzen, und zwar egal, ob ich bereit bin, seine Praxis zu übernehmen, oder nicht. Er hat mir so was wie ein Ultimatum gestellt. Er hat gemeint: ›Entweder machst du das jetzt, Janey, oder es wird jemand anders werden.‹«

»Danach habe ich Janey gefragt«, fügte Joe hinzu, »wie sie sich bei der Vorstellung fühlt, dass jemand anders Docs Praxis übernimmt. Und da hat sie begonnen, ernsthaft darüber nachzudenken, ihr Studium abzuschließen.«

»Ich sage mir immer, dass es nur zwei weitere Jahre sein werden, aber mir erscheint das trotzdem wie eine halbe Ewigkeit. Ich hab schon Heimweh, dabei sind wir noch gar nicht weg.«

»So war das ja schon immer bei dir«, bemerkte Big Mac. »Weißt du noch, dass du jedes Wochenende nach Hause kommen wolltest, als du am College warst?«

»Ja, natürlich, und ich weiß auch noch, wie gemein ich es von dir fand, dass du mir das nicht erlaubt hast.«

»Das hab ich aus zwei Gründen getan. Erstens, weil ich dich immer abholen musste, was bedeutete, dass ich mit der Fähre von meiner kostbaren Insel zum Festland übersetzen und dann zwei Stunden landeinwärts fahren musste, um dich einzusammeln, und dann genauso lange wieder zurück. Und zweitens, weil ich wollte, dass du dort Freundschaften schließt und die Zeit am College genießt.«

»Ich hab dort jede Menge Freundschaften geschlossen, und es hat mir auch wirklich gut gefallen, allerdings höre ich jetzt zum ersten Mal, dass deine kostbare Insel dir wichtiger war als deine kostbare Tochter.«

»Da hat sie recht, Süßer«, pflichtete Linda Janey bei und lachte.

»Also, du weißt doch sehr gut, dass mir nichts kostbarer ist als meine kostbare Tochter, aber ich wollte nicht jedes Wochenende nach Connecticut fahren müssen, um dich abzuholen – nur um dich dann zwei Tage später wieder zurückzukutschieren.«

»Stattdessen hast du mich gezwungen, auf dem Festland fernab meiner geliebten Insel ein tristes Dasein zu fristen.«

»Ich hab die Bilder gesehen, die du deiner Mutter geschickt hast. Von ›Dasein fristen‹ kann gar keine Rede sein. Es ist ein kleines Wunder, dass du irgendwas gelernt hast.«

Janey hätte sich noch die ganze Nacht weiter Wortgefechte mit ihrem Vater liefern können, doch Vivienne bekam einen Wutanfall, der dazu führte, dass Joe sie hochnahm, um sie rauszubringen, bevor P. J. sich anstecken ließ.

Linda zauberte ein Feuchttuch aus dem Nichts hervor und hatte beiden Kindern im Nullkommanichts Hände und Gesicht sauber gewischt.

Das war bloß einer der vielen Gründe, weshalb Janey ihre Mutter so fehlen würde. Sie konnte sich immer darauf verlassen, dass ihre Eltern da waren, wenn sie sie brauchte – und manchmal sogar schon, bevor ihr das überhaupt selbst klar geworden war. Sie warf sich ihrer Mutter schluchzend in die Arme.

»Ich bin so eine Heulsuse«, erklärte sie und schniefte leise.

Linda tätschelte ihr den Rücken und schob sie ein Stück von sich, so wie sie es auch immer getan hatte, wenn Janey als kleines Mädchen ein aufgeschlagenes Knie gehabt hatte. »Du machst genau das Richtige, Süße. Selbst wenn es im Moment schwierig ist, wirst du nachher so froh sein, es getan zu haben.« Sie hob eine Hand und strich Janey das Haar aus dem Gesicht. »Denk nur darüber nach, was für ein wunderbares Beispiel du deiner eigenen Tochter geben wirst, indem du ihr zeigst, dass es keine Grenzen für das gibt, was sie sich vornimmt, selbst wenn sie große Träume hat, solange sie hart genug dafür arbeitet.«

»Deine Mutter hat völlig recht, Prinzessin«, sagte Big Mac. »Es hat uns das Herz gebrochen, dass David dir das Tierarztstudium ausgeredet hat, und wir verstehen auch, dass du nach der Geburt der Kleinen eine Pause eingelegt hast, aber jetzt ist es Zeit, zurück nach Ohio zu gehen und zu beenden, was du angefangen hast. Du würdest es immer bereuen, wenn du das nicht tust.«

Janey wischte sich das Gesicht ab und streckte die Arme nach ihrem kleinen Sohn aus, der sie mit besorgter Miene musterte. »Ihr werdet uns doch besuchen kommen, oder?«

»Versuch mal, uns davon abzuhalten«, meinte Big Mac.

»Nachdem wir euch von unserem Plan erzählt haben, fühle ich mich auf jeden Fall schon mal besser. Es ist so stressig, wenn ich mir bloß vorstelle, wie wir das mit zwei Kindern und der Menagerie schaffen sollen.« Sie besaßen eine ganze Reihe von Tieren mit besonderen Bedürfnissen, die sie mit nach Ohio nehmen würden.

»Joe wird ja bei dir sein und dir bei allem helfen, und dann vergeht die Zeit wie im Flug«, erklärte Linda. »Bevor du weißt, wie dir geschieht, ist es Sommer, und du hast Semesterferien und bist zurück auf der Insel.«

»Ich möchte nur blinzeln müssen und wieder hier sein.« Janey küsste P. J. auf den Kopf. »Dann wollen wir Daddy mal vor deiner Schwester retten, Kumpel.«

»Daddy!«

»Er ist wirklich ein echtes Papa-Kind. Danke, Leute, für, ihr wisst schon, alles, was ihr je für mich getan habt und noch tun werdet. Ich weiß nicht, was ich ohne euch anfangen sollte.«

»Mach dir deswegen keine Gedanken, Süße«, antwortete Big Mac. »Wir sind immer für dich da.«

Sie brachten sie nach draußen und standen auf der Veranda, um zu winken, während Joe den SUV rückwärts aus der Einfahrt fuhr.

Janey winkte zurück, bis sie außer Sicht waren, und dann brach sie wieder in Tränen aus.

»Ich hatte gehofft, du würdest dich besser fühlen, nachdem du es ihnen erzählt hast«, bemerkte Joe.

»Es geht mir ja auch besser. Es ist nur so schwer, weil ich weiß, dass ich sie monatelang nicht sehen werde. Dass die Kinder sie nicht sehen werden.«

»Aber wir sehen sie ja. Wir werden jede Woche per FaceTime anrufen und mit ihnen reden, und sie werden uns auch besuchen kommen.«

»Ich weiß. Es wird trotzdem nicht das Gleiche sein, wie sie dauernd in der Nähe zu haben.«

Als sie zu Hause eintrafen, nahm ihr Joe Viv ab. »Geh und lass dir ein Bad ein. Ich kümmere mich um die beiden.«

»Das musst du nicht.«

»Ich weiß. Aber gönn dir eine kleine Auszeit.« Er küsste sie auf die Wange. »Und dann können wir uns ein bisschen Zeit für uns gönnen.«

»Danke.« Janey gab ihren beiden Kleinen einen Gutenachtkuss und wartete, bis Joe mit den Kindern nach oben verschwunden war, bevor sie in die Küche ging, um sich ein Glas Wein einzugießen und die Hunde rauszulassen. Sie kam sich total dumm vor, weil sie so überreagierte, dabei war es etwas, das sie schon ihr ganzes Leben lang hatte tun wollen. Träume hatten die merkwürdige Angewohnheit, sich zu ändern, wenn die Umstände das taten.

Ihr wahr gewordener Traum waren der Mann oben und ihre gemeinsamen Kinder, ihre Haustiere, ihr Zuhause, ihre weitläufige Familie und die Freunde in der Nähe. Zu ihrem Glück fehlte ihr nichts, außer das nicht abgeschlossene Studium in Ohio, das wie eine verschorfte Wunde war, die nicht heilen wollte. Den Sommer über hatte sich die Stimme in ihrem Kopf, die darauf beharrte, sie solle beenden, was sie begonnen hatte, schwerer ignorieren lassen, bis sie schließlich Joe anvertraut hatte, was ihr auf der Seele lag.

Er hatte mit Ermutigung und Unterstützung geantwortet, obwohl ihr Wunsch, an die Uni zurückzukehren, ihrer beider Leben in den nächsten zwei Jahren auf den Kopf stellen würde. »Solange wir nur zusammen sind, finden wir eine Lösung«, hatte er erklärt.

Von Beginn an hatte er ihren Wunsch, Tiermedizin zu studieren, unterstützt und war sogar so weit gegangen, Seamus O'Grady einzustellen, damit der in seiner Abwesenheit die Gansett-Island-Fährgesellschaft leiten konnte. Das hatte dazu geführt, dass Seamus sich in Joes Mutter Carolina verliebt hatte, was nie passiert wäre, wenn Janey nicht mit dem Studieren angefangen hätte.

Nachdem sie die Hunde wieder ins Haus gelassen hatte, kraulte sie Riley hinter den Ohren, um ihn zu beruhigen. Er spürte es immer, wenn sie etwas beschäftigte.

Joe kam in die Küche. »Da bist du ja. Ich hab als Erstes im Badezimmer nach dir gesucht.«

Sie drehte sich zu ihm um. »So weit bin ich noch gar nicht.«

»Das sehe ich. Alles okay?«

»Mir geht es jetzt besser, wo wir es meinen Eltern erzählt haben und sie sich freuen.«

»Du weißt ja, dass sie es sich schon so lange für dich wünschen wie du selbst.«

»Ja, natürlich. Sie waren ziemlich sauer, als ich nach dem College entschieden habe, doch nicht zu studieren.«

Er legte seine Hände auf ihre Hüften und lehnte seine Stirn gegen ihre. »Das waren wir alle.«

»Die Kinder sind aber schnell eingeschlafen.«

»Entschieden schneller als sonst. Heute Nachmittag mit ihnen am Strand zu spielen war eine gute Idee.«

Sie legte ihre Hände flach auf seine Brust und schob sie nach oben, verschränkte sie in seinem Nacken. »Das hatte ich gehofft. Sie waren heute ziemlich aufgedreht.«

»Hast du schon irgendwas von Abby oder Adam gehört?«, erkundigte er sich nach ihrer Schwägerin und ihrem Bruder.

»Noch nicht. Ihr Termin ist morgen früh, und heute übernachten sie in Onkel Franks Haus.«

»Ich hoffe nur, alles ist in Ordnung.«

»Die Arme hat so viel durchmachen müssen. Ich möchte einfach bloß, dass sie eine schöne, leichte Schwangerschaft hat.«

»Ich auch. Und jetzt lass uns zu Bett gehen. Ich bin völlig erschöpft.«

Er hatte heute drei komplette Überfahrten auf der Fähre übernommen, was mehr war als sonst üblich.

Sie schalteten das Licht aus, sperrten alles ab und begaben sich nach oben, schauten noch nach den schlafenden Kindern, bevor sie sich in ihr eigenes Schlafzimmer zurückzogen.

Joe knöpfte sein Hemd auf und ließ es zu Boden fallen.

»Äh … Hallo?«, ermahnte ihn Janey wie jeden Abend. Es war so etwas wie ein kleines Ritual geworden, wie so vieles in ihrem gemeinsamen Leben.

Lachend bückte er sich und hob das Hemd auf. »Ich wollte nur wissen, ob du aufpasst.«

»Das tue ich, und nachdem ich mit vier Brüdern aufgewachsen bin, lasse ich dir so was ganz bestimmt nicht durchgehen.«

»Ja, Liebes. Möchtest du jetzt dein Bad?«

»Ich bin zu müde.«

»Dann ab ins Bett mit dir, ich massiere dir den Rücken.«

»Eigentlich müsste ich das bei dir machen. Du hast heute zwölf Stunden gearbeitet.«

»Du aber auch. Sich um die Kinder zu kümmern ist alles andere als einfach.«

»Eine Fähre zu steuern genauso.«

Joe lachte. »Verglichen mit der Betreuung unserer beiden Wildfänge ist es ein Klacks.«

»Ja, sie halten mich an den Tagen, an denen ich nicht bei Doc Potter arbeite, ganz schön auf Trab. Allerdings will ich es auch gar nicht anders haben.« Der Gedanke, dass sie bald in der Uni sein würde statt bei ihren Kindern, stimmte sie sofort wieder traurig. »Ich werde sie praktisch gar nicht mehr zu Gesicht bekommen.«

»Ach, Süße.« Joe schlang die Arme um sie. »Natürlich wirst du das. Alles wird gut. Ich kümmere mich aufopferungsvoll um sie, während du studierst, und wir haben jedes Wochenende viel Zeit für uns. Alles ist in Ordnung.«

»Sie werden mich vergessen.«

Joe lachte und bugsierte sie ins Bett. Sobald sie unter der Decke lagen, machte er es ihr in seinen Armen bequem. »Denk an deine allerersten Erinnerungen. Welche sind das?«

»Wie Evan und Adam mich wie zwei Irre durch den Garten jagen.«

»Wie alt warst du?«

»Ich weiß nicht. Vielleicht fünf?«

»P. J. und Viv werden sich überhaupt nicht daran erinnern, je in Ohio gelebt zu haben. Sie werden auf der Insel aufwachsen, und ihre Mutter wird eine überaus erfolgreiche Tierärztin sein und gleichzeitig der wichtigste Mensch in ihrem Leben.«

»Zusammen mit dir.«

»Nein, Süße. Du wirst immer Platz eins innehaben, und das ist kein Problem für mich. Schließlich kommst du für mich auch an erster Stelle. Wir haben zwei anstrengende Jahre vor uns, während du dein Studium beendest, doch dann kehren wir zurück und finden uns in unser Leben hier wieder ein. Unsere beiden Kleinen werden einfach da weitermachen, wo sie mit ihren Großeltern, Tanten, Onkeln und Cousins und Cousinen aufgehört haben.«

»Bist du dir da sicher?«

»Einhundert Prozent. Und sie werden so, so stolz auf dich sein, weil du dein Studium abgeschlossen und deinen größten Traum verwirklicht hast.«

»Tierärztin zu sein ist nicht mein größter Traum, denn der wurde schon durch dich und unsere Kinder wahr.«

»Und das werden sie wissen, Janey. Sie wissen bereits, wie sehr du sie liebst, und das werden sie auch nie vergessen. Ohio wird nur eine kurze Momentaufnahme in ihrem Leben sein, bevor wir hierher zurückkommen, um zu bleiben.«

Sie holte tief Luft und ließ sie langsam wieder heraus, versuchte, das Gefühlschaos in sich unter Kontrolle zu kriegen. »Es tut mir leid, dass ich mich deswegen so anstelle.«

»Muss es nicht. Ich verstehe es, Baby. Du wirst natürlich viel zu tun haben, und das wird die Zeit, die du für die Kinder hast, einschränken, aber wir geben uns Mühe, das Beste aus unseren gemeinsamen Stunden zu machen, und wenn du zu beschäftigt bist, haben sie ja mich.«

Sie rückte ein Stück von ihm ab, damit sie ihm ins Gesicht sehen konnte. »Nur für den Fall, dass ich je vergesse, mich bei dir zu bedanken …«

Er küsste sie. »Das ist gar nicht nötig.«

»Doch, Joe, ich muss dir für alles danken, was du unternommen hast, um mir das zu ermöglichen. Ich habe unten gerade daran gedacht, wie schön es war, dass unsere Zeit in Ohio dafür gesorgt hat, dass Seamus hergekommen ist, und jetzt ist er mit deiner Mom verheiratet, und sie sind so glücklich miteinander.«

»Stimmt. Das wäre ohne dein Studium nicht passiert. Wir müssen uns immer wieder all das Positive vor Augen führen.«

»Ich bin jedenfalls froh, dass du es inzwischen in einem positiven Licht betrachtest.«

Joe grinste. »Ich hab eine Weile gebraucht, bis ich ihn als Partner meiner Mutter akzeptieren konnte, aber der irre Ire ist mir inzwischen echt ans Herz gewachsen … auch wenn ich das nie für möglich gehalten hätte.«

Darüber musste Janey lachen. »Er ist ein wirklich netter Typ.«

»Ja, ist er.«

»Hast du ihnen schon von unseren Plänen erzählt?«

»Vorhin. Sie haben sich sehr gefreut, dass du dein Studium beenden willst, auch wenn wir ihnen fehlen werden. Sie haben versprochen, dass sie uns besuchen kommen.«

»Das will ich doch hoffen.«

Joe begann ihr den Rücken zu reiben, was ihr beim Entspannen half. »Solange wir einander haben, wird alles wie am Schnürchen laufen. Versprochen.«

Da es bisher gestimmt hatte, beschloss Janey, ihm das mal zu glauben.

KAPITEL 3

In Providence hatte Adam McCarthy die ganze Nacht lang wach gelegen und versucht, an irgendetwas anderes zu denken als an den Arzttermin, der wie eine dunkle Wolke über ihnen hing. Irgendetwas war nicht in Ordnung. Abby befand sich am Ende des ersten Schwangerschaftsdrittels, sah allerdings aus, als wäre sie viel weiter.

Von Anfang an hatten ihnen David und Victoria aus der Krankenstation von Gansett Island geraten, zu einem Spezialisten auf dem Festland zu fahren und sich von ihm bestätigen zu lassen, dass alles in Ordnung war. Sie hatten sich einen Termin in der Kinder-und-Frauen-Klinik besorgt und dann wochenlang darauf gewartet, dass es endlich so weit war, und in der nächsten Stunde oder so würden sie mehr wissen. Nur dass er sich nicht sicher war, dass er es überhaupt wissen wollte.

Wenn irgendetwas nicht in Ordnung war …

Es brach ihm das Herz, wenn er daran dachte. Abby hatte so viel durchgemacht, bevor sie einander gefunden hatten, und auch danach, als bei ihr ein polyzystisches Ovarialsyndrom – kurz PCOS – diagnostiziert worden war. Weil man ihr erklärt hatte, sie werde vermutlich nie schwanger werden können, hatten sie letzten Winter ihren Sohn Liam adoptiert, aber dann war bei Abby völlig überraschend doch eine Schwangerschaft festgestellt worden.

Dieses Baby war ein Wunder, und Adam war entschlossen, zu tun, was immer nötig war, um dafür zu sorgen, dass es Mutter und Kind gut ging. Selbst wenn das hieß, für die Dauer ihrer Schwangerschaft nach Providence zu ziehen. Wenn sie das mussten, würden sie es tun.

Sie hatten eine junge Frau engagiert, die helfen sollte, die Geschenkboutique Abby's Attic im Sand & Surf Hotel zu betreiben. Bislang war Candice ein wahres Geschenk des Himmels, und wenn sie sich auf sie verlassen mussten, damit der Laden die Sommersaison über geöffnet blieb, dann war das eben so. Was auch immer notwendig war, um Abby und das Baby sicher durch diese Schwangerschaft zu bringen.

Ein Geräusch aus der Richtung des Babyreisebettchens verriet Adam, dass der acht Monate alte Liam wach war, daher stand er auf, um sich um ihn zu kümmern, stellte dann jedoch fest, dass Abby ihn bereits rausgehoben hatte und ihm die Windel wechselte.

»Ich kann das machen, wenn du noch ein bisschen schlafen möchtest«, meinte Adam.

»Ich habe überhaupt nicht geschlafen, daher bin ich froh, etwas zu tun zu haben.«

»Ich hab auch kein Auge zugekriegt.«

Gemeinsam versorgten sie Liam, fütterten ihn und zogen ihn an.

»Wie wär's mit Frühstück?«, fragte Adam.

»Ich glaube nicht, dass ich was essen kann. Vielleicht nach dem Arzttermin. Aber nimm du dir ruhig was.«

»Mir geht's ganz ähnlich wie dir.«

Sie setzten Liam im Wohnzimmer auf den Boden, damit er spielen konnte, während sie irgendwie die nächste Stunde rumbrachten, bis es Zeit war, zur Klinik zu fahren.

Dort angekommen wurden sie direkt zum Ultraschall geschickt, zur ersten von mehreren Untersuchungen, die alle durchgeführt werden mussten, bevor sie mit dem Spezialisten sprechen konnten.

Adam hielt Liam auf dem Arm, während die MTA mit der Ultraschallsonde über Abbys Babybauch fuhr. Er schaute auf den Bildschirm, konnte aber so gut wie nichts erkennen. Jeder Klick am Computer traf ihn wie ein Stromschlag direkt in seine Nerven. Was bedeutete das alles?

Immerhin beruhigte es ihn, dass er den Herzschlag des Babys sehen konnte. Nachdem Mac und Maddie ihren Sohn Connor noch im Mutterleib verloren hatten, hatte Adam insgeheim befürchtet, dass da nichts mehr sein würde, so wie sein Bruder und seine Schwägerin es bei einer Routinekontrolle erlebt hatten.

»Bitte entschuldigen Sie mich für eine Sekunde«, meinte die MTA und verließ das Untersuchungszimmer.

»Was ist los?«, wollte Abby mit vor Angst geweiteten Augen wissen.

»Ich bin mir sicher, es ist nichts Schlimmes. Du hast ja selbst gesehen, dass das Herz schlägt. Das ist das, was wichtig ist.« Er sagte, was sie hören musste, während er sich bemühte, seine eigene Sorge im Zaum zu halten. Aus Filmen und Serien wusste er, es bedeutete nie etwas Gutes, wenn das medizinische Personal während einer Untersuchung das Zimmer verließ.

Fünf endlos lange Minuten später kehrte die MTA mit einer weiteren Frau zurück, die sich ihnen als diensthabende Radiologin vorstellte.

Adam verstand ihren Namen nicht, und er interessierte ihn auch nicht.

Sie fing noch mal von vorn an, und Adam und Abby waren erneut gezwungen, das quälende Schweigen zu ertragen, während sie darauf warteten, zu erfahren, was zur Hölle los war.

Schließlich schaute die Ärztin sie mit einem komischen Gesichtsausdruck an. »Haben Sie eine Fruchtbarkeitsbehandlung gehabt?«

»Nein«, antwortete Abby. »Warum?«

»Hat jemand Ihnen gegenüber schon mal die Möglichkeit einer Mehrlingsschwangerschaft erwähnt?«

»Mehrlinge?«, fragte Abby und blickte von der Ärztin zu Adam und wieder zurück.

Die Ärztin deutete auf den Bildschirm. »Wir können hier vier Herzschläge erkennen.«

Adam drohten die Knie einzuknicken. »*Vier?*«

Die Ärztin zeigte auf den Bildschirm und zählte laut mit. »Eins, zwei, drei, vier.«

Jetzt, da sie auf sie gezeigt hatte, konnte er sie sehen. Vier. Vier Babys. *Vierlinge.*

»Ich habe PCOS. Sie ...« Abby schluchzte erstickt. »Man hat mir gesagt, ich könnte keine Babys bekommen, und wir ... Das hier sollte nicht passieren.«

»Nun«, erklärte die Ärztin mit einem Lächeln, »es steht außer Frage, dass Sie vier Babys erwarten, was auch der Grund ist, warum Ihr Bauch schon so groß ist. Manchmal geschieht es, dass bei Frauen mit PCOS mehrere Eier auf einmal heranreifen. Und dann kann so was tatsächlich passieren. Wir leiten die Ultraschallaufnahme an Ihren Frauenarzt weiter, und dann besprechen Sie alles Weitere mit ihm. Meinen Glückwunsch, Mom und Dad ... mal vier.«

Die Ärztin und die MTA verließen das Zimmer, sodass die verblüfften Eltern allein zurückblieben.

»Adam«, keuchte Abby. »Was hat sie gerade gesagt?«

Adam bemühte sich noch, die Nachricht zu verdauen, riss sich aber ihr zuliebe zusammen. »Es sieht wohl ganz so aus, als erwarteten wir Vierlinge.«

»Wie ... ist das möglich? Es hieß doch, wir könnten keine Kinder ...«

»Ich weiß, Süße.« Er hatte immer noch Liam auf dem Arm, beugte sich vor und küsste ihr die Tränen von den Wangen. »Es ist ein Wunder.«

»Nein, Adam, das ist kein Wunder! Vier Babys! Was sollen wir tun? Wie sollen wir ...«

Er küsste sie, um sie am Weiterreden zu hindern. »Wir werden auch das – wie alles andere – herausfinden. Und jetzt zieh dich wieder an, und dann auf zur nächsten Untersuchung. Danach können wir bestimmt unsere Fragen stellen.«

»Ich fürchte, ich kann mich im Moment noch nicht mal an meinen eigenen Namen erinnern. Wie soll ich da die richtigen Fragen stellen?«

»Du heißt Abby Callahan McCarthy, und du bist die stärkste Frau, die ich kenne. Was immer sie uns sagen, wir schaffen das. Ich möchte nicht, dass du dich wegen irgendetwas aufregst.« Er half ihr, sich aufzusetzen, und stützte sie, als es kurz so aussah, als würde sie von der Untersuchungsliege fallen.

»Ich kann nicht Vierlinge erwarten. So was passiert doch nicht einfach.«

Er musste über ihre verwirrte Miene lächeln. »Offensichtlich schon.«

»Es ist dir strikt verboten, das auf irgendeine Weise amüsant zu finden. Hast du mich verstanden?«

»Ja, klar, aber ich möchte dich daran erinnern, dass es eine Menge echt schlimme Dinge gibt, die wir heute hätten erfahren können. Das hier zählt nicht wirklich als schlimm.«

»So kann auch nur jemand reden, der sich in den nächsten Wochen nicht in einen an den Strand gespülten Wal verwandeln wird, weil er vier Babys auf einmal kriegt.«

Er konnte nicht anders, er lachte.

Sie boxte ihn in den Bauch, woraufhin er aufkeuchte, weil der Hieb durchaus fest gewesen war.

»Au.«

»Lach nicht, Adam McCarthy, oder ich schwöre bei allen Heiligen, ich bring dich um, weil du mir das angetan hast.«

»Warum ist das denn jetzt auf einmal meine Schuld? Ich dachte, ich sei dein Held, weil ich dich geschwängert habe, obwohl uns alle gesagt haben, dass das nicht möglich sei.«

»Du *warst* mein Held, bis ich rausfinden musste, dass du irgendeine Art von Supersperma hast.«

Ein Hauch von Selbstgefälligkeit schlich sich in Adams Lächeln. »Meine Jungs haben echt was drauf.«

»Immer noch nicht witzig.«

»Es ist total witzig. Komm schon, das musst du zugeben.«

»Ich muss überhaupt nichts, und wenn du weißt, was gut für dich ist, dann behältst du deine Belustigung für dich. Ich finde das kein bisschen witzig.« Sie verlor erneut die Fassung und zitterte unter dem Ansturm ihrer Gefühle am ganzen Körper. »Was ist eigentlich los mit mir? Alles, was ich mir gewünscht habe, war, schwanger zu werden, und jetzt drehe ich durch, weil es anders läuft, als ich es mir vorgestellt habe.«

Er musste sich auf die Lippen beißen, um nicht erneut laut loszulachen. Er setzte sich neben sie auf die Untersuchungsliege und legte einen Arm um sie. »Du flippst aus, weil wir gerade eine wirklich unglaubliche Nachricht erhalten haben. Aber wir müssen dankbar sein, dass es quasi zu viel des Guten ist statt irgendwelche tragischen Entwicklungen.«

Sie nickte und wischte sich das Gesicht ab. »Ich weiß. Ich brauch nur eine Minute, um damit klarzukommen.«

»Ich auch, Süße.«

»Wir werden fünf Babys haben, Adam.«

»Ja, das hab ich mitgekriegt.«

»Fünf Babys unter zwei Jahren, Adam.«

»Jap, ist mir klar.«

Sie stieß ihm einen Ellbogen in die Rippen. »Du findest das immer noch komisch.«

»Ich finde, es ist besser, wir lachen, statt zu weinen.«

»Wie sollen wir das bloß schaffen?«, fragte sie mit einem Anflug von Verzweiflung in der Stimme.

Er nahm ihre Hand und drückte sie fest. »Wir werden jetzt erst mal mit dem Gynäkologen reden und rausfinden, was wir tun müssen, damit du und das Footballteam das gut übersteht. Und dann stellen wir einen Plan auf, der dafür sorgt, dass du hier bist, wenn du sie auf die Welt bringst, und wir werden die Großeltern, Tanten, Onkel und Freunde zu Hilfe holen, damit sie uns unter die Arme greifen und wir die ersten paar Monate irgendwie überleben. Wir kriegen das hin. Irgendwie kriegen wir das hin.«

»Du bist so ruhig und vernünftig. Wie kannst du bei so was ruhig und vernünftig bleiben?«

»Einer von uns muss es ja tun.«

Sie versetzte ihm erneut einen Rippenstoß. »Ich kann dich lachen hören.«

»Ich lache nicht. Oder jedenfalls nicht sehr.« Er zog sie an sich und vergrub sein Gesicht in ihrem Haar. »Eigentlich ist es ja auch deine Schuld.«

»Das will ich hören.«

»Du hast so inbrünstig um ein Baby gebetet, dass du gleich vier auf einmal bekommst.«

»Ich merke, was du hier abzuziehen versuchst, aber das wird nicht funktionieren. Es ist ganz allein deine Schuld. Ganz eindeutig ist da irgendwas nicht in Ordnung mit den McCarthy-Jungs, sodass ihr euren Frauen alle Mehrlingsschwangerschaften anhängt.«

Adam warf sich in die Brust, was ihm einen weiteren Rippenstoß eintrug, woraufhin er theatralisch zusammenklappte.

36

»Und jetzt lass uns zu dem Gynäkologen gehen, damit der mir erklärt, wie zur Hölle ich vier Babys austragen soll.«

Adam stand auf und benutzte seine freie Hand, um ihr von der Liege zu helfen. Als sie leicht wacklig dastand, legte er den Arm um sie, bis sie sich gefangen hatte. »Stütz dich einfach auf mich, Süße. Ich halte dich.«

»Es ist nur gut, dass ich dich so liebe.«

»Da hast du unbestritten recht.«

KAPITEL 4

Stephanie McCarthy war seit vier Uhr morgens wach und saß an dem Panoramafenster, von dem aus man einen atemberaubenden Blick auf den Pazifik hatte. Grants Haus in Malibu, das Einzige, was er von seinem früheren Leben in L. A. behalten hatte, war einer ihrer Lieblingsplätze auf der Welt. Aber selbst hier schien sie sich nicht entspannen zu können. Sie konnte nicht essen oder normal atmen oder irgendetwas anderes tun, als sich Sorgen darüber zu machen, wie sie die Premiere des Films überstehen sollte, an dem Grant fast zwei Jahre lang gearbeitet hatte.

Er hatte ihre Geschichte aufgeschrieben. Ihre und Charlies, und allen Berichten zufolge hatte er mit dem Drehbuch ein wahres Meisterwerk geschaffen.

Doch nachdem sie vierzehn Jahre ihres Lebens auf das verzweifelte Bemühen verwandt hatte, ihren geliebten Stiefvater aus dem Gefängnis freizukriegen, lag der Albtraum mittlerweile so weit hinter ihnen, dass es fast schien, als sei das anderen Leuten passiert.

Fast ...

Nur ließen sich manche Narben leider nicht ignorieren, egal, wie gut die Wunde verheilt war.

Sie legte eine Hand über ihren leicht vorgewölbten Bauch, in dem ihr Baby jeden Tag größer wurde, auch wenn man ihr die Schwangerschaft noch nicht wirklich ansah. Victoria Stevens, die Hebamme von Gansett Island, hatte ihr erklärt, das sei völlig normal für so schlanke Frauen wie sie. Alles war genau so, wie es sein sollte, behauptete Vic, und das Baby würde im Dezember zur Welt kommen.

In Wahrheit hatte Stephanie nie das Gefühl abschütteln können, dass es eigentlich nicht richtig war, wenn jemand wie sie ein Kind kriegte – schließlich hatte ihre eigene Mutter offenbar nichts dabei gefunden, ihre Tochter grün und blau zu schlagen. Ihre Mutter war einerseits wunderbar und andererseits ein Monster gewesen, und Stephanie hatte in ihrer Kindheit unter ihren heftigen Stimmungsschwankungen zu leiden gehabt.

Mit Charlies Auftauchen, als sie elf gewesen war, war alles besser geworden, bis er drei Jahre später fälschlich beschuldigt worden war, für die Misshandlungen verantwortlich zu sein, die ihr in Wahrheit die eigene Mutter zugefügt hatte.

Stephanie schüttelte die Erinnerungen ab, wollte sich nicht wieder in der Vergangenheit verlieren, schließlich wies ihr heutiges Leben keinerlei Ähnlichkeiten mehr mit dem von früher auf. Sobald sie sich in Grant McCarthy verliebt hatte – was, wenn sie ehrlich sein sollte, praktisch in der Sekunde passiert war, in der sie ihn zum ersten Mal erblickt hatte –, hatte sich alles zum Besseren gewendet. Es war einzig ihm und seinem Freund, dem Anwalt Dan Torrington, zu verdanken, dass ihre Bemühungen schließlich von Erfolg gekrönt worden waren und Charlie freigekommen war. Er war vollständig rehabilitiert, und das war die Geschichte, um die es in dem Film »Indefatigable – Unbeirrbar« ging, der heute Abend Premiere hatte.

In ihren müden Augen brannten Tränen. Ihr geliebter Ehemann hatte als Drehbuchautor und Co-Produzent an dem Film gearbeitet, um der Welt die Geschichte ihres Lebens zu erzählen. Er hatte all das getan, um ihrem jahrelangen Einsatz für Charlie Gerechtigkeit widerfahren zu lassen.

Doch sie konnte sich trotzdem nicht überwinden, sich den Film anzuschauen.

»Hey.« Grants Stimme riss sie aus ihren Überlegungen. »Du bist aber früh auf.«

»Ich konnte nicht mehr schlafen.«

Er setzte sich neben sie und drehte sich so, dass er ihr Gesicht sehen konnte. »Hast du überhaupt ein Auge zugetan?«

»Nicht wirklich.« Sie legte den Kopf an die Sofalehne und wandte sich zu ihm. »Bist du aufgeregt wegen heute Abend?«

»Irgendwie schon.«

»Du bist dir nicht sicher?«

»Es wäre jedenfalls aufregender für mich, wenn ich nicht merken würde, dass du deswegen auf einen Zusammenbruch zusteuerst.«

»Tu ich doch gar nicht.«

Er warf ihr einen ernsten Blick zu, unter dem sie sich dumm vorkam, weil sie versuchte, das abzustreiten. Er durchschaute sie immer. »Sprich mit mir, Steph. Sag mir, was dich so beschäftigt, damit wir uns eine Lösung einfallen lassen können.«

Sofort traten ihr Tränen in die Augen, was sie maßlos ärgerte. Sie wollte nicht so emotional sein, aber die Qualen von damals, die der Film heraufbeschwor, zusammen mit den Schwangerschaftshormonen, machten es ihr nahezu unmöglich, irgendwie sinnvoll mit der Situation umzugehen.

Er schloss sie in die Arme. »Ach, Baby, komm. Nicht weinen. Du weißt doch, dass es mich umbringt, wenn du weinst.«

Sie legte ihren Kopf an seine bloße Brust, liebte das weiche Brusthaar unter ihrer Wange und den stetigen Schlag seines Herzens unter ihrem Ohr. »Tut mir leid.«

»Das muss es nicht. Ich habe schon damit gerechnet.«

»Womit?«

»Dass du es nicht schaffen wirst, dir den fertigen Film anzusehen, und das ist völlig okay. Ich verstehe das.«

»Ich wünschte, ich könnte es. Du hast so hart und so lange daran gearbeitet. Das hier ist der wichtigste Abend deines Lebens, und eigentlich sollte ich an deiner Seite sein.«

»Das ist überhaupt nicht der wichtigste Abend meines Lebens.«

»Stimmt. Du hast ja schon einen Oscar gewonnen. Wie konnte ich das vergessen?«

Bei seinem tiefen Lachen nahm sie den Kopf hoch, um festzustellen, was so komisch war.

Er hob ihr Kinn mit einem Finger an, sodass sie ihn anschauen musste. »Der wichtigste Abend meines Lebens war der, an dem du mich endlich geheiratet hast und mich zum glücklichsten Mann auf der ganzen Welt gemacht hast. Nichts, was ich je getan habe oder noch tun werde, vermag das zu übertreffen.«

Sie seufzte. »Du hast wirklich ein Talent für Worte.«

»Das will ich hoffen. Schließlich verdiene ich damit mein täglich Brot.«

»Ich möchte, dass du weißt, wie stolz ich auf dich bin und darauf, wie hart du darum gerungen hast, unsere Geschichte auf eine Art und Weise zu erzählen, die respektvoll mit dem umgeht, was wir durchgemacht haben.«

»Das war ein Liebesdienst, aus meinen Gefühlen für dich heraus, die so groß und die eine Sache sind, die ich mit Worten nicht beschreiben kann.« Er streichelte ihr Gesicht. »Ich möchte, dass du heute Abend zu Hause bleibst.«

»Ich möchte aber für dich da sein.«

»Das bist du doch. Du bist jeden einzelnen Tag für mich da. Du bist der Grund, dass ich diese unglaubliche Geschichte überhaupt zu erzählen hatte, eine Geschichte, die meine Karriere wiederbelebt hat, die darniederlag, bevor du zu mir gekommen bist, mit deinem Mut, deiner Beharrlichkeit und deiner Entschlossenheit. Du hast mich inspiriert, und du bist der wahre Star bei der ganzen Sache, Steph. Und während ich es gar nicht erwarten kann, dass der Rest der Welt erfährt, was für ein wunderbarer Mensch meine Ehefrau ist, weiß ich das selbst inzwischen schon ziemlich lange. Ich kann absolut nachvollziehen, dass es für dich zu schmerzhaft ist, die Vergangenheit noch einmal zu durchleben, selbst wenn du es für mich tun würdest, und ich würde dir niemals eine Erfahrung zumuten, die schmerzhaft für dich ist.«

»Das ist es ja gerade. Ich weiß nicht, ob es schmerzhaft sein wird, und bin einfach zu feige, um es herauszufinden.«

»Du bist nicht feige. Du schützt dich vor alten Verletzungen, und das verstehe ich.«

»Deinetwegen und wegen Dan und einer Menge anderer Leute habe ich inzwischen so viel Abstand zu der wandelnden Katastrophe, die ich war, als wir uns kennengelernt haben, und …«

Grant küsste sie. »Du warst überhaupt keine Katastrophe. Daher sag das bitte nicht. Du bist der Grund dafür, dass dieser Film so heißt, wie er heißt: ›Indefatigable – Unbeirrbar‹. Du hast dich geweigert, aufzugeben, egal, wie unerreichbar dein Ziel schien. Und das ist es, was die Leute sehen werden, wenn sie sich diesen Film anschauen: eine tapfere, starke, entschlossene junge Frau. Genau wie ich es getan habe, als wir uns kennengelernt haben.«

»Das stimmt so ja gar nicht«, widersprach sie mit einem kleinen Lächeln, versuchte etwas Leichtigkeit in die Unterhaltung zu bringen.

Er grinste. »Na gut, nachdem ich deinen sexy Körper, dein freches Mundwerk und die Tatsache bemerkt hatte, dass du mich in meine Schranken verwiesen hast wie noch niemand zuvor, habe ich den Rest von dir wahrgenommen, und es hat mich umgehauen. Das tut es noch.«

Zutiefst berührt von seinen Worten, erklärte sie: »Ich möchte heute Abend für dich da sein.«

»Dann lass es uns doch so machen: Ich gehe allein zu der Premiere, und dann schicke ich dir ein Auto, das dich hier abholt und zu der After-Show-Party bringt. Auf diese Weise bekommst du das, was dir das Wichtigste ist, nämlich Flynn Godfrey und Hayden Roth zu treffen.«

Stephanie lächelte. »Glaubst du, Dan wird irgendwann auch mal von irgendetwas anderem reden als davon, dass er von Flynn gespielt wurde?«

Mit einem Lachen erwiderte Grant: »Nie. Das werde ich bis zum Ende meines Lebens aufs Brot geschmiert kriegen.«

Sie hatten unbekannte Schauspieler für die Rollen von Charlie, Stephanie und Grant gecastet, aber die Berühmtheit von Flynn Godfrey, Quantum Studios und die Regie von Hayden Roth würden dafür sorgen, dass der Film auch an den Kassen ein Erfolg wurde. Er war schon im Gespräch für die Oscars, dabei war er noch gar nicht angelaufen.

»Was meinst du? Die Vorführung auslassen und dafür zur Party gehen?«

»Das klingt gut. Danke für dein Verständnis. Ich liebe dich so sehr, und ich bin so stolz auf dich.«

»Ich liebe dich mehr, und ich bin stolzer auf dich, als du je auf mich gewesen bist.«

»Möchtest du darauf wetten?«

»Mhm.« Er küsste sie auf die Lippen und dann auf den Hals. »Komm noch mal für einen Moment zurück ins Bett.«

»Um zu schlafen?«

»Sicher. Es sei denn, es ergibt sich was anderes.«

Stephanie lachte über die anzügliche Art und Weise, wie er das sagte. »Wenn wir zusammen im Bett sind, ergibt sich immer was anderes.«

Er half ihr auf und ging mit ihr ins Schlafzimmer. »Ich kann mich nicht beherrschen, du bist einfach so sexy, dass ich dich die ganze Zeit begehre.«

»Also ist das alles meine Schuld, ja?«

»Absolut.« Er schob sie aufs Bett und legte sich über sie, achtete dabei darauf, nicht zu viel Druck auf ihren Babybauch auszuüben. »Du machst mich verrückt vor Verlangen, Mrs McCarthy.«

Während sie ihm die Arme um den Hals schlang, schaute sie sich an seinem attraktiven Gesicht satt, seinem herrlich zerzausten Haar und dem stoppeligen Kinn. Sie liebte ihn so, wie er nur bei ihr war – völlig entspannt, ein bisschen unordentlich und unglaublich sexy. »Du machst mich ganz genauso verrückt nach dir, und das weißt du auch.«

»Mhm.« Er küsste sie. »Da haben wir ja beide Glück.«

Sie griff an ihm vorbei nach ihrem Teddybären und drehte ihn um, damit er nicht sehen konnte, was gleich passieren würde, und Grant lachte wie immer, wenn sie das Stofftier vor den Geschehnissen im Bett abschirmte. »Was hast du noch mal gesagt?«

Er drückte seinen Unterleib gegen ihren. »Ungefähr das.«

»Erzähl mir mehr.«

»Es war einmal vor langer Zeit«, begann er und küsste sie auf den Hals, »eine starke, tapfere junge Frau, die jahrelang alles daran gesetzt hat, ein Unrecht wiedergutzumachen.« Er zog ihr das T-Shirt aus und umfing ihre Brüste, rieb mit den Daumen über ihre Brustspitzen, die dank der Schwangerschaft besonders empfindsam waren.

»Sie war treu, loyal und hielt unbeirrbar zu dem einen Menschen in ihrem Leben, der immer für sie da gewesen war.«

Er nahm erst die eine und dann die andere Brustspitze zwischen die Lippen und saugte zärtlich daran, was allein schon fast reichte, um sie sofort zum Höhepunkt zu bringen. »Trotz nahezu unüberwindlicher Hindernisse gab sie nie auf und verlor ihr Ziel nicht aus den Augen. Sie opferte alles für ihre Suche nach Gerechtigkeit.«

Stephanies Herz floss bei diesen Worten vor Liebe zu ihm beinahe über, und sie schmolz unter seinen zärtlichen Berührungen dahin. Manchmal konnte sie immer noch nicht glauben, dass dieser wunderbare Mann sie so liebte.

Er streifte ihr den Slip ab, legte sich zwischen ihre Beine, und dann widmete er sich der Aufgabe, sie mit Zunge und Fingern in den Wahnsinn zu treiben. »Und diese unglaublich starke und tapfere Kämpferin verliebte sich in mich und veränderte mein Leben auf jede nur denkbare Art und Weise.«

Sie erreichte den Höhepunkt mit einem Schrei, der von den Wänden des Zimmers widerhallte, und stöhnte dann, als Grant sie mit einem einzigen tiefen Stoß ausfüllte.

Nichts war besser als das, als er und sie, sie beide und das, was sie zusammen ausmachte. »Grant«, sagte sie und bog sich ihm entgegen.

»Was, Süße?«

»Ich liebe dich so sehr.«

»Und ich dich noch mehr.«

Sie schüttelte den Kopf. »Ausgeschlossen.«

»Aber so was von.« Er küsste sie und behielt das Tempo bei, bis sie gemeinsam zum Höhepunkt kamen, in einem Moment purer Seligkeit, die auch danach noch lange anhielt.

»Mhm«, sagte er. »So fängt der Tag schon mal gut an.«

* * *

Am Abend saß Grant in dem abgedunkelten Kinosaal, während er zuschaute, wie Stephanies Geschichte über die Leinwand lief, sah den fertigen Film erst zum dritten Mal. Der Darstellerin war es meisterlich gelungen, die Verzweiflung und den Frust wiederzugeben, die Stephs Leben bestimmt hatten, während sie um Charlies Freiheit kämpfte.

Es war ihm wichtig gewesen, dass Dan und er nicht wie die Helden der Geschichte dastanden. Ja, er hatte seinen Freund Dan eingeschaltet, einen bekannten Rechtsanwalt, der berühmt war für seinen Einsatz für zu Unrecht im Gefängnis sitzende Menschen, und dessen Einfluss hatte zu einer Anhörung geführt, aufgrund derer Charlie freigekommen war.

Aber all das wäre ohne Stephanie und ihre unermüdlichen Bemühungen nie passiert. Sie hatte viele Jahre lang nicht lockergelassen und alles getan, um den einen Menschen zu retten, der versucht hatte, ihr zu helfen, und dafür mit vierzehn Jahren hinter Gittern bezahlt hatte. Charlie war ebenfalls wundervoll getroffen, von einem Newcomer, der all seine rauen Kanten perfekt eingefangen hatte, ebenso wie seine väterliche Liebe für die Stieftochter, die sich später so für ihn einsetzen sollte.

Als der Abspann über die Leinwand lief, brandete Applaus im Kinosaal auf, die Leute brachen in wahre Begeisterungsstürme aus, und Grant musste tatsächlich ein paar Tränen wegblinzeln.

»Wow.« Dan rieb sich ebenfalls über das Gesicht. »Das war verdammt unglaublich, Grant. Meinen Glückwunsch.«

»Den verdient eigentlich Hayden. Er ist es, der dem Film Leben eingehaucht hat.«

»Deine Worte waren die Magie, mein Freund. Das wird ein Blockbuster, und du solltest für die Zeit mit den Auszeichnungen schon mal deinen Smoking aus dem Schrank holen.«

»Ich dachte, ich würde Stephanies Geschichte kennen«, warf Dans Frau Kara ein, »aber offenkundig kannte ich nur einen Bruchteil. Das war wirklich außergewöhnlich. Herzlichen Glückwunsch, Grant.«

»Danke euch beiden, dass ihr hier seid.«

Die vier waren gemeinsam zur Premiere nach L. A. geflogen und würden morgen nach Gansett zurückkehren. Niemand wollte mehr vom Sommer auf der Insel versäumen, als absolut unvermeidbar war.

»Wie geht es Stephanie?«, erkundigte sich Kara leise.

»Ausgezeichnet, trotzdem fühlt sie sich der Belastung, es auf der Leinwand noch einmal mitzuverfolgen, einfach nicht gewachsen. Sie sagt, es selbst erlebt zu haben sei mehr als genug für sie.«

»Das kann ich absolut nachvollziehen.«

»Sie kommt aber nachher zur After-Show-Party dazu.«

»Oh, gut«, antwortete Kara. »Sie kann uns helfen, mit ihm fertigzuwerden.« Sie deutete mit dem Daumen auf Dan. »Zweifellos wird Flynn Godfrey ein Kontaktverbot erwirken, wenn es ihm erst einmal gelungen ist, Dan abzuschütteln.«

»Ich bitte dich«, entgegnete Dan verächtlich. »Wer außer ihm hätte mich so überzeugend spielen können?«

»Ich hab gehört, dass sie versucht haben, SpongeBob zu verpflichten, doch der war leider restlos ausgebucht«, versetzte Grant.

Kara lachte und klatschte ihn ab. »Der war gut.«

»Flynn ist der einzige Schauspieler in Hollywood, der gut genug aussieht, um Dan Torrington spielen zu können«, stellte Dan fest.

»Merkst du, was ich alles auszuhalten habe?«, fragte Kara Grant. »Er spricht jetzt in der dritten Person von sich. Langsam wird es mir zu viel.«

»Ich kann deinen Schmerz nachempfinden«, meinte Grant und lachte, während er aufstand. »Lasst uns zur Party fahren. Ich will zu meiner Liebsten.«

»Bevor wir aufbrechen«, erklärte Kara, »muss ich dich umarmen und dir dafür danken, dass du Stephanies Geschichte so wunderbar erzählt hast. Wir sind schrecklich stolz auf dich.«

Grant erwiderte die Umarmung. »Danke. Das bedeutet mir viel.«

»Scherz beiseite«, sagte Dan. »Es ist ein echtes Meisterwerk.«

»Danke«, antwortete Grant, gerührt von ihrem Lob. »Wir werden nie vergessen, was du für sie getan hast.«

»Das war jedenfalls einer der befriedigendsten Fälle, mit denen ich je zu tun hatte. Und jetzt auf zur Party.«

»Er möchte einfach nur mehr Fotos mit Flynn«, verkündete Kara und verdrehte die Augen.

»Der ist mein neuer bester Freund«, behauptete Dan.

»Nun, es freut mich, das zu hören«, versetzte Grant. »Dann bin ich dich endlich los.«

»Ha, das hättest du wohl gerne.«

Auf dem Weg nach draußen begrüßten sie Hunderte von Leuten, bevor sie über die Straße zu dem Hotel eilten, in dessen Ballsaal die After-Show-Party stattfand.

Grant schaute sich in dem riesigen Raum um und entdeckte sie schließlich. Sie saß allein auf einem Barhocker, mit dem Rücken zu den Menschenmassen, die in den Saal strömten. Den Kupferton ihres Haares würde er überall wiedererkennen, genau wie die zarten Schultern, und während er zu ihr lief, fiel ihm auf, dass die Farbe ihres Kleides perfekt zu der ihrer Haare passte.

Sie schien zu spüren, dass er kam, denn sie drehte sich um, und ein Lächeln ließ ihr Gesicht aufstrahlen.

Sein Herz machte bei ihrem Anblick einen kleinen verrückten Satz. So war es beinah von Anfang an gewesen.

Er beugte sich vor, um sie zu küssen, und legte die Arme um sie, erleichtert, wieder mit ihr vereint zu sein. Ihm entging keineswegs, wie lachhaft es im Grunde genommen war, dass

nur ein paar Stunden reichten, dass er sie schmerzlich vermisste.
»Du hast mir gefehlt«, flüsterte er.

»Du mir auch. Wie war es?«

»Alles, was ich mir erträumt hatte, und mehr. Ich hoffe, du bist darauf vorbereitet, ein Star zu sein.«

»Ich bin hier nicht der Star. Das bist du. Du hast das Drehbuch geschrieben.«

»Stephanie, Liebste ... Du bist der Star, in jeder Beziehung. Ist dir gar nicht klar, wie groß das Interesse an der Frau hinter der Geschichte sein wird?«

»Ach du Schreck.«

Grant lachte. »Das Marketing-Team von Quantum hat eine lange Liste von Leuten, die um ein Interview gebeten haben, und Gerüchte besagen, dass das *People*-Magazin ein Cover mit uns bringen möchte.«

»Niemals.«

»Doch, das ist kein Scherz.«

»Wow. Das hätte ich mir nie träumen lassen ... Wow.«

»Und schau nicht hin, aber da kommen Flynn Godfrey und Hayden Roth, die dich dringend kennenlernen möchten.«

»Bitte fang mich auf, falls ich in Ohnmacht falle.«

»Keine Sorge.« Grant ließ sie los, um den beiden Männern, die zu den erfolgreichsten von Hollywood gehörten, die Hand zu schütteln. Wenn es eine Produktionsfirma gab, die er sich für Stephs Geschichte gewünscht hatte, dann war das Quantum. »Flynn, Hayden, das ist meine Ehefrau, Stephanie Logan McCarthy.«

»Darf ich Sie kurz in die Arme schließen?«, erkundigte sich Hayden. »Mir kommt es vor, als würde ich Sie schon viel länger kennen als nur eine halbe Minute.«

»Natürlich«, antwortete Steph und umarmte den attraktiven, oscarprämierten Regisseur.

»Ihre Geschichte hat uns tief berührt und fasziniert«, erklärte Hayden. »Es war mir eine Ehre, sie auf die Leinwand zu bringen. Vielen Dank, dass Sie sie uns anvertraut haben.«

»Grant hat gesagt, Sie seien die Besten, und nach allem, was ich gehört habe, stimmt das.«

»Wir *sind* die Besten«, bestätigte Flynn mit einem Grinsen, »aber Ihre Geschichte hat uns förmlich umgehauen, bereits nach den ersten Seiten des Drehbuchs.«

»Das ist alles sein Verdienst«, antwortete Stephanie und deutete auf ihren Ehemann.

»Nein, Babe«, widersprach der, »das hast alles du bewirkt. Es steht außer Frage, wer das Herz und die Seele dieser Geschichte ist.«

»Dem könnte ich nicht mehr zustimmen«, bekräftigte Hayden. »Es tut mir leid, dass es uns nicht gelungen ist, Ihren Stiefvater davon zu überzeugen, zur Premiere zu kommen. Ich würde ihn liebend gerne kennenlernen.«

»Er ist zu Hause auf Gansett Island und total glücklich mit seiner neuen Ehefrau«, erklärte Stephanie. »Sie haben am Samstagabend eine Einweihungsfeier in ihrem neuen Haus. Das Letzte, was er jetzt möchte, ist, gedanklich wieder in diese schlimme Zeit in seinem Leben zurückzukehren, auch wenn er Grant dabei unterstützt hat, das Drehbuch zu verfassen.«

»Wir freuen uns jedenfalls, dass für ihn alles ein gutes Ende genommen hat«, meinte Flynn.

»Niemand verdient es mehr«, pflichtete ihm Stephanie bei. »Was er für mich getan hat, was es ihn gekostet hat ...« Sie schüttelte den Kopf. »Grant und Dan wollen nicht hören, dass sie die Helden der Geschichte sind, aber ohne die beiden wäre es uns nie gelungen, ihn aus dem Gefängnis zu holen.«

»Ich glaube, ich kann für Grant sprechen, wenn ich sage: Dabei mitzuhelfen, dass Charlie und dir Gerechtigkeit widerfährt, gehört zum Befriedigendsten, was wir je getan haben«, verkündete Dan, der sich zu ihnen gesellte.

»Absolut«, gab ihm Grant recht. »Euch beiden zu helfen und dann der Welt zu erzählen, was du getan hast, kommt, wenn auch mit ziemlichem Abstand, an zweiter Stelle auf der Liste meiner wichtigsten Erfolge – und zwar nach: dich dazu kriegen, dass du dich in mich verliebst.«

»Nichts in meinem Leben ist mir je leichtergefallen«, entgegnete Stephanie.

KAPITEL 5

»Was für ein Abend«, sagte Kara zu Dan, als sie ein paar Stunden später nach Hause fuhren. »Es ist wirklich schön, dass Stephanie endlich die gebührende Anerkennung dafür erhält, dass sie sich geweigert hat, in Charlies Fall aufzugeben. Und Grant dafür, dass er ein so tolles Drehbuch geschrieben hat.«

»Ja, unbedingt. Und ich hoffe, dass er darauf vorbereitet ist, einen weiteren Oscar in sein Wohnzimmerregal zu stellen.«

»Das wäre jedenfalls verdient.« Kara gähnte zum hundertsten Mal, seit sie vor einer halben Stunde die Party verlassen hatten. »Wenn wir erst zurück auf Gansett Island sind, werde ich eine Woche lang schlafen.«

»Du kannst im August nicht eine Woche lang schlafen.«

»Mist, musstest du mich daran erinnern?« Vor ihr lagen noch ungefähr vier Wochen Sommersaison, in denen sie einen Shuttleservice in North Harbor betrieb. Danach konnte sie sich bis zum nächsten Frühjahr ausruhen.

»Was ist eigentlich mit dir los, dass du die ganze Zeit so müde bist?«

»Das passiert eben, wenn man versucht, mit dir Schritt zu halten.«

»Ganz im Ernst, Kara. Es macht mir Angst, dass du dauernd schläfst. Das passt so gar nicht zu dir.«

»Ich weiß ja auch nicht.«

»Wäre es denn vielleicht möglich … Du weißt schon, dass du … na ja, schwanger bist?«

Kara lachte. »Wie du sehr gut weißt, ist das mehr als möglich.«

»Denkst du, du bist es?«

»Könnte sein. Es würde jedenfalls ein paar Dinge erklären.«

»Was für andere Dinge denn noch außer Müdigkeit?«

»Meine Brüste schmerzen, meine Hosen werden mir zu eng, und ich hab die ganze Zeit Hunger.«

»Kara! Wann wolltest du mir sagen, dass du schwanger bist?«

»Sobald es zweifelsfrei feststeht.«

Dan blickte in den Rückspiegel, bevor er auf der I-5 über drei Spuren wechselte und die nächste Ausfahrt nahm.

»Was tust du da?«

»Wir fahren zu einer Apotheke, um uns einen Schwangerschaftstest zu besorgen.«

»Das können wir machen, wenn wir wieder zu Hause auf Gansett Island sind.«

»Nein, wir werden das jetzt sofort rausfinden.« Er fuhr etwas schneller durch ein Gewerbegebiet, als erlaubt war, und bog dann scharf rechts auf den Parkplatz einer Apotheke ab. »Verriegle die Türen, wenn ich ausgestiegen bin.«

»Ja, Liebster.« Kara beobachtete, wie er – sündhaft sexy in seinem Smoking, den er zur Premiere getragen hatte – mit ausholenden Schritten und der gewohnten Ungeduld zum Eingang lief. Diese Ungeduld war jetzt noch ausgeprägter, weil er auf einer Mission war. Bei der Vorstellung, dass ihr berühmter Ehemann persönlich einen Schwangerschaftstest kaufte, musste sie kichern. Vermutlich würde in Kürze überall in den Illustrierten zu lesen sein, dass sie schwanger war, obwohl sie es selbst noch gar nicht mit Sicherheit wussten.

Zehn Minuten später kehrte er mit einer großen Tüte zurück, die er ihr reichte, als er ins Auto stieg.

Kara spähte hinein und musste wieder lachen, als sie sah, dass er bestimmt zwanzig Tests erstanden hatte. »Wir brauchen nur einen.«

»Ich möchte sichergehen.«

»Ich hab nicht genug Pipi für zwanzig Tests.«

»Wovon genau sprichst du?«

Erneut musste Kara lachen. »Man muss auf den Teststreifen pinkeln.«

»Echt?«

»Wie kannst du achtunddreißig Jahre alt sein und nicht wissen, wie ein Schwangerschaftstest funktioniert?«

»Ich bin bislang nie auch nur in die Nähe der Möglichkeit gekommen, Vater zu werden.«

»Schraub deine Hoffnungen nicht zu hoch. Vielleicht leide ich bloß unter Blutarmut oder so.«

»Meine Hoffnungen sind bereits hochgeschraubt«, erklärte er, während er in Richtung Strand fuhr, wo er ein Haus besaß, das ungefähr einen Kilometer von Grants entfernt lag.

»Du fährst zu schnell.«

»Ich hab's ja auch eilig.«

»Fahr langsamer, oder ich halte ein.«

»Das ist eklig, Kara.«

»Fahr langsamer, Dan.«

Er schaltete einen Gang runter, ohne das BMW-Cabrio, das er hier in Malibu hatte, wirklich zu verlangsamen.

»Ich dachte gerade, dass wir unser erstes Kind Dylan nennen sollten«, sagte Kara, »egal, ob es ein Junge oder ein Mädchen ist. Was meinst du?«

Er blickte sie an. »Das wäre perfekt«, erwiderte er leise. »Danke, dass du das Andenken an meinen Bruder auf diese Weise ehrst.«

»Ich wünschte, ich hätte ihn gekannt.«

»Ich auch. Er hätte dich geliebt, allerdings nicht so sehr, wie ich das tue. Es erstaunt mich immer noch ...«

»Was denn?«

»Dass alles so viel besser ist, seit du mich gefunden und mich vor mir selbst gerettet hast.«

Kara lachte darüber, wie er ihr Kennenlernen beschrieb. »Hab ich das?«

»Du hast ja keine Ahnung.«

»Du hast jedenfalls das Gleiche für mich getan. Nachdem meine Schwester mir den Freund ausgespannt und ihn dann geheiratet hatte, dachte ich, ich würde nie wieder was mit einem Mann zu tun haben wollen, doch dann bist du in deinem rosafarbenen Oberhemd und deinen Slippern aufgetaucht und hast dich tagtäglich zum Affen gemacht, um meine Aufmerksamkeit zu erregen.«

»Also, hallo, ich war total ernst, und du hast mich gerade beleidigt.«

»Hast du oder hast du dich nicht komplett zum Affen gemacht?«

»Ich hab dir Diät-Mountain-Dew besorgt. Weißt du überhaupt, wie schwer das auf Gansett Island aufzutreiben war?«

»Beantworten Sie die Frage, Herr Anwalt. Haben Sie sich total zum Affen gemacht oder nicht?«

»Ich verweigere die Antwort darauf, denn das wäre Selbstbezichtigung.«

»Heb dir dein Juristensprech für jemanden auf, der dich nicht durchschaut.«

»Mein ›Juristensprech‹ ist überaus begehrt. Nur für den Fall, dass es dir entgangen ist, der Oscar-Gewinner Flynn Godfrey hat mich gerade in einem Film gespielt. Und wenn ich das hinzufügen darf, er hat das ausgezeichnet hingekriegt, selbst wenn

55

er nicht ganz einfangen konnte, was für ein sexy Teufel Dan Torrington in Wahrheit ist.«

»Meine Güte«, murmelte Kara. »Nervt es dich eigentlich nicht selbst, dich so reden zu hören?«

»Nein, nicht wirklich, und dich ja auch nicht.«

»Doch, mich schon. Ich bin es ganz offiziell leid, von dir zu hören, was für ein sexy Teufel du bist und dass Flynn Godfrey dich gespielt hat.«

»Ich kann es nicht ändern, dass sie den bestaussehenden Schauspieler von ganz Hollywood verpflichten mussten, um mir gerecht zu werden.«

»Halt die Klappe, Dan.«

»Zwing mich doch, Kara.«

Dankenswerterweise erreichten sie das Haus, was sie davor bewahrte, während der Fahrt zu drastischen Mitteln greifen zu müssen, damit er endlich den Mund hielt. Er stieg aus und kam um das Auto herum, um ihr beim Aussteigen aus dem niedrigen Wagen behilflich zu sein, stützte sie, als sie auf den hochhackigen Sandalen, die sie für die Premiere gekauft hatte, einen Moment schwankte.

»Nur für den Fall, dass ich vergessen hab, es dir vorhin zu sagen, in dem Kleid warst du heute Abend der Inbegriff von ›heiß‹, Babe.«

»Das alte Ding?«, erwiderte Kara und warf ihm einen Blick über die Schulter zu, während sie vor ihm die Treppe zur Tür hochging. Ihre Freundin Tiffany Taylor hatte ihr geholfen, das perfekte Kleid für die Premiere zu finden, und Kara hatte sich nie sexyer gefühlt als in dem eng anliegenden schwarzen Kleid, das viel gewagter war als die Sachen, die sie gewöhnlich für sich aussuchte. Das schaffte Tiffany bei ihr regelmäßig – wie bei so vielen ihrer Kundinnen.

»Das ›alte Ding‹ sorgt schon den ganzen Abend dafür, dass ich eine Erektion hab.«

»Ehrlich, Dan.«

»Ehrlich, Kara.« Er legte von hinten einen Arm um sie und drückte sich gegen sie, um seine Behauptung zu untermauern. »Damit schlage ich mich jetzt schon rum, seit ich dich vorhin zum ersten Mal in diesem Kleid gesehen habe.«

»So lange?«

»So lange, daher beeil dich. Ab mit dir ins Bad, damit wir was dagegen tun können.«

Sie wollte darüber eigentlich nicht lachen, denn das würde ihn nur ermutigen, aber sie konnte es nicht verhindern.

Er hielt ihr die Tüte mit den Schwangerschaftstests hin. »Mach bitte mindestens drei, okay?«

Sie nahm ihm die Tüte ab, verdrehte die Augen und verschwand in das Schlafzimmer mit dem angrenzenden Bad, streifte sich dabei die Sandalen ab. Ihre Füße waren wirklich froh, sie los zu sein. Hohe Absätze waren absolut nicht ihr Ding, doch Tiffany hatte sie davon überzeugt, dass sie dieses Kleid ohne diese Schuhe einfach nicht tragen konnte, und das Gleiche galt für den Stringtanga, den sie am liebsten auch gleich ausgezogen hätte.

Wobei sie den, wenn sie noch mal drüber nachdachte, vermutlich anlassen sollte, bis Dan gesehen hatte, was sie unter dem Kleid trug, das ihm so gefiel. Eine weitere Sache, die Tiffany wirklich perfekt beherrschte, war, Kara dazu zu bringen, sexy Unterwäsche zu kaufen, die ihren Ehemann wild machte.

Er war so lustig und süß und einfach alles. Trotz seines maßlos aufgeblasenen Egos und der albernen Angewohnheit in letzter Zeit, von sich selbst in der dritten Person zu sprechen, liebte sie ihn abgöttisch und konnte es nicht erwarten, ihm ein Baby zu schenken, das sie Dylan nennen würden, nach dem Bruder, den er in Afghanistan verloren hatte.

Im Badezimmer schloss sie die Tür und sperrte ab, weil ihm durchaus zuzutrauen war, dass er ihr hinterherkam und zusehen wollte. Ihr Herz machte einen kleinen Satz, als sie begriff, was gleich passieren könnte. Zwar vermutete sie schon seit dem Ausbleiben ihrer letzten Periode, dass sie schwanger war, aber wegen der anstehenden Reise nach L. A. und der Premiere hatte sie den Besuch bei Vic auf die Zeit nach ihrer Rückkehr verschoben. Doch natürlich hatte ihr scharfsinniger Ehemann ihr da zuvorkommen müssen.

Von Rechts wegen sollte sie das nicht überraschen. Ihm entging nicht viel, was mit ihr zu tun hatte, was zu den Sachen gehörte, die sie am meisten an ihm liebte. Er achtete auf sie, und das hatte er von Beginn an getan, hatte Dinge bemerkt, wie was ihr Lieblingssoftdrink war, sogar als sie noch nichts von ihm hatte wissen wollen.

Ihre Hände zitterten ein bisschen vor Nervosität, als sie drei der Schachteln öffnete und die Stäbchen herausholte. Sie las sich sorgfältig die Anleitung durch, damit sie auch alles richtig machte, denn sie verfügte über keinerlei Erfahrung mit solchen Tests. Sie hatte nie befürchten müssen, schwanger zu sein, daher war das alles neu für sie. Aber wenigstens hatte sie gewusst, dass man dafür Urin benötigte. Irgendwie konnte sie immer noch nicht glauben, dass er davon keine Ahnung gehabt hatte.

Als sie fertig war, legte sie die Stäbchen auf die Ablage und begann, sich abzuschminken und sich die Haare zu bürsten.

Ein leises Klopfen ertönte an der Tür.

Lächelnd öffnete sie ihm. Er hatte sein Sakko ausgezogen und die Fliege abgenommen, die obersten Knöpfe seines Oberhemds geöffnet und stand da, die Hände über seinem Kopf am Türrahmen. Er war einfach umwerfend, und obwohl er sich dessen bewusst war, liebte sie ihn.

»Ich kann nicht glauben, dass du mich ausgesperrt hast.«

»Echt nicht?«

Wenn er so übertrieben die Brauen zusammenzog, sah er nur noch attraktiver aus. »Und, wie lautet das Urteil?«

»Ich hab noch nicht geschaut.« Sie fasste nach seiner Hand. »Wie wäre es, wenn wir das zusammen tun?«

Er drückte ihre Finger. »Dann wollen wir mal.«

»Das haben wir ja schon. Genau darum sitzen wir jetzt in diesem Boot.«

»Ich würde mit niemand anders lieber in diesem Boot sitzen als mit dir, wie ich dir ja schon bewiesen hab, indem ich für unzählige Überfahrten in deiner Barkasse bezahlt habe, noch bevor du nett zu mir warst.«

Zögernd traten sie zu der Ablage, als würden die Teststreifen explodieren, wenn sie sich zu schnell bewegten.

Kara warf einen Blick auf die Testfelder und konnte drei dicke, fette Pluszeichen erkennen.

»Was heißt das?«

»Plus heißt positiv.«

»Du bist schwanger.«

»So sieht's aus.«

Dan stieß einen ohrenbetäubenden Freudenschrei aus, hob sie hoch und schwang sie im Kreis, drückte sie so fest, dass sie nach Luft schnappte. »O Mist, was mach ich denn da? Du bist schwanger, und ich führe mich wie Tarzan auf.«

»Wenn du anfängst, dir auf die Brust zu trommeln, muss ich dich vielleicht verlassen.«

Er setzte sie behutsam ab, nahm ihr Gesicht zwischen seine Hände und schaute ihr tief in die Augen. »Du darfst mich nie verlassen, denn dann wäre ich völlig hinüber, und außerdem bist du meine ganze Welt. Du und unser Baby …«

Verblüfft bemerkte sie, dass ihm Tränen in die Augen traten.

»Du hast mich so glücklich gemacht, Kara. Du und Baby Dylan.«

Kara schlang ihm die Arme um den Hals und stellte sich auf die Zehenspitzen, um ihn auf den Mund zu küssen. »Du hast mich genauso glücklich gemacht.«

»Lass uns zu Bett gehen und feiern.«

»Nach dir, Liebster.«

Wieder überraschte er sie, indem er sie auf seine Arme hob und zum Bett trug, sie sachte auf der Matratze absetzte und sich dann über ihr auf den Armen abstützte, sie musterte.

»Was denn?«

»Ich staune nur darüber, wie wunderschön die Mutter meines Kindes ist.«

»Ich kann immer noch kaum glauben, dass wir ein Baby bekommen.«

»Bist du aufgeregt?«

Sie nickte. »Und ich hab auch Angst.«

»Warum?«

»Die Vorstellung, am Ende ein kürbisgroßes Etwas aus mir herauszupressen, ist mir nicht ganz geheuer.«

»Argh, musst du das so ausdrücken?«

»Wie denn sonst?«

Er senkte sich auf sie und küsste sie, strich ihr das Haar aus dem Gesicht. »Hab keine Angst. Wir besorgen dir die besten Schmerzmittel, die man mit Geld kaufen kann.«

»Dazu sage ich nicht Nein.«

»Und ich werde die ganze Zeit bei dir sein. Ich habe keinen Zweifel daran, dass du das super hinkriegst, und du wirst das hübscheste Baby der Welt fabrizieren. Er oder sie wird das große Glück haben, dich zur Mutter zu haben.«

»Und dich zum Vater.«

»Das hier ist der beste Tag meines gesamten Lebens, und nicht weil mich Flynn Godfrey in einem Film spielt.«

Kara lachte und zog ihn auf sich herunter.

»Ich möchte das Baby nicht einquetschen.«

»Dem Baby geht's prima.« Sie schlang ihm die Beine um die Hüften und drückte sich gegen seine Erektion. »Aber deine Frau braucht etwas Aufmerksamkeit von dir.«

»Meine Frau hat meine ungeteilte Aufmerksamkeit.«

Vor Jahren hatte Kara mal geglaubt, sie würde einen Mann namens Matt heiraten, doch dann hatte sie herausfinden müssen, dass er sich hinter ihrem Rücken heimlich mit ihrer Schwester traf. Jetzt war Kelly seine Frau, und Kara war dem Schicksal jeden Tag dankbar, dass er sie so getäuscht hatte, denn das hatte sie letzten Endes zu diesem perfekt unperfekten Mann geführt.

»Woran denkst du gerade?«, fragte er und schaute sie auf die intensive Art und Weise an, die ihr immer das Gefühl gab, dass er bis auf den Grund ihrer Seele blicken konnte.

»An die langen und verschlungenen Pfade, die uns zusammengeführt haben, und daran, wie dankbar ich den Menschen bin, die mich damals so verletzt und damit letztlich dafür gesorgt haben, dass ich dir begegnet bin.«

»Ich bin ihnen auch dankbar, selbst wenn ich sie immer noch am liebsten umbringen würde, weil sie dir so wehgetan haben.«

»Damit ist jetzt Schluss. Gewalttätigkeiten hatten wir wirklich genug.« Sie ergriff die Hand, die Jim Sturgil bei ihrer Verlobungsfeier mit einer Klinge aufgeschlitzt hatte, und küsste die blasse weiße Narbe, die über seine Handfläche lief.

»Kriegen wir wirklich ein Baby?«, fragte er mit ehrfürchtiger Stimme.

»So scheint es.«

»Wann kann ich es allen erzählen?«

»Erst mal eine Weile lang nicht. Wir möchten vorher sicher sein können, dass nichts schiefgeht.«

Er blickte sie bestürzt an. »Was soll das heißen?«

»Eine Menge Schwangerschaften enden mit einer Fehlgeburt, vor allem in den ersten Monaten. Das weißt du doch sicherlich.«

»Sprich das Wort nicht aus. Unserem Baby wird nichts passieren.«

»Trotzdem ... Lass es uns erst mal noch für uns behalten.«

»Na gut, wenn es sein muss.«

»Du weißt, dass es ungefähr vierzig Wochen dauert, bis das Baby kommt, richtig?«

»Das ist verdammt lange.«

»Ja, ist es, und du kannst nicht die gesamte Zeit *speziell* sein.«

Er begann, sich anzüglich an ihr zu reiben. »Ich bin immer speziell, Baby. Das ist eine der Sachen, die du am meisten an mir liebst.«

Sie verdrehte die Augen und zog sanft an seinem Haar. »Wie wäre es mit weniger Reden und mehr Taten?«

»Tatkraft ist mein zweiter Vorname.« Er fuhr mit einer Hand unter ihr Kleid und ertastete den Stringtanga. Sofort erstarrte er. »Was haben wir denn hier?«

»Da wirst du wohl nachschauen müssen.«

»Damit hab ich kein Problem.« Er stemmte sich hoch, damit er ihr aus dem Kleid helfen konnte, dann setzte er sich auf seine Fersen, um den hautfarbenen BH und den Tanga zu bewundern, die Tiffany für sie ausgesucht hatte. »Kann ich bitte ein Bild von dir haben, so, wie du jetzt aussiehst? Ich schwöre auch, niemand außer mir wird das je zu Gesicht bekommen.«

Kara lachte, um ihre Nervosität zu überspielen. »Warum nicht?«

Dan sprang auf, um sein Handy zu holen. »Rühr dich nicht vom Fleck.« Als er zurückkehrte, blieb er bei ihrem Anblick jäh stehen ... Das Haar gelöst um die Schultern, auf die Ellbogen gestützt, die Beine leicht gespreizt, lag sie da.

Bevor er in ihr Leben geplatzt war, hätte sie nicht den Mut gehabt, sich so zu präsentieren, aber er liebte sie so sehr und gab ihr das Gefühl, so unendlich begehrt zu werden, dass es leicht war, Sachen mit ihm zu tun, die sie bei niemand anders zugelassen hätte.

Er knipste schnell ein paar Fotos, legte das Handy weg und zog sich rasch raus, bevor er zu ihr aufs Bett kam und sie mit einer Leidenschaft küsste, die Teil ihres täglichen Lebens geworden war. »Ich begehre dich so sehr, süße Kara, Liebe meines Lebens, Mutter meines Babys.«

»Ich will dich auch. Immer.«

Er hatte es so eilig, dass er sich nicht die Mühe machte, ihr den Tanga auszuziehen, sondern ihn nur beiseiteschob und sich dem widmete, was sie beide so sehr brauchten. »Ja. Gott, ich wäre gestorben, wenn ich das jetzt nicht bald bekommen hätte.«

Niemand vor ihm hatte je solche Sachen zu ihr gesagt. Er liebte sie stürmisch und gleichzeitig fast mit so etwas wie Ehrfurcht. »Schau mich an, Süße.«

Sie blickte zu ihm hoch.

»Sag mir die Wahrheit.«

»Worüber?«

»Du stellst dir jetzt nicht im Geiste Flynn Godfrey vor, oder?«

Kara lachte und gab ihm einen Klaps auf den Po. »Sei still, und bring zu Ende, was du begonnen hast.«

»Aber liebend gern doch.«

KAPITEL 6

Am Samstagmorgen stand Dara Watkins am Bug der Fähre und beobachtete, wie die Insel in Sicht kam. Die Gischt weckte Erinnerungen, die so schmerzhaft waren, dass sie es fast nicht ertrug. Lewis hatte das Meer und ihre jährlichen Urlaube auf den Outer Banks in North Carolina geliebt, wo er Möwen gejagt, im Sand gebuddelt und in der Brandung geplanscht hatte.

Der Strand war einer der Orte, wo sie am glücklichsten gewesen waren, wobei sie mit ihm überall glücklich gewesen war.

Doch jetzt …

Jetzt war ihr alles egal.

Oliver hatte sich für den Job als Leuchtturmwärter beworben, ohne es vorher mit ihr abzusprechen, weil er nicht gedacht hatte, dass sie auch nur den Hauch einer Chance hätten. Aber als der Stadtrat von Gansett Island sie unter all den Bewerbern ausgewählt hatte, hatte er zum ersten Mal nach einem Jahr erstickender Trauer Begeisterung für etwas gezeigt. Daher hatte sie mitgespielt, vor allem, weil es ihr etwas anderes zu tun gab, als sich zwanghaft mit der Vergangenheit zu beschäftigen. Doch was auch immer passierte, letztendlich war es ihr einfach egal – und das galt für alles und jeden, sogar Oliver.

Sie hatte keine Ahnung, ob er das wusste, und wenn, dann war ihr das ebenfalls egal.

Falls es möglich war, innerlich zu sterben, während man weiterlebte, dann war sie der Inbegriff so einer lebenden Toten. Ihr Kind war tot. Ihr Leben hatte jeden Sinn verloren, und daran würde auch ein Jahr im Leuchtturm von Gansett Island nichts ändern.

Denn es würde ihr Lewis nicht zurückbringen, was das Einzige war, was sie sich wirklich wünschte. Die Zeit zurückzudrehen zu diesem schicksalhaften Sonntag, zu den friedlichen Stunden, bevor ihr Leben zerstört worden war. Da das unmöglich war, was war da überhaupt noch von Bedeutung?

Nichts. Nicht mal der Ehemann, den sie so geliebt hatte. Alles in ihr war gestorben, sogar ihre Liebe zu ihm, und selbst das war ihr egal.

Die Leine ihrer Hündin Maisy um das Handgelenk gewickelt, trat Oliver zu ihr, hielt zwei Becher Kaffee in den Händen und reichte ihr einen.

Sie nahm ihn. »Danke.«

»Sieht es schon irgendwie bekannt aus?«, fragte er und deutete mit dem Kinn zur Insel.

»Nicht wirklich. Ich war zwölf Jahre alt, als ich ein Mal mit der Familie meiner Freundin hier war. Ich erinnere mich nicht an viel, außer daran, dass es Eis gab.« Sogar das Wort »Eis« war schmerzhaft für sie. Lewis hatte Eis geliebt.

Dara richtete ihren Blick auf die zerklüftete Küstenlinie der Insel und nahm einen Schluck von dem Kaffee. Nach Lewis' tragischem Tod war sie eine Zeit lang akut selbstmordgefährdet gewesen. Sie hatte sich sogar schon ganz konkret überlegt, auf welche Weise sie es tun könnte. Aber dann waren ihre Eltern zu Besuch gekommen, und ihre Mutter hatte die Verzweiflung ihrer Tochter gespürt und geahnt, mit welchen Gedanken sie spielte.

»Bitte tu mir nicht an, was du gerade durchmachst«, hatte ihre Mutter mit Tränen in den Augen gefleht. »Egal wie schlimm es wird, bitte tu mir das nicht an.«

Dara hatte darauf nichts erwidern können, doch die eindringlichen Worte ihrer Mutter hatten dazu geführt, dass sie die Selbstmordgedanken hinter sich hatte lassen können. Und daher musste sie nun herausfinden, wie ihr Leben aussehen konnte, während sie sich nichts mehr wünschte, als tot zu sein, damit sie wieder mit ihrem Baby vereint wäre.

Vor dem Unglück war sie Staatsanwältin gewesen. Nun war sie nur noch eine leere Hülle, jemand, der früher ein Leben gehabt hatte und die Mutter von Lewis gewesen war. Wenn sie nicht so viel Ehrgeiz entwickelt hätte, hätte sie sich an diesem schicksalsträchtigen Nachmittag vielleicht nicht in ihrem Arbeitszimmer vergraben. Und dann hätte sie mitbekommen, dass ihr kleiner Sohn die Haustür geöffnet hatte.

»Sieht echt nett aus«, bemerkte Oliver.

»Ja.«

Das zählte bei ihnen dieser Tage als Unterhaltung. Das war alles, wozu sie imstande war: einsilbige Antworten und ein Nicken, das ihn wissen ließ, dass sie gehört hatte, was immer er gesagt hatte.

Nur war ihr eben egal, was er gesagt hatte.

Er litt genauso sehr wie sie, wenn nicht sogar mehr. Sie hatte gearbeitet, als Lewis aus dem Haus gelaufen war, aber Oliver war auf dem Sofa eingeschlafen. Er gab sich die Schuld an dem Unglück. Und Dara tat das ebenfalls. Sie hasste ihn dafür, dass er ein Nickerchen gemacht hatte, und ja, sie war sich darüber im Klaren, dass das nicht fair war. Doch Fairness war ihr so egal wie alles andere auch.

Ihr Sohn war tot. Was war sonst wichtig? Nichts. Deshalb war es ihr auch egal, dass sie mit der Fähre nach Gansett Island fuhren, um im Leuchtturm zu leben. Ein Ortswechsel würde nicht reparieren, was nicht mehr stimmte, was *mit ihnen* nicht mehr stimmte.

Maisy stupste sie am Bein an.

Dara kraulte dem blonden Labrador gedankenverloren den Kopf. Manchmal hatte sie das Gefühl, als wäre Maisy die Einzige, die wirklich verstand, wie es in ihr aussah. Maisy war bei dem Unfall dabei gewesen und war seither nicht mehr dieselbe. Auch ihr Herz schien gebrochen.

»Dara.«

Ihr fiel auf, dass Oliver versuchte, ihre Aufmerksamkeit zu erregen.

»Sie rufen uns zu unserem Auto.«

»Oh. Okay.«

Als sie ihm zur Treppe folgte, kam eine Frau hinter einem kleinen Jungen hergelaufen und fing ihn gerade noch ein, bevor er mit Dara zusammenstoßen konnte.

»Es tut mir furchtbar leid«, entschuldigte sich die Mutter des Kleinen. »Er ist heute ein echter Wildfang.«

Dara hielt sich mit Mühe davon ab, ihr zu sagen, dass sie jede Sekunde mit ihrem Wildfang auskosten solle, weil man nie wusste, wann sie einem entrissen wurden. Sie hatte sich den Fehler vieler Mütter zuschulden kommen lassen und nicht in vollen Zügen genossen, was sie hatte, solange sie es gehabt hatte. Und jetzt würde sie alles dafür geben, noch einmal die Gelegenheit zu haben, Lewis hinterherzurennen, ihn einzufangen und zu umarmen und mit ihm zu schimpfen, weil er versucht hatte, ihr zu entwischen.

Sie waren immer so vorsichtig mit ihm gewesen, dachte sie, als sie die Treppe zum Autodeck hinunterstieg. Sie hatten ihn nie aus den Augen gelassen, waren keine Risiken eingegangen und hatten sogar dafür gesorgt, dass er so früh wie möglich schwimmen lernte. Einige ihrer Freunde besaßen Swimmingpools, und Lewis hatte nicht darin ertrinken sollen.

Das war die eine Sache, über die sie nicht hinwegkam. Sie hatten alles richtig gemacht, doch die Tragödie trotzdem nicht verhindern können. Das erfüllte sie immer noch mit Bitterkeit. Sie hatte selbst gesehen, wie die Kinder von Freunden unbeaufsichtigt herumgerannt waren, und sie hatten Lewis nie Dinge erlaubt, bei denen ihm was hätte passieren können. Und trotzdem war das Schlimmste passiert.

Während sie in Olivers SUV darauf warteten, dass die Autos vor ihnen von der Fähre fuhren, ertappte sie sich bei der Frage, was zur Hölle sie auf dieser Insel mitten im Nirgendwo zu suchen hatte. »Woher wissen wir, wie wir zum Leuchtturm gelangen?«, erkundigte sie sich.

»Mr McCarthy vom Stadtrat trifft sich am Gebäude der Fährgesellschaft mit uns.«

Früher hätte Dara weitere Fragen gehabt, beispielsweise woran sie Mr McCarthy erkennen sollten und wie es wohl wäre, in einem Leuchtturm zu leben, und was man auf Gansett Island tun konnte. Aber jetzt? Jetzt war es ihr egal. Heute war nur ein weiterer Tag, den sie irgendwie hinter sich bringen musste, bis sie wieder mit ihrem geliebten Sohn vereint war. Das war es, was ihr noch wichtig war – mit Lewis zusammen zu sein und diesen grausamen, verzweifelten Schmerz loszuwerden, der sie in jeder Minute eines jeden Tages quälte. Bis dahin würde sie immer einen Fuß vor den anderen setzen und auf der niedrigstmöglichen Stufe funktionieren.

Nachdem sie von der Fähre runter waren, fanden sie sich inmitten von Menschen, Autos, Ladung und Fahrrädern wieder, und es herrschte viel geschäftigeres Treiben, als sie es auf einer kleinen Insel erwartet hätte.

Oliver ließ das Fenster runter und fragte einen Mann mit dem Logo der Fährgesellschaft auf seinem Shirt nach dem Büro.

Er zeigte zu einem niedrigen, ziegelgedeckten Gebäude auf der anderen Seite des Parkplatzes.

»Danke.« Oliver fuhr dorthin und sah einen großen Mann mit grauen Haaren neben einer kleinen blonden Frau stehen. »Das ist er.« Oliver parkte auf einem der wenigen verfügbaren Stellplätze und verließ den Wagen, um den beiden die Hand zu schütteln.

Weil das Fenster wieder zu und die Klimaanlage eingeschaltet war, konnte Dara nicht verstehen, wie sie sich vorstellten, und sie machte auch keine Anstalten, auszusteigen und zu ihnen zu gehen. Als jemand an ihr Fenster klopfte, öffnete sie es.

»Hallo, ich bin Linda McCarthy, und Sie müssen Dara sein. Herzlich willkommen auf Gansett Island.«

»Danke schön. Es freut mich, Sie kennenzulernen.« Mechanisch ergriff sie die ausgestreckte Hand der Frau, tat, was von ihr erwartet wurde. Das war das einfache Zeug.

»Wir möchten Ihnen den Weg zum Leuchtturm zeigen.«

»Klingt gut. Danke.«

Oliver setzte sich wieder hinters Lenkrad und startete den Motor. Sie folgten Mr McCarthys Pick-up aus der Stadt und auf eine Landstraße, die offenbar um die Insel herum verlief.

»Es ist sehr schön hier«, stellte Oliver fest.

Das war ihr gar nicht aufgefallen. »Mhm.«

Eine kurze Weile später fuhren sie durch ein offenes Tor und eine befestigte Fahrspur entlang, die zu dem Leuchtturm direkt an der Küste führte. Das Gelände war anscheinend für die Öffentlichkeit zugänglich, was ihr, soweit sie sich erinnern konnte, niemand gesagt hatte, und der Leuchtturm selbst war viel kleiner, als sie gedacht hatte. Wobei ... sie hatte ja gar keine Vergleichsmöglichkeiten.

Dara stieg aus dem Auto, schaute sich in der Hoffnung um, dass sie einen Funken von irgendetwas spüren würde, aber wie immer war da nichts.

Linda reichte ihr einen Schlüsselbund. »Der Große ist für das Tor, denn eine der wenigen offiziellen Pflichten des

Leuchtturmwärters besteht darin, abends das Tor zu schließen. Außerdem erwartet man von Ihnen, dass Sie der Küstenwache zweimal täglich die Wetterbedingungen melden, und es wäre schön, wenn Sie Besuchern als Ansprechpartner und für Auskünfte zur Verfügung stehen.«

»Der letzte Teil ist nicht verpflichtend, oder?«

»Nein. Sie können das halten, wie immer Sie wollen. Niemand wird das je überprüfen. Na ja, außer die Küstenwache das mit dem Wetter.«

»Das ist in Ordnung«, sagte Dara.

»Kommen Sie rein, dann zeige ich Ihnen alles. Es ist wirklich ganz bezaubernd.«

Dara folgte Linda in das runde Gebäude.

»Das ist der Vorraum. Sie dürfen gerne die Liegestühle und alles andere benutzen, was von Ihren Vorgängern zurückgelassen wurde. In den letzten Jahren haben einige Leute, die jetzt unsere guten Freunde sind, diesen Job ausgefüllt, und sie haben es geliebt.«

Linda stieg die Wendeltreppe zum ersten Stock hoch, in dem sich eine kleine offene Küche und der Wohnraum befanden. »Zum Schlafzimmer und zum Bad gelangt man hierüber«, erklärte sie und deutete auf die Treppe, die in den zweiten Stock führte.

Um höflich zu sein, ging Dara die Stufen empor, um sich oben umzuschauen, und betrachtete das große Bett und das Badezimmer mit Dusche. Es war nicht luxuriös, aber es würde reichen. Als sie sich wieder zur Treppe begab, wurde ihr Blick von der Panoramaaussicht auf die Küstenlinie und das Meer angezogen. Sie trat dichter ans Fenster und stellte fest, dass sie so etwas wie Interesse verspürte, zum ersten Mal seit so langer Zeit.

Die Aussicht war unglaublich. Von hier aus konnte sie den Strand am Fuße der Klippe ausmachen und fragte sich, ob es dazu einen Zugang gab.

»Das ist schon etwas Besonderes, nicht wahr?«, wollte Linda wissen.

»Ja, wirklich«, antwortete Dara. »Der Strand dort unten … Kommt man von hier aus dahin?«

»Es gibt eine Treppe, die direkt hinunterführt.«

Dara nickte und drehte sich zu Linda.

»Falls es irgendetwas gibt, was Sie brauchen, müssen Sie uns nur anrufen.« Linda gab ihr einen Zettel mit mehreren Telefonnummern darauf. »Wir möchten, dass Sie sich hier wie zu Hause fühlen.«

»Ich bin mir nicht sicher, ob es möglich ist, dass ich mich irgendwo wie zu Hause fühle.«

»Ganz bestimmt«, sagte Linda. »Es wird etwas Zeit brauchen, doch Sie werden es schaffen.« Dara blickte Linda ins Gesicht und las in ihren Augen Mitgefühl und Verständnis. Oliver hatte ihr von dem Brief erzählt, den er geschrieben hatte, um sich für den Job zu bewerben. »Haben Sie etwas Ähnliches erlebt?«

»Nicht ganz, allerdings habe ich ein ungeborenes Kind verloren, um das ich auch heute noch trauere. Es ist nicht vergleichbar mit dem, was Ihnen passiert ist, nicht mal entfernt, aber …«

»Trauer ist Trauer.«

»Ja, ich schätze schon. Ich möchte nur, dass Sie wissen … Wir ganzjährigen Inselbewohner pflegen eine gute Gemeinschaft, wir halten zusammen und helfen einander. Wenn Sie einverstanden sind, würde ich Sie gern unserer Familie und unseren Freunden vorstellen. Einige der ehemaligen Leuchtturmwärter von Gansett haben Erfahrungen hinter sich, die Ihnen möglicherweise weiterhelfen könnten.«

Früher wäre Dara vielleicht daran interessiert gewesen, neue Leute kennenzulernen und zu hören, was sie erlebt hatten. Doch jetzt? Nicht wirklich. »Ich denk darüber nach.«

»Selbstverständlich. Das Angebot steht. Auf Gansett Island lässt es sich gut aushalten. Ich hoffe, Sie werden hier etwas Frieden finden.«

»Das wäre schön.« Und damit hatte sie zu dieser völlig Fremden mehr gesagt als in über einem Jahr zu jemandem, der ihr nahestand. Was hatten sie und Oliver einander überhaupt noch zu sagen?

Sie gingen nach unten, wo Oliver in ein angeregtes Gespräch mit Mr McCarthy vertieft war. Dass er so lächeln und sich mit anderen so angeregt unterhalten konnte, weckte in ihr den Wunsch, ihn zu schlagen. Wie konnte er nur?

»Wir verabschieden uns dann mal und lassen Sie in Ruhe ankommen«, erklärte Mr McCarthy. »Hat Linda Ihnen unsere Telefonnummern gegeben?«

»Ja«, bestätigte Dara. »Danke sehr.«

»Bitte rufen Sie an, wenn es irgendetwas gibt, das wir für Sie tun können, damit Sie es angenehmer haben«, erwiderte er.

Er wirkte wie ein netter Mann, jemand, den sie sicher besser würde kennenlernen wollen, wenn die Dinge anders lägen.

»Danke, dass Sie uns alles gezeigt haben«, antwortete Oliver, während er beiden die Hand schüttelte und sie dann nach unten zur Tür begleitete.

Ein paar Minuten später kehrte er mit den Koffern zurück, die er in den zweiten Stock trug. »Wow, die Aussicht von dort oben ist unglaublich«, meinte er, als er mit mehr Elan als seit vielen Monaten wieder runterkam.

Zwei weitere Trips zum Auto waren nötig, bis Oliver alles, inklusive des ganzen Kleinkrams, all der persönlichen Gegenstände, die sie eingepackt hatten – Bettlaken, Handtücher, zusätzliche Decken, Maisys Sachen und ein paar Küchengeräte –, in den Leuchtturm gebracht hatte. Alles andere, was sie sonst noch besaßen, war eingelagert, bis sie wussten, was nach diesem Jahr auf Gansett passieren würde.

Sie hatten das Haus, wo sich das Unfassbare zugetragen hatte, verkauft und konnten von dem Geld eine Weile ihren Lebensunterhalt bestreiten, aber früher oder später würden sie wieder echter Arbeit nachgehen müssen. Sie konnte sich überhaupt nicht vorstellen, auf dem gleichen Niveau wie früher ihren Beruf auszuüben – oder auf irgendeinem Niveau, was das betraf.

»Lass uns das Bett fertig machen«, schlug Oliver vor.

Sie folgte ihm nach oben und half ihm, ein Laken über die Matratze zu breiten und Kissen und Decken zu beziehen. Sie hatte erfahren, dass der Leuchtturm keine Klimaanlage hatte, ihnen war jedoch versichert worden, dass sie die die meiste Zeit über auch nicht vermissen würden.

Als sie fertig waren, setzte sich Oliver auf die Bettkante. Da sie nicht wusste, was sie sonst mit sich anstellen sollte, hockte Dara sich neben ihn. »Ich hoffe, wir können hier einen Weg aus unserem Albtraum finden«, erklärte er behutsam.

»Ich weiß nicht, ob das möglich ist.«

Das war mehr als alles, was sie in Monaten voller unbehaglicher Stille über das Thema Lewis und die Hölle, in der sie seit seinem Tod lebten, zueinander gesagt hatten.

»Wir müssen es versuchen, Dara. Welche Wahl haben wir?«

Sie hatten keine andere Wahl, trotzdem wollte sie es nicht versuchen. Das würde sie mehr Energie kosten, als sie aufbringen konnte.

»Möchtest du zum Strand?«

Sie hatte keine Lust, aber sie würde mitkommen, damit er sie nicht mehr mit diesem besorgt forschenden Blick anschaute, den sie so leid war. »Okay.«

KAPITEL 7

»Da ist es«, sagte Slim Jackson, als Gansett Island vor ihnen auftauchte. Wie immer fühlte er sich, als würde er nach Hause kommen. Sie hatten ausnahmsweise im Sommer eine Woche Urlaub in Bryn Mawr gemacht, um mit Erins Eltern deren Hochzeitstag zu feiern, aber es war schön, wieder daheim zu sein. »Bereit, Babe?«

»Äh, ich glaube schon.«

»Du kannst das. All die Kurzlandungen, die du letzten Winter in Florida geübt hast, haben dich auf genau das hier vorbereitet.« Heute hatte sie die Hand am Steuerknüppel gehabt und hatte die Maschine geflogen. Vom Start in Philadelphia bis hin zum Landeanflug auf Gansett Island hatte Slim neben ihr auf dem Platz des Co-Piloten gesessen, auch wenn sie ihn in dieser Funktion gar nicht brauchte. Seine Liebste war ein echtes Naturtalent, verfügte über die Sensibilität eines erfahrenen Piloten, und er war nie stolzer auf einen seiner Schüler gewesen als auf sie.

Nachdem sie ihren Zwillingsbruder bei den Attentaten auf das World Trade Center in New York verloren hatte, war Erin fast fünfzehn Jahre lang in kein Flugzeug mehr gestiegen. Doch dann hatte ihr Vater einen Herzinfarkt erlitten, und sie hatte so schnell wie möglich nach Hause, nach Pennsylvania gemusst, sodass Slim sie kurz entschlossen hingeflogen hatte.

»Geh es noch mal Schritt für Schritt mit mir durch, okay?«

»Nein.«

Sie hob den Blick lang genug von dem Flugfeld unten, um ihn überrascht anzuschauen. »Nein?«

»Du brauchst meine Hilfe nicht. Du weißt, was du tust.«

»Sei nicht albern. Natürlich brauche ich deine Hilfe.«

»Nein, brauchst du nicht.« Er verschränkte die Arme, wie um seine Aussage zu unterstreichen. »Bring uns sicher runter, Liebling.«

»Wenn es so aussieht, als würden wir abstürzen, greifst du aber bitte ein, ja?«

Slim lachte über ihre sarkastische Antwort. Er liebte ihren Humor, ihr süßes Gesicht und alles andere an ihr. Sie war seine Seelenverwandte, und er war nie glücklicher gewesen als in der Zeit, seit sie Teil seines Lebens war. Ihr das Fliegen beizubringen hatte ihm unglaublich viel Spaß bereitet, und das Wissen, dass sie ihre Ängste besiegt hatte und jetzt selbst am Steuerknüppel saß, erfüllte ihn mit unfassbarem Stolz.

Aus dem Augenwinkel beobachtete er sie dabei, wie sie der Reihe nach die Schritte durchging, die sie mit seiner Unterstützung gelernt hatte. Sie achtete auf Details, was sie zu einer exzellenten Pilotin machte. Er wollte sie gerade daran erinnern, sich beim Tower zu melden, als sie schon nach dem Funkgerät griff und sich darum kümmerte.

Slim lächelte, als sie mit dem Sinkflug begann und schließlich eine perfekte Landung hinlegte. »Verdammt noch mal! Sieh dir das an!«

Ihr entschlüpfte ein erfreutes Lachen. »Ich hab's geschafft!«

»Du hast es geschafft. Jetzt bist du imstande, allein zu fliegen.«

»Nein, zur Hölle, bin ich nicht.« Sie fuhr ohne Fehler weiter zu dem Platz auf dem Rollfeld, wo er seine Maschine immer abstellte, und schaltete den Motor aus. »Das wird nicht passieren.«

»Erin, Liebling, schau mich an.«

Sie wandte sich ihm zu, wenn auch leicht zögerlich.

Slim nahm ihr Kinn in die Hand und blickte ihr in die Augen. »Du kannst das.«

»Ich möchte nicht alleine fliegen. Ich möchte den Flugschein nicht machen. Was ich bis jetzt geschafft habe, ist mehr als genug für mich. Es ist schon viel mehr, als ich jemals geglaubt hätte, erreichen zu können. Erinnerst du dich noch, wie ich dachte, ich würde niemals wieder in ein Flugzeug steigen können?«

»Ich erinnere mich«, sagte er, während er ihr zärtlich über die Wange strich. »Und ich bin so, so stolz darauf, wie weit du seither gekommen bist. Ich glaube nicht, dass ich in meinem gesamten Leben jemals stolzer auf irgendwen gewesen bin. Du hast uns gerade von Philadelphia bis Gansett geflogen, Erin. Ich habe nicht ein Mal eins der Instrumente auch nur angefasst.«

»Ich weiß, Slim«, antwortete sie mit einem selbstzufriedenen Lächeln. »Das habe ich gut hingekriegt.«

»Also warum es nicht zu Ende bringen? Absolvier den Einzelflug, und hol dir deinen Flugschein. Stell dir vor, wie du dich fühlen wirst, wenn du dieses Stück Papier erst in den Händen hältst.«

»Das brauche ich nicht. Das hier – was ich gerade getan habe, was ich seit Monaten tue –, das reicht mir. Ich werde nie jemanden irgendwohin fliegen, wie du es tust, und ich will auf keinen Fall allein in der Luft sein.«

»Weil du Angst davor hast?«

»Nun, ja, ein bisschen schon. Hauptsächlich jedoch, weil es mir ohne dich keinen Spaß machen würde. Wir wissen beide, dass ich es packen könnte, wenn ich müsste, und das ist mehr, als ich je erwartet hätte, als wir mit den Flugstunden angefangen haben. Du hast mir nicht nur beigebracht, wie man fliegt, du hast mir auch die Furcht davor genommen. Das ist einfach wunderbar, und dafür werde ich dich immer lieben.«

Slim lehnte sich rüber, um sie zu küssen. Er konnte ihr nie widerstehen, besonders wenn sie ihm sagte, dass sie ihn liebte.

Sie legte eine Hand an sein Gesicht. »Du bist der einzige Passagier, den ich je haben werde, also warum dann den Flugschein?«

»Ich denke, es würde dir etwas bedeuten, ihn zu haben. Sogar wenn du ihn niemals benutzt.«

»Das würde es nicht. Ich freue mich, dass ich es so weit geschafft habe, und jetzt weiß ich, dass ich es könnte, wenn ich wollte, was aber nicht der Fall ist. Du verstehst das, oder?«

»Ich versuche es. Es ist etwas, was ich mir für dich wünsche, allerdings nur, wenn du es selbst auch willst.«

»Ich habe viel darüber nachgedacht und bin zu dem Ergebnis gekommen, dass mir das, was ich gerade getan habe, reicht. Kannst du damit leben?«

»Natürlich. Alles, was ich für dich wollte, ist, dass du deine Furcht vorm Fliegen überwindest. Dass du auch noch eine wirklich gute Pilotin bist, macht es nur umso besser.«

»Ich hatte eben einen hervorragenden Lehrer.« Sie küsste ihn erneut. »Jetzt müssen wir los, damit wir rechtzeitig bei der Party sind.«

»Nur noch ganz kurz: Glaub mir bitte, wenn ich dir sage, dass das ein tadelloser Flug war, dass ich superstolz auf dich bin und dich mehr als alles andere liebe.«

Lächelnd antwortete sie: »Das ist besser als jedes offizielle Dokument, das ich bekommen könnte, und nebenbei bemerkt habe ich bereits das beste Dokument überhaupt – unsere Heiratsurkunde.«

»Das ist wahr. Das beste Dokument überhaupt.« Er legte seine Hand auf ihren runden Bauch. »Wie geht es Peanut?«

»Ihr geht es gut, aber sie sitzt auf Mamas Blase.«

»Dann sollten wir besser schnell aussteigen.«

Gemeinsam kletterten sie aus dem Flugzeug und verzurrten alles sorgfältig, bevor sie ihr Gepäck aus dem Fach hinten holten. Slim hielt auf dem Weg zum Parkplatz ihre Hand und ließ sie nur los, damit Erin zur Toilette konnte.

»Die beste Tat meines Lebens war jedenfalls unbestritten, dass ich dich in jener Nacht am Straßenrand aufgelesen habe«, sagte er, wie er es so oft tat.

»Hör auf, es so auszudrücken. Das klingt immer so, als wäre ich eine Prostituierte gewesen oder so!«

»Warum jetzt damit aufhören? Es ist Tradition. Und verdammt noch mal, ist es heiß auf Gansett.«

»Ich wollte gerade das Gleiche sagen. Das letzte Mal, als eine so unerträgliche Hitze herrschte, ist Jenny im Leuchtturm fast gekocht worden.«

»Ich hoffe, bei Sarah und Charlie funktioniert die Klimaanlage«, meinte Slim. »Sonst wird es vielleicht etwas ungemütlich.«

* * *

»Wie ist das möglich, dass sie nicht funktioniert?«, wollte Sarah von Charlie wissen. »Sie ist doch ganz neu.«

»Ich arbeite daran, Liebling. Geh, beschäftige dich mit etwas anderem, und versuch dich nicht aufzuregen.«

»Genau. Wie bitte soll ich mich nicht darüber aufregen, dass am heißesten Tag des Jahres die Klimaanlage nicht funktioniert, und das, wo wir in Kürze hundert Gäste erwarten?«

»Was funktioniert nicht?«, fragte Sarahs Sohn John, der gerade in die Küche trat. Wegen der Hitze hatte er nur Shorts an, seine blonden Haare waren zerzaust und seine Wangen mit Bartstoppeln übersät. Je älter er wurde, desto ähnlicher sah er seinem ältesten Bruder Owen.

»Die Klimaanlage.«

»Oh, verdammt. Brauchst du Hilfe, Charlie?«

»Nur wenn du weißt, wie man den Kompressor einer Klimaanlage repariert.«

»Ich wünschte, damit könnte ich dienen.« Eine Sekunde später rief John: »Mom? Ich glaube, es ist nicht bloß die Klimaanlage. Die Kaffeemaschine funktioniert ebenfalls nicht.«

»Was?« Sarah verließ den Hauswirtschaftsraum, in dem Charlie an der Klimaanlage werkelte, und lief in die Küche. Sie blieb stehen, als sie bemerkte, dass die Anzeigen aller elektrischen Geräte dunkel waren. »Charlie! Wir haben keinen Strom. Das ist der Grund, warum die Klimaanlage nicht funktioniert. Ist eine Sicherung rausgeflogen?«

»Ich überprüfe das mal«, sagte Charlie.

Sarahs Handy klingelte, und auf dem Display stand Owens Nummer. »Hallo, Süßer. Du wirst nicht glauben, was hier gerade los ist.«

»Habt ihr Strom?«

»Nein, wir haben gerade erst bemerkt, dass er weg ist. Warum?«

»Wir haben auch keinen. Offenbar ist die ganze Insel betroffen.«

Diese Nachricht traf Sarah wie ein Schlag in den Magen. »O mein Gott. Ich habe einen Kühlschrank, randvoll mit Lebensmitteln, und keine Möglichkeit, alles zu verkochen. Außerdem ist es höllisch heiß. Das ist eine Katastrophe.«

Nun gesellte sich auch ihr jüngster Sohn Jeff zu ihnen. Sein braunes Haar stand in alle Richtungen ab, und sein Gesicht zierte wie bei seinem älteren Bruder ein Dreitagebart. So wie John trug auch Jeff lediglich Shorts. Sarah liebte es, wenn ihre

Jungs ein bisschen unordentlich waren, weil das ein äußeres Zeichen dafür war, dass sie sie selbst sein konnten und nicht länger unter der Fuchtel ihres Vaters standen. Der war General bei der Air Force gewesen und hatte darauf beharrt, dass ihre Kinder immer »ordentlich« aussahen, was immer das für ihn hieß.

»Was ist los?«, fragte Jeff.

»Der Strom ist weg, und Mom hat Kernschmelze«, erklärte John.

»Wortwörtlich«, meinte Sarah, während sie sich den Schweiß von der Stirn wischte. »Was sollen wir denn jetzt tun?«

»Schick die Jungs mit Charlies Pick-up rüber zum Surf«, erwiderte Owen. »Wir haben ein paar Grills, die wir euch leihen können.«

»Wir brauchen auch zusätzliche Kühlboxen und Eis.«

»Wir geben euch alles, was wir entbehren können.«

»Danke, Owen. Du bist ein Schatz.« Sarah schwirrte der Kopf, während sie über ihre Alternativen nachdachte. Hoffentlich blieb der Strom nicht zu lange weg, sonst würde ihre schöne Party ein komplettes Desaster werden. »Die Jungs sind gleich da.«

»Ich komm nachher rüber, um euch ein bisschen unter die Arme zu greifen.«

»Kümmere dich nicht um uns, wenn Laura dich im Hotel braucht.«

»Wir haben uns den Tag freigenommen, damit wir eure Party genießen können. Keine Sorge.«

»Dann danke für deine Hilfe.«

»Bis bald.«

Sarah wollte ihr Handy zurück in die Ladestation stecken, als ihr einfiel, dass das witzlos war. »Jungs, euer Bruder möchte, dass ihr mit Charlies Pick-up zum Surf fahrt, um ein paar zusätzliche Grills, Kühlboxen und Eis abzuholen. Könntet ihr das für mich tun?«

»Klar«, sagte John. »Aber können wir erst mal deinen Grill benutzen, um Kaffee zu kochen?«

»Weißt du denn, wie das geht?«, fragte Sarah.

»Wenn ich zelte, mache ich das ständig.«

»Kannst du mir gleich einen mitkochen?«, bat Jeff.

»Kommt sofort.«

Während John sich nach draußen auf die Terrasse begab, um den Grill anzufeuern, den sie und Charlie bei einem Ausflug aufs Festland vor einer Woche für ihr neues Zuhause gekauft hatten, drehte sich Sarah zu ihrem Jüngsten um. »Ich freue mich so, dich hierzuhaben.«

»Na ja, ihr habt mich ja zu eurer Einweihungsparty eingeladen«, antwortete er mit einem Lächeln, das sie an Owen erinnerte. Obwohl Jeff die dunklen Haare und Augen seines Vaters geerbt hatte und Owen mehr ihr nachgeriet, gab es doch eine deutliche Familienähnlichkeit mit seinem ältesten Bruder.

»Natürlich haben wir euch eingeladen. Ich hatte nur nicht erwartet, dass du und John tatsächlich kommt.«

»Wir wollten für dich hier sein und mit dir dieses wunderbare neue Haus feiern.«

»Es ist wirklich wunderbar, oder?«, erkundigte sich Sarah, während sie sich in dem offen gestalteten Wohnbereich mit der umwerfenden Aussicht aufs Meer umschaute. »Wir sind seit zwei Wochen hier, und ich kann es immer noch nicht fassen, dass wir hier leben.«

»Du hast es verdient, Mom. Genieß jede Sekunde davon.«

Sarah umarmte ihn. »Danke, Süßer. Aber jetzt erzähl mir von dir. Was gibt es Neues?«

»Nicht viel, was der Grund dafür ist, dass es ein günstiger Zeitpunkt für einen Besuch bei euch war.«

»Und mit der Arbeit läuft alles gut?«, hakte Sarah nach, während sie sich im Geist gleichzeitig eine Liste davon machte, was sie noch vor der Party um zwei Uhr erledigen musste – und sich fragte, wie sie ohne Strom auch nur die Hälfte davon schaffen sollte.

»Es ist Arbeit. Allerdings habe ich mich nicht durchs Studium gequält, um zu kellnern, aber bei der Jobsuche geht es nicht vorwärts. Ich stehe kurz davor, Florida aufzugeben und mich hier nach was umzusehen.«

»Wirklich? Das wäre ja wunderbar!«

»Was wäre wunderbar?«, fragte Sarahs Mutter Adele, die gerade durch die Küchentür kam. Dass ihre Eltern in das Gästehaus gezogen waren, das sich auf dem Grundstück befand, war ein weiterer Pluspunkt. Sie hatten das Angebot von Charlie und ihr liebend gern angenommen und wohnten jetzt wieder dauerhaft auf Gansett Island.

»Jeff überlegt sich, ob er seine Zelte in der Nähe aufschlägt«, sagte Sarah.

»Das wäre in der Tat wunderbar«, erklärte Adele, während sie ihr jüngstes Enkelkind auf die Wange küsste.

Jeff legte einen Arm um seine Großmutter und drückte sie. »Es macht keinen Spaß in Florida, seit ihr nicht mehr dort seid.«

Während Sarah in ihrer furchtbaren Ehe gefangen gewesen war, hatten ihre Eltern Jeff das Leben gerettet, indem sie sich, als er drogenabhängig geworden war, um ihn gekümmert hatten. Die Beziehung zu seinen Großeltern war weiterhin eng, und Sarah war ihren Eltern auf ewig dankbar, dass sie sich für ihn eingesetzt und sich um ihn gekümmert hatten, als sie selbst das nicht gekonnt hatte. Damals hatten ihre Eltern und ihre Kinder ihr vieles verschwiegen, was ihren Albtraum noch schlimmer gemacht hätte, als er ohnehin bereits gewesen war.

»Tja, mit uns kommt nun mal der Spaß«, antwortete Adele. »Ich bin zu euch rübergegangen, um zu schauen, ob ihr Strom habt.«

»Nein«, erwiderte Jeff, »und Mom kriegt die Krise.«

Sarah tat so, als wolle sie ihm eine Kopfnuss geben. »Das würdest du auch, wenn in ein paar Stunden hundert Freunde und Familienmitglieder zu dir zu Besuch kämen.«

»Wir schaffen das, Mom«, verkündete John, der gerade mit zwei Tassen Kaffee von der Terrasse reinkam. Eine Tasse reichte er Jeff. »Mach dir keine Sorgen.«

»Was?«, sagte Sarah. »Ich und Sorgen?«

»Das ist einmal während der Hauptsaison passiert.« Adele und ihrem Ehemann Russ hatte früher das Sand & Surf Hotel gehört. »Ich glaube, es war 1973 oder 1974. Wir hatten tagelang keinen Strom, aber wir haben es überstanden. Irgendwie.«

»Lasst uns hoffen, dass es dieses Mal nicht so schlimm wird«, meinte Sarah.

»Haben sie je herausgefunden, was der Grund war?«, fragte John seine Großmutter.

»Es war so heiß wie heute, und der erhöhte Verbrauch der Klimaanlagen hat zu einer Überlastung des Netzes geführt.«

»Seither muss es ja saniert und ausgebaut worden sein«, bemerkte Jeff. »Richtig?«

»Ich kann mich nicht erinnern, gehört zu haben, dass was daran gemacht worden ist«, erklärte Adele.

»Das sind keine guten Neuigkeiten«, stellte Sarah fest, und ihre Sorge wuchs. Sie hatten sich so darauf gefreut, mit ihrer Familie und ihren Freunden zu feiern. Sie und Charlie hatten am Memorial Day im kleinsten Kreis geheiratet, insofern war die Party heute auch eine nachträgliche Hochzeitsfeier.

Ein paar Minuten später traf ihre Tochter Julia mit ihrem Freund Deacon Taylor ein und brachte Kühlboxen mit Eis vom Wayfarer mit. »Sie haben den Laden für den Tag dichtgemacht, weil der Strom ausgefallen ist«, erläuterte Julia. »Also hat Nikki uns mit Eis rübergeschickt. Wo sollen wir es hintun?«

Shane und Katie kamen direkt nach ihnen und schoben ihren Grill durch die Küche in Richtung Terrasse. »Wir haben gehört, ihr braucht Grills«, sagte Katie und gab ihrer Mutter einen Begrüßungskuss.

Katie war blond, während ihre Zwillingsschwester Julia dunkles Haar hatte. Beide hatten sich Hals über Kopf in gut aussehende, wunderbare Männer verliebt, die überhaupt nicht wie der Vater waren, unter dessen Knute sie aufgewachsen waren. Sarah dankte dem Himmel jeden Tag für Charlie, Laura, Shane und Deacon und hoffte, ihre vier jüngeren Kinder würden irgendwann ebenfalls ihre perfekten Partner finden.

Charlie tauchte neben Sarah auf, die an der Arbeitsinsel in der Mitte ihrer Küche stand und staunte, dass ihre Kinder ihr so tatkräftig zu Hilfe kamen. Dennoch konnten auch ihre vereinten Kräfte die Panik nicht aufhalten, die sie in sich aufsteigen spürte, wenn sie daran dachte, dass sie hundert Leute ohne Strom bewirten sollten. »Was immer du gerade denkst, hör auf damit. Wir schaffen das. Mach dir nicht die geringsten Sorgen.«

»Woher weißt du stets, was du zu mir sagen musst?«

»Ich erkenne, dass du unglücklich bist, wenn du die Lippen so fest aufeinanderpresst. Und ich finde es furchtbar, wenn du unglücklich bist.«

Und genau das war der Unterschied zwischen ihrer wunderbaren zweiten Ehe und dem Albtraum der ersten. Charlie liebte sie und wollte nur das Beste für sie und für alle, die ihr am Herzen lagen.

Er massierte ihr die Schultern mit seinen starken Händen, die sie stets nur voller Liebe und Zärtlichkeit berührten. »Entspann dich, Baby. Es wird alles gut gehen. Schau sie dir an.« Er deutete mit dem Kinn zu ihren Kindern, deren Partnern und ihrer Mutter.

»Steph und der Rest von ihnen werden in Kürze hier sein. Was könnte außerdem noch wichtig sein?«

»Nichts«, antwortete Sarah und schmiegte sich in seine Arme.

»Nun, außer vielleicht einer drohenden Lebensmittelvergiftung. Das wäre vermutlich auch wichtig.«

Charlies Lachen zauberte ihr ein Lächeln aufs Gesicht. »Das werden wir nicht zulassen.«

KAPITEL 8

Blaine Taylor, der Polizeichef von Gansett Island, hatte sich auf einen seltenen freien Tag im Sommer gefreut, den er mit seiner Frau, seinen Töchtern, dem Rest der Familie und ihren Freunden bei Charlies und Sarahs Einweihungsfeier zu verbringen gedachte. Der Stromausfall auf der Insel hatte ihm jedoch einen Strich durch die Rechnung gemacht, was seiner Laune verständlicherweise alles andere als zuträglich war.

Jack Downing, der Polizeibeamte, der dauerhaft auf Gansett Island stationiert war, war ebenfalls zu dem Gebäude gekommen, in dem sowohl die Feuerwache als auch das Polizeirevier untergebracht waren, und stand jetzt neben ihm, ebenso wie Linc Mercier, der Offizier der Küstenwache, der die Station auf Gansett Island leitete. Sie warteten auf den Chef der Feuerwehr, Mason Johns, als Big Mac erschien. Als Sprecher des Stadtrats hatte er ein Recht darauf, in alle Entscheidungen mit einbezogen zu werden.

»Also, meine Herren, das ist jedenfalls ein schöner Mist«, bemerkte er, und seinem gewohnten Humor schien selbst ein Stromausfall während einer sommerlichen Hitzewelle nichts anhaben zu können. »Ich mahne schon seit Jahren eine Überlastprüfung des Stromnetzes an. Niemand will Geld für mehr als die notwendigste Wartung oder gar eine Ertüchtigung ausgeben.«

»Und genauso wenig will irgendjemand was von Windrädern oder Photovoltaikanlagen hören«, fügte Blaine hinzu. Beides war abgelehnt worden, aus Angst, dass es die Landschaft verschandeln und die Aussicht ruinieren würde. »Aber wenn das hier ein oder am Ende sogar zwei Tage andauert, ändert sich die Haltung dazu vielleicht.«

»Das können wir nur hoffen«, erwiderte Linc.

»Ich hab auf dem Festland Bescheid gesagt«, erklärte Jack. »Und jetzt warte ich auf einen Anruf von der Stromgesellschaft.« Jack war groß, hatte rotbraunes Haar und braune Augen, und Blaines Ehefrau Tiffany zufolge war er »echt heiß«.

Ein paar Minuten später traf Mason ein. »Ich bin sofort los, als ich deine Nachricht erhalten habe, Jack. Was wissen wir?«

»Noch nicht viel«, antwortete Blaine. »Die Stromgesellschaft und das Gouverneursbüro wollen sich zeitnah bei uns melden.«

»Gibt es irgendwelche Anzeichen dafür, dass es sich um Sabotage handelt?«, fragte Mason.

Blaine schaute zu Jack, der den Kopf schüttelte. »Ich glaub nicht. Man müsste sich schon sehr gut auskennen, um zu wissen, was man tun muss, um die Stromversorgung auf der gesamten Insel lahmzulegen, und wenn man keine Ahnung hat, müsste man schon sehr dumm sein, um daran herumzufuhrwerken. Ich denke, es ist so, wie Mr McCarthy sagt: ein überaltertes Stromnetz, das schon vor Jahren auf Vordermann hätte gebracht werden müssen, um für Verbrauchsspitzen wie bei einer Hitzewelle gerüstet zu sein.«

»Wie stehen denn die Chancen, die Stromversorgung bis heute Abend wieder an den Start zu bringen?«, erkundigte sich Blaine.

»Wenn die Vergangenheit uns da etwas lehrt«, erklärte Big Mac, »dann eher schlecht. Das letzte Mal, vor sechs Jahren, mussten wir vier oder fünf Tage ohne Strom auskommen.«

Alle stöhnten im Chor.

»Ich konnte gar nicht glauben, dass nichts passiert ist, als wir vor ein paar Jahren diese unglaubliche Hitzewelle hatten«, meinte Big Mac. »Ich hab die ganze Zeit den Atem angehalten.«

»Was heißt das für Notfälle?«, fragte Linc.

»Wir haben Notstromaggregate für dieses Gebäude und für die Krankenstation«, erwiderte Blaine.

»Und wir haben auch welche in der Marina«, sagte Big Mac, »aber die meisten davon werden dort gebraucht.«

»Müssen wir den Fährverkehr einstellen?«, wollte Mason wissen.

»Ich glaube, das können wir den Leuten nicht antun, die für ihren Lebensunterhalt auf die Sommerwochenenden angewiesen sind«, antwortete Big Mac. »Sie werden es drauf ankommen lassen müssen.«

Blaine beriet sich mit den andern darüber, was alles gebraucht werden würde, wenn der Ausfall tatsächlich einen oder gar zwei Tage andauerte. Darüber hinauszudenken wollte er lieber gar nicht.

»Das letzte Mal, als das passiert ist«, erzählte Big Mac, »haben die Leute nach dem ersten Tag angefangen, völlig durchzudrehen. Die Bars werden jedenfalls das Geschäft ihres Lebens machen.«

»Toll«, erwiderte Blaine. Als hätten sie zu dieser Jahreszeit nicht schon genug Ärger mit Betrunkenen. »Lasst uns mal die Notrufnummern testen, um uns zu vergewissern, dass alles über den Puffer funktioniert.«

Eine Stunde später verließ Blaine voller Zuversicht, dass seine Untergebenen die Lage unter Kontrolle hatten, die Wache, allerdings mit der Anweisung, ihn anzurufen, wenn er gebraucht wurde. Auf dem Weg klingelte sein Handy. Es war Tiffany, die in ihren Laden gegangen war, um alles zu überprüfen, bevor sie sich den Rest des Tages für ihn und ihre Familie freinahm. »Was ist, Babe?«

»Ach, nur ein kleiner Stromausfall, der einen Tag im Shop verkürzt.«

»Hast du zugemacht?«, erkundigte er sich. Er wusste, wie wichtig Sommerwochenenden für ihr Geschäft waren.

»Ja. Es ist einfach zu heiß ohne Klimaanlage, und es war ohnehin nicht viel los. Diese Hitze saugt allen die Energie aus. Wie ist die Lage zu Hause?«

»Ich musste meine Mutter um Hilfe bitten, damit sie bei den Mädchen bleibt, weil ich zur Wache gerufen worden bin, als der Strom ausgefallen ist. Aber ich bin jetzt auf dem Heimweg.«

»Weißt du mehr über den Stromausfall?«

»Bloß, dass es nicht gut ist. Das letzte Mal, als das passiert ist, gab es tagelang keinen Strom.«

»Ja, daran erinnere ich mich. Wir waren gerade erst auf die Insel zurückgekehrt. Ashleigh war noch ein Baby, und es war so unfassbar heiß.«

»Vermutlich wird es wieder ähnlich laufen. Wenigstens haben wir den Stromgenerator, sodass zumindest der Kühlschrank versorgt ist.«

»Du hattest recht, Schatz.«

Blaine lachte. »Das sind genau die Worte, die jeder Mann gerne hören möchte.« Er hatte letztes Jahr im Herbst darauf bestanden, einen Generator anzuschaffen, für den Fall, dass im Winter während eines Schneesturms der Strom ausfiel. Er hatte nicht damit gerechnet, dass sie das Gerät auch im Sommer brauchen würden. »Wie es scheint, ist das Stromnetz auf der Insel veraltet und hätte schon vor Jahrzehnten ausgebaut und ertüchtigt werden müssen.«

»Fantastisch. Also können wir uns auf ein paar heiße Tage gefasst machen.«

»Möglicherweise, aber vergiss nicht die Vorteile.«

»Es gibt dabei Vorteile?«

»Ja, total verschwitzten Sex.«

»Wieso ist das ein Vorteil?«

»Baby, ich kann es gar nicht erwarten, dir das nachher zu zeigen.«

»Darauf freue ich mich schon.«

»Findet die Party bei Sarah und Charlie trotzdem statt?«, erkundigte er sich.

»Soweit ich weiß, schon.«

Kaum war er in die Einfahrt eingebogen, erschien sie in ihrem roten VW Käfer neben ihm und warf ihm ihr typisches unwiderstehliches Lächeln zu. Und er wollte verdammt sein, wenn sein Herz beim Anblick seiner geliebten Frau nicht immer noch einen glücklichen kleinen Satz machte, selbst nach all dieser Zeit.

Er wartete, bis sie aus dem Auto ausgestiegen war, und hielt ihr eine Hand hin. »Warum fühlt es sich eigentlich an, als hätte ich dich seit Wochen nicht gesehen, obwohl es nur ein paar Stunden waren?«

»Weil du in der Beziehung ein bisschen albern bist?«

»Wenn Faszination für meine sexy Ehefrau albern ist, dann meinetwegen.« Er legte den Arm um sie, und gemeinsam gingen sie ins Haus, wo sie einen Zettel von seiner Mutter fanden.

Bin mit den Mädchen im Park. Wir sind in ungefähr einer Stunde zurück.

Sie hatte auch die Uhrzeit druntergeschrieben, und es war erst zehn Minuten her. Blaine hatte seine Mutter nie mehr geliebt als in genau diesem Moment. Mit der ganzen Arbeit und den Kindern hatten sie unglaublich viel zu tun, vor allem im Sommer, und im August war Blaine dann gewöhnlich mehr als bereit dafür, dass es wieder Herbst und ruhiger wurde, damit er mehr Zeit mit seiner Familie verbringen konnte.

Er legte von hinten die Arme um Tiffany, schmiegte sich an sie.

»Dafür ist es jetzt zu heiß, Cowboy«, erklärte sie und schenkte sich ein Glas von dem entkoffeinierten Eistee ein, den sie trank, wenn sie schwanger war.

»Wir haben fünfzig kinderfreie Minuten, in denen wir nicht arbeiten müssen, und das tagsüber im August, Tiffany.«

»Es ist heiß, Blaine.« Sie fächelte sich Luft zu.

»Und gleich wird es noch heißer werden.« Er drehte sie um, sodass sie ihn anschauen musste, streichelte ihr die Wange und stahl sich einen Kuss von ihren nach Erdbeeren schmeckenden Lippen. »Hi.«

»Hallo.«

»Kann ich dich nicht vielleicht doch zu ein bisschen schweißtreibendem Sex überreden?«

»Vermutlich. Was dich betrifft, bin ich ziemlich leicht zu haben, fürchte ich.«

»Und das liebe ich so.« Er ging in die Hocke, schob seine Hände unter den Rock des luftigen Kleids, das sie zur Arbeit im Laden angezogen hatte, und strich an ihren seidenweichen, sanft gebräunten Beinen hoch, umschloss ihren nackten Po mit beiden Händen. Ein Knurren entschlüpfte ihm, das aus dem tiefsten Teil von ihm aufstieg. Sie trug immer unglaublich sexy Unterwäsche, inklusive Stringtanga, was ihn jedes Mal wild machte.

»Lass uns nach oben gehen«, bat sie mit einem nervösen Lachen. »Deine Mom kann jederzeit wieder zurück sein.«

»Sie hat vor zehn Minuten geschrieben, sie würden eine Stunde lang weg sein.«

»Und was, wenn Addie zu weinen anfängt?«

»Darauf lasse ich es gern ankommen.« Er schob ihr bereits das Kleid nach oben und hob sie auf den Küchentresen.

»Blaine ...«

»Pst ... Lass mir meinen Spaß.« Nach nur einer Stunde ohne Klimaanlage war es im Haus bereits unerträglich warm. Er sollte überall Fenster öffnen, aber dafür würde er Zeit brauchen, die er nicht verschwenden wollte, solange er so viel bessere Dinge zu tun hatte. Wie beispielsweise Tiffany das Kleid noch weiter über die Hüften nach oben zu schieben und an dem Stringtanga zu zupfen. Gütiger Himmel, sie war die sexyste Frau, die ihm je begegnet war, und er musste der größte Glückspilz überhaupt sein, weil er mit ihr verheiratet war und von ihr geliebt wurde.

Er legte sich ihr rechtes Bein über die Schulter und begann sie mit Lippen und Zunge zu liebkosen – sie schmeckte zugleich würzig und süß und duftete nach Erdbeeren, und er meinte, im Himmel gelandet zu sein.

Sie stieß einen leisen Schrei aus und stützte sich auf die Ellbogen, hob die Hüften vom Tresen, um ihm näher zu kommen. »Wir sollten das nicht hier tun«, sagte sie und keuchte auf, als er zwei Finger in sie schob.

»Ich weiß. Das macht es noch aufregender, oder?«

»Deine Mutter wird das nicht finden, wenn sie uns erwischt ...«

Er schob seine Finger erneut in sie, und sie atmete scharf ein, bevor ihr Orgasmus sie überrollte und ihre inneren Muskeln sich um seine Finger zusammenzogen. Der Drang, sie auf der Stelle zu nehmen, wurde übermächtig, und Blaine öffnete mit der freien Hand den Verschluss seiner Hose, tat genau das und löste dadurch einen weiteren Höhepunkt bei ihr aus, der ihn beinahe mitgerissen hätte.

Aber nicht so schnell.

Er packte ihren Po und schaute ihr in das süße Gesicht, das feucht schimmerte. »Verschwitzter Sex ist einfach unvergleichlich, oder?«

»Nicht, wenn ich jede Sekunde damit rechnen muss, dass meine Schwiegermutter reinkommt.«

»Hör auf, von meiner Mutter zu reden, sonst killst du noch eine perfekte Erektion.«

»Deine Erektion ist nicht zu killen.«

»Nicht, wenn ich dich so verführerisch, verschwitzt und nackt in meinen Armen halte, an exakt dem Ort, wo alles zwischen uns begann.«

»Wenn dieser Küchentresen reden könnte.«

Er stieß sich tief in sie und liebte es, wie sie sich ihm entgegenbog, die Beine um seine Hüften schlang. »Der hätte was zu erzählen.«

»Nur das Beste.«

»Mhm«, sagte er und verlor sich restlos in ihr, wie er es immer tat. »Lass es mich wissen, falls irgendwas wehtut.« Er sorgte sich immer um sie, vor allem, wenn sie schwanger war.

»Mir tut nichts weh.«

Er machte sich an den Knöpfen ihres Kleids zu schaffen, wollte dringend die atemberaubenden Brüste freilegen, die noch atemberaubender waren, seit sie mit Addie schwanger gewesen war.

Sie half ihm beim Aufknöpfen und hakte den Vorderverschluss ihres sündhaft sexy BHs auf.

Es hatte definitiv etwas für sich, wenn man mit der Dessous-Dealerin der Insel verheiratet war.

»So verdammt heiß«, flüsterte er.

»Die Klimaanlage läuft nicht.«

»Das ist nicht der Grund, warum es heiß ist. Sondern du. Meine wunderbar sexy Ehefrau. Ich liebe dich so sehr.« Er barg das Gesicht an ihrem Hals, wo ihre Haut süß und salzig zugleich schmeckte. Ihre Körper bewegten sich in perfektem Einklang. Er packte ihren Po mit beiden Händen, trieb sie höher und höher, bis sie ihre Lust hinausschrie und er froh war, dass sie allein zu Hause waren.

Er sank auf sie, achtete dabei darauf, nicht zu viel Druck auf ihren Bauch auszuüben, und seufzte, als sie die Arme um ihn legte und ihm mit den Fingern durchs Haar strich. »Ich liebe dich mehr als alles auf der Welt, mehr, als du je wissen wirst.«

»Ich liebe dich auch. Ich kann immer noch nicht glauben, dass ich jetzt dieses Leben führe, dass *du* mein Leben bist.«

»Glaub es nur.« Er bewegte die Hüften, um sie daran zu erinnern, dass sie noch verbunden waren, auf eine Weise, die weit über das Körperliche hinausging, das jederzeit zwischen ihnen aufflammen konnte. Ihre Beziehung war von einer seelentiefen Verbundenheit geprägt, und so war es fast vom ersten Moment an gewesen, in dem er sie erblickt hatte, als sie am Bett ihrer Schwester in der Krankenstation der Insel gesessen hatte, so wunderschön ausgesehen hatte und so verloren.

Seither hatten sie so viel gemeinsam erlebt, und trotzdem würden sie nie genug voneinander bekommen.

Ihre Fersen drückten sich gegen seinen Hintern. »Wir müssen diese Party schnellstens aus der Öffentlichkeit ins Schlafzimmer verlegen, bevor deine Mutter oder Ash etwas zu sehen kriegen, was nicht für ihre Augen bestimmt ist.«

»Also gut«, antwortete er und löste sich widerstrebend von ihr.

»Wie kannst du immer noch so hart sein?«

»Wie kannst du immer noch so sexy und wunderschön sein, dass ich die ganze Zeit hart bin?«

Sie richtete sich auf, fuhr sich mit den Fingern durchs Haar und schnappte nach Luft, als er sie einfach vom Tresen hob, sie ohne viele Umstände auf seine Erektion setzte, die Shorts von seinen Füßen schleuderte und sich mit ihr zur Treppe wandte. »Du bist verrückt«, erklärte sie.

»Verrückt nach dir, besonders wenn wir im August und am helllichten Tag beinahe eine Stunde für uns haben.« Während er die Stufen hochlief, hielt er sie so, dass sie den maximalen Effekt spürte, und liebte die Laute, die er ihr damit entlockte. In ihrem Schlafzimmer angekommen, ließ er sich mit ihr aufs Bett sinken.

Ihr dunkles Haar lag über die Kissen ausgebreitet, ihre Wangen waren von der Hitze und der Lust ganz rosig, ihre Brustspitzen aufgerichtet und ihre Lippen gerötet, das Abbild seiner ganz persönlichen Fantasie.

Sie zog ihm das T-Shirt über den Kopf und fuhr mit den Händen über seinen Rücken, packte seine Pobacken, während er sich in sie stieß, als hätte es das erste Mal gar nicht gegeben. »Tiffany ... Gott ...«

»Fester.«

Und gerade, als er dachte, es könnte gar nicht besser werden, trieb ihn dieses eine Wort zu noch mehr Tempo an, und er verlor jegliches Gefühl für Ort und Zeit und alles, was nicht sie war und sie beide und die Magie, die sie gemeinsam erschufen. Es war heiß wie die Hölle und dank der Fenster, die wegen der inzwischen ausgefallenen Klimaanlage geschlossen waren, stickig, aber davon ließ er sich nicht aufhalten. Seine Lippen fanden ihre in einem gierigen Kuss, der das Gefühl der Verbundenheit zwischen ihnen noch verstärkte.

Nachher war er so erschöpft, dass er meinte, eine ganze Woche lang schlafen zu können. Obwohl ihm heißer war als je zuvor, war er wesentlich entspannter, als er es sonst von dieser Jahreszeit kannte, wenn sie beide wahnsinnig viel um die Ohren hatten. Er, der früher den Winter gehasst hatte, lebte nun für die langen, kalten Tage, an denen er es sich mit ihr und seinen Töchtern im Haus gemütlich machen konnte.

Bald, dachte er, würde die Saison vorbei sein, und es würde mehr Augenblicke wie diesen geben. Spätestens im August war er reif dafür. Und dieses Jahr umso mehr, ohne dass er sich das erklären konnte. Vielleicht lag es daran, dass er älter wurde und ungeduldiger und der ganze Mist, der bislang mehr oder weniger von ihm abgeprallt war, eher zu ihm durchdrang. Oder vielleicht war er schlicht so vernarrt in seine Frau und seine beiden Töchter, dass ihn jede Minute, die er von ihnen getrennt verbrachte – besonders zu einer Zeit, in der er vor allem mit Betrunkenen und anderen Idioten beschäftigt war –, ernsthaft störte.

»Was denkst du gerade?«, erkundigte sie sich nach längerem befriedigten Schweigen.

»Dass ich es gar nicht erwarten kann, dass die Saison vorbei ist, damit wir mehr hiervon tun können und weniger von dem ganzen anderen Mist am Hals haben, mit dem wir uns zu dieser Zeit des Jahres herumschlagen müssen.«

»Wir haben es fast geschafft.«

»Ich zähle jedenfalls die Tage bis zum Labor Day.«

KAPITEL 9

Tiffanys Schwester Maddie McCarthy zählte die Tage ebenfalls. Am Labor Day, in nur noch drei kurzen Wochen, würden sie und Mac mit Hailey und dem kleinen Mac aufs Festland übersiedeln, da Mitte September der errechnete Geburtstermin der Zwillinge war. Während sie zuschaute, wie Thomas auf dem Boden mit Hailey und Kelsey spielte, ihrem wunderbaren Kindermädchen, das am Anfang des Sommers auf die Insel gekommen war und sich seitdem als echtes Geschenk des Himmels erwiesen hatte, ertrug Maddie die Vorstellung kaum, fast einen ganzen Monat lang von Thomas getrennt zu sein, denn es war durchaus möglich, dass es so lang dauern würde, bis sie wieder nach Gansett zurückkonnten.

»Kelsey hat echt ein Händchen für die Kinder«, stellte Maddies Mutter Francine fest und sprach damit den Gedanken ihrer Tochter aus.

»Ich weiß. Ich bin beinahe ein bisschen eifersüchtig auf sie.« Kelsey konnte nicht nur himmlisch mit den Kindern umgehen, sie kümmerte sich auch um alles andere im Haushalt und war Maddie, die in den letzten Wochen ihrer Schwangerschaft strenge Bettruhe halten musste, eine echte Freundin geworden.

Mit zweiundzwanzig hatte Kelsey gerade das College abgeschlossen, nachdem sie dort vor allem Kurse zu kindlicher

Entwicklung belegt hatte. Sie hatte kastanienbraune Locken, die sie meist zu einem unordentlichen Knoten aufgesteckt trug, und haselnussbraune Augen, die jedes Mal aufleuchteten, wenn die Kinder etwas Niedliches taten, was praktisch dauernd passierte. Maddie nannte sie oft ihre Disney-Prinzessin, weil sie immer so lieb und gut gelaunt war. Am Anfang hatte sie sich gefragt, ob das echt war, hatte dann jedoch erkannt, dass Kelsey wirklich so war. Sie hatte ein Herz aus Gold, und ihre Anwesenheit machte einen Riesenunterschied, denn Maddies verordnete Bettruhe fiel genau mit der geschäftigsten Zeit für Mac zusammen. Seit ihr persönlicher Engel Kelsey bei ihnen war, hatte sich die Lage im Hause McCarthy jr. entscheidend entspannt.

»Warum bist du eifersüchtig?«, wollte Francine wissen.

»Die Kinder mögen sie lieber als mich.«

»Die Kinder mögen sie lieber als jeden anderen«, korrigierte Francine sie und lachte. »Sie hat irgendwas an sich, irgendeinen geheimen Zauber.«

»Von Rechts wegen sollte ich mich selbst um meine Kinder kümmern.«

»Das tust du ja.« Francine legte ihr eine Hand auf den riesigen Babybauch, der jeden Tag größer zu werden schien. »Du kümmerst dich gerade um die beiden hier, während dir die bestens qualifizierte Kelsey hilft, indem sie die drei anderen übernimmt.«

»Wie soll ich es bloß aushalten, einen ganzen Monat von Thomas getrennt zu sein?« Maddie traten Tränen in die Augen, wenn sie nur daran dachte. Sie waren seit seiner Geburt immer zusammen gewesen, als sie noch eine alleinerziehende Mutter gewesen war, die sich hatte abrackern müssen, um genug Geld für ihren Lebensunterhalt zu verdienen.

»Bei Blaine und Tiffany wird es ihm an nichts fehlen, und du weißt genau, dass sie euch ebenso wie Linda und Big Mac gerne helfen. Er wird von Liebe umgeben sein, und du kannst jederzeit Videotelefonate mit ihm führen.«

»Ich weiß.« Maddie wischte sich eine Träne von der Wange, die ihr das Gefühl gab, sich unnötig anzustellen, weil sie beim geringsten Anlass weinte. »Ich liebe das Leben auf der Insel, das weißt du. Nur manchmal …«

»Vertrau mir, Süße, wir alle empfinden manchmal so, wenn wir etwas möchten, was wir nicht so schnell kriegen können, wie die Leute auf dem Festland das gewohnt sind.«

»Oder wenn wir für einen Monat aufs Festland übersiedeln müssen, um auf eine Geburt zu warten, dafür aber eines unserer Kinder zurücklassen müssen.« Vor ein paar Wochen hatten sie ihren Freund und Anwalt Dan Torrington gebeten, ein Dokument aufzusetzen, in dem sie Tiffany und Blaine vorübergehend umfassende Handlungsfreiheit für einen Notfall übertrugen. Dass sie so ein Dokument benötigten, hatte Maddie Albträume beschert, während sie die Tage bis zum D-Day – so nannte sie den Tag ihrer geplanten Abreise – in ihrem Kalender abstrich. »Mac und ich haben das tausend Mal durchgesprochen, alle möglichen Szenarien durchgespielt, und wir wollten ihn mitnehmen, bis wir ihm erklärt haben, dass er dann den ersten Monat Schule versäumen würde. Er war am Boden zerstört, mehr als bei der Aussicht, uns einen Monat lang nicht zu sehen.«

Francine lachte. »Willkommen in der Phase, in der deinen Kindern andere Leute wichtiger zu werden beginnen als du. Das ist anfangs echt schwer zu verkraften.«

»Absolut. Ich erinnere mich an das erste Mal, als wir auswärts essen waren und ein fremder Erwachsener ihn gegrüßt hat, ohne dass ich eine Ahnung hatte, wer das sein könnte. Es stellte sich dann heraus, dass es der Sportlehrer aus der Vorschule war, den ich nie getroffen hatte.«

»Sie bleiben nicht lange klein«, meinte Francine. »Und dann beginnen sie ihr Leben ohne uns.«

»Dafür bin ich noch nicht bereit.« Maddie betupfte sich die Augen, aus denen weiter Tränen quollen. Sie war in letzter Zeit viel zu nah am Wasser gebaut. »Du musst hier nicht mein Babysitter sein, wenn du anderes zu tun hast.«

»Ned kommt mich bald abholen. Ich wollte dich und die Kinder sehen.«

»Danke, dass du uns Dinner mitgebracht hast. Ich werde hoffnungslos verwöhnt, denn alle bringen Essen vorbei oder helfen uns auf andere Weise. Es wird schwer sein, danach wieder zu irgendeiner Form von Normalzustand zurückzukehren.«

»Das machen wir alle liebend gern. Bettruhe ist furchtbar, vor allem in dieser Hitze. Warum läuft eigentlich die Klimaanlage nicht?«

»Der Strom ist weg. Schon seit über einer Stunde.«

»O Himmel, ich hoffe, es ist nicht wieder so wie letztes Mal, als es mehrere Tage gedauert hat. Sonst gehen wir noch ein.«

»Daddy ist schon dran«, verkündete Mac und trat durch die Schiebetür, die Kelsey ein Stück weit geöffnet hatte, um frische Luft ins Haus zu lassen. »Ich bringe einen Generator.«

»Für den Kühlschrank, richtig?«, fragte Maddie, die wie immer überglücklich war, ihn zu sehen. Alles war besser, wenn er da war, und so war es vom ersten Tag an gewesen, an dem sie einander begegnet waren.

»Ich werde ihn gleich mal anschließen, dann können wir auch die Luft hier unten ein bisschen runterkühlen.«

»Dem Himmel sei Dank. Mein Held.«

Mac kam zum Sofa und beugte sich über sie, um ihr einen Kuss zu geben. »Ich kann ja wohl nicht zulassen, dass die Mama meiner Babys an Überhitzung eingeht.«

»Hast du schon was von Adam gehört?«

Mac schüttelte den Kopf. »Noch nicht.«

»Machst du dir Sorgen?«

»Ein bisschen.«

Nachdem sie ihren Sohn Connor bei einer Fehlgeburt verloren hatten, war der Gedanke, dass sein geliebter Bruder und seine Schwägerin am Ende etwas Ähnliches erleben könnten, nahezu unerträglich, vor allem da Abbys Schwangerschaft an und für sich schon ein echtes Wunder war.

»Rechnest du rechtzeitig zur Party mit ihnen?«, erkundigte sich Maddie.

»Ich hab nichts anderes gehört.«

Sie holte tief Luft und atmete wieder aus, sprach ein stummes Gebet für ihre Schwägerin, die bereits mehr als genug durchgemacht hatte. Wenn irgendjemand eine einfache, komplikationslose Schwangerschaft verdiente, dann Abby.

Maddie hingegen konnte es gar nicht erwarten, nie wieder schwanger zu sein. Mac wollte sich sterilisieren lassen, sobald er einen Termin für den Eingriff bekam. Vorher würde sie nicht wieder mit ihm schlafen. »Aber die Party findet trotzdem statt, oder?«

»Ja, wenigstens soweit ich weiß. Ich hab Laura vorhin mit ihrem Notstromaggregat geholfen, und sie hat erzählt, Owen wolle Kühlboxen mit Eis aus dem Hotel zu seiner Mutter bringen.«

»Arme Sarah. Dass so was ausgerechnet an ihrem großen Tag passieren muss.«

»Das wird alles gut. Inselbewohner sind hart im Nehmen.« Binnen Minuten hatte er den Generator auf der Terrasse angeworfen, der Kühlschrank sprang an, und die Klimaanlage begann summend, kühle Luft ins Zimmer zu pusten.

»Du bist wunderbar, Mac.«

»Ich weiß«, sagte er mit dem unwiderstehlichen Lächeln, das sie so sehr liebte. »Wie fühlst du dich?«

»Riesig.«

»Du strahlst förmlich.«

»Ich bin mir sicher, ich biete einen beeindruckenden Anblick.«

»Den besten, den ich je zu Gesicht bekommen habe.«

»Wenn das das Beste ist, was du je gesehen hast, müsstest du dir mal die Augen ...«

Er küsste sie auf die Lippen, bevor sie den Satz zu Ende sprechen konnte. »Genug. Du bist wunderschön, und mehr gibt's dazu nicht zu sagen.«

Es hupte vor dem Haus. »Das ist mein Stichwort dafür, mich zu verabschieden«, verkündete Francine. »Ned muss ganz schön viel zu tun haben, wenn er nicht mal reinkommt, um die Kinder zu begrüßen.« Sie bückte sich, um Hailey und Thomas zu umarmen. »Danke für alles, Kelsey. Sie sind ein wahrer Segen.«

»Danke, Mrs Saunders. Es ist der schönste Job, den ich je hatte.«

»Wir hoffen, dass sie das auch noch sagt, wenn hier erst mal fünf von der Sorte rumlaufen«, meinte Mac.

»Ganz bestimmt!«, erwiderte Kelsey mit ihrer gewohnten Begeisterung. »Wenn ich mich nicht täusche, wacht Mac gerade aus seinem Mittagsschläfchen auf. Wer möchte mir helfen, ihn aus seinem Bettchen zu holen?«

»Ich!«, riefen Thomas und Hailey gleichzeitig.

»Wenn ich sie das frage, antworten sie nicht mal«, erklärte Maddie, als die drei nach oben gelaufen waren. Sie blickte ihre Mutter an. »Noch mal danke für den Besuch und das Essen.«

Francine beugte sich vor und gab ihrer Tochter einen Kuss auf die Stirn. »Schön weiter durchhalten, Süße. Auch das geht vorüber.«

»Ich muss leider ebenfalls los«, sagte Mac. »Ich treff mich in einer Viertelstunde mit meinem Vater. Brauchst du sonst irgendetwas, bevor ich aufbreche?«

»Nein, alles gut.« Maddie seufzte, denn ihr war todlangweilig. Das würde sie vor ihm allerdings nie zugeben, schließlich steckte er bis über beide Ohren in Arbeit, da er zwei Firmen zur selben Zeit führte.

»Ich werde rechtzeitig zurück sein, um dir zu helfen, dich für die Party fertig zu machen, und dann werden wir jede Menge Spaß mit den anderen haben.«

»Ich freu mich schon.«

Er gab ihr einen Kuss und steckte ihr eine Haarsträhne hinters Ohr. »Wir sind auf den letzten Metern, Süße. Kurz vor der Ziellinie.«

»Das muss ich immer wieder hören.«

»Jederzeit, wann immer du es brauchst.« Er gab ihr noch einen Kuss, richtete sich auf und lief die Treppe hoch, um sich kurz von seinen Kindern zu verabschieden, bevor er wegfuhr.

Maddie schaute ihm nach, beneidete ihn darum, dass er ungehindert herumgehen konnte, während sie gezwungen war, auf dem Sofa auszuharren. Sie legte sich eine Hand auf den Bauch, in dem die beiden Babys nie still zu halten schienen. »Ihr beide werdet echt anstrengend werden, oder?«

Sie lehnte ihren Kopf nach hinten in die Kissen und erinnerte sich an all das Gute in ihrem Leben, wozu auch ihre beiden ungeborenen Töchter gehörten, die schon bald ihre Welt auf den Kopf stellen würden.

* * *

Während Mac vom Haus wegfuhr, dachte er voller Sorge an Maddie und daran, wie sehr sie darunter litt, dass das Leben um sie herum weiterging, während sie zur Untätigkeit verurteilt war. Die Arme war am Ende ihrer Geduld angekommen, auch wenn ihr natürlich klar war, dass es das Beste war, um sie und die Babys zu schützen. Bettruhe war Mist, das war einfach so, besonders wenn man schon drei Kinder hatte.

Gott sei Dank hatten sie seit ein paar Monaten Kelsey, die ihnen wahrlich das Leben gerettet hatte. Sie einzustellen war genial gewesen, und er hoffte nur, sie würden sie davon überzeugen können, auch noch den Winter über hierzubleiben und ihnen weiter zu helfen, nachdem die Zwillinge auf der Welt waren. Er arbeitete wie ein Wahnsinniger, damit seine Familie hatte, was sie brauchte. Und im Moment brauchten sie Kelsey.

Nicht zu vergessen, dass Thomas, Hailey und der kleine Mac sie liebten.

Mac fuhr zum nordwestlichen Zipfel der Insel und bog in eine unbefestigte lange Einfahrt ein, die mit mehreren Windungen zu einer ehemaligen Alpakafarm führte. Das Anwesen war völlig heruntergewirtschaftet, das Dach löchrig und stellenweise eingesunken, überall standen verrostete landwirtschaftliche Geräte herum, und über allem hing der allgemeine Eindruck jahrelanger Vernachlässigung.

Aber da war auch Potenzial … und genau das konnte er erkennen, hatte es von der Sekunde an gespürt, als er letzten Winter beim Schneepflügen versehentlich hier gelandet war. Seither hatte er die Idee nicht wieder aus dem Kopf bekommen, und er hatte gelernt, seinem Bauchgefühl zu vertrauen. Wenn ihn etwas derart faszinierte, wie es die alte Farm hier tat, lohnte es sich, dem weiter nachzugehen.

Big Mac traf ein paar Minuten später ein, parkte seinen Pick-up neben dem seines ältesten Sohns und begrüßte ihn mit seinem gewohnten breiten Lächeln so überschwänglich, als hätten sie sich nicht erst vor ein paar Stunden gesehen.

»Bin seit einer Ewigkeit nicht mehr hier draußen gewesen«, erklärte er. »Erinnerst du dich noch an den Streichelzoo, den die Conways jedes Jahr zu Halloween hier eingerichtet haben?«

»Ja, klar.«

Die Hände in die Hüften gestemmt, schaute Big Mac sich um. »Seit sie gestorben sind, ist alles sich selbst überlassen geblieben.«

»Stimmt.«

»Was machen wir hier, Sohn?«

»Ich hab da so eine Idee …«

Big Mac schob seine Pilotensonnenbrille nach oben in sein drahtiges graues Haar. »Und was für eine?«

»Komm mal mit.« Mac führte seinen Vater durch eine Lücke in dem morschen Lattenzaun, den eine dicke Moosschicht bedeckte. Seit Jahren war hier kein Gras gemäht worden, sodass eine Wiese voller Wildblumen und Unkraut entstanden war, die sich bis zum Strand erstreckte. Eine riesige Scheune aus Stein und Holz war komplett mit buntem Efeu überwuchert, und der durchdringende Gestank von Alpaka-Urin hing schwer in der Luft.

»Hier duftet es aber heftig«, meinte Big Mac mit einer Grimasse.

Mac lachte. »Allerdings. Also, du weißt ja, dass wir mit dem Chesterfield eine elegante Hochzeitslocation haben und das Wayfarer für Strandhochzeiten.«

»Ja.«

»Was, wenn wir das hier renovieren und den Ort für Hochzeiten auf dem Land im Shabby-Chic-Stil vermarkten, der zusätzlich mit einer unvergleichlichen Aussicht aufs Wasser aufwarten kann?«

»Was zur Hölle ist ›Shabby Chic‹?«

»Verrostete Gerätschaften vom Bauernhof auf Hochzeitsfotos, altes Holz und Heuballen.« Er führte seinen

Vater durch eine zerbrochene Tür in die Scheune. »Schau dir das an.«

Big Mac zog ein Taschentuch aus seiner Hosentasche und hielt es sich vor Nase und Mund. »Es stinkt.«

Mac lachte. »Dagegen können wir ja was tun. Jetzt stell dir doch mal vor, was alles möglich wäre. Wir könnten den hinteren Teil der Scheune zu einer Profiküche umbauen und auf dem Heuboden eine Hochzeitssuite für das glückliche Paar einrichten. Es könnte eine Bühne für die Musik geben, und die anderen Außengebäude könnten für die Vorbereitungen für die Hochzeitsfeier genutzt werden. Dort drüben könnte eine Bar hinkommen, wir könnten Lichterketten in die Bäume hängen und lange Tafeln aus Holz wie bei Familienfeiern im Freien aufstellen. Ich glaube, das wird richtig cool werden.«

»Du hast ja schon ganz schön Pläne geschmiedet.«

»Ich bin letzten Winter beim Schneepflügen hierhergeraten, und seither muss ich immer wieder daran denken. Wir waren zu sehr mit dem Wayfarer beschäftigt, um irgendwas Neues anzufangen, aber nachdem das jetzt läuft und dazu auch noch ein Riesenerfolg ist, dachte ich, die Familie hätte vielleicht Lust auf das nächste Projekt.« Sie gingen nach draußen und zu der Stelle, wo der Strand begann. »Stell dir nur die Hochzeitsfotos vor, die man hier aufnehmen könnte.« Er deutete auf einen verrosteten Traktor, der beinahe komplett von Unkraut überwuchert war.

»Ein rostiger Trecker ist ja auch genau das, was jede Braut auf ihrem Hochzeitsfoto haben möchte.«

»Exakt. Leute, die ein Faible für Lässigkeit haben, hätten liebend gern den rostigen Trecker auf den Fotos von ihrer Hochzeit. Das ist für eine ganz andere Zielgruppe als das, was wir im Wayfarer anbieten, oder Lizzie im Chesterfield. Ich denke, hierfür gibt es auf jeden Fall einen Markt. Ich bin mit Nikki ein paar Zahlen durchgegangen, und sie sagt, für jeden Hochzeitsslot, den sie vergibt, muss sie zehn andere Interessenten ablehnen, weil wir einfach nicht mehr unterbringen können. Lizzie berichtet etwas Ähnliches über das Chesterfield. Die Leute möchten dort heiraten, aber die Kapazitäten reichen einfach nicht aus.«

»Das ist auf jeden Fall eine interessante Idee, das gebe ich gerne zu, und die Aussicht ist tatsächlich phänomenal. Das wäre auf jeden Fall ein gewichtiges Argument.«

»Und der verrostete Trecker auch«, erklärte Mac und grinste.

»Da verlass ich mich auf dein Wort.«

»Meinst du, die anderen wären an einem neuen Projekt interessiert?«

»Angesichts der Zahlen vom Wayfarer in diesem Sommer kann ich mir vorstellen, dass sie nicht abgeneigt wären. Für wie viel steht es zum Verkauf?«

»Eins Komma acht Millionen, aber ich denke, da können wir noch etwas handeln. Das Hauptgebäude müsste entkernt und nahezu vollständig neu errichtet werden, und auch die anderen Bauten sind in ziemlich üblem Zustand.«

»Und du würdest die Renovierungen übernehmen, vermute ich.«

»Genau.«

»Ihr seid doch über den Winter restlos ausgelastet mit den Arbeiten im Hotel.«

»Ich hatte gedacht, wir könnten uns dem hier nach dem Winter zuwenden und eine Eröffnung für den übernächsten Sommer anstreben. Ich bin echt zuversichtlich, was die Möglichkeiten hier angeht. Vielleicht könnte man im Herbst zu Erntedank einen Markt veranstalten, mit Kürbissen oder Äpfeln als Motto, mit Ponyreiten, Fahrten auf dem Heuwagen und Kinderschminken. Ich überlege hier nur laut, aber ich glaube wirklich, dass wir hier was Gutes und überaus Profitables erschaffen können.«

Sie begaben sich zurück zu ihren Autos, und Big Mac lehnte sich gegen seines. »Das kann ich mir gut vorstellen, und mehr als alles andere finde ich es klasse, dass du so begeistert davon bist. Allerdings – und bitte versteh mich da nicht falsch, Sohn – vergiss nicht, du wirst demnächst Vater von Zwillingen, sodass du dann insgesamt fünf Kinder haben wirst. Du hast bereits eine Menge um die Ohren, und das hier würde das ja nicht gerade reduzieren.«

»All das hab ich berücksichtigt, und natürlich hast du recht damit, dass die Geburt der Zwillinge wie eine Bombe in unser Leben einschlagen wird, doch ich kann mich da voll auf Luke, Shane, Riley und Finn verlassen. Jeder von denen kann bei Bedarf für mich einspringen. Und das sollen sie bestimmt nicht umsonst tun. Ich beschäftige sie alle ganzjährig, das Projekt würde für weitere Jahre Sicherheit geben.«

»Stimmt auch wieder.«

»Wenn wir nicht zuschlagen, wird es jemand anders tun, und dann wird hier nur eine weitere elegante Villa an der Küste entstehen. Wir brauchen aber so etwas wie das, was mir vorschwebt. Es ist nicht bloß mit der Geschichte der Insel verknüpft, es wäre außerdem etwas, was es auf Gansett bislang nicht gibt.«

Big Mac rieb sich das Kinn. »Die Idee gefällt mir.«

»Ja?«

»Hölle, ja. Lass es uns der Familie unterbreiten und schauen, was sie denken.«

»Klingt gut.«

»Mir gefällt deine Vision von dem, was hier möglich wäre, und wie gründlich du dir alles überlegt hast. Das erinnert mich an mich selbst, als ich das erste Mal die Marina gesehen hab. Ich hab nicht das eingesunkene Dach oder die zerbrochenen Fenster gesehen, sondern das Potenzial.«

»Tja, hört sich so an, als fiele der Apfel nicht weit vom Stamm«, meinte Mac.

»Ja, absolut. Ich könnte nicht stolzer auf den Mann, Vater, Sohn und Geschäftsmann sein, der du geworden bist.«

»Alles, was ich über diese Dinge weiß, habe ich von dir gelernt, Pop.«

»Dann hast du gut aufgepasst, Sohn.«

»So, und jetzt verrat mir mal ehrlich, wie man es schafft, mit fünf Kindern …«

Big Mac lachte. »Das, mein Sohn, musst du selbst rausfinden.«

KAPITEL 10

»Und jetzt noch mal fest pressen«, wies Victoria Stevens Jessie an, die junge Frau, die sich abkämpfte, um ihr Baby auf die Welt zu bringen.

Obwohl das Notstromaggregat der Krankenstation angesprungen war, sodass die Überwachungsgeräte und das Licht funktionierten, lief die Klimaanlage auf der niedrigsten Stufe, sodass es im Raum schweißtreibend heiß war.

»Ich kann nicht mehr«, schluchzte Jessie, während ihr Tränen über die Wangen rannen. »Ich bin so müde.«

Vic wischte ihr mit einem kühlen Tuch übers Gesicht. »Sie schaffen das, Jessie. Nur noch ein paarmal pressen, und Sie sind Mutter.«

Sie schüttelte den Kopf. »Ich kann einfach nicht.«

»Sind Sie sicher, dass es niemanden gibt, den ich anrufen könnte, damit er bei Ihnen sein kann?«

»Es gibt niemanden.«

Victoria war es bislang nur selten passiert, dass eine Frau ihr Kind ohne irgendjemanden an ihrer Seite auf die Welt brachte, aber sie hatte es definitiv schon erlebt. Doch wer, fragte sie sich, würde der jungen Mutter bei der Versorgung des Babys helfen, wenn sie in ein paar Stunden entlassen wurden?

Jessie stöhnte, als sich eine weitere Wehe ankündigte.

»Kommen Sie, Jessie. Lassen Sie uns dieses Baby auf die Welt bringen. Ich zähle, und Sie pressen auf mein Zeichen hin, so fest Sie können.«

Die junge Frau raffte den Rest ihrer Kraft und ihrer Entschlossenheit zusammen und wurde mit einem rotgesichtigen kleinen Mädchen belohnt, das sofort laut zu schreien begann.

»Sie haben eine Tochter«, erklärte Victoria, während sie das Baby in eine Decke wickelte und der jungen Mutter reichte. »Meinen Glückwunsch.«

»Ist sie ... ist sie gesund?«

»Ich hab zehn Finger und zehn Zehen gezählt, und sie hat auf jeden Fall eine gesunde Lunge.« Victoria kümmerte sich um die Nachgeburt, vernähte einen Riss und säuberte Jessie. »Wie soll sie denn heißen?«

»Das weiß ich noch gar nicht.«

»Ich lasse Sie beide eine Minute allein, damit Sie einander ungestört kennenlernen können, während ich Dr. David hole, damit er die abschließende Untersuchung durchführt.« Victoria verließ den Raum und machte sich auf die Suche nach David, den sie schließlich in seinem Büro fand, wo er in der einen Hand ein Sandwich hielt, von dem er immer wieder abbiss, während er gleichzeitig mit der anderen Eintragungen in Patientenakten vornahm. Der Papierkram schien nie zu enden. »Jessie Morgan hat ein Mädchen auf die Welt gebracht.«

»Und, ist alles gut gegangen?«

»Wie im Bilderbuch, bis auf die Tatsache, dass sie völlig allein zu sein scheint. Ich hab sie gefragt, ob es jemanden gibt, den ich anrufen kann, und sie hat geantwortet, da sei niemand.«

»Hm. Was wissen wir denn über sie?«

»Nicht viel. Sie ist vor ungefähr einem Monat auf der Insel eingetroffen und war ein Mal zur Voruntersuchung bei mir. Ich glaub nicht, dass sie vorher überhaupt bei einem Arzt war. Und

111

daher ist mir insgesamt nicht ganz wohl dabei, sie mit einem Neugeborenen nach Hause zu schicken, ohne dass sie Hilfe hat.«

»Dann wollen wir uns mal das Baby ansehen und schauen, was wir rausfinden können.«

Victoria folgte David zurück ins Geburtszimmer. Bevor sie hineingingen, erhaschte sie einen Blick auf ihren Freund Shannon O'Grady, der gerade durch die Eingangstür in die Krankenstation kam. »Ich brauch noch ein paar Minuten«, rief sie ihm zu.

»Ich warte vorne auf dich.«

»Danke.« Shannon passte sich stets perfekt den Erfordernissen ihres Berufs an und der Unberechenbarkeit von Babys, die oft die unpassendsten Zeiten für ihren Eintritt in die Welt wählten, zum Beispiel wenn sie eigentlich eine Verabredung zum Lunch mit ihrem Liebsten hatte.

Victoria stellte sich zu David, der bereits mit Jessie über das Baby sprach. »Wir wollen uns nur rasch vergewissern, dass mit ihr wirklich alles in Ordnung ist. Einverstanden?«

»Ja, gerne.« Sie reichte ihm das Baby, und er nahm es mit zu einem Tisch in der Nähe, der mit einer Wärmelampe ausgestattet war und mit den Gegenständen, die er für die Untersuchung benötigte. »Es ist doch alles okay, oder?«

»Ja, allem Anschein nach schon«, erwiderte David. »Das ist eine reine Routineuntersuchung. Wie lange leben Sie bereits auf der Insel?«

»Ungefähr einen Monat oder so. Ich bin für einen Sommerjob im Beachcomber hergekommen.«

»Und haben Sie vor, über die Hauptsaison hinaus hierzubleiben?«, erkundigte sich Victoria, bemühte sich, die Frage beiläufig und freundlich interessiert klingen zu lassen.

»Ich ... Ich bin mir noch nicht sicher.«

»Ist der Vater des Babys ebenfalls hier irgendwo?«

Jessie schüttelte den Kopf und schaute weg, gab damit deutlich zu verstehen, dass sie über das Thema nicht sprechen wollte.

»Ich möchte ehrlich sein: Ich mach mir Sorgen, wenn ich Sie mit einem Neugeborenen nach Hause schicke, ohne dass Sie jemanden haben, der Ihnen unter die Arme greift«, erklärte Vic. »Vor allem angesichts des Stromausfalls, dessen Ende noch nicht abzusehen ist.«

»Wir schaffen das schon. Ich ... Ich lasse mir was einfallen. Irgendwie.«

»Haben Sie eine Babyschale fürs Auto?«

»Ich habe gar kein Auto, daher brauche ich auch keine Babyschale.«

»Und was ist mit einem Kinderbett?«

»Ich hatte vor, für den Anfang eine Schublade zu nehmen. So hat es meine Mutter bei uns gemacht.«

»Ist Ihre Mutter denn in der Nähe? Könnte sie herkommen und Ihnen helfen?«

»Sie ist vor sechs Jahren gestorben.«

»Oh, das tut mir leid.«

»Mir auch. Sie war meine beste Freundin.«

»Und haben Sie vielleicht Freunde auf der Insel, die eine Weile bei Ihnen bleiben könnten?«

»Nicht wirklich. Ich bin noch nicht so lange hier.«

»Sind Sie in dem Angestelltenwohnheim des Beachcomber untergebracht?«

»Ja.«

Victoria fand nicht, dass das die richtige Umgebung für ein neugeborenes Baby war, denn die Saisonkräfte waren dafür bekannt, außerhalb ihrer Arbeitszeit jede Menge lauter Partys zu feiern. »Die Gemeinschaft auf der Insel ist echt toll, und wenn ich verlauten lasse, dass wir eine frischgebackene Mutter haben, die Unterstützung braucht, werden die Leute gern bereit sein, Ihnen und Ihrer Tochter zu helfen.«

»Ich bin kein Fall für Wohltätigkeit.«

»Das biete ich auch gar nicht an. Ich rede von der Hilfe, die jede junge Mutter kurz nach der Entbindung braucht.«

»Ich … Ich weiß nicht.«

Victoria drückte ihr den Arm. »Denken Sie darüber nach. Sie müssen das nicht jetzt sofort entscheiden.«

David brachte das Baby zurück. »Sie ist absolut gesund und hat bei allen Tests die Höchstpunktzahl.«

»Oh, schön«, antwortete Jessie, während sie ihm das Baby abnahm. »Das sind gute Neuigkeiten.«

Die vorsichtige, leicht ungeschickte Art und Weise, wie sie ihre kleine Tochter anfasste und hielt, verriet Victoria, dass sie keinerlei Erfahrung mit Neugeborenen hatte.

»Achten Sie darauf, ihren Kopf zu stützen.« Victoria zeigte ihr, wie. »Ihre Halsmuskulatur ist noch zu schwach.«

»Woher wissen Leute so was, bevor sie ein eigenes Kind haben?«

»Na ja, es gibt Bücher und Websites und solche Sachen. Ich habe ein paar Bücher, die ich Ihnen leihen könnte, wenn Sie möchten.«

»Das wäre gut. Ich weiß nicht viel über Babys.«

»Und das ist der Grund, weshalb ich Ihnen gerne etwas Hilfe besorgen würde, Jessie. Ich kenne eine Gruppe toller Frauen, die Sie unter ihre Fittiche nehmen und Ihnen alles zeigen würden. Alles, was Sie tun müssen, ist, es zuzulassen.«

Jessie nagte an ihrer Unterlippe. »Und Sie sind sicher, dass das keine Wohltätigkeit ist?«

»Da bin ich mir sehr sicher. Das ist einfach nur normale Hilfe unter Mitmenschen.«

»Dann ist es okay, denke ich.«

»Super, während Sie und Ihre Tochter sich ausruhen, kümmere ich mich darum und telefoniere mit ein paar Leuten.«

»Danke.«

»Kein Problem.«

David folgte Victoria aus dem Zimmer. »Was hast du vor?«

»Erst mal kontaktiere ich Lizzie James.«

Er lachte schnaubend. »Ich sehe, du rufst die schweren Geschütze auf den Plan.«

»Entweder ganz oder gar nicht. Behältst du sie im Auge, während ich mich rasch mit Shannon zum Lunch treffe?«

»Ja, klar.«

»Soll ich dir irgendwas mitbringen?«

»Danke, nicht nötig. Daisy hat mir was zu Mittag gemacht.«

»Sie verwöhnt dich echt.«

»Ich weiß! Ich sage ihr, dass sie das nicht tun muss, aber sie möchte es gerne. Sie liebt ihre neue Küche so sehr, dass sie jeden Vorwand nutzt, um darin zu werkeln.« Er rieb sich den Bauch, der so flach wie eh und je war. »Sie versucht, mich vor der Hochzeit zu mästen.«

»Dafür hat sie ja nur noch wenige Wochen Zeit. Ich hoffe, sie kocht rund um die Uhr.«

»Bei jeder sich bietenden Gelegenheit.«

»Hast du schon irgendwas Neues zum Stromausfall gehört?«

»Nur dass die ganze Insel betroffen ist.«

»Fantastisch. Das wird dann ja vermutlich eine wilde Nacht.«

»Absolut. Und jetzt ab mit dir zum Lunch. Ich werde noch eine Weile hier sein.«

»Danke.« Sie hatten beide vor, nachher bei Charlies und Sarahs Party vorbeizuschauen, doch heute Vormittag waren sie in der Krankenstation, um die Patienten zu behandeln, die unter der Woche arbeiten mussten. Und dann war Jessie aufgetaucht, bei der die Wehen eingesetzt hatten.

Victoria schnappte sich ihre Handtasche aus ihrem Büro und eilte zum Empfang. Shannon hatte eine kurze Pause zwischen zwei Überfahrten mit der Fähre, die sie zum gemeinsamen Mittagessen nutzen wollten. Da er um halb zwei wieder losmusste, blieb ihnen jetzt nur eine Stunde. »Sorry«, sagte sie, als sie ihn vor der Krankenstation auf einer der Bänke fand, wo er saß und das Gesicht in die Sonne hielt. »Babys kümmern sich nicht um Pläne für die Mittagspause.«

»Die kümmern sich um gar nichts außer um sich selbst«, erklärte er mit dem herrlichen irischen Akzent, der zum Soundtrack ihres Lebens mit ihm geworden war. »Selbstsüchtige kleine Scheißerchen.« Er legte ihr einen Arm um die Schultern. »Wie wäre es mit der Außenterrasse des Wayfarer? Ich hab gehört, es gibt Burger vom Grill, aber mehr auch nicht, ohne Strom.«

»Ein Burger klingt super.« Da das Lokal ganz in der Nähe lag, gingen sie zu Fuß den Hügel hinab in die Stadt.

»Und, was hat sie bekommen? Einen Jungen oder ein Mädchen?«

»Ein Mädchen, und die Arme musste es in dieser schrecklichen Hitze auf die Welt bringen, während die Klimaanlage nur das Allernötigste leisten konnte. Hast du was wegen des Stromausfalls gehört?«

»Dass die gesamte Insel betroffen ist und es Tage dauern könnte, bis es behoben ist.«

Sie stöhnte. »Himmel, das ist ja furchtbar. Es ist so heiß.« Auf dem Weg schrieb Victoria Lizzie James, der Ehefrau des milliardenschweren Investors Jared James, eine Textnachricht. Lizzie hatte ihr mal gesagt, sie solle sich melden, wenn sie von jemandem hörte, der in Not war. Ruf mich bitte mal an, wenn du kurz Zeit hast. Ihr Telefon klingelte, zehn Sekunden nachdem sie die Nachricht abgeschickt hatte. Zu Shannon meinte Vic: »Sorry, da muss ich kurz ran.«

»Kein Problem, Liebste.«

Er war wirklich unvergleichlich und beklagte sich nie, wenn eine Schwangere oder eine Geburt ihre gemeinsamen Pläne über den Haufen warf, sondern akzeptierte es als Begleiterscheinung davon, mit der einzigen Hebamme der Insel zusammen zu sein.

»Hi, Lizzie. Danke für den Anruf.«

»Immer gern. Wie geht es euch so ohne Strom?«

»Nicht wirklich toll. Die Notstromversorgung läuft, aber die Klimaanlage ist bloß auf niedrigster Stufe eingeschaltet.«

»Ich hoffe ja nur, dass es nicht zu lange dauert. Womit kann ich dir helfen?«

»Du hast mir gegenüber mal erwähnt, dass ich dich anrufen soll, wenn ich auf jemanden stoße, der Hilfe braucht. Ich hab da eine junge, alleinstehende Mutter in der Krankenstation. Sie ist über den Sommer als Aushilfe im Beachcomber hier und hat gerade ihr Baby auf die Welt gebracht. Ich glaube nicht, dass sie irgendjemanden hat, der ihr irgendwie beisteht oder so …«

»Du brauchst gar nicht weiterzureden. Ich bin dabei.«

»Du bist die Beste. Sie ist ein bisschen überwältigt, um es mal vorsichtig zu formulieren.«

»Das kann ich mir vorstellen. Wir kümmern uns um sie.«

»Vielen Dank, Lizzie.«

»Danke, dass du dich bei mir gemeldet hast. Ich fahre nachher gleich zur Krankenstation und schau nach ihr.«

»Bis dann.« Victoria beendete das Gespräch und steckte ihr Handy zurück in die Tasche, entschlossen, Shannon in der kurzen Verschnaufpause, die sie sich gemeinsam gönnten, ihre ungeteilte Aufmerksamkeit zu schenken. Seit sie sich entschieden hatten, ihr Leben zusammen zu verbringen, bemühte er sich so, sie glücklich zu machen – und das gelang ihm auch, indem er sie zwischen zwei Überfahrten zum Lunch einlud und mit vielen anderen Dingen, die dafür sorgten, dass sie sich geliebt und in ihrer Beziehung sicher fühlte.

Er war ein völlig anderer Mann, seit er ihr die schlimme Geschichte anvertraut hatte, wie seine erste große Liebe Fiona ermordet worden war. In den Jahren danach hatte er massiv unter Schuldgefühlen gelitten und tief getrauert, doch inzwischen hatte er gelernt, sich zu gestatten, erneut glücklich zu sein, und dadurch hatten sie beide den nächsten Schritt in ihrer Beziehung tun können.

»Also, meine Tante, meine Mam und mein Dad würden im Herbst gerne auf einen Besuch vorbeikommen«, sagte er.

»Deine Tante, also Seamus' Mutter?«

»Genau die. Meine Eltern möchten die junge Frau kennenlernen, die mich auf einer winzigen Insel in den Vereinigten Staaten festhält.«

»Festgehalten wirst du hier ja nicht direkt.«

»Ach nein? Mit Kette und Kugel!« Er tat so, als müsse er sein Bein nachziehen, weil eine Eisenkugel daran hing.

»Pass bloß auf, O'Grady. Deine Kette mit Kugel wird heute Abend sonst nicht so furchtbar nett zu dir sein.«

Sein Lachen entzückte sie. »Du weißt genau, dass ich sehr glücklich damit bin, von der klugen, sexy, wunderschönen Hebamme festgehalten zu werden, die mich vor mir selbst gerettet hat, indem sie dafür gesorgt hat, dass ich mich in sie verliebe.«

»Das mit dir zählt jedenfalls zu meinen schönsten Erfolgen.«

»Absolut, Liebste. Also, ich dachte, solange meine Familie hier ist, könnten wir vielleicht, du weißt schon, unsere Beziehung … na ja … irgendwie offiziell machen.«

Verwirrt und bezaubert von seinem Gestotter, obwohl er sonst wortgewandt wie kaum einer war, blickte Victoria ihn an. In dem Moment, in dem sie den Kopf zu ihm drehte, blieb er stehen und ließ sich auf dem Bürgersteig mitten in der Stadt auf ein Knie nieder. »Shannon! Was tust du da?«

Er nahm ihre Hand und hob sie an seine Lippen. »Ich hatte das eigentlich für heute Abend geplant, aber ich kann keine Minute länger damit warten, dich zu fragen …« Er schaute sie mit seinen fantastischen grünen Augen voller Liebe an – und mit dem Anflug von Trauer, der immer ein Teil von dem Mann sein würde, der er heute war.

»Mich was fragen?«, wollte sie atemlos wissen. Sie musste ihn die Worte sagen hören.

»Heiratest du mich, Vic? Wirst du …?«

»Ja!«

Er lächelte zu ihr empor und erklärte: »Ich war noch nicht fertig, aber ›Ja‹ ist auf jeden Fall schon mal die richtige Antwort.«

Sie fasste ihn an den Armen, zog ihn hoch und warf sich ihm an den Hals.

»Wenn du mich hättest ausreden lassen, hättest du gehört, wie sehr ich dich liebe und wie wunderbar du mir das Leben gerettet hast, indem du meine Liebe erwiderst.«

»Ich liebe dich genauso sehr, und ich kann es gar nicht erwarten, dich zu heiraten. Danke, dass du mich gefragt hast.«

Er blickte sie an und lächelte strahlend. »Danke, dass du den Antrag annimmst. Wenn wir nach Hause kommen, steck ich dir auch den Ring an den Finger, den ich dir besorgt habe.«

KAPITEL 11

Lizzie räumte die Sachen, die sie zum Pool mitgenommen hatte – Sonnencreme, E-Reader, Lippenbalsam, Wasserflasche, Handtuch –, in ihre Tasche.

»Wo willst du hin?«, fragte Jared von der nahen Liege aus, auf der er gedöst hatte.

Sie hatten einen ihrer seltenen gemeinsamen freien Tage genossen, als sie den Anruf von Victoria bekommen hatte.

Sie hatte eine Pause zwischen zwei Hochzeiten im Chesterfield, und er hatte den Stromausfall und das damit einhergehend fehlende Internet als Zeichen dafür gewertet, dass er sich den Rest des Tages von der Online-Arbeit an seinem Portfolio freinehmen sollte.

»Ich werde in der Stadt gebraucht.«

»Du wirst auch hier gebraucht.«

Lizzie blieb neben seinem Stuhl stehen, um ihm einen Kuss zu geben. »Ich werde dort mehr gebraucht.«

»Was ist los?«

»Victoria Stevens hat angerufen, weil sie in der Krankenstation eine frischgebackene Mutter hat, die ohne jegliche Unterstützung dasteht.«

Jared richtete sich auf, um nach ihrer Hand zu greifen. »Bist du dir sicher, dass du dich da hineinziehen lassen solltest?«

»Mir geht es gut, ehrlich.« Nachdem sie sich zu ihm runtergebeugt hatte, um ihm noch einen Kuss zu geben, verschwand sie ins Haus, um sich fertig zu machen.

Sie liebte ihn dafür, dass er gefragt hatte, ob sie das wirklich tun wollte, besonders jetzt. Gerade war auch ihr dritter Versuch mit künstlicher Befruchtung fehlgeschlagen, und sie erholten sich beide noch von der Enttäuschung, die mit jedem neuen Misserfolg größer zu werden schien. Dieser jüngste war besonders schlimm für Lizzie, hauptsächlich weil sie sich nicht sicher war, ob sie das alles ein weiteres Mal durchstehen konnte. Die gesamte Prozedur hatte sie ausgelaugt. Termine, Spritzen, Tests – und am Ende alles vergebens.

Lizzie hatte noch nicht mit Jared darüber gesprochen, aber sie hatte ihr Limit erreicht, zumindest fürs Erste. Er war die ganze Zeit wundervoll gewesen, hatte sie unterstützt, ermutigt und Optimismus verbreitet. Sie hätte sich nicht mehr von ihm wünschen können, doch … sie konnte nicht mehr.

Während sie sich rasch duschte und anzog, dachte sie darüber nach, was sie in den letzten neun Monaten alles durchgemacht hatten, ohne der Erfüllung ihres Wunsches nach einem Baby ein Stück näher zu kommen. Und am belastendsten war, dass keiner der vielen Spezialisten, die sie zurate gezogen hatten, ihnen hatte sagen können, warum es nicht klappen wollte.

Wenn sie nur wüssten, was die Ursache war, dann würde es wenigstens ein bisschen Sinn ergeben. So, wie es jetzt war, ergab nichts Sinn. Sie waren ein in jeder Hinsicht völlig gesundes junges Paar, das ohne Probleme in der Lage sein sollte, sich seinen Kinderwunsch zu erfüllen. Aber das war nicht geschehen, und nun kam ihr langsam die Erkenntnis, dass es vielleicht nie passieren würde.

Das war der Grund für Jareds Sorge darüber, dass sie sich in eine Situation begab, in der sie mit einem Neugeborenen zu tun haben würde. Verdammt, sie machte sich selbst Sorgen, trotzdem konnte sie nicht tatenlos zusehen, wenn sie wusste, dass jemand Hilfe brauchte, die sie leicht bieten konnte. So war sie einfach. Sie mischte sich ein und kümmerte sich darum, dass jeder Unterstützung bekam, der sie brauchte. Sie hatte einen unfassbar reichen Mann geheiratet, obwohl sie Vorbehalte gehabt hatte. Wie sollte sie sich selbst treu bleiben, wenn sie mit jemandem verheiratet war, der über so unerschöpfliche finanzielle Mittel verfügte wie er?

Seitdem hatte sie gelernt, dass sie viel Gutes mit seinem Geld – oder, wie er stets betonte, *ihrer beider* Geld – bewirken konnte, und sie hatte seine Bereitschaft, sie um jeden Preis glücklich zu machen, nach Kräften ausgenutzt, um in Dinge wie das Chesterfield-Anwesen zu investieren, oder das Seniorenheim, das sie auf der Insel errichtet hatten. Das Heim war nun voll belegt mit Bewohnern, die ohne ihre Einrichtung fern von ihren Familien auf dem Festland leben müssten.

Alles mit Jared war auf jede denkbare Weise wunderbar, bis auf ihre Unfähigkeit, schwanger zu werden. Sie wusste, dass sie eigentlich nicht den geringsten Grund hatte, sich über irgendwas zu beschweren, aber ihr Herz schmerzte trotzdem. Ihr wunderschöner Ehemann wartete auf sie, als sie aus dem Badezimmer kam. Er saß mit bloßem Oberkörper auf dem Bett, Bartstoppeln am Kinn und das blonde Haar unordentlich und noch feucht von einem Sprung in den Pool. Wer ihn so erlebte, würde niemals vermuten, dass er Milliardär war. Unter seinem ungezwungenen Äußeren war er allerdings ein überaus intelligenter und brillanter Mann.

»Was schaust du so?«, fragte er mit einem Grinsen, wobei er sie mit Sorge im Blick ansah, wie sie es aus den schwierigen letzten paar Monaten kannte.

»Ich betrachte meinen sexy Ehemann. Das ist doch wohl erlaubt, oder?«

»Verdammt, ja, natürlich ist das erlaubt.« Er streckte die Hände nach ihr aus, und sie ging zu ihm, ließ sich von ihm in die Arme schließen, und er presste seine Lippen auf ihren Bauch. »Tust du mir bitte einen Gefallen?«

»Und was für einen?«, fragte sie, während sie sein unordentliches Haar glatt strich.

Er schaute voller Liebe zu ihr hoch. »Diese frischgebackene Mutter, die Hilfe braucht … Lass uns ihr Geld geben und uns ansonsten aus der Sache raushalten.«

Seine sanften Worte trafen sie direkt ins Herz, und plötzlich hatte sie einen Kloß im Hals.

Sie konnte nachvollziehen, dass er das von ihr verlangte und warum, sie hatte genau das auch selbst schon gedacht.

»Ich liebe dich so sehr und wegen so vieler Dinge«, erklärte er, »aber am meisten liebe ich dich wegen deines großen Herzens und deiner Großzügigkeit Leuten in Not gegenüber. Das jedoch … das ist in diesem Moment zu viel, Liebling.«

»Ich verstehe, warum du das denkst, und ich liebe dich dafür, dass du so besorgt um mich bist, aber mir geht's gut. Und das sage ich nicht einfach so. Ja, ich bin enttäuscht, und es bricht mir das Herz, dass es wieder nicht geklappt hat. Dennoch versuche ich zu akzeptieren, dass es für uns einfach nicht sein soll. Zumindest nicht jetzt.«

»Du warst so stark, doch das Letzte, womit du es jetzt zu tun haben solltest, ist ein Neugeborenes.«

»Vielleicht ist das genau das, was ich jetzt brauche, um zu sehen, dass das Leben weitergeht, sogar wenn ich enttäuscht bin und mir das Herz bricht. Ich verspreche dir, wenn es mir zu viel wird, werde ich sicherstellen, dass sie alles hat, was sie benötigt, und nach Hause kommen.«

Er holte tief Luft und stieß sie langsam wieder aus. »Also gut.« Sein Telefon meldete sich mit dem Ton, den er für seinen Bruder Cooper eingerichtet hatte, einem Furzgeräusch, worüber sie immer lachen mussten, und dieser Moment bildete da keine Ausnahme.

»Typisch Coop, genau den richtigen Moment zu wählen«, meinte Jared, während er sie losließ, um sein Handy aus der Tasche seiner Badeshorts zu fischen.

»Was will er?«

Als Jared die Nachricht las, wurden seine Augen groß. »Er schreibt, er trifft mit der Fähre um drei Uhr hier ein, sodass er zu Quinns Hochzeit da ist. Aber natürlich kann ich ihm antworten, dass es uns gerade nicht gut passt.«

»Nein, lass ihn kommen, Jared. Mit ihm ist es immer lustig, und wir könnten hier ein wenig Auflockerung gebrauchen.«

»Bist du dir sicher?«

»Absolut. Es ist in Ordnung.« Sie beugte sich zu ihm vor, um ihn zu küssen. »Ich bin nicht lange weg.«

»Pass gut auf meine Lizzie und ihr großes Herz auf, hörst du?«

»Das werde ich. Versprochen.«

Er umarmte sie erneut, ließ sie los und stand auf, um sie zu ihrem Auto zu begleiten. »Fahr vorsichtig«, bat er, während er die Tür zu ihrem silbernen Land Rover schloss.

Sie winkte ihm, während sie aus der Einfahrt zurücksetzte und sich auf den Weg in Richtung Stadt machte, wobei sie wirklich hoffte, dass sie das, was sie gleich erwartete, gut überstehen würde.

KAPITEL 12

»Es ist so heiß, dass ich fürchte, ich gehe jeden Moment ein«, teilte Jenny Martinez ihrem Ehemann Alex mit, während sie gemeinsam im Gartencenter arbeiteten, das zu Martinez Grün & Garten gehörte. Während ihr kleiner Sohn George in der Babyschale hinten im Büro schlief, versuchten sie, die Abrechnung der Tagesumsätze per Hand durchzuführen, da der Computer runtergefahren war, kurz nachdem der Strom ausgefallen war.

»Ich habe Erinnerungen an fliegende Tomaten«, erwiderte Alex und grinste bei der Anspielung auf ihre erste Begegnung.

»Ich glaube tatsächlich, es ist heißer als damals, und das hätte ich wirklich nicht für möglich gehalten.«

»Bei Hitze sind wir doch besonders produktiv.« Alex stellte sich hinter sie, legte ihr seine Hände auf den Po und drückte zu. »Erinnerst du dich noch an die erste Woche?« Er hauchte ihr einen Kuss auf den Nacken und knabberte ganz leicht an ihrer Haut, woraufhin sie ein Kribbeln durchlief, das zwischen ihren Oberschenkeln endete.

»Wie könnte ich das je vergessen?«

»Wir sollten noch mal zurück in den Leuchtturm.«

»Ich hab gehört, dass die neuen Leuchtturmwärter bereits eingezogen sind. Die sollten wir nicht gleich am ersten Tag verschrecken.«

»Ja, vermutlich hätten die ein Problem damit, wenn wir kämen und wilden Sex an der Wand gleich neben der Eingangstür hätten.«

Jenny lachte. »Meinst du?«

»Das meine ich ganz bestimmt.« Er presste sich von hinten gegen sie. »Ich denke daran, mit meiner Süßen ein bisschen schweißtreibenden Spaß zu haben.«

»Gönnt ihr euch eigentlich je eine Pause?« Alex' Bruder Paul trat ein und erwischte sie eng umschlungen.

»Nicht wirklich«, antwortete Alex und schloss seine Arme fester um Jenny, damit sie ihm nicht entschlüpfen konnte.

»Habt ihr keine Angst vor Abnutzungserscheinungen?«, wollte Paul wissen.

Alex lachte nur. »Nein. Mein Motto lautet: Wer rastet, rostet.« Er drückte sich erneut gegen Jenny, um keine Zweifel daran aufkommen zu lassen, wovon er sprach.

Als wenn ihr nicht ohnehin genau klar wäre, was er meinte.

»Genau genommen überlegen wir gerade, vorzeitig zuzumachen«, verkündete Alex. »Es ist verdammt heiß hier drin, und wir haben Besseres zu tun, als uns hier sonst was abzuschwitzen.«

»Nur zur Richtigstellung«, warf Jenny ein, »ich hab da nichts, was ich mir abschwitzen könnte.«

»Was mein ist, ist auch dein, und damit hast du alles, was ich auch habe.«

»Paul, kannst du bitte irgendwas gegen ihn unternehmen?«

Paul lachte. »Du wusstest ganz genau, worauf du dich einlässt, als du ihn geheiratet hast.«

»Ja«, sagte Jenny mit einem resignierten Seufzen. »Das stimmt wohl.«

»Wo ist meine Nichte?«, erkundigte sich Alex.

»Im Auto mit Hope, wo es kühl ist. Wir wollen Mom besuchen und uns vergewissern, dass es ihr trotz des Stromausfalls gut geht.«

»Oh, super Idee«, lobte Alex. »Soll ich mitkommen?«

»Nicht nötig. Ich schaue nach ihr und geb dir Bescheid.«

»Ich bin sicher, im Pflegeheim haben sie ein Notstromaggregat. Jared und Lizzie haben an alles gedacht.«

»Hoffentlich.«

»Ich möchte das Baby sehen«, erklärte Jenny und wand sich aus Alex' Armen. Sie ging mit Paul nach draußen in die sengende Hitze, um einen Blick auf die kleine Scarlett zu werfen, die neben ihrer Mutter auf dem Rücksitz in einer Babyschale saß. Ihre Nichte war hellwach.

Hope ließ das Fenster runter, damit Jenny sich zu Scarlett hineinbeugen konnte. Der Schwall kalter Luft, der Jenny entgegenschlug, war einfach himmlisch und weckte in ihr den Wunsch, sich zu den beiden zu setzen. »Verdammt, die Klimaanlage fühlt sich wunderbar an.«

»Ja, nicht wahr?« Hope deutete auf das Armaturenbrett. »Draußen sind es fünfunddreißig Grad.«

Jenny streckte die Hand in den Wagen, damit Scarlett danach greifen konnte. »Wie geht's unserer Kleinen denn heute?«

»Sie hat tolle Laune, seit sie ihre Windel vollgemacht und sich dabei komplett eingesaut hat.«

Jenny lachte. »Das ist ein Beweis dafür, dass sie und George verwandt sind. Genau dafür ist er berühmt-berüchtigt.«

»Geht doch nichts über eine gesunde Verdauung«, erklärte Alex, der hinter sie getreten war.

»Hör nicht auf Onkel Alex und sein schmutziges Mundwerk«, riet Jenny dem Baby.

»Was habe ich denn jetzt wieder gesagt?«, wollte Alex wissen.

Paul umrundete das Auto und setzte sich auf den Fahrersitz. »Und jetzt bitte zurücktreten, damit die kühle Luft im Wagen bleibt«, verlangte er gespielt streng.

»Auf Wiedersehen, Scarlett«, rief Jenny. »Viel Spaß mit deiner Oma.«

Sie winkten, während Paul Richtung Landstraße fuhr.

»Das ist eigentlich eine super Idee«, meinte Jenny. »Lass uns auch eine Spritztour machen, Alex.«

Er wackelte mit den Augenbrauen. »Liebend gern, Baby. Jederzeit.«

»Vergiss das mal schnell wieder, du Hengst. Ich spreche von einer Autofahrt mit eingeschalteter Klimaanlage.«

»Du kannst einem Typen wirklich alle Hoffnung nehmen.«

»Das wirst du schon überleben. Geh und hol das Auto.«

»Ja, Liebste.« Er kniff sie noch einmal in den Po und gab ihr einen Kuss, bevor er zu ihrem Haus joggte, das sich am Ende des unbefestigten Wegs befand.

Sie blickte ihm nach, ihr Herz zum Überfließen voll, wie es das immer war, seit er während der letzten Hitzewelle in ihr Leben getreten war. Damit hatte sich das Blatt in ihrem Leben gewendet, und in den letzten paar Jahren war so vieles gut geworden. Wenn sie heute an jene magische Woche dachte, musste sie lächeln, aber seit sie mitten in der Nacht nach einem verstörenden Traum aufgewacht war, verspürte sie weiter eine vage Unruhe, was einen Schatten über ihren Tag warf.

Im Gartencenter ging sie ins Büro, um nach George zu schauen, der immer noch tief und fest schlief. Ihr kleiner Junge sah genauso aus wie sein Vater, hatte seine dunklen Haare und die Haut mit dem Olivton. Er brachte so viel Freude in ihr Leben, und sie hofften immer noch, ihm einen Bruder oder eine Schwester schenken zu können. Sie verhüteten nicht, aber bislang war es nicht passiert, obwohl sie in ihrem Bemühen nicht nachgelassen hatten.

Bei dem Gedanken musste sie lachen. Ihr Ehemann hatte immer Lust aufs Babymachen. Vorsichtig nahm sie George hoch, der sich warm anfühlte und verschwitzt war, hielt ihn im Arm und hoffte, dass er noch eine Weile länger schlafen würde. Wie sein Daddy war er nie begeistert, wenn er nach einem Nickerchen geweckt wurde. Sie trug ihn nach draußen, und als Alex mit ihrem SUV vorfuhr, gelang es ihr, den Kleinen im Autositz anzuschnallen, ohne dass er wach wurde.

»Sehr geschickt, Mom«, lobte Alex.

Sie stieg ein und schaltete sofort die Klimaanlage an, öffnete alle Lüftungsschlitze und genoss den kühlen Luftstrom. »Gott, das ist besser als Sex.«

»Hey, das kränkt mich zutiefst.«

»Ach, sei still, und lass mich das hier genießen, solange es geht.«

»Wohin fahren wir?«

Sie schloss die Augen und ließ die kühle Luft über ihre erhitzte Haut streichen. »Wohin immer du möchtest. Nur mach die Klimaanlage nicht aus.«

»Verstanden. Die Klimaanlage ist zwingend. Und offenkundig besser als Sex.«

»Im Moment auf jeden Fall. Du kannst mich das noch mal fragen, wenn es nicht tausend Grad heiß und zu allem Überfluss auch noch der Strom ausgefallen ist.«

»Darauf komme ich auf jeden Fall zurück.«

Alex schlug den Weg zum Leuchtturm ein, den sie oft aufsuchten, um spazieren zu gehen und sich daran zu erinnern, welche Rolle dieser Ort dabei gespielt hatte, dass sie ein Paar geworden waren. Er parkte an einer Stelle, von der aus man eine wunderschöne Aussicht auf das Meer hatte, das heute ruhig dalag. »Möchtest du mir erzählen, was letzte Nacht los war?«

Jenny hatte gehofft, dass sie ihn nicht geweckt hatte. Aber offensichtlich war das der Fall gewesen.

»Du hast von Toby geträumt, richtig?«

»Woher weißt du das?«

»Du hast seinen Namen gesagt. Mehrere Male.«

Sie schlug die Hände vors Gesicht. »Es tut mir so leid, Alex. Das sollte nicht passieren, wenn ich neben dir im Bett liege.«

Er zog an einer ihrer Hände. »Nein, lass das. Entschuldige dich nicht für etwas, woran du nichts ändern kannst. Ich wusste von Anfang an, dass er immer ein Teil von dir bleiben wird.« Er streichelte ihr die Wange und schob ihr das Haar aus dem Gesicht. »War es wieder der gleiche Traum? Euer letzter gemeinsamer Morgen?«

Sie schüttelte den Kopf. »Ein neuer.«

»Willst du darüber reden?«

»Nicht wirklich, aber mir ist klar, dass ich das muss, sonst frisst es mich auf.«

»Ich möchte dich gerne in den Arm nehmen, nur müssten wir dafür den Bereich der Klimaanlage verlassen.«

»Ich glaube, ich verzichte lieber auf die Klimaanlage als darauf, von dir gehalten zu werden.«

»Ich bin gleich bei dir.«

Jenny drehte sich zu George um, um sich zu vergewissern, dass er weiterschlief, bevor sie aus dem Auto stieg, während der Motor und damit die Klimaanlage anblieben. Sie ging zu Alex.

Die Hitze war immer noch sengend, dank der Meeresbrise jedoch etwas erträglicher.

Alex nahm sie in den Arm und ermutigte sie, den Kopf an seine Brust zu legen. »Erzähl es mir. Lass dir von mir helfen.«

Es würde ihr nie leichtfallen, mit ihm über Toby zu reden, auch wenn er in ihrem gemeinsamen Leben von Anfang an Raum für ihre erste große Liebe gemacht hatte. Das half ihr, ihren Schmerz mit ihm zu teilen. »Er war in unserem Garten, hat meinen Namen gerufen. Ich bin rausgegangen und konnte nicht glauben, dass er dort war.« Sie wischte sich die Tränen ab, die ihr über die Wangen liefen, obwohl sie sich so wünschte, ihre Gefühle besser im Griff zu haben.

Alex rieb ihr beruhigend über den Rücken. »Was ist dann passiert?«

»Er hat gesagt, es täte ihm so leid, dass er so lange weg gewesen sei, jetzt sei er aber zurück und wolle, dass ich mit ihm gehe. Er hat gesagt, er sei sofort zu mir gekommen, sobald er konnte.« Sie wischte sich erneut übers Gesicht. »Es war alles so real. Als wäre er wirklich dort.« Sie holte tief Luft, hielt sie einen Moment an, versuchte, die Fassung zurückzugewinnen. »Und dann kamst du mit George auf dem Arm dazu. Du hast mich gefragt, mit wem ich rede, und ich hab geantwortet: ›Es ist Toby. Er ist hier.‹ Und ich war nicht sicher, wie ich dich ihm vorstellen sollte. Als meinen Ehemann? Ich wusste es einfach nicht und bin in Panik geraten.«

»Himmel, Jenny. Das tut mir leid.«

»Er … Er hat gefragt, wer du bist, und ich musste es ihm sagen. Ich hab gesagt: ›Alex ist mein Ehemann und George mein Sohn.‹«

Als sie aufschluchzte, umfasste Alex sie fester. »Sch, Süße. Es ist okay. So schmerzlich es war, es war nur ein Traum.«

»Aber es hat sich so echt angefühlt.«

»Ich weiß.«

»Er hat mich gebeten, mit ihm zu kommen, dich und George zu verlassen und mit ihm zu gehen. Er hat erklärt, er sei da, weil er mich brauche. Ich habe ihm geantwortet, dass du und George mich ebenfalls brauchen würdet und ich nicht mit ihm kommen könne. Ich musste Nein zu ihm sagen und ihn wegschicken, Alex. Warum träume ich so was? In letzter Zeit habe ich nicht häufiger an ihn gedacht, und auch sonst war nichts, was so etwas auslösen könnte.«

»Ich weiß auch nicht, Süße.«

»Es war so merkwürdig, dass er dort stand und so normal und gesund aussah, als sei er nur auf einer langen Reise gewesen oder so und sei nun heimgekehrt, müsse jetzt jedoch herausfinden, dass ich jemand anders geheiratet hab. Er schien nicht verstehen zu können, wie das möglich war.«

»Aber du verstehst, wie es möglich war, weil du es erlebt hast. Du weißt, wie es passiert ist.«

Sie nickte. »Natürlich. Trotzdem ...«

»Es war schlimm, ihm sagen zu müssen, dass du nicht mitkommen kannst.«

»Ich hab gedacht, es bringt mich um. Er war so verwirrt.«

»Wo auch immer er ist, er kennt die Wahrheit. Er weiß, wie sehr du ihn geliebt hast, wie tief du um ihn getrauert hast und wie lange du gebraucht hast, bis du den nächsten Schritt tun und dich der Zukunft zuwenden konntest. Der Toby aus deinem Traum hat das vielleicht nicht verstanden, doch *dein* Toby ... Er kennt die Wahrheit, Jenny.«

»Danke, dass du das sagst. Das hilft.«

»Ich wünschte, es gäbe mehr, was ich sagen könnte, außer dass ich dich liebe und dass ich so stolz darauf bin, wie du mit einem derart schweren Verlust umgegangen bist.«

»So toll habe ich das gar nicht hingekriegt.«

Er nahm ihr Gesicht zwischen seine Hände. »Denkst du das allen Ernstes? Du hast es überlebt, Jenny. Dadurch wirst du zum stärksten Menschen, den ich überhaupt kenne. Weißt du, wie es ist, von jemandem geliebt zu werden, der so liebt wie du? Der beide Männer in seinem Leben derart respektiert und ehrt? Du machst das super, Süße. Du hast keine Ahnung, wie stolz ich darauf bin, mit jemandem verheiratet zu sein, der so bedingungslos liebt.«

»Stopp«, antwortete sie und lachte, obwohl ihr weiter Tränen über die Wangen liefen.

»Erst wenn du glaubst, dass du die stärkste Frau bist, die wir alle kennen. Wir alle hier bewundern dich, Toby übrigens auch. Ich weiß das. Der Toby, den du geliebt hast, hätte nie von dir verlangt, dass du dich zwischen ihm und mir entscheidest. Er hätte sich damit abgefunden, dass sich die Lage in all den Jahren, in denen er fort gewesen ist, geändert hat, und er würde wollen, dass du glücklich bist.«

»Er hat immer gesagt, dass das alles war, was er wollte. Dass ich glücklich bin.«

»Er weiß, dass du das mit mir und George bist und wie sehr wir beide dich lieben und brauchen. Er würde nie versuchen, dich uns abspenstig zu machen.«

»Manche Leute würden uns vermutlich für verrückt halten, weil wir tatsächlich darüber reden, dass mein Verlobter von den Toten aufersteht, um mich von meinem Ehemann und Sohn wegzuholen.«

»Wen interessiert schon, was irgendjemand sonst denkt? Das Einzige, worauf es ankommt, ist, dass es dir gut geht.«

»Danke, dass du zuhörst und mich nicht für verrückt hältst.«

»Ich bin immer froh, dir zuzuhören.« Alex umarmte sie fester. »Ich liebe dich mehr als alles andere auf der Welt.« Er berührte ihre Lippen mit seinen und küsste ihr dann die letzten Tränen von ihren Wangen. »Ist es jetzt besser?«

»Ja.«

»Gut.«

»Und übrigens, ich liebe dich auch.«

Alex und Jenny standen noch so da, als ein attraktives afro-amerikanisches Paar die Stufen vom Strand hochkam und zum Leuchtturm ging.

»Glaubst du, das sind die neuen Leuchtturmwärter?«, fragte Alex.

»Finden wir es heraus.« Jenny trat aus seinen Armen und lief zu den beiden. »Hi, ich bin Jenny Martinez. Sind Sie vielleicht die neuen Leuchtturmwärter?«

»Ja, das sind wir. Ich bin Oliver Watkins, und das hier ist meine Ehefrau Dara.«

Jenny schüttelte beiden die Hand. »Schön, Sie kennenzulernen, und willkommen auf Gansett Island. Ich hatte diesen Job selbst eine Weile, bevor ich geheiratet habe, und es hat unglaublich viel Spaß gemacht.« Sie blickte sehnsüchtig zum Leuchtturm, der so entscheidend dazu beigetragen hatte, ihr Leben zu ändern. »Das dort drüben ist mein Ehemann Alex. Unser Sohn schläft im Auto, daher bleibt er in der Nähe stehen und kommt nicht her.«

Alex winkte.

Bildete sie es sich nur ein, oder verspannten die beiden sich bei der Erwähnung ihres Sohnes? »Was führt Sie auf unsere schöne Insel?«

»Die Chance auf einen Neuanfang«, antwortete Oliver.

Jenny nickte. »Das kann ich gut verstehen, ich habe das damals auch gebraucht. Und der Ort hier hat mir gutgetan. Ich hoffe, bei Ihnen ist das ebenfalls so.«

»Ist es hier immer so heiß?«, wollte Dara wissen.

Jenny lachte. »Eigentlich nicht, wobei eine Hitzewelle vor ein paar Jahren eine entscheidende Rolle dabei gespielt hat, dass ich meinen Mann kennengelernt habe.«

»Wissen Sie etwas Neues über den Strom?«, erkundigte sich Oliver.

»Nicht viel, außer dass es ein paar Tage dauern wird, wenn es dem Muster früherer Ausfälle folgt.«

»Das passt wieder mal«, meinte Dara mit gerunzelter Stirn. »Wenn Sie mich entschuldigen wollen. Es hat mich gefreut, Ihre Bekanntschaft zu machen, Jenny.«

»Gleichfalls.«

Nachdem seine Frau im Leuchtturm verschwunden war, erklärte Oliver: »Tut mir leid. Sie … Wir … Es war ein schwieriges Jahr, und …«

134

Jenny legte ihm eine Hand auf den Arm. »Bitte entschuldigen Sie sich nicht. Ich weiß alles über schwierige Jahre. Himmel, ich hatte schwierige Jahr*zehnte*.« Sie holte ihr Handy aus der Gesäßtasche. »Geben Sie mir Ihre Nummer, dann sende ich Ihnen meine Kontaktdaten. Wenn ich irgendetwas tun kann, egal was, melden Sie sich bitte bei mir. Wo auch immer Sie sind, ich kann Ihnen versichern, ich war auch schon dort.«

»Das ist sehr nett von Ihnen.« Er diktierte ihr seine Nummer ins Handy.

»So«, verkündete Jenny. »Und schon erledigt. Wir würden uns freuen, wenn wir Sie irgendwann mal zum Dinner einladen dürften. Schicken Sie mir einfach eine Nachricht, wenn Sie sich ein bisschen eingelebt haben und bereit sind, Leute kennenzulernen.«

»Das werden wir. Danke.«

»Genießen Sie Ihre Zeit hier. Die Insel ist ein ganz besonderer Ort.«

»Das beginne ich zu begreifen. Noch mal danke.«

Als Jenny gerade bei Alex ankam, klingelte sein Handy mit dem Ton, den er für Paul eingespeichert hatte. »Stört es dich, wenn ich drangehe?«

»Natürlich nicht. Mach nur.«

»Hey.« Alex nahm den Anruf entgegen, während er Jenny mit seiner freien Hand an sich zog. »Was ist los?« Er lauschte einen Moment lang. »Ja, sicher. Wir sind gleich da.«

»Was ist los?«, fragte Jenny.

»Er möchte, dass wir sofort zu Mom ins Pflegeheim kommen. Er hat gesagt, wir sollen uns beeilen.«

»Hat er verraten, warum?«

»Nein«, erwiderte Alex mit zusammengebissenen Zähnen. »Was zur Hölle ist jetzt schon wieder los?«

KAPITEL 13

Paul Martinez hatte Angst, auch nur zu atmen. Seine Mutter – die Mutter, die ihn und seinen Bruder mit liebevoller Strenge erzogen hatte, die Mutter, die sie in den vergangenen Jahren an Demenz verloren hatten – war zurück. Sie war völlig klar und so wie früher, in jeder Beziehung. Sie hatte Scarlett auf dem Schoß sitzen und betrachtete ihre Enkelin, die sie schon so oft getroffen hatte, heute allerdings ... Heute war es anders.

»Sie ist so wunderschön«, erklärte Marion mit Tränen in den Augen. »Warum hast du sie vorher noch nie mitgebracht, damit ich sie kennenlernen konnte?«

»Das hab ich doch, Mom.«

Marion zog verwirrt ihre Brauen zusammen. »Nein, hast du nicht. Und du bist verheiratet! Warum kann ich mich nicht an die Hochzeit erinnern?«

»Wir sind durchgebrannt, Marion«, antwortete Hope mit einem verwunderten Blick zu Paul.

»Da ist auch noch ein Junge. Ich erinnere mich an einen Jungen.«

»Das ist mein Sohn Ethan. Ihr seid besondere Freunde.«

»Wo ist er?«

»Er hat gestern bei Freunden übernachtet, aber wir werden ihn gleich holen.«

»Ich mag ihn. Er ist ein netter Junge, so wie es mein Alex und mein Paul immer waren.«

»Danke«, erwiderte Hope. »Wir sind sehr stolz auf ihn.«

»Ist er dein Sohn?«, wollte Marion von Paul wissen.

»Nein, mein Stiefsohn, auch wenn ich hoffe, dass ich ihn adoptieren kann. Ich habe ihn sehr lieb.«

»Ich kann gar nicht glauben, was alles passiert ist, während ich weg war«, sagte Marion. »Wo ist dein Bruder?«

»Auf dem Weg hierher.«

»Aus Washington?«

»Nein, Mom. Er wohnt jetzt wieder auf Gansett Island.«

»Wieso das denn? Er arbeitet doch im Botanischen Garten in Washington. Was tut er dann hier?«

»Er ist schon eine Weile zurück auf der Insel.«

»Das verstehe ich nicht. Wo bin ich?« Sie blickte sich im Zimmer um, das mit Jennys und Hopes Hilfe gemütlich eingerichtet worden war, sodass ihre Schwiegermutter sich dort wohlfühlen konnte. »Das hier ist nicht mein Zuhause. Ich muss wieder nach Hause und zurück zur Arbeit.«

»Dir ging es nicht gut, Mom«, erklärte Paul sanft. »Eine ganze Weile schon.«

Sie hob eine Augenbraue, womit sie immer eine ganze Bandbreite von Empfindungen hatte übermitteln können, bevor ihr Gesicht mit fortschreitender Erkrankung ausdruckslos geworden war. Zu sehen, wie sie sie jetzt wieder benutzte, traf Paul direkt ins Herz. »Inwiefern ging es mir nicht gut?«

Paul war sich nicht sicher, was er darauf antworten sollte. Sollte er ihr die Wahrheit sagen oder es lieber beschönigen? Rat suchend schaute er zu Hope, die Krankenschwester war und es vermutlich besser wusste.

Sie beugte sich vor und nahm Marions Hand. »Du leidest an Demenz, Marion. Dein Zustand hat sich im Laufe der Zeit immer weiter verschlechtert. Alex und Paul haben alles getan, was sie konnten, um dich zu Hause zu versorgen. Sie haben mich als Pflegerin eingestellt, und so habe ich Paul kennengelernt. Nach einer Weile wurde es jedoch offensichtlich, dass du mehr Betreuung brauchst, als wir zu Hause leisten konnten.« Hope deutete auf das Zimmer, in dem Marion lebte. »Dieses Heim wurde von guten Freunden von Paul und Alex errichtet, die es möglich machen wollten, dass du auf der Insel bleiben kannst. Die Einrichtung ist sogar nach dir benannt.«

Während Marion noch dabei war, zu verarbeiten, was Hope ihr da erzählt hatte, kamen Alex und Jenny ins Zimmer. Sie wirkten abgehetzt, und Alex trug einen verschlafenen George auf dem Arm. »Was ist los?«

»Alexander«, bemerkte Marion. »Du hast da ein *Baby*.«

Alex blickte zu Paul, während er zu begreifen versuchte, was hier vor sich ging. »Mom ist wieder ganz die Alte.«

»Was?«, rief Alex ungläubig.

»Das sind Alex' Ehefrau Jenny und ihr gemeinsamer Sohn George«, klärte Paul seine Mutter auf.

»Du … Du hast deinen Sohn George genannt«, sagte Marion und hatte Tränen in den Augen angesichts dieses Gedenkens an ihren verstorbenen Mann. »Und du bist verheiratet.«

Alex wischte sich die Tränen weg, die ihm übers Gesicht liefen. »Das ist meine Frau Jenny, Mom.«

Jenny trat vor. »Ich freue mich, dich kennenzulernen.«

Alex setzte George seiner Mutter neben Scarlett auf den Schoß.

Beide Brüder machten rasch ein paar Fotos, da sie sich bewusst waren, dass die Klarheit nur ein Zwischenspiel und vermutlich nicht von Dauer sein würde.

Hope stand auf und beugte sich vor, um Paul zuzuflüstern: »Ich schau mal, ob Quinn irgendwo in der Nähe ist.« Dr. Quinn James war der ärztliche Leiter der Einrichtung.

Paul nickte. »Danke.«

Nachdem sie den Raum verlassen hatte, konnte Paul bloß staunend dastehen und seine Mutter anstarren, die völlig normal wirkte, nachdem sie jahrelang in einem Zustand der Umnachtung gelebt hatte.

»Was ist das?«, fragte ihn Alex leise, während Marion mit den Babys und Jenny beschäftigt war.

»Ich weiß es nicht«, erwiderte Paul. »Ich konnte es gar nicht glauben, als ich ins Zimmer kam und sie mich mit den Worten ›Hey, Paul, wessen Baby ist das denn?‹ begrüßt hat. Ich hab geantwortet: ›Das ist meine Tochter Scarlett, Mom, und das ist meine Frau Hope.‹ Dann hat sie gefragt, wann wir denn geheiratet hätten, und mir wurde klar, dass sie einen lichten Moment hat. Und das jetzt schon seit beinahe einer Stunde.«

Hope kehrte mit Quinn und seiner Verlobten Mallory Vaughn zurück, der Pflegedienstleiterin. »Ich hab ihnen erzählt, was los ist«, teilte Hope Alex und Paul mit, die beiseitetraten, um Quinn und Mallory in den allmählich überfüllten Raum zu lassen.

»Wie geht es Ihnen, Marion? Ich bin Dr. Quinn James und schon eine Weile lang für Ihre medizinische Versorgung zuständig.«

»Sie ... Sie sagen, ich hätte Demenz.«

»Ja, das stimmt.«

Sie überlegte einen Moment. »Das heißt, es fällt mir schwer, mich an Dinge zu erinnern, richtig?«

»Genau.«

»Aber ich kann mich an meine Jungs und meinen Ehemann erinnern. Wir leben auf Gansett Island, und wir führen unser Geschäft ...«

»Im Moment erinnern Sie sich daran«, erklärte Quinn sanft. »Es ist jedoch gut möglich, dass das nicht anhalten wird.«

Die Babys begannen unruhig zu werden, aber Marion winkte ab, als die Mütter sie ihr abnehmen wollten. »Lasst sie mich ein bisschen halten, bitte.« Sie redete leise auf die Kleinen ein, tröstete sie, bis sie sich beruhigt hatten und sich füreinander zu interessieren begannen, wie das gewöhnlich der Fall war. Dann schaute sie wieder Quinn an. »Was glauben Sie, wie lange es dauern wird?«

»Das weiß ich nicht. Ich wünschte, ich könnte Ihnen mehr sagen.«

Marion blickte ihre Söhne an. »Ist das schon mal passiert?«

Alex nickte. »Ein paarmal, allerdings nie so lange. Das hier ist … Es ist ein Geschenk, Mom. Wir haben dich so vermisst.«

Marion brach in Tränen aus, während sie ihre Enkelkinder an sich drückte.

»Ich werde Daisy benachrichtigen«, meinte Hope zu Paul.

»O Gott, ja. Daran hätte ich schon längst denken müssen.«

Hope strich ihm über den Arm und verließ erneut das Zimmer, um die junge Frau anzurufen, die Marion so eine liebe Freundin gewesen war. Daisy hatte sich hingebungsvoll um Marion gekümmert, seit die eines Tages auf ihrer Veranda gestanden hatte, nachdem sie barfuß in die Stadt gelaufen war.

Paul spürte, wie ihm Schweiß über den Rücken rann. Die Klimaanlage war zwar eingeschaltet, aber sie lief nur im Notbetrieb, und mit den vielen Menschen im Zimmer war es unangenehm stickig und heiß.

»Glaubt ihr, ich könnte eine Weile nach Hause kommen?«, wollte Marion von ihren Söhnen wissen.

Sie blickten fragend zu Quinn und Mallory.

»Vermutlich wäre das für eine gewisse Zeit in Ordnung«, erwiderte Quinn.

Paul hörte aus seiner Antwort heraus, dass der Arzt nicht damit rechnete, dass die Klarheit noch viel länger andauern würde. Er hatte Vorbehalte dagegen, dass sie Marion mit nach Hause nahmen. Würde es ihnen schwerfallen, sie zurück in die Einrichtung zu bringen, wenn es notwendig wurde? Und im Haus hatte es Änderungen gegeben. Vor allem insofern, als er und Hope jetzt das frühere Schlafzimmer seiner Eltern bewohnten.

»Das fände ich wirklich schön, wenn es euch nicht stört«, erklärte Marion.

»Natürlich nicht, Mom«, sagte Alex und schaute Paul an. »Was immer du möchtest.«

* * *

Daisy Babson war erschüttert von dem Anruf von Hope Martinez. Sie schnappte sich ihre Tasche, ihr Handy und die Autoschlüssel und lief zur Tür hinaus, wobei sie beinahe mit David zusammenstieß, der gerade von seinem Vormittag in der Krankenstation zurückkehrte.

»Wow, wohin so eilig?«, fragte er, nachdem er sie geistesgegenwärtig an den Armen gepackt und so verhindert hatte, dass sie stürzte.

»Es ist etwas absolut Unglaubliches passiert! Marion ist ganz klar im Kopf. Hope hat mich gerade angerufen und es mir erzählt. Sie sind alle dort, und sie möchten, dass ich sie besuche.«

»Wow, das ist wirklich erstaunlich. Hättest du was dagegen, wenn ich mitkomme?«

»Nein, das würde mich sogar sehr freuen.« Ihr Handy vibrierte, als eine Textnachricht von Hope eintraf. »Marion hat darum gebeten, eine Weile nach Hause zu dürfen, daher fragen sie, ob ich direkt dorthin fahren kann.« Sie antwortete rasch, dass das genauso möglich sei. »Ist das nicht einfach wunderbar?«

»Absolut, nur wird es vermutlich nicht lange anhalten. Ich möchte nicht, dass du dir zu große Hoffnungen machst.«

»Ich weiß«, sagte Daisy seufzend. »Aber solange es dauert, ist es ein Wunder.«

»Stimmt.«

David und sie fuhren um die halbe Insel zu dem Gelände, auf dem die Familie Martinez ihre Firma und das Gartencenter sowie die Wohnhäuser hatte. »Was tust du heute in einem Monat?«

»Ich kann mich einfach nicht erinnern. Gib mir ein paar Hinweise.«

Er bohrte ihr einen Finger in den Oberschenkel, sodass sie lachen musste.

»Oh! Du meinst, dass ich die Liebe meines Lebens heirate?«

»Ganz genau. Ich kann gar nicht glauben, dass es endlich so weit ist – wieder mal.«

»Beschrei es nicht.« Sie hatten ihre Hochzeit verschieben müssen, die eigentlich für letzten September geplant gewesen war, nachdem sein Vater einen Herzinfarkt gehabt hatte.

»Dieses Jahr wird uns nichts aufhalten, Baby. Und außerdem ist es bloß eine Party. Wir sind bereits in jeder Hinsicht, die zählt, verheiratet.«

»Das stimmt natürlich. Selbst wenn wir nie eine Hochzeit feiern würden, würde das nichts daran ändern.«

»Ja, aber ich möchte vor unseren Familien und Freunden erklären, was du mir bedeutest.«

»Wer hätte gedacht, dass die Misshandlungen meines Ex mich letztlich zu meinem sexy Arzt führen würden?«, fragte Daisy mit einem verträumten Seufzen.

»Es ist schwer zu glauben, was alles seit jenem Abend passiert ist. Echt erstaunlich, dass sich aus etwas so Schrecklichem etwas so Großartiges entwickeln kann.«

»Mich wird jedenfalls niemand je sagen hören, dass ich diesem Mistkerl dankbar bin, auch wenn ich jeden Tag aufs Neue glücklich darüber bin, dass du in meinem Leben bist und wir einander gefunden haben. Du hast keine Vorstellung davon, wie schlecht ich beieinander war, bevor du in mein Leben getreten bist und mich gerettet hast.«

»Geht mir ganz genauso, Liebste. Wir hatten großes Glück.«

Sie legte ihre Hände über ihren Bauch. »Und es wird nur noch besser werden.«

»Wie sollen wir es bloß aushalten, neun Monate zu warten?«

»Die werden nur so dahinfliegen. Wobei ich wirklich froh bin, dass man mir bis zur Hochzeit noch nicht viel wird ansehen können.«

»Doch wir beide wissen, dass an unserem großen Tag jemand ganz Besonderes dabei ist.«

»Ja, genau.«

»Wann können wir es den anderen sagen?«

»Nach drei Monaten. Du weißt selbst, wie oft im ersten Drittel was schiefgeht.«

»Aber das wird uns nicht passieren.«

»Wie kannst du dir da so sicher sein?«

»Das spüre ich. Wir werden ein wunderschönes Baby kriegen, das seiner wunderschönen Mutter wie aus dem Gesicht geschnitten ist.«

»Oder seinem attraktiven Vater.«

»Hoffen wir lieber, dass unsere Kinder dir nachgeraten.«

»Unsinn. Ich möchte Söhne, die aussehen wie du.«

David bog nach links auf das Gelände von Martinez Grün & Garten ab, fuhr an den Gewächshäusern und dem Gartencenter vorbei und dann nach rechts zu dem Haus, in dem inzwischen Paul und Hope lebten.

»Daisy …«

»Ja?«

»Sei nicht traurig, wenn sie sich nicht an dich erinnert. Sie hat dich kennengelernt, als sie schon unter schwerer Demenz litt.«

»Ich weiß. Falls nötig, werde ich ihr erklären, dass wir über die Jahre Freundinnen geworden sind.«

»Demenz ist eine so grausame Krankheit. Die Jungs bekommen diese Zeit mit ihrer Mutter, nur um sie dann erneut zu verlieren.«

»Ich finde das schrecklich, aber ich bin auch dankbar, dass sie dieses Zwischenspiel haben, selbst wenn es bloß vorübergehend ist.«

Sie warteten mehrere Minuten im Wagen, bevor die Familie in zwei Autos eintraf. Marion saß vorn auf dem Beifahrersitz von Pauls und Hopes SUV. Daisy musste nur einen Blick auf die ältere Frau werfen, die sie unter so ungewöhnlichen Umständen kennengelernt hatte, um zu erkennen, dass sie wesentlich wacher als sonst wirkte.

»Und mir bricht bereits das Herz«, meinte Daisy leise zu David, als sie aus dem Auto stiegen, um ihre Freunde zu begrüßen.

Paul half Marion aus dem Wagen, und sie stand einen Moment reglos vor dem Haus, in dem sie fast ihr gesamtes Erwachsenenleben lang gewohnt hatte.

»Es hat einen neuen Anstrich«, bemerkte sie.

»Das waren wir«, antwortete Paul. Er blieb dicht bei seiner Mutter, die nicht so beweglich zu sein schien, wie sie vor der Verschlimmerung ihres Zustands gewesen war.

»Es sieht wunderbar aus. Ich mag die Blumenkästen.«

»Das war alles Hope. Sie hat einen grünen Daumen, wie du.«

Marion schaute zu ihrer Schwiegertochter. »Es ist wunderhübsch.«

»Danke, Marion. Ich hoffe, du weißt … Paul und ich haben uns in dem Haus eingerichtet, aber es ist natürlich immer noch dein Haus, daher möchte ich, dass du alles genau so machst, dass du dich wohlfühlst.«

»Danke, Süße. Ich bin sehr froh, dass ihr hier lebt. Mein George und ich waren in diesem Haus immer so glücklich.« Sie sah zu Alex. »Und wo wohnst du?«

»Jenny und ich haben gebaut, drüben am südlichen Feld. Wir zeigen es dir gern.«

»Das fände ich schön.«

»Mom, das hier ist ...«

»Daisy«, sagte Marion und streckte die Arme nach ihr aus. »Meine Freundin Daisy.«

Erleichtert, dass Marion sie nicht vergessen hatte, erwiderte Daisy die Umarmung. »Es ist so schön, mit dir zu sprechen, Marion.«

Marion lehnte sich zurück und betrachtete sie prüfend. »Bist du schwanger, meine Liebe? Deine Wangen sind irgendwie voller als sonst.«

Daisy schnappte nach Luft und lachte dann. »Ertappt.«

»Wusst' ich's doch.«

»Glückwunsch euch beiden«, sagte Alex. »Das sind ja großartige Neuigkeiten.«

»So viel also dazu, noch niemandem davon zu erzählen«, meinte David, aber sein Lächeln ließ seine braunen Augen aufstrahlen.

Daisy liebte es, wenn sie ihn so sah. Nachdem sie einander gefunden hatten, hatte es eine Weile gedauert, bis er so unbeschwert hatte lächeln können und daran geglaubt hatte, dass das, was sie miteinander hatten, von Dauer sein würde. Er hatte die volle Verantwortung für das unselige Ende seiner Beziehung mit Janey McCarthy auf sich genommen und hatte sich erst selbst verzeihen müssen, was er falsch gemacht hatte, um in der Lage zu sein, mit Daisy oder irgendjemand anders glücklich zu werden.

»Ich muss Scarlett stillen«, verkündete Hope. »Gehen wir rein?«

»Ich würde gern noch ein bisschen auf der Veranda sitzen, wenn das in Ordnung ist«, sagte Marion.

»Natürlich, Mom«, antwortete Paul.

Die Veranda war schon immer Marions Lieblingsplatz gewesen.

Sie halfen ihr die Stufen hoch und machten es ihr auf einem Schaukelstuhl bequem.

Daisy hielt sich im Hintergrund, weil sie Marions Söhnen die Gelegenheit geben wollte, so viel Zeit wie möglich mit ihrer Mutter zu verbringen, solange sie klar war.

Aber Marion hatte wie immer eigene Vorstellungen und keine Probleme, sie zu äußern. »Daisy, setz dich zu mir.«

Die Brüder traten beiseite, um sie durchzulassen, und als sie auf dem Stuhl neben Marions saß, fasste die ältere Frau nach ihrer Hand und ließ sie nicht mehr los.

»Sie sagen, dass es mir nicht gut geht«, erklärte Marion. »Dass ich Demenz habe.«

»Ja«, antwortete Daisy.

»Wie kommt es dann, dass ich mich an dich erinnere? Dass ich mich daran erinnern kann, wie ich mit dir hier gesessen habe?«

Daisy blickte Hilfe suchend zu David.

»Marion, ich bin David Lawrence und war Ihr Arzt.«

»An Sie erinnere ich mich nicht«, verkündete sie. Das war ein weiterer Beweis für die vielen Rätsel bei Demenz, denn sie kannte David schon viel länger als Daisy, schließlich war er mit ihren Söhnen auf der Insel aufgewachsen.

»David hat sich lange wirklich gut um dich gekümmert, Mom«, warf Alex ein. »Es ist zu großen Teilen sein Verdienst, dass wir dich so lange zu Hause behalten konnten.«

»Es tut mir leid, dass ich mich daran gar nicht erinnern kann.«

»Zerbrechen Sie sich darüber nicht den Kopf, Marion«, erwiderte David.

»Ich verstehe das nur einfach nicht. Warum kann ich mich an Daisy erinnern, aber nicht daran, wie meine Söhne geheiratet haben oder dass sie Väter geworden sind?«

»Demenz ist eine sehr komplexe Erkrankung«, erläuterte David, »und sie folgt selten einem in irgendeiner Weise vorhersehbaren Muster.«

»Man hat mir gesagt, die Klarheit würde nicht lange anhalten … Stimmt das?«

»Das ist richtig. Tut mir leid.«

»Kann es denn noch mal passieren? Werde ich mich in Zukunft plötzlich wieder an Dinge erinnern können?«

»Das weiß ich leider nicht.«

»Aber es ist nicht sehr wahrscheinlich, oder?«

»Nein, bedauerlicherweise nicht.«

Marion schob ihr Kinn vor und nickte knapp. »Danke, dass Sie mir die Wahrheit sagen.«

»Das ist doch selbstverständlich.«

Daisy konnte erkennen, dass es David schmerzte, Marion gegenüber aufrichtig zu sein, aber sie zollte ihm für seine Freundlichkeit Anerkennung. »Könnte ich den kleinen George halten?«, erkundigte sich Marion.

»Liebend gern.« Jenny setzte das Baby seiner Großmutter auf den Schoß. »Darf ich von euch beiden ein paar Fotos machen?«

»Meine Frisur ist ganz unordentlich«, erwiderte Marion und hob eine Hand, um sich übers Haar zu fahren.

»Nein, es sieht ganz wunderbar aus, Marion«, stellte Daisy fest. »Chloe kommt jeden Freitagvormittag, um dich zu frisieren.«

»Chloe … Hat sie pinkfarbene Haare?«

»Manchmal«, antwortete Daisy. »Man weiß vorher nie, welche Farbe sie gerade schön findet.«

»Sie ist sehr nett.«

»Allerdings, und sie hat auch einen netten Freund namens Finn McCarthy.«

»Der kleine Finn McCarthy? Big Macs Neffe? Der ist doch noch ein Teenager.«

»Nein, schon lange nicht mehr, Mom«, sagte Paul. »Ich glaube, inzwischen ist er siebenundzwanzig.«

»Siebenundzwanzig! Meine Güte. Wie konnte das denn passieren?«

Sie sprachen über eine Stunde über verschiedene Bewohner der Insel, darüber, wer wen geheiratet hatte, wer jetzt Kinder hatte, über Leute, mit denen ihre Söhne aufgewachsen waren, und andere Neuigkeiten. Irgendwann ging Alex zur anderen Seite der Veranda, stand mit hängenden Schultern dort und schaute übers Land.

Jenny trat zu ihm und schlang tröstend die Arme um ihn. Wie grausam für Alex und Paul, ihre Mutter zurückzuhaben, dabei aber zu wissen, dass es nicht von Dauer sein würde.

Im Laufe des Nachmittags tauchten der Reihe nach Marions Freunde auf, um sie zu besuchen. Ethan kam nach Hause, begleitet von seinen Freunden Kyle und Jackson. Ethan war wie immer eine reine Freude für Marion, trotzdem ließ sie Daisys Hand kaum los.

Die fühlte sich geehrt, dass sie Marion Trost spenden konnte, und blieb neben ihr sitzen, obwohl es unangenehm heiß war.

Der kleine George blieb mehr als eine Stunde bei seiner Großmutter, aber dann wollte er zurück zu seiner Mutter. Trotz der Hitze harrte die gesamte Familie den ganzen Nachmittag lang bei Marion aus.

David ging zu Daisy und legte ihr einen Arm um die Schultern. »Wir haben versprochen, bei Charlie und Sarah vorbeizuschauen«, flüsterte er ihr ins Ohr.

»Das holen wir später nach. Ich kann Marion jetzt nicht allein lassen. Du kannst schon vorfahren, wenn du möchtest, dann folge ich später.«

»Nein, ich warte auf dich.«

* * *

Charlie Grandchamp stand in der sengenden Hitze am Grill, obwohl ihm der Schweiß übers Gesicht lief und sein T-Shirt durchtränkte. Früher einmal hätten ihn die Hitze und der Schweiß furchtbar gestört, aber mittlerweile war mehr nötig, um ihn aus der Ruhe zu bringen.

Er war frei, liebte die wunderbarste Frau der Welt, und sie hatten ein großartiges neues Zuhause, waren umgeben von Familie und Freunden. Nichts konnte ihm heute die Laune verderben, nicht einmal der Stromausfall, der dafür sorgte, dass sie alles zubereiteten, was sie für die Party gekauft hatten, und es den Leuten gleich beim Eintreffen vorsetzten, statt bis später zu warten, wenn alle da sein würden, wie es eigentlich geplant gewesen war.

Das Einzige, was ihm noch fehlte, um den Tag perfekt zu machen, war seine Tochter Stephanie. Sie war eine Woche lang weg gewesen, weil sie Grant nach L. A. begleitet hatte, um die Premiere und die sonstigen Veranstaltungen rund um den Filmstart zu besuchen. Er wollte wissen, ob sie sich dafür entschieden hatte, sich den Film, der ihre Geschichte erzählte, anzuschauen, oder nicht. Sie hatte zu Letzterem geneigt, und das konnte er absolut nachempfinden. Er war sich nicht sicher, ob er ihn sehen wollte, obwohl er neugierig auf das Ergebnis der

Arbeit seines Schwiegersohns und der Produktionsfirma war. Daher war es nicht ausgeschlossen, dass er es tun würde.

Sarahs Tochter Cindy stellte sich zu ihm an den Grill, hielt einen großen Teller in der Hand. Sie hatte hellbraunes Haar und braune Augen und ein herzliches Lächeln, das Charlie das Gefühl gab, in ihrem Leben willkommen zu sein. »Mom hat mich gebeten, dir den hier zu bringen.«

»Danke. Ich dachte, du müsstest heute im Salon sein.«

»Da war ich heute Vormittag.« Sie arbeitete als Friseurin im Curl Up & Dye in der Stadt. »Für heute Nachmittag habe ich keine Termine ausgemacht, weil ich hier sein wollte.«

»Wie geht es Chloe?«

»Offenbar nicht so toll.«

Chloe Dennis, die Besitzerin des Friseursalons, hatte unter einem neuen Schub rheumatoider Arthritis zu leiden.

»Ich bin mir sicher, die Hitze ist nicht hilfreich«, meinte Charlie, während er Steaks und Hähnchen vom Grill auf den Teller tat.

»Nein, bestimmt nicht. Sie fühlt sich furchtbar, aber Finn ist bei ihr und kümmert sich um sie.«

»Die Arme. Das ist wirklich schlimm, ganz besonders für jemanden, der noch so jung ist.«

»Absolut. Insgesamt schlägt sie sich echt tapfer, auch wenn der neue Schub furchtbar ist.«

»Ja, schlimm. Ich bin mir sicher, sie ist dir dankbar, dass du im Salon mithilfst.«

»Das mach ich total gern. Sie ist mir gegenüber immer so großzügig gewesen.«

»Man hat den Eindruck, dass dir das Leben auf der Insel bekommt.«

»Ja. Ich liebe es. Meine Großeltern, meine Mutter, Katie, Julia und Owen in der Nähe zu haben ist das Allerbeste überhaupt. Es ist Jahre her, dass wir so nah beieinander gelebt haben, und jetzt sind auch John und Jeff hier. Das ist einfach großartig.«

»Es freut mich, das zu hören, Süße. Deine Mutter ist jedenfalls überglücklich, euch alle in ihrer Nähe zu haben.«

»Wir finden es auch super, dass sie so glücklich ist, Charlie. Keiner von uns hat sie je so erlebt, und es bedeutet uns unglaublich viel. Das kannst du dir gar nicht vorstellen.«

Er hob eine Hand und drückte ihr die Schulter. »Ich denke schon. Zu den schönsten Dingen in meinem Leben gehört unbestritten, deine Mutter geheiratet und sieben neue Kinder bekommen zu haben, die ich lieben kann.«

»Und wir haben zum ersten Mal im Leben einen echten Vater. Wenn das keine Win-win-Situation ist.«

»Hey, was ist denn hier los? Wirst du mir etwa untreu, Charlie?«

Er und Cindy drehten sich lachend zu Stephanie um, die zu ihnen auf die große Terrasse kam. »Kein Grund zur Eifersucht. Es ist genug von dem alten Mann da, dass es für alle reicht.«

Stephanie trat direkt in seine ausgebreiteten Arme und erwiderte seine Umarmung fest.

»Vorsicht, ich bin völlig verschwitzt«, warnte er sie etwas zu spät.

»Das ist mir völlig gleich.«

»Schön, dich zu sehen, Kleines.« Sie war nur eine Woche fort gewesen, auch wenn es ihm viel länger vorgekommen war. Jetzt, wo sie sich praktisch jederzeit treffen konnten, fühlte sich jeder Tag ohne sie falsch an.

»Ebenfalls, Pops.«

Er lehnte sich zurück und musterte sie prüfend. »Wie geht es dir?«

»Alles prima.«

»Wirklich?«

»Ja. Ich hab übrigens beschlossen, mir den Film nicht anzuschauen.«

»Das hatte ich mir schon gedacht.«

»Heute früh habe ich online darüber gelesen«, meinte Cindy. »Die vorherrschende Meinung ist, dass er unglaublich gut ist.«

»Genau das habe ich auch gehört«, erklärte Steph.

»Alle werden mehr über das Duo hinter der Filmvorlage erfahren wollen«, warf Cindy ein.

Das hatte Charlie befürchtet, aber er hatte seine diesbezüglichen Sorgen für sich behalten, um Grant nicht den verdienten Erfolg zu verderben. »Wo ist denn dein Hollywood-Gatte?«

»Drinnen, er spricht noch mit Sarah und Adele.«

»Er muss wie auf Wolken schweben.«

»Absolut. Die Premiere war wirklich toll, und die ersten Kritiken sind voll des Lobes. Es wird schon von Oscar-Nominierungen in nahezu allen Kategorien geredet.«

»Das ist gut für ihn. Er hat hart dafür gearbeitet.« Als Charlie Grant kennengelernt hatte, hatte er gedacht, dass der Typ vielleicht zu geschliffen für seine Stieftochter sei, doch mit der Zeit hatte er erlebt, wie absolut ergeben Grant ihr war, und das war alles, was Charlie wissen musste. Sie verdiente jemanden, der stets zu ihr hielt, egal was kam. »Wie hat er es aufgenommen, dass du die Premiere hast sausen lassen?«

»Das war überhaupt kein Problem. Er hat es verstanden. Das hat er schon immer.«

»Das ist so lieb«, bemerkte Cindy mit einem sehnsüchtigen Seufzen. »Ich hoffe, mir begegnet auch bald mein persönlicher Grant.«

»Ganz bestimmt«, erwiderte Stephanie. »Und es wird wie bei uns sein, nämlich genau dann, wenn du es am allerwenigsten erwartest.«

»Dann müsste es jetzt jeden Moment passieren«, versetzte Cindy. »Ich bin umgeben von glücklichen Paaren, wo auch immer ich auf der Insel hinkomme, während ich darauf warte, dass Gansett seinen ganz besonderen Zauber für mich wirkt.«

»Du bist bald an der Reihe«, meinte Stephanie. »Das weiß ich einfach.«

KAPITEL 14

Finn McCarthy behielt den Wasserkessel im Auge und war im Geiste dankbar für den Gasherd, der auch dann noch funktionierte, wenn der Strom ausgefallen war. In ihrem kleinen Haus war es binnen kürzester Zeit drückend heiß geworden, seit die Klimaanlage nicht mehr arbeitete. Das war das Allerletzte, was sie gebrauchen konnten, wo es Chloe so schlecht ging.

Der jüngste Schub ihrer Krankheit war heftig und der schlimmste, unter dem sie zu leiden hatte, seit sie im Mai ein Paar geworden waren. Außer zum Arbeiten war er ihr in den letzten Tagen nicht von der Seite gewichen, und so würde es auch bleiben, bis sich ihr Zustand gebessert hatte. Sie hatten ihren Rheumatologen auf dem Festland konsultiert und David Lawrence hinzugezogen, der ein Geschenk des Himmels war. Gestern hatte sie neue Mittel verschrieben bekommen, und alle drückten die Daumen, dass sie möglichst schnell wirken würden.

In der Zwischenzeit litt sie ... und er mit ihr.

Als sein Telefon klingelte, sah er, dass sein Bruder Riley dran war. »Hi, was ist los?«

»Wie geht es Chloe?«

»Genauso wie gestern. Ich hoffe nur, dass die neuen Medikamente helfen.«

»Können wir irgendwas tun, damit es ihr besser geht?«

»Den Strom wieder zum Laufen bringen? Ohne Klimaanlage ist es für sie noch mal heftiger.«

»Da kann ich vielleicht tatsächlich was tun. Ich melde mich wieder bei dir.«

Bevor er antworten konnte, hatte Riley aufgelegt. »Äh, ja, super. Danke«, sagte Finn zu niemandem, wie immer belustigt von seinem Bruder.

Als der Tee fertig war, füllte er ihn in eine verschüttungssichere Thermotasse, die er zu Chloe brachte. Sie lag auf der Seite in ihrem Bett, das blasse Gesicht schweißnass und schmerzverzerrt.

»Ich hab dir was von dem Tee gemacht, den du so magst«, erklärte er sanft. »Soll ich dir helfen, dich aufzusetzen?«

»Das wäre lieb, danke.«

Er stellte den Tee auf das Nachttischchen und fasste sie sehr behutsam an. Er hatte gelernt, wie er sie berühren konnte, ohne ihre Schmerzen zu verschlimmern, aber im Moment tat ihr einfach alles weh. Als sie zusammenzuckte, brach ihm schier das Herz.

Es dauerte eine Minute, bis sie in die Kissen gelehnt dasaß, und zu dem Zeitpunkt war ihr Gesicht noch blasser, als es zuvor gewesen war.

Während sie an dem Tee nippte, ging er ins Badezimmer, befeuchtete einen Waschlappen mit kaltem Wasser und kehrte damit zu ihr zurück, um ihr über Gesicht und Hals zu wischen.

»Das fühlt sich gut an«, sagte sie. »Danke.«

»Du musst mir nicht danken. Ich liebe es, mich um dich zu kümmern.«

Sie warf ihm einen skeptischen Blick zu. »Ich hab ja versucht, dich davor zu warnen, dich mit mir einzulassen.«

»Und, wie hat das so geklappt?«

»Deine Verbohrtheit hat dich überhaupt erst in diesen Mist reingeritten.«

»Wenn du dich selbst als ›Mist‹ bezeichnest, ärgert mich das.«

»Was würdest du denn benutzen, um meinen gegenwärtigen Zustand zu beschreiben?«

»Tapfer und unverzagt, getroffen und am Boden, aber nicht ausgezählt.«

Einer ihrer Mundwinkel hob sich leicht, was er als Sieg wertete. Er hatte seit Tagen nicht mal den Anflug eines Lächelns zu Gesicht bekommen.

»Zu dem hier hast du dich nicht verpflichtet.«

»Doch, unbedingt.«

»Wann denn?«

»Als ich gesagt habe, dass ich dich lieben werde, egal was kommt. Was hast du denn gedacht? Dass ich das nur behauptet habe, damit ich dich ins Bett kriege?«

»Wenn ich mich recht entsinne, war ich zu dem Zeitpunkt, als du mir deine unverbrüchliche Liebe erklärt hast, bereits mit dir im Bett.«

»Genau.« Er beugte sich vor, um ihr einen Kuss auf die Wange und dann einen auf die Nase mit dem Diamantstecker zu geben. Er war ganz vernarrt in das kleine Glitzerding. »Ich liebe dich immer, selbst wenn es dir nicht gut geht.«

»Es ist so unfair dir gegenüber«, sagte sie und blinzelte die Tränen weg, die ihr in die Augen stiegen.

»Das haben wir doch alles schon durchgekaut. Und ich hab gewonnen. Lass uns nicht wieder damit anfangen, okay?« Er küsste sie auf die Lippen. »Ich bin lieber mit dir zusammen als mit irgendjemand anders auf der gesamten Welt – selbst wenn du schlecht drauf bist. Also, solltest du beabsichtigen, mich loszuwerden, verletzt das tatsächlich meine Gefühle.«

Sie verdrehte die Augen. »Netter Versuch.«

»Das ist mein Ernst. Mach dir gar nicht erst die Mühe, mich loszuwerden. Ich gehe nicht.«

»Wie du willst.«

»Danke, das will ich so.« Vorsichtig und langsam, um sie nicht anzustoßen, streckte er sich neben ihr auf dem Bett aus. »Es ist heiß wie Sau.«

»Woher willst du denn wissen, wie heiß eine Sau ist?«

»Die muss so heiß sein.«

»So muss es sich in der Hölle anfühlen.«

»Ich finde es furchtbar. Als wäre es nicht schon schlimm genug gewesen, bevor die Klimaanlage den Geist aufgegeben hat.«

»Ist schon okay. Die neuen Medikamente werden bald wirken.«

Finn wollte fragen, was passieren würde, wenn sie keine Besserung brachten, aber er konnte sich nicht dazu durchringen. Sie mussten einfach helfen. Das war die einzig mögliche Lösung. Sie lagen immer noch in ihrem Bett, als von der Tür her Rileys Stimme ertönte. »Ist es sicher, das Liebesnest zu betreten?«

Chloe lachte kurz auf. »Absolut sicher.«

»Komm rein, Ri.« Finn stand auf, wieder ganz langsam und behutsam, und ging nachschauen, was sein Bruder wollte.

»Ich hab euch ein Stromaggregat besorgt«, erklärte der.

»Ehrlich? Das begehrteste Gerät auf der Insel?«

»Jap.«

»Wo hast du das denn her?«

»Das ist nicht weiter wichtig. Das Einzige, worauf es ankommt, ist, es Chloe etwas angenehmer zu machen. Hilf mir, es anzuschließen.«

Sie stellten es auf die Veranda und verlegten ein Verlängerungskabel bis ins Schlafzimmer.

»Hi, Chloe«, sagte Riley leise. »Wie geht's?«

»So lala. Was hast du da?«

»Erleichterung.« Riley steckte den Stecker der Klimaanlage ein und schaltete sie an, während Finn das Fenster schloss, das er geöffnet hatte, nachdem der Strom ausgefallen war.

»Du bist der Beste, Ri«, erklärte Chloe.

»Ich konnte dich nicht noch mehr leiden lassen, als du das ohnehin schon tust, Süße.«

»Vielen Dank.«

»Ich wünschte, es gäbe mehr, womit wir dir helfen könnten«, sagte Riley.

»Das hier ist riesig«, antwortete Finn. »Danke.«

»Lass uns den Kühlschrank ebenfalls anschließen«, schlug Riley vor.

Finn folgte ihm in die Küche, zog den Kühlschrank weit genug vor, um an den Stecker zu gelangen, und wartete, bis Riley mit einem weiteren Verlängerungskabel zu ihm kam. »Wo hast du den Generator her?«

»Das ist unwichtig.«

»Ist das eurer aus Eastward Look?«

»Nein, ich habe ihn am Straßenrand gefunden. Muss vom Laster gefallen sein, darum hab ich ihn hergebracht.«

»Du bist so ein lausiger Lügner.«

»Sie braucht ihn dringender als wir. Das ist alles, worauf es ankommt.«

»Das werden wir euch nie vergessen. Vielen Dank.«

»Ich ertrage den Gedanken nicht, dass sie leidet. Es bringt mich schier um, daher kann ich mir kaum vorstellen, wie es dir damit gehen muss.«

»Es ist ziemlich übel, aber sie hält sich tapfer.«

»Auf jeden Fall. Nik hat mir Essen mitgegeben, mit dem ich euren Kühlschrank bestücken werde. Ich hoffe, das ist okay.«

»Ach, Ri. Das ist mehr als okay. Noch mal danke.«

Riley umarmte ihn kurz. »Für dich und Chloe tun wir alles.«

Nachdem er wieder gefahren war, ging Finn ins Schlafzimmer, um nach seiner Liebsten zu sehen, und merkte gleich, dass es bereits deutlich kühler war. Ihr Hund Ranger lag ausgestreckt am Fußende des Bettes auf dem Boden und genoss die angenehmere Temperatur im Raum. Finn setzte sich auf den Stuhl, den er aus der Küche ans Bett geholt hatte, damit er ihr Gesellschaft leisten konnte. Es bereitete ihm schon die ganze Zeit Bauchweh, zu wissen, dass die Schmerzen heftig sein mussten, wenn sie eine so tapfere Frau tagelang am Aufstehen hinderten.

»Riley hat uns ihr eigenes Notstromaggregat gebracht und zwei Kanister Kraftstoff.«

»Das ist so lieb von den beiden. Ich hatte nie zuvor eine Familie … Und es ist ein bisschen überwältigend, mitzuerleben, wie deine sich diese Woche für mich ins Zeug gelegt hat.« Sie hatten einen steten Strom von Besuchern gehabt, die Essen brachten, Bücher, Zeitschriften und Süßigkeiten, von denen sie dachten, sie würde sich darüber freuen.

»Sie lieben dich beinahe so sehr wie ich.«

»Und ich bin darüber so glücklich.«

Er hielt ihr seine Hand hin, und sie legte ihre darauf – so machten sie es immer, wenn sie einen Schub hatte, weil das am wenigsten schmerzte. »Weißt du«, erklärte er, »diese Familie könnte offiziell deine sein, wann immer du das eine Wort sagst, das ich hören möchte.«

»Und welches ist das?«, wollte sie mit einem schwachen Lächeln wissen.

»Ja. Sag Ja zu ›für immer und ewig‹ mit mir. Heirate mich, Chloe, und du wirst nie wieder einsam oder allein sein.«

»Ich kann nicht glauben, dass du mir einen Antrag machst, während ich wegen einer Krankheit im Bett liege, die ich mein ganzes Leben lang haben werde.«

»Glaub es. Ich frage dich das. Heiratest du mich?«

Sie blinzelte, weil ihr Tränen in die Augen stiegen. »Ich hab dir doch gesagt, dass ich nie heiraten werde.«

»Ja, aber das war, bevor du mich getroffen und dich Hals über Kopf in mich verliebt hast und gemerkt hast, dass du ohne mich nicht leben kannst.«

Darüber musste sie lachen, so wie er es sich erhofft hatte. »Du bist zu charmant für dein eigenes Wohl – genau wie für meins.«

»Nein, ich bin genau richtig für dich, und das weißt du auch.«

»Die vergangene Woche … Das ist es, wie mein Leben sein wird, Finn. So wird meine Zukunft aussehen. Wirklich gute Monate, gefolgt von einem neuen Schub, der mich wochenlang kaltstellt … oder gar noch länger. Es wird Zeiten geben, zu denen ich überhaupt nicht arbeiten kann. Und vermutlich werde ich auch nie Kinder haben können …«

Finn stand auf und beugte sich über sie, küsste sie auf den Mund und beendete so ihre Aufzählung von Gründen, warum sie eine schlechte Wahl war. Seiner Meinung nach war sie die beste Wahl, die er überhaupt hätte treffen können. »Ich weiß all das, und es ist mir völlig egal. Was, wenn ich derjenige wäre, der unter RA leidet oder irgendwas anderem, das mich von Zeit zu Zeit aus dem Verkehr zieht? Was würdest du tun?«

»Ich würde mich um dich kümmern.«

»Würdest du aufhören, mich zu lieben, weil ich körperlich eingeschränkt wäre? Ich meine, es ist immer möglich, dass ich mir auf dem Bau eine Verletzung zuziehe und mehr zur Last für dich werde, als du es für mich je sein kannst.«

»Sag das nicht.«

»Es kränkt mich, wenn du denkst, dein Gesundheitszustand würde meine Liebe zu dir schmälern. Wenn überhaupt, dann macht er meine Liebe nur noch stärker, weil ich sehe, wie tapfer du an jedem einzelnen Tag bist, wie hart du arbeitest, selbst wenn du Schmerzen hast. Ich finde, ich habe Riesenglück, dass ich mit dir leben und eine Frau lieben kann, die so mutig und unverzagt ist wie du.«

»Ich will kein Klotz an deinem Bein sein.«

»Das könntest du gar nicht. Dass du meine Liebe erwiderst, sorgt dafür, dass ich mich fühle, als gäbe es nichts, was ich nicht erreichen könnte. Wenn du mich verlässt, süße Chloe, würde das mein Leben ruinieren, weil ich damit leben müsste, dass du allein dort draußen bist, vielleicht mit Schmerzen, ohne dass ich in der Lage wäre, der zu sein, der bei dir ist und deine Hand hält und dir versichert, dass auch das vorübergehen wird. Wer sollte das denn tun, wenn nicht ich?«

Ihre Lippen bebten, und in ihren Augen glänzten Tränen.

Er hob ihre Hand behutsam an seinen Mund, hauchte einen zarten Kuss auf die geschwollenen, geröteten Knöchel. »Ich weiß, du neigst zu der Einstellung, dass du das allein schaffen müsstest, aber dem ist nicht so. Wenn ich nicht genau hier sein wollte, wäre ich es nicht. So einfach ist das, Süße.«

»Ja«, sagte sie leise.

»Ja was?«

»Ja, Finn, ich heirate dich.«

Er stieß einen Freudenschrei aus, der den armen Ranger jäh aus dem Schlaf riss, woraufhin er leise knurrte.

Chloe lächelte so strahlend, dass ihr ganzes Gesicht aufleuchtete, und Finn war überglücklich, dass er sie genau jetzt gefragt hatte, wo sie sich so schlecht fühlte und sich sorgte, eine Belastung für ihn zu sein. Im Rückblick war es genau der richtige Zeitpunkt gewesen.

»Rühr dich nicht vom Fleck.« Er küsste ihre Hand und legte sie sacht aufs Bett. »Ich bin gleich zurück.«

Er ging raus zu seinem Pick-up, um die Halskette zu holen, die er schon vor Wochen gekauft hatte, um auf den passenden Moment vorbereitet zu sein, wenn er sie bat, ihn zu heiraten, was er im Übrigen schon seit Monaten vorhatte. Wieder im Schlafzimmer, ließ er sich vor dem Bett auf ein Knie nieder und öffnete das schwarze Samtkästchen, sodass sie erkennen konnte, was sich darin befand.

Chloe schnappte nach Luft und hob eine Hand an die Lippen. »Die ist wunderschön.«

»Ich hab sie schon vor einer Weile besorgt, in der Hoffnung, dass sich der richtige Moment dafür ergeben würde, dich zu bitten, bis in alle Ewigkeit bei mir zu bleiben.«

»Und du findest, dass das hier der richtige Moment ist?«, wollte sie wissen und hob belustigt eine Augenbraue. »Wenn ich mich gar nicht rühren kann?«

»Ich finde, dass es genau jetzt einfach perfekt passt, denn mehr als alles andere möchte ich, dass du mir glaubst, wenn ich dir sage, dass ich in guten wie in schlechten Zeiten an deiner Seite sein und zu dir halten werde.« Er nahm die Kette aus dem Kästchen, legte sie ihr um und lehnte sich zurück, um zu bewundern, wie sie an ihr aussah. Der zweikarätige Diamant war gesäumt von Amethysten, weil Lila ihre Lieblingsfarbe war. »Egal, wie schwierig es wird, ich gehe nirgendwohin.«

»Es bedeutet mir eine Menge, dass du dir so viele Gedanken gemacht hast und wusstest, dass ich keinen Ring tragen kann.«

»Ich wollte etwas, das der Welt zeigt, wie wichtig du mir bist.«

Sie klopfte auf der anderen Seite neben sich auf die Matratze. »Komm mal her.«

Finn umrundete das Bett, achtete dabei darauf, über Ranger zu steigen, der wieder eingeschlafen war, und streckte sich neben ihr aus, drehte sich auf die Seite, sodass er ihr ins Gesicht schauen konnte. »Du hast gerufen?«

»Danke, für die Kette mit dem wunderschönen Anhänger und für alles, was du gesagt hast. Du hast keine Ahnung, was es mir bedeutet, zu wissen, dass ich nicht länger allein bin, dass ich dich und deine großartige Familie habe, dass ihr mir zur Seite steht. Dass dein Bruder uns sein Stromaggregat gebracht hat ... Niemand hat je so etwas für mich getan, und das passiert alles nur, weil du mich liebst.«

»Es passiert, weil du so leicht zu lieben bist. Riley liebt dich ebenfalls, und er kann es ebenso wenig wie ich ertragen, dass du leidest.«

»Ich hatte bisher noch keinen Bruder.«

»Jetzt hast du einen.«

»Als ich dir gesagt habe, dass ich nie heiraten würde, war das mein Ernst.«

»Das weiß ich.«

»Du hast mir etwas anderes gezeigt, etwas, das ich überhaupt nicht kannte, und damit meine ich nicht nur das, was zwischen uns ist, sondern auch deine Tante und deine Onkel, deine Cousins und Cousinen, deinen Vater und Chelsea, deinen Bruder und Nikki. Ich bin noch nie unter so vielen glücklichen Paaren gewesen, und mit eigenen Augen sehen zu können, was möglich ist ... Die McCarthys haben mich bekehrt, aber mehr als alle anderen hast du das getan.«

»Danke, dass du dich auf das Wagnis mit mir einlässt. Ich verspreche dir, du wirst es nie bereuen.«

»Das weiß ich bereits.«

Finn zog sein Handy aus der Hosentasche. »Lass uns ein Foto machen und allen die frohe Neuigkeit mitteilen, dass wir verlobt sind.« Er setzte sich vorsichtig neben sie, während sie ihre Kette hochhielt und sie beide glücklich lächelten. Als er ihr die Bilder zeigte, befand sie sie alle für geeignet, den Menschen geschickt zu werden, die sie liebten.

Er postete es im Gruppen-Chat der McCarthys. Wir wollen euch wissen lassen, dass die wunderbare, wunderschöne Ms Chloe Dennis sich einverstanden erklärt hat, Finn McCarthy zu heiraten!

Sofort trafen lauter Glückwünsche ein, brachten sein Handy zum Glühen. Er las sie alle Chloe vor.

»Nun«, sagte sie, »jetzt gibt es kein Zurück mehr.«

»Dem Himmel sei Dank dafür.«

KAPITEL 15

Als Riley Eastward Look erreichte, stellte er erfreut fest, dass Nikki nach ihrer Vormittagsschicht im Wayfarer schon zu Hause war. Sie hatten beide den Sommer über so viel zu tun gehabt, dass sie einander manchmal den ganzen Tag lang nicht gesehen hatten, was sie beide furchtbar fanden. Für heute Nachmittag hatten sie sich daher extra freigenommen, damit sie zu Charlies und Sarahs Einweihungsparty gehen konnten, aber das würde natürlich nur klappen, wenn es keine Krise im Wayfarer gab, um die sie sich als Geschäftsführerin persönlich kümmern musste.

Und in dem ersten Sommer, seit das hippe Insellokal wiedereröffnet worden war, hatte es schon jede Menge Krisen gegeben. Nikki nahm sich aller Probleme selbst an, angefangen bei Gästen mit Alkoholvergiftung oder Drogenproblemen bis hin zu denen, die im Rausch ihr Hotelzimmer kurz und klein schlugen, ebenso wie Tagestouristen, die in der Toilette bewusstlos wurden, oder Handgreiflichkeiten wie jener, bei der eine Frau einen Mann ausgeknockt hatte, woraufhin beide verhaftet worden waren.

Tolle Zeiten.

Größtenteils war die erste Saison im neuen Wayfarer ein Riesenerfolg gewesen, allerdings nicht ohne Herausforderungen.

Nikki hatte alles meisterhaft gelöst und ganz im Sinne der Familie, in die sie im November einheiraten würde.

Riley betrat das Haus und fand sie in der Küche, die sie gemeinsam renoviert hatten, wo sie lächelnd auf ihr Smartphone blickte.

»Hast du Finns Nachricht gelesen?«

»Ich muss zugeben, ich hab eine Weile nicht auf mein Handy geschaut.«

»Er und Chloe haben sich verlobt.«

»Was? Wann? Ich war gerade erst da!«

»Vermutlich nachdem du aufgebrochen bist. Hast du ihnen den Generator gebracht?«

»Ja, und noch mal danke, dass du mit mir einer Meinung bist, dass sie ihn dringender brauchen als wir.«

»Da musste ich nicht lange überlegen. Ich kann mir kaum vorstellen, wie es für sie sein muss. Zusätzlich zu all den Schmerzen muss sie wirklich nicht auch noch unter der Hitze leiden.«

Sie hatten die Fenster von Eastward Look geöffnet, und obwohl eine angenehme Brise ging, herrschte insgesamt schwüle Hitze, die dafür sorgte, dass Nikkis Haar sich lockte. Er wollte ihr gerade sagen, dass er ihre Locken liebte, als ihr Handy klingelte. Sie schnitt eine Grimasse, rechnete wohl mit einem Problem im Wayfarer. Doch dann änderte sich ihre Miene und spiegelte Überraschung wider, als sie den Namen auf dem Display las.

»Wer ist es?«

»Meine Halbschwester.«

Soweit er wusste, hatten Nikki und Jordan schon eine ganze Weile so gut wie keinen Kontakt zu ihrem Vater oder irgendeinem anderen Mitglied seiner neuen Familie gehabt. »Nimmst du den Anruf an?«

166

»Ja, schon …« Sie drückte auf die grüne Taste. »Hi, Kendall. Was gibt's?« Zwischen ihren Brauen erschien eine steile Falte, und ihre Schultern sanken herab, während sie dem lauschte, was ihre Halbschwester ihr erzählte. »Wann?« Nach einer weiteren Pause fügte sie hinzu: »Mein herzliches Beileid. Das muss ein schwerer Verlust für euch sein.« Wieder sprach Kendall. »Nein, es ist nicht auch mein Verlust, Kendall. Ja, ich sag's Jordan. Danke für deinen Anruf.«

Nikki beendete die Verbindung, legte das Handy hin und schaute ihn an. »Offenbar ist mein Vater gestern gestorben.«

»Was? O mein Gott. Nik!« Als er sie umarmen wollte, hob sie eine Hand, um ihn aufzuhalten.

»Du musst mich nicht trösten, Riley. Er bedeutet mir nichts, ist nur eine schlimme Erinnerung an eine Kindheit, in der Chaos herrschte.«

»Er war dein Vater, Nik. Es ist völlig okay, wenn du etwas empfindest, nachdem du von seinem Tod erfahren hast.«

»Ich fühle nichts für ihn.«

»Wie ist es überhaupt passiert?«

»Er hatte einen Herzinfarkt am Steuer und in der Folge einen Unfall auf der Autobahn.«

»O mein Gott. Ist jemand zu Schaden gekommen?«

»Das glaube ich nicht. Kendall hat zumindest nichts erwähnt.« Sie blickte auf ihre Armbanduhr. »Wir sollten besser aufbrechen, damit ich vor der Party noch bei Jordan vorbeischauen kann.«

»Du willst immer noch zur Party?«

»Ich weiß, es fällt dir schwer, das zu glauben, schließlich bist du mit jemandem wie Kevin McCarthy als Vater aufgewachsen, aber mein Vater war nicht so wie deiner. Ihm war es nur wichtig, gegen meine Mutter zu gewinnen und sie auszustechen, obwohl sie psychische Probleme hatte und eine Zeit lang tablettenabhängig war. Wir haben ihm nichts bedeutet, sondern waren nur

Schachfiguren für ihn. Er hat uns gezwungen, bei seiner neuen Familie zu leben und aus nächster Nähe mitzubekommen, wie er die Kinder behandelte, die er tatsächlich liebte. Also ja, ich möchte trotzdem zu der Party.«

»Okay.«

»Ich will nicht, dass du denkst, ich sei herzlos.«

»Das könnte ich nie von dir denken.«

»Es tut mir leid für seine anderen Kinder und seine Frau. Für sie muss es ein Schock sein und sie tief treffen.« Sie gab ihm einen Kuss auf die Wange. »Ich bin gleich aufbruchbereit. Auf dem Weg zu Sarah und Charlie fahren wir kurz bei Jordan und Mason vorbei.«

Während sie nach oben ging, um sich fertig zu machen, versuchte Riley zu verstehen, was sie da gerade gesagt hatte. Natürlich begriff er, weshalb sie so empfand, schließlich hatte sie ihm von ihrer schwierigen Kindheit erzählt, und davon, dass sie und Jordan der Zankapfel zwischen ihren einander erbittert bekriegenden Eltern gewesen waren. Er wusste, sie gaben ihrem Vater die Hauptschuld an dem Drama und hatten es gehasst, während der Schulzeit bei ihm und seiner neuen Familie leben zu müssen. Aber überhaupt nichts zu empfinden, wenn man von seinem Ableben erfuhr ... Das war schwer nachvollziehbar für Riley, weil für ihn der Verlust des eigenen Vaters eine der schlimmsten Sachen war, die ihm je zustoßen könnten.

Er holte sein Handy raus, sah Finns Nachricht und schrieb: Meinen Glückwunsch. Freu mich so für euch beide. Willkommen in der Familie, Chloe! Dann schickte er eine Nachricht an seinen Dad. Nikkis Vater ist gestern gestorben. Sie hat es gerade erfahren. Sie waren entfremdet, aber sie ist total ruhig. Das ist für mich schwer vorstellbar, denn wenn dir was passieren würde ...

Er sandte den Text ab.

Kevin antwortete umgehend. Ach, das tut mir leid. Das ist echt schlimm. Aber keine Sorge, dein alter Mann ist hier noch lange nicht fertig.

Ja, bitte. Wir haben noch jede Menge mit dir vor.

LOL, wie gesagt, kein Grund zur Sorge. Summer braucht mich noch.

Wir auch. Ich weiß nicht genau, welchen Reim ich mir auf diese nicht vorhandene Reaktion von Nikki machen soll.

Lass sie das auf ihre Weise tun, Sohn. Die Beziehung zwischen den beiden ist völlig anders als unsere. Das lässt sich überhaupt nicht vergleichen. Sie gibt ihm die Schuld an dem, was ihr und Jordan als Kindern und Jugendlichen passiert ist. Er hat sie durch die Hölle geschickt. Sie trauert nicht um ihn, so wie du es bei mir tun würdest. Folge einfach ihrer Führung in dieser Sache, und erwarte nicht, dass sie Dinge empfindet, die schlicht nicht da sind.

Guter Rat, wie immer, Doc. Danke.

Und auch noch gratis!

Haha!

Es hatte eine Zeit gegeben, die noch gar nicht so lange her war, in der Riley sich mit jeder Faser seines Wesens gegen Ratschläge seines Vaters gewehrt hätte. Finn und er hatten immer gewusst, dass ihr Vater mit genau solchen Ratschlägen sein Geld verdiente, aber sie selbst waren nie an seiner Hilfe interessiert gewesen. Doch je älter sie wurden, desto klarer wurde ihnen, dass der Rat ihres Vaters gewöhnlich überaus vernünftig und wertvoll war. Sie konnten wirklich froh sein, ihn zu haben, und zwar in mehr als einer Beziehung.

Geht ihr heute zu Charlie und Sarah?, fragte Kevin.

Wir fahren gleich los, schauen aber erst noch bei Jordan vorbei.

Dann treffen wir uns nachher auf der Party. Bis dann.

Nikki kam die Treppe herunter, frisch und hübsch in einem Kleid, das ihr bis zur Mitte der Oberschenkel reichte und ihre sexy Beine betonte. Sie hatte sich neu geschminkt und ihr langes dunkles Haar gebürstet.

»Du siehst wunderschön aus, wie immer.«

»Danke. Bist du bereit?«

»Für dich immer, Babe.«

Sie ging nach draußen zu seinem Pick-up, und während sie über die Landstraße zu Masons und Jordans Haus fuhren, fragte sich Riley, ob Jordan die Nachricht vom Tod ihres Vaters genauso unbeeindruckt aufnehmen würde wie Nikki.

Nik stellte die Lüftung so ein, dass der kühle Luftstrom auf sie gerichtet war. »Ich möchte nicht, dass du denkst, ich sei ein eiskaltes Miststück, Ri.«

»Was? Niemals! Überhaupt nicht.«

»Ich habe ihm ganz bestimmt nicht den Tod gewünscht, aber wenn ich dir sage, dass er uns nichts bedeutet … Ich weiß, dass das für dich schwer vorstellbar ist. Wir hatten seit Jahren keinen Kontakt zu ihm.«

»Das weiß ich, und ich hab auch begriffen, dass du völlig anders aufgewachsen bist als ich.«

»Es war ein Albtraum, zu großen Teilen wegen seines Verhaltens, weil er die Krankheit meiner Mutter instrumentalisiert und uns benutzt hat, um seinen Krieg gegen sie zu gewinnen. Er hat Privatdetektive angeheuert, die ihre Arztbesuche dokumentiert haben, und dann hat er das vor Gericht gegen sie verwendet.«

»Verdammt.«

»Er hat sie gnadenlos durch den Schmutz gezogen, während sie sich solche Mühe gegeben hat, damit sie für uns da sein konnte. Und jedes Mal, wenn es schien, als hätte sie einen Fortschritt gemacht, hat er irgendwas getan, um das zu torpedieren. So lief das jahrelang, und es ging ihm nie um uns oder das, was für uns das Beste war. Es ging ihm einzig darum, ihr eins auszuwischen, weil sie aufgehört hatte, ihn zu lieben, oder irgend so ein Mist. Er weiß nicht einmal, was mir im College mit Griffin passiert ist, weil wir uns von ihm abgewandt haben, sobald wir volljährig waren, und nie wieder zurückgeschaut haben.« Sie machte eine kleine Pause, ehe sie hinzufügte: »Das Schlimmste an der Nachricht von seinem Tod ist, dass dadurch all der Mist wieder hochkocht, an den ich seit Jahren nicht mehr gedacht habe.«

»Das tut mir leid, Babe. Ich weiß, das waren schlimme Zeiten für dich und Jordan.«

»Ja, echt. Jeden Sommer mit unserer Mutter und Großmutter herkommen zu dürfen war das Einzige, was uns gerettet hat. Das ist auch der Grund, weshalb ich das hier so liebe.«

»Ich bin froh, dass du jetzt an dem Ort wohnen kannst, der dir so viel bedeutet hat.«

»Ich auch, aber der einzige Grund dafür, dass ich noch hier bin, bist du.«

»Du wärst vielleicht auch so geblieben. Du liebst die Insel.«

»Nein, ich wäre nicht mehr da. Ich habe viel darüber nachgedacht. Als ich letzten Winter zurückgekommen bin, wäre ich hier sehr schnell sehr einsam gewesen, wenn du nicht in der Minute aufgetaucht wärst, in der du erfahren hast, dass ich zurück war.«

»Stimmt, ich bin sofort los. Ich war mit meinem Dad und Finn sowie ein paar Freunden in der Bar, und im Fernsehen lief was über Jordan. Da hat Seamus O'Grady beiläufig angemerkt, dass Jordans Zwillingsschwester auf der Fähre gewesen war.«

»Er war wirklich nett zu mir. Allen war auf der Überfahrt schlecht, weil so heftiger Seegang war, aber ich wollte draußen sein. Er hat gesagt, das sei nicht sicher. Daher hat er mich nach oben ins Ruderhaus mitgenommen, damit ich frische Luft schnappen konnte und mir von dem ganzen Gestank unter Deck nicht selber schlecht wurde.«

»Das klingt total nach ihm. Sobald er erwähnt hatte, dass Jordans Zwillingsschwester wieder auf der Insel war, habe ich einen Zwanzig-Dollar-Schein auf die Theke geworfen, meinen Dad gebeten, mir sein Auto zu leihen, übrigens zum ersten Mal seit Jahren, und bin so schnell zu deinem Haus gefahren, dass ich beim Abbiegen in die Einfahrt beinah ins Schleudern geraten wäre.«

Nikki lachte. »Davon weiß ich gar nichts.«

»Ich hab's dir erzählt.«

»Nein, hast du nicht. Mir war damals nicht klar, dass du alles stehen und liegen gelassen hast, um zu mir zu kommen.«

»Ich glaub, es hat keine Minute gedauert. Ich bin so schnell rausgerannt, dass Finn mir nachgelaufen ist und mich gefragt hat, was zur Hölle ich vorhabe.«

»Hattest du denn einen Plan?«

»Kein Stück. Ich wusste nur, dass du zurück warst und dass ich dich sehen musste.«

»Du *musstest* mich sehen?«

Er legte ihr eine Hand auf den Oberschenkel. »Der Drang war so überwältigend, etwas Ähnliches hatte ich noch nie gespürt. Ich war völlig durch den Wind gewesen, seit du, ohne dich zu verabschieden, verschwunden warst.«

»Ich hab mich deswegen so schlecht gefühlt.«

»Ich weiß, und schau dir nur an, was alles passiert ist, seit ich in jener Nacht hergefahren bin. Ich würde nicht das Geringste ändern.«

Sie legte ihre Hand auf seine. »Ich auch nicht.«

Am Thanksgiving-Wochenende würden sie im Chesterfield heiraten und dann vierzehn Tage lang Flitterwochen in Italien machen. Er konnte es gar nicht erwarten, mit ihr verheiratet zu sein und auf die Hochzeitsreise zu gehen, die sie bis ins letzte Detail geplant hatten.

Bei Mason und Jordan standen Masons SUV und Jordans BMW in der Einfahrt, außerdem das weiße Mercedes-Coupé ihrer gemeinsamen Freundin Gigi. Beide Frauen hatten sich ihre Autos auf die Insel kommen lassen, nachdem feststand, dass die neue Staffel ihrer Show hier gedreht werden würde und sie daher eine Weile hierbleiben würden.

»Die ganze Bande ist da«, bemerkte Riley.

»Schaut ganz so aus.«

Nikki stieg aus, und Riley folgte ihr nach drinnen, hoffte, Jordan würde die Nachricht genauso ruhig aufnehmen wie ihre Zwillingsschwester. Es kam ihm immer noch merkwürdig vor, dass einen der Tod eines Familienmitglieds so ungerührt lassen konnte – ihm würde es den Boden unter den Füßen wegziehen. Je länger er Nikki und Jordan kannte und je mehr er über ihre Kindheit erfuhr, desto dankbarer war er für seine Eltern, Tanten, Onkel und Cousins und Cousinen, die ihm und Finn eine wunderbare Kindheit ermöglicht hatten.

»Nikki«, rief Gigi. »Komm rein, und entscheide du.«

»Du solltest besser zu mir halten«, erklärte Jordan und grinste ihre Schwester an.

»Worum geht es denn?«

»Wer ist sexyer – Justin Timberlake oder Ryan Gosling?«, wollte Gigi wissen.

Nikki blickte Riley an, der sich ein Lachen verbiss. »Also ... nun, ich vermute, wenn ich mich festlegen muss, dann ... würde ich sagen, Justin Timberlake.«

»O mein Gott«, stöhnte Gigi. »Ihr habt schon wieder dieses Zwillingsding gemacht, oder?«

Jordan klatschte ihre Schwester ab. »Danke.«

»Ich hasse euch beide«, entgegnete Gigi. »Ich weiß gar nicht, warum ich mich überhaupt mit euch abgebe.«

»Weil du uns liebst«, antwortete Jordan und versetzte Gigi einen spielerischen Schubs, sodass sie auf dem Sofa umkippte, worüber alle lachen mussten.

Das war der Grund, warum ihre Fernsehshow so beliebt war: Die beiden waren zusammen einfach urkomisch.

Mason kam mit nassen Haaren und einem Handtuch um den Hals ins Wohnzimmer. Er trug nur Shorts, und seine Brust und sein Bauch weckten in Riley das Gefühl, dass er mal wieder dem Fitnessstudio einen Besuch abstatten sollte – und das unverzüglich. »Habt ihr entschieden, wer sexyer ist?«

»Ich hab gewonnen, weil ich gesagt habe, du wärst der Sexyste von allen, Baby«, sagte Jordan zu Mason.

Ein strahlendes Lächeln breitete sich auf seinem Gesicht aus. »Gute Antwort, Süße.«

»Lieber Himmel«, entfuhr es Gigi, und sie verdrehte die Augen.

»Sei nicht so gehässig«, erwiderte Jordan. »Davon kriegst du nur Falten.«

»Äh, tut mir leid, wenn ich euch die Stimmung ruinieren muss«, begann Nik zögernd.

Riley wusste, dass sie es hasste, irgendwas zu tun, das Jordan aufregen würde, nachdem die so hart für ihr Happy End mit dem Feuerwehrchef gekämpft hatte. Die beiden waren geradezu lachhaft glücklich miteinander, und er war froh, dass Jordan Mason hatte, der sie trösten würde, falls sie die Neuigkeit nicht so gut aufnahm.

»Was ist los, Nik?«, fragte Jordan. »Du machst schon wieder das mit der Falte zwischen deinen Brauen, wie immer, wenn was schiefläuft.«

Nikki durchquerte das Zimmer und setzte sich auf den Couchtisch, sodass sie sich direkt vor Jordan befand.

Mason blickte fragend zu Riley, als wolle er von ihm wissen, was das sollte.

»Kendall hat mich gerade angerufen.«

»Ach? Wie kommt's?«

»Sie hat mir erzählt, dass Dad gestern gestorben ist.«

Jordans Gesicht wurde ausdruckslos vor Schock. »Was? Was ist passiert?«

»Er hatte wohl einen Herzanfall am Steuer.«

Jordan holte tief Luft und atmete langsam wieder aus. »Ich weiß nicht, was ich dazu sagen soll.«

»Ich auch nicht.«

»Es tut mir so leid für euch«, meinte Mason. »Was können wir für euch tun?«

»Nichts«, antwortete Jordan, und an ihrer Miene konnte man immer noch nichts ablesen.

Vor einer Minute war sie so lebenssprühend und ausgelassen gewesen, und es schmerzte Riley, dass sie gerade wieder so aussah wie nach dem furchtbaren Ende ihrer Ehe.

»Wir brauchen gar nichts«, stellte Jordan klar. »Wir haben seit Jahren nicht mehr mit ihm oder irgendjemandem aus der Familie gesprochen.«

Gigi rückte dichter zu Jordan und fasste ihre Hand. Sie war schon seit ewigen Zeiten ihre Freundin und hatte viel von dem Drama miterlebt, daher verstand sie besser als jeder andere, wie merkwürdig diese Nachricht für sie beide sein musste. »Möchtet ihr dahin? Ich kann ein Flugzeug ...«

»Nein«, unterbrachen die Schwestern sie gleichzeitig.

»Auf keinen Fall«, fügte Nik hinzu.

»Äh, vielleicht müsst ihr aber«, meinte Gigi.

»Warum?«, fragte Nik entsetzt.

»Also«, begann Gigi, »die Presse wird Wind davon kriegen, dass euer Vater gestorben ist, und wenn ihr euch bei der Beerdigung nicht sehen lasst, wird das eine Geschichte werden.«

»Ich gehe nicht zu seiner Beerdigung«, verkündete Nikki. »Es ist mir völlig egal, wer dann irgendwas über mich sagt. Früher hatte ich niemals die Wahl. Jetzt habe ich sie, und das ist meine Entscheidung.«

»Und ich kann total verstehen, warum du so empfindest«, erwiderte Gigi. »Die Sache ist nur die: Wenn ihr nicht öffentlich erklären wollt, dass ihr entfremdet wart, und euch nicht mit den unvermeidlichen Fragen herumschlagen wollt, die das nach sich ziehen würde, müsst ihr wohl oder übel dahin. Oder zumindest Jordan.«

Jordan saß da, die Arme um die Knie geschlungen.

»Gigi, kann ich mich bitte neben Jordan setzen?«, bat Mason.

»Natürlich.« Sie zog auf einen der Sessel um. »Tut mir leid.«

»Schon gut. Sie braucht uns jetzt alle.« Mason ließ sich auf den frei gewordenen Platz neben Jordan sinken und legte einen Arm um sie.

Sie lehnte sich an ihn.

Als sie zusammengekommen waren, hatte Riley sich gefragt, ob das wohl halten würde, weil sie so unterschiedlich waren. Aber je mehr Zeit er mit den beiden verbrachte, desto klarer wurde, wie tief ihre Verbundenheit ging. Nach dem, was Jordan mit ihrem Ex-Mann durchgemacht hatte, war es schön, sie glücklich zu sehen und mit einem Typen wie Mason als Partner.

»Gott, es ist so verdammt heiß.« Gigi fächelte sich mit einer Zeitschrift Luft zu. »Wie lange dauert es denn sonst so, die Stromversorgung wiederherzustellen?«

»Du meinst, beim letzten Mal?«, fragte Mason. »Vier Tage.«

»Verdammt. Bis dahin bin ich gestorben.«

»Du schaffst das«, versicherte ihr Nikki.

»Das ist der Grund, weshalb ich nicht auf eine einsame Insel irgendwo im Nichts gehöre«, stellte Gigi fest.

In diesem Sommer drehten sie die nächsten Folgen ihrer Fernsehshow »Jordan und Gigi: Verschollen auf Gansett Island«. Und sie waren lustiger als je zuvor, während sie sich über die Einschränkungen des Insellebens beschwerten. Die auf Gansett Island gedrehten Folgen waren für eine Ausstrahlung im Winter geplant.

»Glaubst du wirklich, ich muss hin?«, wollte Jordan niedergeschlagen wissen.

»Lasst uns sehen, ob die Presse rauskriegt, dass er euer Vater ist, und dann schauen wir weiter«, antwortete Gigi. »Nikki, kannst du Kendall schreiben und ihr mitteilen, dass ihr nicht in der Todesanzeige aufgeführt werden wollt?«

»O Gott«, sagte Nikki. »Ist das wirklich nötig?«

»Schon, wenn ihr der Beerdigung fernbleiben wollt, ohne einen größeren Aufruhr zu verursachen.«

Jordan warf Nikki einen flehenden Blick zu, gab ihr zu verstehen, dass sie ebenso wenig zur Beerdigung fahren wollte wie sie.

Nikki schickte die Textnachricht an Kendall. »Und nun lass uns das alles vergessen und eine schöne Zeit bei Sarah und Charlie haben.«

»Ich fahr jetzt nach Hause, um ein bisschen nackt herum-
zulaufen«, verkündete Gigi.

Riley stieß ein Lachen aus. Er hatte sich inzwischen an Gigi
gewöhnt, aber wie sie einfach aussprach, was ihr gerade durch
den Kopf schoss, fand er urkomisch.

»Kommt ihr zur Einweihungsparty?«, wandte sich Nikki an
Jordan.

»Ja, wir sehen uns da.«

Riley folgte seiner Verlobten aus dem Haus und hatte das
ungute Gefühl, dass sie und Jordan diesen Todesfall trotz allem
nicht unbeschadet überstehen würden.

KAPITEL 16

»Sprich mit mir«, verlangte Mason, als er und Jordan allein waren. »Erzähl mir, wie du dich wirklich fühlst.«

»Wie betäubt. Ich fühle nichts. Ich weiß, ich sollte was empfinden, aber da ist nichts.«

»Du darfst dich so fühlen, wie du willst.«

Ihr Handy vibrierte, als eine Textnachricht von Nikki einging. Kendall sagt, es ist zu spät. Sie hat die Todesanzeige mit unseren Namen bereits ans Bestattungsinstitut und an die Lokalpresse geschickt.

»Verdammt«, entfuhr es Jordan. Sie las ihm Nikkis Nachricht vor. »Wenn ich jetzt nicht teilnehme, werden die Leute denken, ich sei völlig gefühlskalt.«

»Wen kümmert es schon, was andere denken?«

»Ich wünschte, ich könnte behaupten, dass es mir völlig egal ist, aber meine Karriere hängt davon ab, dass die Leute mich mögen und an meinem Leben interessiert sind.«

»Was, wenn du und Nik eine Erklärung rausgebt, in der ihr so was sagt wie ›Obwohl wir unserem Vater und seiner neuen Familie seit Jahren entfremdet sind, gilt unser aufrichtiges Beileid zu seinem viel zu frühen Tod seiner Familie und seinen Freunden‹? Irgendwas in der Art.«

»Das könnte tatsächlich funktionieren. Ich ruf gleich mal Gigi an.«

»Ich bin doch gerade erst weggefahren«, meldete die sich stöhnend. »Was willst du denn jetzt schon wieder?«

»Kendall hat Nik geschrieben, es sei zu spät dafür, unsere Namen aus der Todesanzeige rauszulassen. Daher hat Mason vorgeschlagen, dass wir eine Verlautbarung rausgeben.« Sie wiederholte Masons Formulierungsvorschlag. »Was denkst du? Wird das als Erklärung reichen, sodass wir nicht zur Beerdigung müssen?«

»Das könnte tatsächlich funktionieren. Hast du das schon mit Nikki abgestimmt?«

»Ich schicke es ihr. Wart mal.« Sie schrieb ihrer Schwester schnell, was sie sich gedacht hatten, und fragte, ob sie einverstanden sei.

Ja, das ist gut, antwortete Nik.

»Sie gibt grünes Licht«, teilte Jordan Gigi mit.

»Wenn ich zu Hause bin, setze ich gleich was auf und sende es euch.«

»Danke, Gigi.«

»Jederzeit. Das weißt du. Und obwohl er ein Idiot war, tut es mir trotzdem leid, dass ihr euren Vater verloren habt.«

»Danke. Hab dich lieb.«

»Gleichfalls. Immer.«

Jordan beendete das Telefonat und wandte sich an Mason. »Danke für die tolle Idee.«

»Ihr wärt schon auch noch irgendwann drauf gekommen. Ihr seid schließlich die Expertinnen bei solchen Sachen.«

»Trotzdem bin ich froh, dass es dir eingefallen ist.«

»Ich bin da ganz egoistisch. Solange der Stromausfall nicht behoben ist, kann ich nicht nach L. A., und gleichzeitig ist es völlig ausgeschlossen, dass ich dich ohne mich hinfliegen lasse.«

»Ich will nicht nach L. A. Seit das mit Zane passiert ist, ist mir bewusst geworden – mit jeder Menge Hilfe von meinem Therapeuten und meiner Großmutter –, dass ich mich vor Dingen schützen muss, die mich verletzen können. Diese Beerdigung würde mich verletzen, denn …« Ihre Stimme brach, und sie hielt kurz inne, um sich zu fassen. »Denn tief innerlich hab ich immer noch gehofft, dass er irgendwann seine Fehler einsieht und versucht, sie wiedergutzumachen. Aber jetzt …«

»Jetzt ist das ausgeschlossen.«

»Ja.«

Er hauchte ihr einen Kuss auf den Scheitel und ließ seinen Arm um sie liegen, obwohl in seinem kleinen Haus, in das sie am Anfang des Sommers mit eingezogen war, eine Temperatur von mindestens fünfhundert Grad herrschen musste. Sie hatte nie zuvor auf so wenig Raum gelebt, gleichzeitig war sie nie so glücklich gewesen wie hier mit ihm.

»Es tut mir wirklich leid, dass diese Chance nicht mehr besteht, Süße.«

»Mir auch.«

»Wenn du doch lieber zu Hause bleiben möchtest, ist das kein Problem.«

»Nein, ist schon okay. Du hast dir den Nachmittag freigenommen, damit wir zur Party können.«

»Ich hab mir den Nachmittag freigenommen, um bei dir zu sein. Wir hatten in letzter Zeit so viel zu tun, dass ich ganz furchtbare Sehnsucht nach dir habe.«

»Du verbringst jeden Tag Zeit mit mir.«

»Es ist aber niemals genug.«

Jordan setzte sich ihm rittlings auf den Schoß, damit sie ihm in die Augen schauen konnte, wenn sie ihn küsste. »Ich habe mir nie vorstellen können, dass mich jemand so lieben könnte, wie du das tust.«

»Ich liebe dich bis zur Unendlichkeit und noch viel weiter.«

»Okay, Buzz Lightyear.«

Mason lächelte und wickelte sich eine Strähne ihres langen dunklen Haars um den Finger. »Vielleicht sollten wir zu Hause bleiben und den Nachmittag allein zusammen verbringen.«

»Vielleicht können wir auch beides – zusammen allein sein und später zur Party gehen.«

»Mir gefällt, wie du denkst.«

»Und mir gefällt, wie du riechst«, erklärte sie und gab ihm einen Kuss auf den Hals.

Er schloss die Arme fester um sie und senkte den Kopf, um sie auf den Mund zu küssen.

Jordan war zuvor nie so geküsst worden, wie Mason es tat, als verzehrte er sich nach ihr, wann immer er in ihrer Nähe war. Er gab ihr das Gefühl, geliebt und begehrt zu werden, so, wie sie war – und das war ein unglaubliches Geschenk.

Mit seinen großen Händen umschloss er ihren Po und zog sie an seine Erektion. »Ich will dich so sehr, die ganze Zeit, selbst wenn es hier drin heißer als auf der Sonne ist.«

Jordan lachte und küsste ihm einen Schweißtropfen von der Stirn. »Dann lass uns mal Richtung Bett wandern.«

»Gute Idee. Können wir es genau so machen?«

Er liebte es, wenn sie oben war. »Auf jede Weise, die du möchtest.«

»Das ist ziemlich weit gefasst. Du solltest besser vorsichtig sein. Meine Fantasie ist überaus rege, was dich betrifft.«

»Ich habe keine Angst vor dir.«

Während sie ins Schlafzimmer gingen, legte er von hinten einen Arm um sie und drückte seine Erektion gegen ihren Po, ließ sie wissen, was »auf jede Weise« beinhalten könnte.

»Okay, *davor* habe ich Angst.«

Mason lachte. »Was mich betrifft, besteht dazu absolut kein Grund.« Am Bett angekommen, half er ihr aus dem Tanktop und den Shorts, dann hob er ihr Kinn an, damit er ihr ins Gesicht schauen konnte. »Das weißt du, oder?«

»Ja, Mason.«

»Selbst wenn wir *das* täten, würde ich dafür sorgen, dass es gut für dich ist. Das wäre alles, worum es mir dabei ginge. Du bist der Dreh- und Angelpunkt meines Lebens.«

Sie hob die Arme und schlang sie ihm um den Hals, und er half ihr, indem er ihre Beine nahm und sie sich um die Hüften legte. Er war so viel größer als sie, aber er schüchterte sie nie ein, berührte sie immer nur voller Liebe und Respekt, sodass sie sich in jeder Sekunde rundum wunderbar fühlte, wenn sie zusammen waren – und auch wenn sie das mal nicht waren.

Ihre Beine um seine Mitte, setzte er sich aufs Bett und küsste sie, umfing ihre Brüste und reizte die Spitzen. Früher einmal war es nicht so einfach gewesen, sie zu erregen, doch bei Mason war das anders. Er musste sie bloß ansehen, und sie war bereit für alles, was er wollte. Und er wollte immer sie.

Sie rieb sich an ihm, suchte nach Erleichterung, während seine Küsse drängender wurden. »Jetzt, Mase. Beeil dich.«

Er stöhnte, fasste zwischen ihre Körper und versuchte, sich die Shorts auszuziehen, während sie ihm gleichzeitig ins Ohrläppchen biss. »Verdammt noch mal, Jordan.«

Sie lachte darüber, wie er das sagte – ein bisschen vorwurfsvoll, hauptsächlich aber voller Verlangen.

»Lach mich nicht aus, schließlich ist es deine Schuld, dass ich mich in diesem Zustand befinde.«

»In diesem Zustand liebe ich dich.«

Mit seiner freien Hand drückte er ihren nackten Po. »Ich liebe dich so und in jedem anderen Zustand.«

Er war so erschreckend stark, setzte seine Kraft dabei aber nie gegen sie ein, nicht wie ihr Ex-Mann es getan hatte. Doch im Moment dachte sie einzig an Mason, der sie anhob und auf sich setzte.

Er war überall groß, und wie immer mussten sie langsam machen, bis ihr Körper sich an ihn gewöhnt hatte.

»Ganz ruhig, Süße. Schön ruhig. Entspann dich. So ist es recht. Du bist so heiß und feucht und eng. Du treibst mich in den Wahnsinn.«

Sie liebte es, wie er beim Sex mit ihr sprach. Die Dinge, die er dann zu ihr sagte, waren direkt und echt und ungeschliffen und kamen direkt aus seinem Herzen. In ihren wildesten Träumen hätte sie sich jemanden wie ihn nicht ausmalen können, genauso wenig wie die Liebe, die er ihr jeden Tag bewies. Sie dachte immer, dass es gar nicht wahr sein könnte, dass irgendwo eine Schattenseite sein müsste, aber wenn es die gab, dann hatte sie sie bislang nicht gefunden und begann zu glauben, dass da tatsächlich keine war. Mason war genauso wunderbar, wie er zu sein schien.

Es dauerte gute zehn Minuten, bis sie ihn ganz in sich aufnehmen konnte, und wie immer füllte er sie restlos aus.

»Wenn es irgendetwas gibt, das besser ist als das …«

Seine rau hervorgestoßenen Worte, an ihrem Hals geflüstert, sandten ihr Schauer über den Rücken.

Sie hob die Hüften und begann sich zu bewegen, kostete die Wellen des Verlangens aus, die sie bis in jede Faser ihres Körpers spüren konnte. Es war so heiß, dass ihrer beider Schweiß sich vermischte, doch das kümmerte keinen von ihnen. Sie dachten nur an die Hitze, die sie gemeinsam erschufen.

Er überraschte sie, als er seine Arme um sie legte, aufstand und sich umdrehte, um sie aufs Bett zu legen, alles, ohne die intime Verbindung zu unterbrechen.

»Geschickter Move, Chief.«

»Ich heb mir all meine geschickten Moves für dich auf, Liebste.«

Sie war inzwischen lang genug mit ihm zusammen, um zu wissen, was gleich passieren würde, und als er sich in ihr zu bewegen begann, war sie mehr als bereit. Sie legte den Kopf in den Nacken, und ihr Herz stoppte beinah unter der überwältigenden Lust, die sie jedes Mal mit ihm erlebte. Vor ihm hatte sie geglaubt, es sei normal, ab und zu mal erfüllenden Sex zu haben. Jetzt hatte sie jedes Mal den großartigsten Sex überhaupt, und die Erkenntnis, dass das möglich war, verdankte sie allein Mason.

Sie hatte gelernt, dass, wenn sie mit dem Richtigen zusammen war, alles großartig war.

Jordan schlang ihm die Arme um den Hals und küsste ihn. »Ich liebe dich so sehr.«

»Ich dich auch, Süße. Ich kann immer noch nicht glauben, dass wir das jederzeit tun können, wann immer wir wollen.«

»Und offenbar wollen wir die ganze Zeit.«

Er lachte, während er sein Tempo beibehielt, ehe er plötzlich innehielt, denn er wusste, dass sie das in den Wahnsinn trieb.

Jordan wand sich unter ihm, versuchte, ihn dazu zu bringen, sich wieder zu bewegen, aber er blieb stur. »Warum musst du mich so quälen?«

»Weil es Spaß macht.«

»Wem?«

Er grinste und küsste sie. »Mir natürlich.«

Jordan lachte. »Du bist gemein.«

Er schüttelte den Kopf. »Du liebst es.«

»Wenn du das sagst.«

Er fasste zwischen ihre Körper, streichelte sie, sodass sie explosionsartig zum Höhepunkt kam und ihn mitriss. »Das tue ich.«

Keuchend und lachend blickte Jordan zu ihm hoch, lächelte, wie sie das jetzt immer tat. Vorbei waren die Tage, in denen sie das Gefühl gehabt hatte, stets nur auf Zehenspitzen laufen zu können und wegen der Launenhaftigkeit eines selbstsüchtigen

Mannes ständig auf der Hut sein zu müssen. Sie konnte gar nicht mehr glauben, dass sie je gedacht hatte, das sei es, was sie wollte. »Danke.«

»Jederzeit, Babe.«

»Nicht nur für den spektakulären Orgasmus, sondern für alles. Für dieses wundervolle Leben. Bis ich dich getroffen habe, hab ich gar nicht gewusst, dass es so sein könnte. Mein ganzes Leben war ein einziges Chaos, bis du mir einen besseren Weg gezeigt hast.«

»Ach, Baby, *ich* muss *dir* danken. Du sorgst dafür, dass ich so glücklich bin.«

»Selbst wenn Gigi und ich dich zwingen, zu entscheiden, wer sexyer ist, JT oder Ryan Gosling?«

»Sogar dann. Ihr beide seid einfach unfassbar komisch.« Er küsste sie erneut und löste sich dann von ihr, zog sie aber an sich, um mit ihr zu kuscheln, wie er es jedes Mal nach dem Sex tat.

Das liebte sie beinah so sehr wie den Sex selbst.

»Willst du immer noch zu Sarah und Charlie?«

»Klar. Das hatten wir doch so geplant.«

»Wir müssen aber nicht, wenn dir nicht danach ist. Das würden alle verstehen.«

»Ich möchte ihr neues Zuhause sehen und mit ihnen ihr Happy End feiern.«

»Ich hoffe, du weißt, dass du mir sagen kannst, was auch immer du angesichts des Todes deines Vaters empfindest. Selbst wenn du glaubst, es sei schlimm, ist es doch okay, es auszusprechen.«

»Ich weiß gar nicht, was ich empfinde. Ich weiß, was ich empfinden *sollte*, und ich … Ich tue es einfach nicht. Es macht mich traurig, dass das Leben von jemandem viel zu früh geendet hat, aber es dringt gar nicht richtig zu mir durch, dass es sich um meinen Vater handelt.«

Im Wohnzimmer klingelte Jordans Handy.

»Ich hol's dir.«

»Danke.«

Er stand auf und kehrte kurz darauf zurück, hielt es ihr hin. »Deine Großmutter.«

Sie nahm den Anruf von Evelyn Hopper entgegen, der Frau, die in ihrer Kindheit für die einzige Stabilität gesorgt hatte. Sie würde immer ihr Lieblingsmensch sein. »Hi, Gran.«

»Süße, ich hab gerade erst das mit eurem Vater erfahren. Es tut mir leid.«

»Danke.«

»Geht's euch gut?«

»Alles bestens. Irgendwie ist es seltsam, aber das weißt du ja.«

»Allerdings«, erwiderte sie mit einem Seufzen. »Trotzdem … Fahrt ihr zur Beerdigung?«

»Nein. Gigi bereitet eine Pressemitteilung vor, in der wir erklären, wie leid uns das mit seinem vorzeitigen Tod tut, dass wir jedoch seit Jahren keinen Kontakt mehr gehabt haben und so weiter. Wir hoffen, dass wir auf diese Weise der Klatschpresse den Wind aus den Segeln nehmen.«

»Das hoffe ich auch. Soll ich zu euch kommen?«

»Das musst du nicht, Gran. Riley und Mason kümmern sich um uns. Uns geht es gut, aber natürlich freuen wir uns immer, dich zu sehen.«

»Zu Thanksgiving und der Hochzeit bin ich auf jeden Fall da.«

»Danke für den Anruf. Es ist schön, zu wissen, dass du an uns denkst.«

»Ich hab euch lieb. Sag Nikki, dass ich versucht habe, sie ebenfalls zu erreichen.«

»Sie ist bei einer Party, zu der ich auch gleich fahre.«

»Es wird euch beiden guttun, Zeit mit Freunden zu verbringen.«

»Das denken wir auch. Ich ruf dich morgen an.«

»Dann reden wir.«

Jordan beendete das Telefonat und wandte sich an Mason, der auf einen Ellbogen gestützt neben ihr lag und sie betrachtete. »Das war nett von ihr, sich nach uns zu erkundigen«, meinte sie.

»Sie ist wirklich unglaublich lieb.«

»Stimmt.« Jordan holte tief Luft und atmete langsam aus. »Ich hoffe, es wird nicht zu viel Wirbel darum geben, dass Nik und ich nicht an der Beerdigung teilnehmen.«

»Ja, das hoffe ich auch.«

KAPITEL 17

Kurz vor drei kam Jared James in die Stadt und fuhr an der Klinik vorbei, weil er wissen wollte, ob Lizzies Pick-up noch immer auf dem Parkplatz stand. Das war der Fall. Er machte sich Sorgen um sie, weil sie sich in etwas hineinziehen ließ, das mit einem Baby zu tun hatte ... und ausgerechnet auch noch so kurz nach ihrer jüngsten Enttäuschung. Sie waren sich so sicher gewesen, dass es dieses Mal anders sein würde, und als es dann nicht geklappt hatte ... Sein Herz war für sie gebrochen. Es war so schwer, mit anzuschauen, wie sie sich der schwierigen Behandlung unterzog, und am Ende standen sie doch wieder mit leeren Händen da.

Er ertrug es nicht, sie enttäuscht oder verletzt oder unglücklich zu sehen, und er hatte keine Ahnung, wie er das für sie in Ordnung bringen sollte. Unfruchtbarkeit war die eine Sache, an der alles Geld der Welt nichts ändern konnte. Er räumte gern ein, dass er ein begrenztes Verständnis für Fruchtbarkeitsprobleme gehabt hatte, bis er selbst damit konfrontiert worden war. Inzwischen wusste er viel zu gut, wie viele Menschen Schwierigkeiten hatten, ohne zusätzliche Unterstützung Kinder zu bekommen, und wie belastend die Behandlung war.

Lizzie und er hatten bisher nicht wirklich über ihre nächsten Schritte gesprochen oder darüber, ob sie so weit waren, Alternativen in Betracht zu ziehen, wie beispielsweise eine Leihmutter oder Adoption. Er würde sich da ganz nach ihr richten, aber sie hatte bislang noch nicht bereit gewirkt, darüber zu reden, und er würde nicht nachfragen, bis sie das Thema selbst zur Sprache brachte.

Es fühlte sich an, als müsse er einen Weg durch ein Minenfeld finden, weshalb er in letzter Zeit sehr angespannt war. Dabei hoffte er, dass er ihr gab, was sie brauchte. Seinen respektlosen jüngsten Bruder zu Besuch zu haben würde sie auf jeden Fall von ihren Problemen ablenken.

Er bog auf den Parkplatz am Fähranleger ab und ging zum Pier, um die Ankunft des Schiffes zu verfolgen. Seamus O'Grady, der am Steuer stand, wendete geschickt, bevor er rückwärts in den Hafen fuhr. Jared wurde es nie langweilig, den Fähren beim Ein- und Auslaufen zuzuschauen, und er bewunderte die Präzision der Kapitäne, die es so einfach aussehen ließen, die großen Wasserfahrzeuge genau dorthin zu manövrieren, wo sie sie haben wollten.

Zuerst fuhren die Autos von Bord, dann folgte ein wahrer Strom von Passagieren, bepackt mit Klappstühlen und Fahrrädern.

Er hielt Ausschau nach Cooper und winkte ihm, als er ihn mit einem Rucksack auf dem Rücken ausmachte. Jared war überhaupt nicht überrascht, dass er seinen Bruder inmitten einer Gruppe junger hübscher Frauen entdeckte, die zutiefst enttäuscht wirkten, weil sie sich von ihm verabschieden mussten.

Coopers Gesicht verzog sich bei seinem Anblick erfreut. Jared hatte schon immer eine Schwäche für den Kleinen gehabt, und das von Anfang an. Selbstverständlich wusste Coop das und nutzte es nach Kräften aus. Jared begrüßte ihn mit einer Umarmung und fuhr ihm durch die Haare.

Also alles wie immer.

Das Haar seines Bruders war zu dieser Jahreszeit mehr blond als braun, seine braunen Augen funkelten gewohnt übermütig, und er hatte anscheinend aufgehört, sich zu rasieren. Er zog Frauen so mühelos an, wie er atmete – und hatte das getan, seit er vierzehn gewesen war.

»Na, was geht, alter Mann?«

»Nicht viel. Schön, dich zu sehen, Punk.«

»Gleichfalls. Ich kann nicht glauben, dass Quinn tatsächlich heiratet. Davon muss ich mich mit eigenen Augen überzeugen.«

Jared fasste ihn am Arm und dirigierte ihn zu dem Porsche. »Verstehe ich, aber er und Mallory sind wie füreinander geschaffen.«

»Ja, das stimmt.«

Vor einem Monat hatte Quinn eine Textnachricht an seine Familie geschickt, um ihnen mitzuteilen, dass er und Mallory an ihrem gemeinsamen Geburtstag heiraten wollten, ohne viel Trara, doch jeder, der dabei sein wollte, sei ihnen herzlich willkommen. Mittlerweile hatte sich Mallorys Vater Big Mac McCarthy eingemischt und angeboten, alles in einem »etwas größeren Rahmen« im Chesterfield zu veranstalten. Lizzie hatte sie in ihrer sonst restlos ausgebuchten Saison überhaupt nur unterbringen können, weil der gemeinsame Geburtstag und damit auch die Hochzeit an einem Dienstag war.

Ihre Eltern besuchten derzeit Freunde in Italien, und ihre Schwestern hatten Pläne, die sich so kurzfristig nicht ändern ließen, daher würden er und Coop die einzigen Vertreter der Familie James bei der Hochzeit sein. Es war fast so, als hätte Quinn es so geplant, aber Jared würde diesen Verdacht nie laut aussprechen. Quinn neigte dazu, innerhalb ihrer Familie für sich zu bleiben, besonders seit er bei einem Militäreinsatz ein Bein verloren und es niemandem in der Familie gesagt hatte. Das hatten sie erst rausgefunden, als er auf Jareds Grundstück in ein Loch im Rasen getreten war und sich dabei die Prothese gelöst und er sich am Bein verletzt hatte.

»Darf ich fahren?«, fragte Coop.

»Auf keinen Fall.«

»Ach komm schon. Ich werde auch ganz vorsichtig mit deinem Baby sein.«

Jared wusste, dass es ihm leidtun würde, doch er reichte ihm die Schlüssel trotzdem.

»Juhu!«

»Versprich mir, dass ich das nicht bereuen werde.«

»Natürlich wirst du das. So bin ich nun mal.«

Darüber musste Jared lachen. Er hatte nichts anderes von seinem kleinen Bruder erwartet, der gar nicht mehr so klein war. »Wo du recht hast, hast du recht.«

Coop startete das Auto und ließ gleich als Erstes den Motor aufheulen. »Verdammt, der schnurrt nur so.«

»Sei vorsichtig mit meinem Mädchen. Sie ist alt, aber temperamentvoll.«

»Genau wie du.«

»Halt die Klappe.«

Cooper grinste und freute sich, dass es ihm gelungen war, Jared eine Reaktion zu entlocken. Er setzte das Auto aus der Parklücke zurück und schoss dann in Richtung Ausfahrt.

»Pass bitte auf, ja? Hier sind überall Leute. Ich will auf keinen Fall verklagt werden.«

»Ich pass auf. Entspann dich. Deine Milliarden sind sicher.«

»Warum um alles in der Welt habe ich mich eigentlich darauf gefreut, dich zu sehen?«

»Ach, hast du das? Du liebst mich. Das weißt du.« Coop bog vom Parkplatz des Fähranlegers aus nach links ab, nahm also den langen Weg zu Jareds Haus.

Das überraschte den nicht, denn er ließ Cooper nicht oft ans Steuer des Porsche, also wählte er natürlich die längere

Strecke. »Was hast du so getrieben, seit du dein Studium abgeschlossen hast?«

Cooper hatte im Frühling seinen MBA an der New York University gemacht, und Jared hatte seitdem nicht viel von ihm gehört, außer einer gelegentlichen Textnachricht über das New Yorker Penthouse, in dem Jared ihn während seines Studiums hatte wohnen lassen.

»Ich habe an meinem Businessplan gearbeitet, was ein weiterer Grund ist, warum ich dich besuchen und mit dir sprechen wollte.«

»Was für ein Businessplan denn?«

»Den für die Geschäftsidee, die ich an der Uni entwickelt habe, den ich seither immer weiter ausbaue. Ich glaube, ich habe da etwas wirklich Cooles am Laufen, und da kommst du ins Spiel.«

»Was hat das mit mir zu tun?«

»Ich brauche Investoren.«

»Himmel, da bin ich mit Anlauf reingetappt, was? Was ist mit dem Geld passiert, das ich dir bereits gegeben habe?« Anfangs hatte Jared seinen Reichtum großzügig mit seiner Familie geteilt, bis er herausgefunden hatte, wie sehr Geld alles veränderte, besonders das Verhältnis innerhalb der Familie. Das hatte sich im Vergleich zu der Zeit vor ein paar Jahren inzwischen wieder deutlich verbessert, als er das Gefühl gehabt hatte, als sei er so was wie ein persönlicher Geldautomat. Allerdings hatten seine beiden Brüder ihn nie so behandelt, und das wusste er zu schätzen.

»Das meiste habe ich noch, aber mein Bruder, der Milliardär, hat mir beigebracht, meine persönlichen und beruflichen Finanzen getrennt zu halten. Er ist ziemlich gut mit Geld, also nehme ich seinen Ratschlag sehr ernst. In der Tat habe ich ein wenig an der Börse experimentiert und sehr schöne Resultate erzielt.«

Jared war überrascht, das zu hören. »Echt?«

»Mhm.« Coop ratterte eine lange Liste von Aktien runter, in die er investiert hatte, und wusste die Gewinne auswendig. »Ziemlich gut, oder?«

»Zumindest nicht schlecht. Ich bin beeindruckt.«

»Ehrlich?«

»Ja«, antwortete Jared lachend. »Ehrlich. Das hast du gut gemacht. Also, was ist deine Geschäftsidee?«

»Als du und Lizzie das Chesterfield gekauft und in eine Hochzeitslocation verwandelt habt, hat mich das auf was gebracht. Gansett entwickelt sich zu einem Ort, an dem Leute heiraten wollen, und das öffnet einen Markt für andere Dienstleistungen.«

»Wie beispielsweise was?«

»Nun, da wären Junggesellen- und Junggesellinnenabschiede.«

»Was ist mit denen?«

Cooper schaute kurz zu ihm rüber. »Ich habe eine ausgearbeitete Präsentation, die ich an dir üben möchte, also kann ich es dir erzählen, wenn wir im Haus sind?«

»Sicher«, sagte Jared, dem wieder auffiel, dass sein kleiner Bruder tatsächlich gar nicht mehr so klein war.

Zwischen ihnen lagen zwölf Jahre, und Jared erinnerte sich noch gut an den Tag, an dem Cooper auf die Welt gekommen war, und daran, wie niedlich er von Anfang an gewesen war. Ihm hatte es nie an Charme gefehlt, und Jared hatte ihn ehrlich gern. »Sieh dich nur an, vollständig erwachsen, und jetzt stellst du schon Investoren Geschäftsideen vor.«

»Ich bin inzwischen vierundzwanzig«, bemerkte Coop trocken.

»Vierundzwanzig. Wie zur Hölle konnte das passieren?«

Cooper lachte und beschleunigte, sobald sie die Innenstadt verlassen hatten und auf der Landstraße Richtung Norden fuhren.

»Ras nicht so. Du weißt nie, was dich hinter der nächsten Kurve erwartet.«

»Wenn das mal nicht die Wahrheit ist.«

»In diesem Fall meine ich Motorräder, Mopeds, Fußgänger.«

Cooper schaltete runter und wurde ein wenig langsamer.

»Bevor wir bei uns sind, muss ich dir noch sagen, dass Lizzie und ich in letzter Zeit einiges durchgemacht haben …«

»Ihr trennt euch doch nicht, oder?«

»Gott, nein, nichts dergleichen.«

»Oh, puh. Ihr beiden seid für mich nämlich so was wie das Musterpärchen schlechthin.«

»Sind wir das?«

»Unbedingt. Sie ist unglaublich. Ich möchte jemanden wie sie finden, wenn die Zeit kommt.«

»Es ist nett von dir, dass du das sagst, und es stimmt: Sie ist unglaublich.«

»Also was ist das Problem?«

»Wir bemühen uns jetzt schon seit über einem Jahr, ein Baby zu kriegen, aber ohne Erfolg. Gerade ist unser dritter Versuch mit künstlicher Befruchtung gescheitert.«

»O verdammt, Mann. Tut mir leid, das zu hören.«

»Danke. Es war schwierig, besonders für sie. Sie hat so viel durchgemacht mit den Untersuchungen, den Vorbereitungen, den Spritzen und allem anderen – und immer vergebens.«

»Bis jetzt. Es wird schon noch klappen.«

»Langsam wird uns bewusst, dass wir damit rechnen müssen, dass das nichts wird. Wir müssen einen Weg finden, damit klarzukommen.«

»Habt ihr … na ja, schon mal andere Optionen in Erwägung gezogen?«

»Nein, noch nicht, doch allmählich müssen wir das wohl. Wir gehen es Schritt für Schritt an. Wir haben erst vor ein paar Tagen herausgefunden, dass die dritte Runde fehlgeschlagen ist.«

»Tut mir echt leid, Jared. Das ist blöd.«

»Ja, wirklich. Da gibt man sich die ganze Zeit solche Mühe, zu verhindern, dass jemand von einem schwanger wird, und dann, wenn man es will ...«

»Aber echt. Ich bin mir sicher, dass ihr eine Lösung finden werdet. Du hast dich nie von irgendwelchen Hindernissen aufhalten lassen, wenn du dir was in den Kopf gesetzt hattest.«

»Danke«, sagte Jared, irgendwie gerührt von den Worten seines Bruders. »Es war eine schwierige Zeit. Ich möchte, dass sie alles hat, was sie sich wünscht ...« Er räusperte sich, während er die inzwischen vorhersehbar aufwallenden Gefühle energisch zurückdrängte. »Ich hasse es, dass ich das nicht einfach mit einem Fingerschnippen geschehen lassen kann.«

»Kann ich verstehen, doch ihr werdet einen Weg finden. Daran habe ich keinen Zweifel.«

»Danke fürs Zuhören.«

»Mann, echt. Das ist das Mindeste, was ich dir schulde, angesichts all dessen, was du für mich getan hast.«

»Tu mir einen Gefallen, und erwähn hiervon Lizzie gegenüber nichts. Sie soll dir davon erzählen, wenn sie darüber reden möchte.«

»Ich werde kein Wort sagen. Mach dir keine Sorgen.«

»Ich wollte nur, dass du weißt, was bei uns gerade so abläuft. Lizzie freut sich, dass du kommst, weil es mit dir immer lustig ist. Im Moment könnten wir ein bisschen Spaß gut gebrauchen.«

»Ich werde tun, was ich kann, um die Stimmung zu heben.«

Als Cooper ein paar Minuten später den Porsche in die Einfahrt fuhr, war Jared erleichtert, Lizzies Auto auf dem

Stellplatz zu sehen. Sie empfing sie an der Tür, mit einer Umarmung für Cooper und dem gewohnten liebevollen Lächeln für Jared.

»Äh, Jared, könnte ich dich einen Moment sprechen?«

»Sicher. Coop, ich bin gleich wieder bei dir. Fühl dich schon mal wie zu Hause.«

»In Ordnung«, antwortete Coop grinsend und öffnete den Kühlschrank.

Jared ging mit Lizzie, die irgendwie nervös wirkte, nach draußen. »Was ist los, Babe?«

»Also, äh, die junge Frau in der Stadt, die das Baby bekommen hat?«

»Was ist mit ihr?«

»Ich, äh, hör mir erst mal zu … Ich, äh, habe sie und das Baby mit hergebracht.«

»Was? Lizzie! Was zur Hölle?«

»Sie lebt in einem der Angestelltenapartments vom Beachcomber. Das ist kein Ort für ein Neugeborenes, Jared. Du weißt, wie es da zugeht. Es gibt Partys ohne Ende und Geschlechtskrankheiten und Gott weiß was noch.«

»Wieso ist sie überhaupt schon aus der Krankenstation raus, wenn das Baby erst ein paar Stunden auf der Welt ist?«

»Sie hat darauf bestanden. Ich glaube, sie hat keine Versicherung und hatte Angst wegen der Kosten.«

»Ich habe dir gesagt, du sollst ihr Geld geben.«

»Das will sie nicht annehmen.«

Er fuhr sich mit beiden Händen durchs Haar und versuchte, sich nicht vor Frust zu raufen. »Ich kann nicht fassen, dass du ein Baby hergebracht hast, wenn man bedenkt, was wir gerade durchmachen.«

»Es tut mir leid, Jared. Ich wusste nicht, was ich tun sollte. Sie kann sonst nirgendwo hin.«

»Du hättest ihr Geld geben können, damit sie in einem verdammten Hotel bleiben kann, statt sie mit zu uns nach Hause zu nehmen ...«

»Sie braucht Hilfe. Sie hat keine Ahnung von Babys und ist restlos überfordert mit der Situation.«

Jared war selten wirklich sauer über etwas, was seine Frau tat, doch das ... »Ich glaube nicht, dass das eine gute Idee ist. Was passiert, wenn dir das Baby ans Herz wächst und seine Mutter dann wieder zu ihrem Leben zurückkehrt?«

»Ich werde emotional Abstand wahren.«

Er warf ihr einen skeptischen Blick zu. »Ich bitte dich, Lizzie. Du weißt überhaupt nicht, wie das geht. Du kannst gar nicht anders, und das ist auch einer der Gründe, warum ich dich so sehr liebe. Sag mir nicht, dass es nicht passieren wird, denn natürlich wird es das, und am Ende bricht es dir das Herz.«

»Ich werde mich sehr bemühen, das nicht zuzulassen. Du weißt, ich ertrage es nicht, Menschen in Not zu sehen und ihnen nicht zu helfen.«

Jared spürte, wie seine Erbitterung wich und von einer Welle der Liebe zu der unglaublich einfühlsamen Frau ersetzt wurde, die er zu seinem Glück hatte heiraten dürfen. »Das weiß ich, Liebling, und dafür liebe ich dich. Es ist nur so, dass ich mir manchmal Sorgen mache, weil du anderen hilfst, ohne auf dich Rücksicht zu nehmen, und ich kann es nicht ertragen, wenn du verletzt wirst.«

Sie legte ihre Hände auf seine Brust und schaute mit ihren wunderschönen Augen zu ihm hoch, die die Macht hatten, ihn die Dinge auf ihre Art sehen zu lassen. »Ich werde vorsichtig sein. Das verspreche ich.« Sie neigte den Kopf zur Seite und schenkte ihm ihr süßes Lächeln, dem gegenüber er völlig hilflos war, sogar wenn er eigentlich genervt sein wollte. »Willst du reinkommen und Jessie und das Baby kennenlernen?«

Das wollte er nicht, aber er würde es für sie tun. »Sicher.« Jared folgte ihr ins Wohnzimmer, wo Cooper Jessie bereits gefunden hatte und schon ihr Baby auf dem Arm hatte.

Coop blickte zu Jared, und eine Million Fragen, die Jared nicht beantworten konnte, standen in den Augen seines Bruders.

»Jared, das sind Jessie Morgan und ihr kleines Mädchen, das noch keinen Namen hat.« Jessie hatte hellbraunes Haar und haselnussbraune Augen. Jared schätzte, dass sie Anfang zwanzig war.

»Freut mich, Sie kennenzulernen«, sagte er.

»Danke vielmals, dass wir hier sein dürfen. Lizzie … Sie ist einfach der wunderbarste Mensch auf der Welt.«

»Das ist sie in der Tat. Ich sehe, Sie haben meinen Bruder getroffen, Cooper.«

Jessies Gesicht, das besorgniserregend blass gewesen war, lief rosig an.

Die Superkräfte seines Bruders waren so stark, dass sie anscheinend sogar bei einer Frau wirkten, die vor Kurzem ein Kind zur Welt gebracht hatte. Jared wollte nicht neugierig sein, aber er beugte sich unwillkürlich vor, um einen genaueren Blick auf das Baby zu werfen. Es schaute sich um und schien die Umgebung mit Interesse wahrzunehmen. Außer mit seinem jüngsten Bruder hatte er nicht viel Erfahrung mit Babys, doch sogar er konnte sehen, dass es ein außergewöhnlich hübsches kleines Mädchen war.

»Sie ist wunderschön«, erklärte Jared mit rauer Stimme. »Meinen Glückwunsch.«

»Danke«, antwortete Jessie mit zitterndem Kinn. »Sie ist so winzig.«

»Das sind sie normalerweise alle«, sagte Lizzie.

Jared bemerkte, dass sie sich um ein Lächeln für Jessie bemühte, aber in ihren Augen schimmerten Tränen. Trotz ihrer Tapferkeit brach ihr das Herz, und das war ihm überhaupt nicht recht.

KAPITEL 18

Seamus O'Grady machte sich nach der Rückkehr der letzten
Fähre des Tages auf den Heimweg, nachdem er eine weitere
Gruppe ausgelassener Touristen auf die Insel gebracht hatte,
die dort den Sommer genießen und sich vergnügen woll-
ten. Vielleicht wurde er langsam alt und mürrisch, aber die
Passagiere, die er im Moment herbeförderte, erschienen ihm
besonders jung und unbedarft. Es hatte eine Zeit gegeben, als
Trinken und Abfeiern auch für ihn der Inbegriff von Spaßhaben
gewesen waren, doch jetzt hatte sich das komplett gewandelt.
Jetzt war seine Lieblingsbeschäftigung, Kyle und Jackson, den
Jungs, die er und seine Frau Carolina gemeinsam aufzogen,
beim Baseballspielen zuzusehen.

Oder bei irgendwas anderem. Er war immer bei allem
dabei, was auch immer sie wollten. Diesen Sommer hatte er
ihnen Angeln beigebracht, und sie waren Feuer und Flamme
gewesen. Sie liebten alles, was er ihnen vorschlug. Und noch
mehr liebten sie es, seine ungeteilte Aufmerksamkeit zu haben,
daher schenkte er sie ihnen so oft, wie es nur ging. Das war
nicht schwierig, denn er genoss jede Sekunde, die er mit ihnen
verbringen konnte.

Schon vor einiger Zeit hatte er sich eigentlich damit abgefunden, dass er niemals Vater werden würde, aber dann waren

Kyle und Jackson – zunächst als Nachbarn – in ihr Leben getreten. Als ihre Mutter dann tragisch einer Krebserkrankung erlegen war, hatten Carolina und er die Jungs bei sich aufgenommen. Zu viert bildeten sie eine Familie, zu der außerdem noch Carolinas Sohn Joe mit seiner eigenen Familie sowie Seamus' Cousin Shannon und dessen Verlobte Victoria gehörten.

Er war begeistert gewesen, als ihm Shannon vorhin die Nachricht von der Verlobung geschickt hatte. Da Seamus seinem Cousin geholfen hatte, den Ring für Victoria auszusuchen, war er in dessen Plan bereits eingeweiht gewesen.

Sie liebt das Teil, hatte Shannon ihm geschrieben.

Das waren großartige Neuigkeiten, denn Seamus mochte Victoria sehr, vor allem weil sie seinen Cousin wieder lächeln gelehrt hatte, was eine lange Zeit unmöglich erschienen war. Nach dem brutalen Mord an Shannons erster großer Liebe Fiona in Irland hatte sich die Familie gesorgt, dass er diesen Verlust nie würde verwinden können, nie mit seinem Leben weitermachen könnte – und das war auch lange so gewesen. Erst als er nach Gansett Island gekommen war, um Seamus zu besuchen, hatte er Victoria kennengelernt und sich in sie verliebt.

Seamus fand es toll, dass Shannon jetzt in der Nähe lebte und mit ihm auf der Fähre arbeitete. Sie hatten sich schon zu Hause in Irland immer super verstanden, sogar noch mehr, nachdem Seamus auf tragische Weise seine beiden Brüder verloren hatte. Das Leben konnte einem wirklich einen Tritt verpassen, überlegte er, während er sein Gesicht in die warme Brise hielt, und daher musste man den Augenblick nach Kräften genießen.

Seit er Carolina getroffen und sie dazu überredet hatte, einem irischen Charmeur, der achtzehn Jahre jünger war als sie selbst, eine Chance zu geben, hatte das Glück in seinem Leben Einzug gehalten. Und seit die Jungs zu diesem Leben gehörten und Carolinas Enkelkinder hinzugekommen waren, war sein Glück nur größer geworden.

Ihm fehlte absolut nichts, außer vielleicht mehr Zeit mit seiner Familie, die in Irland lebte.

Sie behalfen sich, so gut es ging, mit FaceTime, Skype, E-Mails, Gruppenchats und allen möglichen anderen Kommunikationsmitteln, um in Verbindung zu bleiben. Das war zwar besser als nichts, aber er freute sich trotzdem auf den geplanten Besuch von Shannons Eltern und seiner eigenen Mutter. Bisher war es ihm leider noch nicht gelungen, seinen Vater dazu zu bewegen, sie zu begleiten.

Seamus bog in die Einfahrt zu seinem Zuhause ein und stellte überrascht fest, dass der Garten verlassen dalag. Gewöhnlich herrschte hier immer ein echtes Tohuwabohu, wenn die beiden Jungs mit ihrem hyperaktiven Hund Burpy herumliefen und sich austobten. Sie hatten jede Menge überschüssige Energie. Die ungewohnte Ruhe war ihm nicht ganz geheuer. Er stieg aus dem Pick-up der Fährgesellschaft und ging ins Haus, trug drei Beutel Eis rein und legte sie in die große Kühlbox, die er heute früh aufgestellt hatte. Auf dem Heimweg hatte er sechs weitere Beutel bei Sarah und Charlie abgegeben. Die Party dort war in vollem Gang, doch er hatte erst nach Hause gewollt, zu seiner Familie.

Als er ins Wohnzimmer kam, erschrak er, als er Carolina mit geschockter Miene am Tisch sitzen sah.

»Was ist los?«, fragte er, weil es für ihn keinen Zweifel daran gab, dass irgendetwas Schlimmes passiert sein musste. »Und wo sind die Jungs?«

»Sie spielen heute Nachmittag mit Ethan. Hope hat gefragt, ob sie ihm Gesellschaft leisten können. Irgendwas ist mit Marion, vorhin war sie angeblich völlig klar im Kopf.«

»Wow.«

»Hope hat versprochen, sie bringt uns die Jungs nach dem Abendessen her.«

»Gut. Und jetzt erzähl mir, was los ist.« Er konnte sich kaum rühren oder atmen oder irgendetwas anderes tun, als in der Tür zu stehen und darauf zu warten, dass sie die Bombe platzen ließ.

»Wir haben einen Brief bekommen«, erklärte sie und schluckte trocken. »Von einem Anwalt in Providence.«

»Was will denn ein Anwalt aus Providence von uns?«

»Er vertritt den Vater der Jungs, Jace Carson.«

Bei diesen Worten hatte Seamus das Gefühl, als würde ihm aller Sauerstoff aus dem Körper gesogen, und die Knie wurden ihm weich. Er musste sich am Küchentresen abstützen. »Was will er?«

»Seine Söhne sehen.«

»Einfach so? Aus heiterem Himmel? Wo hat er denn die ganze Zeit gesteckt?«

»Dem Brief zufolge hatte er keine Ahnung, dass Lisa gestorben ist. Möchtest du ihn lesen?«

»Nein, auf keinen Fall.« Er wollte überhaupt nichts zur Kenntnis nehmen, was ihre Stellung als Erziehungsberechtigte und Vormunde der Jungs gefährdete. Er war jetzt ihr Vater, nicht der Samenspender, der sich bislang nicht ein Mal hatte blicken lassen.

»Seamus, komm her.«

»Das möchte ich auch nicht.« Er wollte sich nicht mit einem Brief befassen, der seine geliebte kleine Familie bedrohte. »Wenn Lisa gewollt hätte, dass er in ihrem Leben eine Rolle spielt, hätte sie ihn gebeten, sie nach ihrem Tod zu sich zu nehmen.«

»Stimmt, und wir als ihre gesetzlichen Vormunde haben auch verschiedene Möglichkeiten.«

»Aber er kann uns jede Menge Schwierigkeiten bereiten, Liebste, wenn er das will ... Er ist ihr leiblicher Vater. Wenn er uns vor Gericht zerrt ...« Sein Kopf pochte plötzlich, höchstwahrscheinlich weil er kurz vor einem Schlaganfall stand.

»Seamus. Lass das. Komm her, und lies den Brief.«

Er wollte den Brief nicht lesen. Wenn er ihn nicht las, konnte er weiter so tun, als sei nichts passiert.

»Seamus.«

Carolina hob den Kopf und bedeutete ihm, sich zu ihr an den Tisch zu setzen, wo sie mehrere Kerzen angezündet hatte, damit es im schwindenden Tageslicht hell genug war. Da er ihr nichts abschlagen konnte, kam er, obwohl er es auf keinen Fall wollte.

Sie reichte ihm das Blatt Papier.

Er zwang sich, die Worte zu lesen, sie zu begreifen. Der Vater der Jungs hatte erst kürzlich von Lisas Tod erfahren, ebenso wie von der Vorsorgevereinbarung bezüglich der Vormundschaft für ihre Kinder, die sie vor ihrem Tod aufgesetzt und unterschrieben hatte. »Wie ist es möglich, dass er davon nichts gewusst hat? Sie ist seit vielen Monaten tot.«

»Was zeigt, wie wenig er mit seinen Kindern zu tun hatte. Das ist für uns sogar gut.«

»Nichts daran ist gut. Wir müssen dringend mit Dan sprechen.«

»Das habe ich schon getan, und er ist auf dem Weg hierher. Er und Kara sind gerade heute auf die Insel zurückgekehrt, insofern haben wir echt Glück.«

Dass ihr Freund, der erfahrene Anwalt, zu ihnen unterwegs war, um ihnen zu helfen, hörte Seamus mit großer Erleichterung. Dan würde wissen, was zu tun war. Seamus überflog den Brief zu Ende, in dem es im Wesentlichen hieß, dass Jace Carson nun, da er vom Tod der Mutter seiner Kinder erfahren hatte, an ihren Lebensumständen interessiert war.

»Sie hatte das alleinige Sorgerecht«, erklärte Carolina. »Sie hat sich die Leute ausgesucht, bei denen ihre Kinder aufwachsen sollen. Wir müssen daran glauben, dass sie wusste, was sie tat, und dass das hier nichts daran ändern wird.«

»Es wird *alles* ändern.«

»Wie das?«

»Nun, sie werden erfahren, dass sie einen weiteren Vater haben.«

»Vielleicht auch nicht. Da steht nichts davon, dass wir eine Begegnung ermöglichen müssen.«

»Was, wenn wir keine Wahl haben?«

»Wir haben eine Wahl. Wir sind ihre gesetzlichen Vormunde.«

»Und er ist ihr leiblicher Vater.«

»Lass uns nicht durchdrehen, bevor wir gehört haben, was Dan dazu zu sagen hat.«

Unter normalen Umständen fühlte sich Seamus nie wohler als in Carolinas Nähe. Aber die gegenwärtigen Umstände waren nicht normal, daher war er so angespannt und beunruhigt wie seit Langem nicht mehr. Genau genommen war es ihm nicht so schlecht gegangen, seit er hatte befürchten müssen, dass Carolina ihm das Herz brechen würde. Das hier fühlte sich beinah so schlimm an.

Dann legte sie ihre Hand auf seine, schenkte ihm ihre Wärme, gerade als er sie am dringendsten brauchte. »Ich weiß, du rechnest mit dem Schlimmsten, doch versuch, das nicht zu tun. Zwischen diesem Brief und dem schlimmstmöglichen Szenario liegt noch eine ganze Menge.«

Sie hatte recht. Das wusste er und war sogar mit ihr einer Meinung. Aber allein die Möglichkeit, dass es zum Schlimmsten kommen könnte, war ein absoluter Albtraum. Die Jungs zu verlieren, die er und Carolina so tief ins Herz geschlossen hatten, würde ihn brechen. Sie vielleicht auch, obwohl sie sich bemühte, tapfer zu sein. Und es half kein bisschen, dass es im Haus heißer war als auf der Oberfläche der Sonne, was die Übelkeit, die in seinem Magen schwelte, nur noch verstärkte.

Es klopfte kurz an der Tür, dann trat Dan Torrington ein. »Hallo, Carolina. Nach deinem Anruf bin ich so schnell hergefahren, wie ich konnte. Allerdings musste ich noch Kara bei Sarah und Charlie absetzen.« Er blieb jäh stehen, als er sie am Tisch sitzen sah. Sie mussten wie die Überlebenden einer Katastrophe wirken. »Was ist passiert?«

Carolina hielt ihm den Brief hin, und er setzte sich zu ihnen und las ihn.

Seine Haltung wurde angespannter, während er den Inhalt überflog, und das war für Seamus' überanstrengte Nerven nicht gut. »Nun, das ist eine interessante Entwicklung.«

»›Beunruhigend‹ ist ein besseres Wort dafür«, sagte Seamus.

»Ich glaube nicht, dass ihr Grund zur Sorge habt. Bevor Lisa gestorben ist, hat sie euch zu den gesetzlichen Vormunden der Jungs gemacht. Sie hatte das alleinige Sorgerecht, daher war es allein ihre Entscheidung.«

»Er ist ihr leiblicher Vater.«

»Vielleicht schon, aber irgendwann hat er entweder auf sein Recht verzichtet oder es verloren, daher war er außen vor, als sie gestorben ist.«

»Also kann er jetzt nicht einfach auftauchen und uns das Sorgerecht streitig machen?«, stellte Seamus die einzige Frage, die ihm wichtig war.

»Ich wüsste nicht, wie. Lisa war sehr klar und unmissverständlich mit ihrem Wunsch. Die Sorgerechtsvereinbarung ist wasserdicht. Dafür habe ich gesorgt.«

Zum ersten Mal, seit er reingekommen war und die Nachricht erhalten hatte, konnte Seamus durchatmen, und er

206

hatte auch nicht länger das Gefühl, als würde ihn gleich der Schlag treffen. »Da bist du dir sicher?«

»Schließlich hab ich sie ja aufgesetzt«, antwortete Dan mit dem breiten, selbstbewussten Grinsen, das sein Markenzeichen war. »Ich bin mir sehr sicher.«

Seamus stützte den Kopf in die Hände. »Jesus, Maria und Josef, ich werde langsam zu alt für solchen Mist.«

Carolina lachte. »Was denkst du, wie ich mich fühle?«

Seamus griff nach ihrer Hand. »Du alterst rückwärts, Liebste.«

»Ha! Ich wünschte, so wäre es. Dan, was sollen wir wegen des Briefes unternehmen?«

»Ich werde am Montag mal bei dem Anwalt anrufen und rausfinden, was sie überhaupt wollen. Es ist gut möglich, dass es einfach bloß die Bestätigung ist, dass es den Jungen gut geht und dass sie in Sicherheit sind.«

»Und was wäre beispielsweise was Komplizierteres?«, erkundigte sich Seamus.

»Darüber sollten wir nicht spekulieren, bis wir mehr wissen. Es bringt nichts, sich über etwas aufzuregen, was vielleicht gar nicht eintreten wird.«

»Wie ich meinen Ehemann kenne, wird er sich dann nur lauter Szenarien ausmalen, von denen eins schlimmer als das andere ist. Er wird keine Minute Ruhe haben, wenn du ihm nicht die verschiedenen Möglichkeiten aufzählst, Dan. Vertrau mir, das ist für uns alle besser.«

»Meine Caro kennt mich besser als alle anderen.«

»Und ich muss mit ihm leben, bis du uns mehr sagst, daher kannst du uns auch gleich beide von der Ungewissheit erlösen.«

Dan lachte. »Verstanden. Also, er könnte Besuchsrecht haben wollen, aber ihr hättet das Recht, das abzulehnen, schließlich seid ihr die gesetzlichen Vertreter. Wenn ihm die

Antwort nicht gefällt, könnte er ein Verfahren anstrengen, mit dem Ziel, selbst das Sorgerecht zu erhalten, doch das ist nur eine ganz entfernte Möglichkeit. Erinnert euch daran, dass er in ihrem bisherigen Leben keine Rolle gespielt hat. Lisa hat ihn nicht ein einziges Mal erwähnt, als wir über das Sorgerecht und die Vormundschaft gesprochen haben, bis ich konkret nach ihm gefragt habe. Sie hat gemeint, er wäre nicht von Bedeutung. Es gab weder eine Bitte an mich, ihn über ihren Tod zu informieren, noch irgendetwas zu den Kindern. Für mich verrät das alles, was wir über ihn wissen müssen, und darüber, wie viel er ihnen bedeutet. Ich glaube ehrlich nicht, dass ihr Grund zu irgendwelchen Sorgen habt. Lisa war sehr gründlich. Vielleicht hat sie geahnt, dass es irgendwann mal wichtig werden würde.«

»Jetzt geht es mir besser«, sagte Seamus, »aber trotzdem möchte ich noch wissen, was für Chancen er vor Gericht hätte, wenn er das Sorgerecht einklagen wollte.«

»Viel schlechtere als ihr als gesetzliche Vormunde, die von ihrer Mutter, die das alleinige Sorgerecht hatte, ausgewählt worden sind.«

Seamus atmete tief ein und dann langsam wieder aus. »Also, okay …«

»Ihr müsst versuchen, euch zu entspannen und daran zu glauben, dass Lisa alles geregelt hat, bevor sie gestorben ist, und dass ihre Söhne dort sind, wo sie wollte, dass sie sind. Das zählt vor Gericht ja auch, wenn es tatsächlich so weit kommt.«

»Dann lasst uns hoffen und beten, dass es *nicht* so weit kommt«, antwortete Seamus.

»Dafür tue ich alles, was in meiner Macht steht.«

»Vielen Dank, dass du Zeit für uns hattest, Dan«, erwiderte Carolina.

»Kein Problem. Habt ihr was dagegen, wenn ich das hier mitnehme?«, fragte er und hielt den Brief hoch.

»Nein, überhaupt nicht«, entgegnete Carolina. »Du wirst es uns wissen lassen, wenn du mehr Informationen hast, oder?«

»Sobald ich irgendwas erfahre, melde ich mich.«

Seamus stand auf, um ihm die Hand zu schütteln und ihn nach draußen zu begleiten. »Ich muss dir nicht erklären, was die Jungen uns bedeuten«, sagte er, als sie gemeinsam zu Dans Auto gingen.

»Nein, das ist nicht nötig. Wir alle können sehen, wie gut es ihnen geht, und das haben sie Caro und dir zu verdanken, weil ihr euch so vorbildlich um sie kümmert.«

»Wir lieben sie.«

»Und sie euch auch. Alles wird gut.«

»Dein Wort in Gottes Ohr.«

Seamus winkte Dan nach und war immer noch draußen, atmete die schwüle Luft ein, als Hopes Auto in die Einfahrt einbog. Sie brachte die Jungs nach Hause, und sein Herz machte einen glücklichen kleinen Satz, als er die beiden zusammen mit Hopes Sohn Ethan auf der Rückbank entdeckte, der ihr bester Freund war. Die Türen flogen auf, und die Jungs stürmten aus dem Auto, als wären sie aus einer Kanone abgeschossen worden. Direkt hinter ihnen folgte ihr Hund Burpy, der sie überallhin begleitete.

Sie redeten alle auf einmal, und er schnappte immer bloß kurze Fetzen auf, von Pizza und Schwimmen, dass der Hund irgendwas Totes auf dem Stück Land hinter Ethans Haus gefunden hatte, und von dem Baumhaus, das Ethans Stiefvater Paul für ihn bauen wollte, und ob er ihnen hier nicht auch eins bauen könnte, und wie viele Tage Sommerferien noch übrig waren, bevor die Schule wieder losging.

Das deckte etwa die ersten zwei Minuten nach ihrer Ankunft ab.

»Wow«, sagte Seamus. »Jetzt mal langsam. Immer nur eine Frage auf einmal.«

»Wie viele Tage Sommerferien haben wir noch?«, fragte Kyle, der wegen seiner fehlenden Vorderzähne leicht lispelte. Er hatte eine verschorfte Stelle auf der Nase, weil er vor ein paar Tagen beim Footballspiel im Garten mit dem Gesicht gebremst hatte.

»Ungefähr zwanzig oder so«, antwortete Seamus.

Kyle stöhnte. »Das sind zu wenig. Warum können nicht jeden Tag Sommerferien sein?«

Jackson und Ethan rissen ihre Fäuste in die Luft, um ihrer Begeisterung für Kyles Vorschlag Ausdruck zu verleihen, bevor sie um die Hausecke verschwanden, wie immer dicht gefolgt von dem Hund.

»Meine Güte«, entfuhr es Seamus, ehe er sich zu Hope umdrehte, die sein Lächeln erwiderte. »Noch ein Mal so viel Energie haben.«

»Ich weiß. Wenn wir die nur in Flaschen abfüllen könnten.«

»Danke, dass sie bei euch sein durften.«

»Immer gern. Ethan mag sie sehr.«

»Das beruht auf Gegenseitigkeit. Nächstes Mal bei uns, ja?«

»Ja«, sagte sie. »Ganz schön heiß, oder?«

»Unerträglich.«

»Was hast du über den Stromausfall gehört?«, erkundigte sie sich.

»Nicht viel, nur dass es etwas mit der Hauptleitung vom Festland zu tun zu haben scheint.«

»Das hat Paul auch erfahren.« Ihr Ehemann war im Stadtrat von Gansett Island. »Die Stromgesellschaft arbeitet mit mehreren Teams an der Behebung, aber es heißt, man müsse noch mit ein paar Tagen rechnen.«

»Na großartig. Wir haben auf der letzten Fähre jede Menge Eis mitgebracht. Schaut, dass ihr auch was kriegt.«

»Paul kümmert sich schon drum.«

Carolina kam aus dem Haus, um Hope kurz zu begrüßen, bevor die wieder aufbrach, um rechtzeitig zu Hause zu sein, dass sie Scarlett stillen konnte.

Seamus und Carolina erlaubten den Jungs, noch eine Stunde länger im Garten zu spielen, bevor sie sie ins Haus riefen, damit sie sich vor dem Zubettgehen wuschen. Während sie sie ins Bad scheuchten, schimpften die beiden und beschwerten sich die ganze Zeit, weil sie Baden aus tiefster Seele verabscheuten. Seamus versuchte sich daran zu erinnern, was er eigentlich getan hatte, bevor die beiden das Kommando übernommen und sich in seinem Herzen breitgemacht hatten.

Das schien ihm ein ganzes Leben her zu sein.

Die Jungs waren nach einem ganzen Tag im Freien in der Hitze dreckverkrustet, daher beaufsichtigte Seamus sie, sorgte mit brennenden Kerzen und Taschenlampen für Licht.

»Ihr seid wie Teebeutel«, sagte er wie jeden Abend, worüber sie lachten. Er hatte ihnen zeigen müssen, was ein Teebeutel war und wie man damit Tee kochte, bevor sie den Witz verstanden hatten, aber jetzt fanden sie ihn unglaublich komisch. Sie hielten alles, was er sagte und tat, für komisch oder interessant, was nur dazu führte, dass sie sich noch fester in seinem Herzen einnisteten. Es war eine unglaubliche Verantwortung, dieser Job, zwei Jungs großzuziehen, doch eine, in der er aufging. Das Seine dazu zu tun, dass sie zu anständigen Männern wurden, war die wichtigste Aufgabe in seinem Leben, und er war fest entschlossen, sich ihr mit allem zu widmen, was er hatte.

»Schmutztee«, riefen sie gleichzeitig, benutzten den Ausdruck, mit dem er die Art von Tee bezeichnete, die sie produzierten.

Er half ihnen, sich auch hinter den Ohren zu waschen, was wiederum etwas war, was in ihren Augen absolut lachhaft war. Wer wurde schon hinter den Ohren schmutzig, fragten sie ihn jeden Abend. Jungs, die den ganzen Tag im Schmutz herumtobten, lautete seine Antwort.

Bei dem Gedanken, dass irgendjemand sie ihnen wegnehmen könnte, schnürte sich ihm die Brust zusammen. Er würde bis zu seinem letzten Atemzug um sie kämpfen, wenn das nötig wäre.

Aber Himmel, er hoffte, dass es nicht so weit kam.

KAPITEL 19

Abby lag bei geöffneten Fenstern auf dem Bett, als Adam ins Schlafzimmer kam. Er hatte Liam auf dem Arm, der gerade sein Nachmittagsschläfchen hinter sich hatte. Sie hatten darauf gewartet, dass er aufwachte, damit sie zur Party bei Charlie und Sarah aufbrechen konnten.

»Hier ist jemand putzmunter«, erklärte Adam. »Der Arme war so verschwitzt, dass ich ihn lauwarm gebadet habe.«

»Armes Baby«, sagte Abby. »Bei der nächsten Fahrt aufs Festland besorgen wir uns einen Generator.«

»Ich möchte eins von diesen Stromaggregaten für das komplette Haus, wie sich meine Eltern letztes Jahr eins angeschafft haben. Eigentlich hätte ich uns gleich eins mitbestellen sollen. Ich wünschte, ich hätte das getan.«

»Maddie hat geschrieben, dass Mac eins von einer Baustelle bei ihnen zu Hause aufgebaut hat. Sie laden alle, die dringend eine Abkühlung brauchen, ein, zu ihnen zu kommen und eine Luftmatratze mitzubringen.«

»Möchtest du das Angebot annehmen?«

»Vielleicht. Natürlich mussten wir ausgerechnet jetzt einen Stromausfall kriegen, wo es hier heißer als in der Sahara ist.«

»Ich glaube, das ist genau der Grund, weshalb wir den Stromausfall haben. Der wegen der Klimaanlagen sprunghaft gestiegene Verbrauch hat das System überlastet, das bereits nicht mehr auf dem aktuellen Stand der Technik war.«

»Es jagt mir jedenfalls Angst ein, mir vorzustellen, dass wir so einer Sache derart hilflos ausgesetzt sind. Dass wir tagelang ohne Strom sind, ohne dass irgendjemand was dagegen tun kann.« Seit sie gestern das mit den Vierlingen erfahren hatten, war ihre Angst nur gewachsen. Nach Hause zu kommen und keinen Strom zu haben hatte nicht dazu beigetragen, dass sie ruhiger wurde.

»Wenn wir erst mal den Generator haben, müssen wir uns deswegen nicht mehr den Kopf zerbrechen. Ich kümmere mich sofort darum. Versuch bitte, dich nicht aufzuregen.«

»Richtig. Worüber sollte ich mich schon aufregen?«

»Absolut gar nichts.«

»Kann es sein, dass du irgendwas nicht wahrhaben willst?«

»Nope.«

»Fünf Kinder, Adam. Vier Kinder auf einmal. Fünf Kinder unter zwei in einer Familie.«

»Ja, das habe ich nicht vergessen.«

»Und das macht dir überhaupt nichts aus?«

»An sich nicht. Nur dass du deswegen solchen Stress hast und es für dich gegen Ende vermutlich etwas ungemütlich werden wird.«

»Ach, meinst du?«

Er lächelte und nahm Liam auf den anderen Arm, sodass er ihr seine Hand hinhalten konnte. »Wir kriegen das hin, Abs. Du und ich. Es gibt nichts, was wir nicht schaffen, wenn wir nur zusammenhalten.«

»Ich komme mir total albern vor, weil ich mich deswegen so anstelle, nachdem wir so lange dafür gebetet haben, dass ich schwanger werde.«

»Natürlich bist du geschockt und aufgeregt, nachdem du erfahren hast, dass da vier Babys in dir sind, Abs. Hast du trotzdem Lust, zu Sarah und Charlie zu gehen?«

»Ja, das möchte ich wirklich gern.«

»Wir können jederzeit los, wenn du so weit bist.« Adam half ihr hoch und spielte mit Liam, während sie sich das leichteste Kleid anzog, das sie besaß. Auf den Pullover, den man sonst an den Abenden auf Gansett benötigte, verzichtete sie ganz.

Die kurze Entfernung zu Charlie und Sarah legten sie bei voll eingeschalteter Klimaanlage in Adams BMW-SUV zurück.

»Gott, die kühle Luft fühlt sich wunderbar an. Da merkt man erst mal, was man alles für selbstverständlich hält, bis man es plötzlich nicht mehr zur Verfügung hat.«

»Ich weiß. Ich werde jedenfalls nie wieder eine funktionierende Klimaanlage und Strom als selbstverständlich betrachten.«

»Doch, wirst du.«

»Ja, vermutlich hast du recht.«

»Das habe ich meistens.«

Adam lachte, während er sie anschaute. »Es ist auf jeden Fall schön, dass du schon wieder zu Witzchen aufgelegt bist. Eine Weile habe ich mir echt Sorgen gemacht.«

»Ja, der Schock lässt langsam nach. Aber ehrlich, man muss sich wirklich genau überlegen, was man sich wünscht, oder?«

»Absolut«, sagte er und lachte leise. »So, wie ich das sehe, haben wir Riesenglück. Nicht nur ist uns das Wunder widerfahren, dass du schwanger geworden bist, es sind auch noch vier auf einmal. Dann haben wir das komplette Kinderkriegen auf einen Schlag erledigt.«

»Stimmt. Und danach ab mit dir unters Messer.«

Adam schnitt eine Grimasse. »Ich geh zusammen mit Mac, vielleicht können wir einen Mengenrabatt aushandeln.«

»Kümmere dich bald darum.«

»Jawohl, Ma'am.«

Als sie bei Sarah und Charlie eintrafen, parkten sie auf der Straße, damit sie schnell wieder nach Hause konnten, falls Liam einen Trotzanfall bekam. Abby staunte, wie natürlich Adam das alles unterdessen handhabte. Ein Kind zu haben hatte so viel geändert, weshalb ihr plötzlich etwas anderes einfiel. »Wie transportieren wir fünf Babys? Wir brauchen zwei Autos und fünfzehn Leute.«

»Ganz ruhig atmen«, antwortete er gelassen. »Wir besorgen uns ein größeres Auto und finden eine Lösung. Atmest du?«

Abby holte übertrieben tief Luft und stieß sie mit aufgeblasenen Backen wieder aus.

»Okay, noch mal. Und mach das jetzt jedes Mal, wenn du glaubst, dass wir damit nicht klarkommen. Wir haben jede Menge Hilfe von Großeltern, Geschwistern und Freunden.«

»Mehrere unserer Freunde und viele aus unserer Familie haben selbst Babys.« Gansett erlebte gerade, insbesondere dank der Bemühungen der Familie McCarthy, einen Babyboom epischen Ausmaßes.

»Das ist nicht weiter wichtig. Sie werden alle für uns da sein. Das weißt du.«

»Du hast ja recht«, pflichtete sie ihm mit einem Seufzen bei. »Bist du dir sicher, dass wir das schaffen, obwohl jeder von uns seine eigene Firma hat, um die wir uns auch noch kümmern müssen?«

»Ohne jeden Zweifel.«

»Wie soll ich denn Abby's Attic weiterführen, wenn ich Babys hab, die ich selbst versorgen möchte?«

»Du suchst dir jemanden, der das Geschäft ein paar Jahre lang für dich übernimmt, und sobald wir alles besser unter Kontrolle haben, kannst du zurückkehren und wieder selbst im Laden stehen.«

»Es wird fünfzehn Jahre dauern, alles unter Kontrolle zu kriegen.«

Adam musste lachen. »Da könntest du sogar recht haben. Aber lass uns die Probleme immer schön eins nach dem anderen angehen.«

Obwohl sie es hasste, das heruntergekühlte Auto zu verlassen, wollte sie sich trotzdem dringend Sarahs und Charlies Haus anschauen.

Adam hob Liam aus seinem Autositz, ehe er gemeinsam mit Abby die gewundene Auffahrt hochlief, die zu dem großzügigen, modernen Haus führte, das man von der Straße aus nicht sehen konnte. »Es ist einfach wunderschön. Ich wusste gar nicht, dass das hier steht.«

Das Haus hatte riesige Fensterfronten, die wenigen Mauern waren mit grauen Schindeln verkleidet, und es war so geschickt geschnitten, dass das Gebäude trotz seiner stattlichen Ausmaße nicht zu wuchtig wirkte. Sie folgten dem Klang von Stimmen, die aus dem Garten hinter dem Haus drangen, wo lauter Tische und Stühle aufgestellt waren und jede Menge Leute standen.

Victoria Stevens entdeckte sie und kam zu ihnen gelaufen, um Abby zu umarmen. »O mein Gott! Ich hab heute Morgen den Bericht vom Festland erhalten und bin fast vom Stuhl gekippt. Abby!«

»Ich weiß.«

Vic lehnte sich ein wenig zurück, ließ jedoch ihre Hände auf Abbys Armen. »Ich freu mich so für euch. In der Krankenstation hab ich mir fast die Augen ausgeheult. David kann das bestätigen!«

»Danke«, sagte Abby, gerührt von der Reaktion der Hebamme der Insel, die ihr seit ihrer PCOS-Diagnose eine so große Hilfe gewesen war.

»Aber du musst ja auch ganz schön Muffensausen haben«, meinte Vic.

»Ein bisschen. Ich versuche mich an die Vorstellung von fünf kleinen Kindern, davon vier Säuglinge, zu gewöhnen. Daran knabbern wir beide noch.«

»Herzlichen Glückwunsch, Dad. Reife Leistung.«

»Ja, das hab ich echt gut hinbekommen«, erwiderte Adam mit einem selbstgefälligen Grinsen.

»Sei still, Adam«, antwortete Abby, obwohl sie total dankbar war, dass er sich so freute.

»Habt ihr es schon irgendjemandem erzählt?«, erkundigte sich Vic.

»Nope«, sagte Abby. »Wir haben uns einen Tag Zeit gelassen, um das erst mal selbst zu verdauen.«

»Und, wie klappt es?«, wollte Vic breit grinsend wissen.

»Es ist noch nicht ganz geschafft.«

»Alles wird gut werden.« Vic legte ihre Hand auf Abbys Arm und drückte leicht zu. »Wir werden mit Adleraugen über dich wachen und dich weit vor dem Geburtstermin von der Insel schaffen. Mach dir um nichts Sorgen.«

»Danke. Ich geb mir Mühe.«

»Komm am Montag in die Krankenstation, dann besprechen wir alles.«

David Lawrence stellte sich zu ihnen, schüttelte Adam die Hand. »Glückwunsch euch beiden. Ihr habt Vic heute früh zum Weinen gebracht.«

»Das hat sie uns schon berichtet.«

»Es ist nur so aufregend«, erklärte Victoria. »Ich darf schließlich nicht jeden Tag eine Vierlingsschwangerschaft begleiten.«

Abby blickte Adam an. »Ich glaube, wir sollten besser unserer Familie Bescheid sagen. Wir haben auch rausgefunden, dass ich schon weiter bin, als ich dachte, was eine echte Überraschung war. Ich bin von striktester Überwachung meines Zyklus und Eisprungs ans andere Ende des Spektrums gerutscht und hab gar nicht gemerkt, dass ich eine Periode versäumt hatte.«

»Sobald wir Liam hatten, war der Druck weg«, warf Adam ein.

»Wenn ihr wüsstet, wie oft ich das sehe«, meinte Vic. »Ich hab das zwar noch nie mit Vierlingen erlebt, aber jede Menge Adoptiveltern stellen fest, dass sie nach Jahren vergeblicher Versuche plötzlich auf natürlichem Wege schwanger werden.«

»Freut mich zu hören, dass es nicht nur uns so geht«, erwiderte Abby. »Na ja, wenigstens bis auf das mit den vieren auf einmal.«

»Wir werden dich engmaschig überwachen, damit wir uns sofort um irgendwelche Unregelmäßigkeiten kümmern können.«

»Was für Unregelmäßigkeiten denn?«, wollte Abby wissen, sofort beunruhigt.

»Nein. Darüber reden wir nicht, bis es so weit ist. Im Moment ist alles gut, und so wird es auch bleiben.« Vic hakte sich bei Abby unter. »Komm, schauen wir, dass du dich ein bisschen hinsetzt und deine Füße entlastest, Mom.«

Victoria geleitete Abby zu ein paar im Kreis aufgestellten Stühlen, wo sich der Großteil von Adams Familie versammelt hatte, darunter Abbys Schwägerinnen Janey und Stephanie, die zu ihren engsten Freundinnen gehörten. In der Gruppe waren auch Adams Cousine Laura, Katie, die Frau seines Cousins Shane, und Maddie, wie immer auf einem Liegestuhl, den sie, solange sie Bettruhe halten musste, überallhin mitnahm.

Da fiel Abby ein, dass ihr vermutlich ein ähnliches Schicksal drohte, ehe sie ihre Schwangerschaft rumhatte. Auch das noch!

»Abby!« Stephanie sprang auf – oder tat das, was angesichts ihrer Schwangerschaft als Aufspringen zählte – und umarmte sie. »Wir haben uns solche Sorgen gemacht. Nach der Untersuchung haben wir kein Wort von euch gehört.«

Adams Brüder, seine Eltern, seine Cousins, seine Cousine und sein Schwager Joe kamen zusammen mit ihrem Freund

Slim Jackson und dessen Frau Erin zu ihnen, sobald sie sie entdeckt hatten.

»Raus mit der Sprache«, verlangte Linda McCarthy, nachdem sie Adam, Abby und Liam zur Begrüßung auf die Wange geküsst hatte. »Ist alles in Ordnung?«

»Alles ist ein bisschen *mehr* als in Ordnung«, antwortete Adam und lächelte Abby zu, überließ es ihr, der Familie die Neuigkeit zu verkünden.

»Einer von euch sollte besser anfangen zu reden«, meinte Linda, »bevor ich noch durchdrehe.«

»Es ist doch alles gut, Süße?«, fragte Big Mac.

»Ja, unbedingt. Genau genommen sieht es so aus, als erwartete ich Vierlinge.«

Nach einer Sekunde geschockter Stille begannen alle gleichzeitig zu reden, lachten und riefen Glückwünsche, und mehr als ein paar Tränen wurden vergossen, während sie Abby und Adam umarmten.

»Wartet mal«, rief Maddie. »Ich hab das nicht richtig gehört! Was hat sie gesagt?«

Die anderen wichen zurück, sodass Adam und Abby zu Maddies Liegestuhl gelangen konnten. Abby versuchte, nicht darauf zu achten, wie riesig Maddies Bauch war, und dabei waren da nur zwei Babys drin. Wie würde sie mit vieren aussehen?

»Wir kriegen vier auf einmal«, teilte Abby ihrer Schwägerin mit.

»O mein Gott! Das ist ja unglaublich. Meinen Glückwunsch.«

»Danke. Wir stehen immer noch ein bisschen unter Schock, wie man sich ja vielleicht vorstellen kann.«

Mac legte Adam einen Arm um die Schultern. »Wir McCarthy-Jungs wissen, wie man Kinder zeugt, was?«

»Halt die Klappe, Mac«, antwortete Maddie.

»Ich möchte nur gerne darauf hinweisen, dass meine Samenzellen die doppelte Kraft von seinen haben«, entgegnete Adam.

»Halt die Klappe, Adam«, erwiderte Abby.

Mac und Adam begannen zu lachen, beide sichtlich sehr zufrieden mit sich selbst.

»Tut mir schrecklich leid, aber da hat meine Erziehung offenbar versagt.« Linda schob ihre Söhne beiseite, damit sie Abby in ihre Arme ziehen konnte. »Ich freu mich ja so für dich, Süße. Was für eine wunderbare Entwicklung nach allem, was du hinter dir hast.«

»Danke.« Abby musste Tränen der Rührung über die Reaktion der Familie auf ihre Neuigkeiten wegblinzeln. »Wir werden alle Hilfe brauchen, die wir kriegen können.«

»Big Mac und ich ziehen für den ersten Monat oder so bei euch ein, um euch unter die Arme zu greifen. Das gilt für alles, was ihr braucht.«

»Könntet ihr nicht vielleicht für achtzehn Jahre oder so bei uns einziehen?«, erkundigte sich Abby und brachte damit alle zum Lachen.

»Wir werden jedenfalls für euch da sein«, erklärte Linda. »Mach dir deswegen keine Sorgen.«

Linda McCarthy hatte Abby vom ersten Moment an, in dem Grant sie als seine Freundin nach Hause gebracht hatte, immer das Gefühl gegeben, Teil ihrer Familie zu sein, und daran hatte sich nie etwas geändert, sogar während der schwierigen Zeit mit Grant und nach dem endgültigen Aus. Und sie hatte ebenso mit keiner Wimper gezuckt, als Abby mit Adam zusammengekommen war. Jedenfalls war Abby überglücklich, eine McCarthy zu sein, und das nicht zuletzt wegen ihrer wunderbaren Schwiegereltern. »Das bedeutet mir so viel, Linda. Vielen Dank.«

Die Nachricht von den Vierlingen verbreitete sich wie ein Lauffeuer unter den Gästen, und alle kamen nach und nach vorbei, um den werdenden Eltern Glück zu wünschen.

»Das ist so schön«, sagte Erin und umarmte Abby. »Aber musstet ihr es gleich derart übertreiben? Damit stellt ihr wirklich alle anderen in den Schatten.«

»Ach was«, antwortete Abby. »So ist das ja gar nicht.«

»Doch«, widersprach Slim und küsste sie auf die Stirn. »Wir freuen uns jedenfalls auf eure Babys.«

»Und wir uns auf eures«, erwiderte Abby. »Die Stadt wird noch bei der Schule anbauen müssen, um Platz für all die Kinder zu schaffen.«

»Jedenfalls sind es wunderbare Neuigkeiten«, stellte Adams Cousine Laura Lawry fest. »Aber kleiner macht ihr es wohl nicht, oder?«

»Klein wird hier schon bald nichts mehr sein«, meinte Abby. »Ich hoffe bloß, ich platze nicht.«

»Das wirst du nicht.« Laura hatte selbst Zwillinge. »Du wirst dich nur so fühlen.«

»Danke. Toll.«

Charlie und Sarah waren die Nächsten, die gratulierten, zusammen mit Sarahs Söhnen John und Jeff, die zur Einweihungsfeier auf die Insel gekommen waren.

Während sie mit ihnen sprachen, gesellte sich Owen Lawry zu der Gruppe. »Was höre ich da? Vier?«

»Das behaupten die Ärzte jedenfalls.«

»Nicht schlecht!« Er klatschte Adam ab. »Respekt.«

»Ich finde auch, dass ich das ziemlich gut hingekriegt habe.«

»O Gott«, stöhnte Abby. »Muss ich mir das jetzt für den Rest meines Lebens anhören?«

»Vermutlich schon«, bemerkte Owens Ehefrau Laura. »Ich krieg es auch immer wieder aufs Brot geschmiert, dass er mir Zwillinge gemacht hat.«

»Kann ich leider nur bestätigen.« Maddie deutete mit dem Daumen auf Mac. »Es ist bloß gut, dass sie nicht diejenigen sind, die mehrere Kinder gleichzeitig austragen und dann auf die Welt bringen müssen. Das Gejammer und Gezeter möchte ich mir lieber nicht ausmalen.«

Während Mac beleidigt tat, lachten die anderen nur.

»Du weißt, dass sie recht hat, Mac«, verkündete Adam. »Unsere Frauen sind Superheldinnen.«

»Absolut. Hat man dir schon das mit dem monatelangen Sexverbot vor Mehrlingsgeburten erzählt?«, fragte Mac seinen Bruder.

»O ja«, fiel Owen ein. »Das war das Schlimmste.«

»Moment mal, was?«, erwiderte Adam entsetzt. »Das hat niemand erwähnt.«

»Ich wiederhole«, sagte Maddie, »Jammern und Zetern.«

»Jetzt bist du einfach nur gemein zum Vater deiner Babys«, erklärte Mac mit Schmollmund.

Den Rest des Nachmittags mit Familie und Freunden zu verbringen half, Abbys Ängste zu beschwichtigen. Zumindest fürs Erste.

KAPITEL 20

»Ich glaube, unsere kleine Party kann man als Erfolg werten, Süße«, sagte Charlie, während er mit Sarah auf der Veranda stand und in den Garten voller Gäste blickte, die aßen und tranken, miteinander redeten und lachten und sich trotz der herrschenden Hitze und des Stromausfalls insgesamt bestens zu unterhalten schienen. Und das, obwohl vorhin noch alles auf der Kippe gestanden hatte. Jetzt sank die Sonne allmählich in Richtung Horizont und versprach, ein atemberaubendes Farbenspektakel an den Abendhimmel zu zaubern.

»Den Eindruck habe ich auch«, pflichtete sie ihm bei. »Dank Seamus und den Kindern, die uns jede Menge Eis gebracht haben.«

»Jedenfalls ist es hilfreich, Freunde mit Beziehungen zu haben.«

»Das stimmt allerdings. Wer ist die junge Frau, mit der Jeff gerade spricht?«, erkundigte sich Sarah.

»Das ist Macs und Maddies Kindermädchen Kelsey. Ich hab gehört, sie ist total nett.«

»Und hübsch ist sie auch.«

»Auf jeden Fall.« Charlie schaute sie an. »Warum beißt du so auf deiner armen Lippe herum?«

»Ich mach mir Sorgen um ihn. Auch wenn es ihm so viel besser zu gehen scheint als früher, ist er noch jung und nicht gefestigt.«

»Er wird schon seinen Weg finden, so wie die anderen das auch getan haben. Er hat sich gefangen, hat jetzt seinen Studienabschluss, und ihm stehen jede Menge Möglichkeiten offen.«

»Ja, vermutlich schon. Hat John zu dir was über ein Problem bei der Arbeit gesagt? Ich hab ihn zufällig am Telefon gehört, wollte aber nicht nachfragen.«

»Er hat Differenzen mit einem Vorgesetzten erwähnt, ohne jedoch näher darauf einzugehen.«

»Oje. Ich hoffe, er hat keine ernsthaften Probleme.«

»Ich wollte ihn nicht bedrängen, daher habe ich es auf sich beruhen lassen. Ich hab nur zu verstehen gegeben, dass ich für ihn da bin, wenn er jemanden zum Reden braucht. Er hat geantwortet, er sei überrascht, dass ich nach allem, was ich durchmachen musste, einen Polizisten in meinem Heim willkommen heiße.«

»Und was hast du erwidert?«

»Dass er mir als dein Sohn stets willkommen sein wird und ich der Polizei keine Schuld an dem gebe, was mir zugestoßen ist. Die liegt ganz allein bei meiner Ex-Frau, die diejenige war, die Stephanie so misshandelt und dann alles mir in die Schuhe geschoben hat.«

»Danke, dass du ihm das erklärt hast, sodass er sich hier wohlfühlen kann.«

»Selbstverständlich. Er hat mich nicht für das Verbrechen von jemand anders eingesperrt. Ich sehe keinen Vollzugsbeamten oder Gesetzeshüter in ihm, sondern deinen Sohn. Meinen Stiefsohn. Ein Mitglied unserer Familie.«

»Ich liebe dich, Charlie.«

»Ich dich auch, Sarah.« Er blickte ihr in die Augen und lächelte. »Schau uns nur an. Dieses wunderschöne Haus, unsere wunderbaren Kinder und all diese unglaublichen Menschen, die unsere Freunde sind. Was für ein Glück wir haben, oder?«

»Wir sind die glücklichsten Menschen, die ich kenne.«

»Die verdammtes Pech hatten, bis sie einander gefunden haben und sich alles geändert hat.«

Sie krümmte ihren Zeigefinger, damit er sich für einen Kuss zu ihr herunterbeugte.

»Äh, Entschuldigung, ihr Turteltäubchen.«

Sarah ließ Charlie los und drehte sich zu Big Mac und Linda um. Ihr wurde ganz heiß vor Verlegenheit. »Tut mir leid.«

»Das muss es nicht«, sagte Linda. »Ihr beide seid zusammen einfach anbetungswürdig.«

»Ich bin mir nicht sicher, wie ich es finde, ›anbetungswürdig‹ genannt zu werden«, meinte Charlie mit einem Anflug seiner gewohnten unwirschen Art.

»Du solltest dich verdammt gut dabei fühlen«, versetzte Linda. »Ich freue mich jedenfalls sehr für euch beide. Euer Haus ist einfach toll, und wir wünschen euch viele, viele glückliche Jahre hier.«

»Lieben Dank, Linda«, sagte Sarah und umarmte die andere Frau.

»Meinen Glückwunsch euch beiden«, fügte Big Mac hinzu. »Es ist echt schön. Darf ich euch noch einen Rat geben? Besorgt euch einen dieser Stromgeneratoren für ein ganzes Haus. Wir lieben unseren und sind heute schon den ganzen Tag total froh darüber, dass wir ihn haben.«

»Die Anschaffung steht ganz oben auf meiner Liste«, erklärte Charlie.

»Wir wollen noch kurz nach dem neuen Leuchtturm-wärterpaar schauen, das heute auf der Insel eingetroffen ist«, meinte Linda. »Wir machen uns etwas Sorgen, wie es ihnen ohne Strom dort draußen ergeht.«

»Es ist nett von euch, zu ihnen hinauszufahren«, pflichtete Sarah ihr bei.

»Noch mal danke für die Einladung«, sagte Linda. »Es war eine wunderschöne Party.«

»Und vielen Dank euch beiden, dass ihr gekommen seid, und auch für die Geschenke, die ihr gar nicht hättet mitbringen sollen.«

Linda lachte. »Es war wirklich schön. Lasst uns doch bald mal was zusammen unternehmen. Dann bei uns.«

»Liebend gern«, antwortete Sarah.

»Wir telefonieren.«

Nachdem die McCarthys gegangen waren, bemerkte Charlie: »Schau dir uns beide nur an, jetzt haben wir sogar Paarfreundschaften und alles.«

Sarah lachte über die Art und Weise, wie er das aussprach, mit seiner gewohnten Verachtung für alles Bürgerliche, die, wie er immer behauptete, nach vierzehn Jahren im Gefängnis fest in seine DNA eingeschrieben war. Aber er lachte jetzt mehr, lächelte mehr, scherzte mehr und zog sie jeden Tag auf. »Ja, schau uns nur an, wir leben den großen Traum.«

»Da hast du absolut recht, meine Süße.«

* * *

Nachdem sich Linda und Big Mac von Charlie und Sarah verabschiedet hatten, begaben sie sich zum Pick-up, stiegen ein und fuhren Richtung Leuchtturm. »Das ist eine gute Idee von dir, Lin, noch mal nach den Watkins zu sehen.«

»Sie sind ja gerade erst hier angekommen, und ohne Strom muss es unerträglich heiß sein. Es ist auf jeden Fall ein denkwürdiger Empfang.«

»Ich hoffe, sie nehmen unsere Einladung an, bei uns zu wohnen, bis der Strom wieder da ist. Das war auch eine gute Idee von dir.«

»Ich hab lauter gute Ideen«, erwiderte seine Ehefrau. »Das solltest du inzwischen wissen.«

»Ha!« Er lachte. »Da bin ich voll reingetappt, was?«

»Ja, das war eine echte Steilvorlage.«

»Und was ist mit Adam und Abby?«

»Vierlinge! Das ist unglaublich. Und das nach allem, was sie durchgemacht hat, um schwanger zu werden … Das Schicksal ist manchmal ein echter Witzbold.«

»Ich kann mir jedenfalls nicht vorstellen, vier Babys zu haben. Das muss Wahnsinn sein.«

»Vermutlich, aber wir werden ja alle da sein und helfen. Wir sorgen dafür, dass sie das schaffen.« Linda stellte die Lüftung so ein, dass der Luftstrom sie genau traf. »Es ist ein Riesenwunder, wenn man genauer darüber nachdenkt. Dass es erst hieß, sie würde vermutlich nie schwanger werden können, und jetzt das.«

»Ich habe das Gleiche gedacht. Ich freue mich so für sie. Sie sind großartige Eltern für Liam. Und mit dem Quartett werden sie ebenfalls prima klarkommen.«

»Nennen wir sie so?«

»Wie sonst?«

»Okay, das passt.«

Ein paar Minuten später trafen sie am Leuchtturm ein, wo das Tor noch offen war. Sie fuhren über die lange Auffahrt, die direkt am Leuchtturm endete, und parkten neben Olivers und Daras SUV.

Als sie ausstiegen, kam Oliver gerade aus dem Leuchtturm und schien überrascht, sie zu sehen. »Hey. Ich wollte gerade vorlaufen und das Tor schließen.«

»Wir wollten nachschauen, wie es Ihnen hier ohne Strom ergeht.«

»So einigermaßen. Ich bin vorhin in den Ort gefahren und habe ein paar Beutel Eis gekauft. Wir hoffen, das hilft uns, die Zeit zu überbrücken, bis der Strom wieder da ist. Haben Sie irgendeine Ahnung, wann das sein wird?«

Big Mac rieb sich den Nacken und schnitt eine Grimasse. »Das könnte schon ein paar Tage dauern.«

»Ein paar Tage? Also mehr als einer?«

»Ich fürchte schon. Das letzte Mal waren es vier oder fünf.«

»Was für ein Mist.«

»Wir fühlen uns schlecht, weil das ausgerechnet an dem Tag passieren musste, an dem Sie beide hier eingetroffen sind«, erklärte Linda.

»Sie können ja nichts dafür«, erwiderte Oliver. »Und ich nehme an, dass wir auch das überleben werden.«

»Wir wollten Sie fragen«, sagte Linda und blickte zu Big Mac, »ob Sie vielleicht Lust hätten, bei uns unterzukommen, solange es keinen Strom gibt. Wir haben ein großes Haus mit jeder Menge ungenutzter Schlafzimmer und einen Generator, der alles mit Elektrizität versorgt, sodass wir die Klimaanlage auf niedrigster Stufe laufen lassen können. Das ist nicht ideal, aber besser als nichts. Wir würden uns freuen, wenn Sie unser Angebot annehmen.«

»Oh, das ist wirklich sehr freundlich von Ihnen. Allerdings bin ich mir nicht sicher, was Dara davon hält. Wir möchten niemandem lästig fallen.«

»Das ist uns in keiner Weise lästig«, beharrte Big Mac. »Wie Linda schon gesagt hat, wir sind die typischen Eltern, deren Kinder alle flügge geworden sind und das Nest verlassen haben. Wir haben jede Menge Platz, den wir Ihnen liebend gern zur Verfügung stellen, damit Sie hier nicht in dieser Affenhitze ohne Strom festsitzen.«

Oliver schien hin- und hergerissen.

»Wie wäre es damit?«, schlug Big Mac vor. »Wir unternehmen einen Spaziergang, während Sie mit Ihrer Frau darüber sprechen. Wenn Sie entscheiden, lieber hierbleiben zu wollen, kein Problem. Was immer Ihnen am liebsten ist, passt uns.«

»Klingt gut. Lassen Sie mich mit Dara reden. Und vielen Dank für das Angebot. Es ist nur einfach so, dass sie …« Er zuckte die Achseln. »Früher hätte ich Ihnen problemlos sagen können, was sie von so gut wie allem hält. Doch nun … Ich habe wirklich keine Ahnung, was sie denkt oder wie sie reagieren wird.«

Linda verspürte Mitleid mit ihm. »Wir verstehen das. Es ist überhaupt nicht vergleichbar, aber wir haben vor vielen Jahren unser erstes Kind bei einer Fehlgeburt verloren, und es war wirklich schwierig, damit klarzukommen. So ein Verlust und ganz bestimmt auch das, was Ihnen beiden passiert ist … Das verändert eine Ehe.«

»Ja«, antwortete er mit einem Seufzen. »Das stimmt. Danke für Ihr Verständnis. Ich werde jetzt mit Dara reden. Wir lassen Sie nicht lange warten.«

»Kein Grund zur Eile«, entgegnete Big Mac. »Wir müssen nirgendwohin.« Er legte seinen Arm um Linda, und sie entfernten sich ein Stück, damit Oliver in Ruhe mit seiner Frau sprechen konnte. »Es war gut, dass du ihm gesagt hast, was uns passiert ist.«

»Dara habe ich es schon vorhin erzählt. Ich hoffe, sie denken nicht, dass ich da irgendetwas vergleichen oder in Relation setzen möchte. Denn das geht nicht.«

»Ein Kind zu verlieren ist immer furchtbar. Trotzdem hoffe ich, es hilft ihnen, wenn sie wissen, dass wir es bis zu einem gewissen Grad nachempfinden können.«

»Das hoffe ich auch.«

* * *

Oliver lief die Wendeltreppe zur Wohnküche hoch, und dann noch die zweite zu dem Stockwerk, in dem sich das Schlafzimmer und das Bad befanden. Die Wohnung hier war niedlich, aber wirklich klein. Es würde ihm und Dara nicht so leichtfallen, einander aus dem Weg zu gehen, wie es zu Hause der Fall gewesen war. Vielleicht war das sogar gut. Wer konnte das schon wissen? Er jedenfalls wusste momentan gar nichts mehr.

Dara lag ausgestreckt auf dem Bett und starrte zur Decke empor. Alle Fenster waren geöffnet, trotzdem war es hier drin heiß und schwül, sodass ihm der Schweiß über den Rücken lief. »Mit wem hast du draußen gesprochen?«

»Mr und Mrs McCarthy sind rausgefahren, um nachzuschauen, wie es uns ohne Strom hier draußen geht.«

»Das ist wirklich aufmerksam von ihnen.«

»Sie haben gefragt, ob wir Lust haben, mit zu ihnen zu kommen. Sie haben ungenutzte Schlafzimmer und einen Generator, der genug Energie für die Klimaanlage liefert.«

»Oh.«

»Ich würde es verstehen, wenn du dich nicht wohl dabei fühlst, bei Leuten zu übernachten, die wir gar nicht kennen, aber sie wirken total nett. Und vielleicht wäre es wirklich schön, in dieser Hitze in einem klimatisierten Raum zu schlafen.«

»Also möchtest du ihre Einladung annehmen?«

»Nur wenn du das auch möchtest. Mir geht es vor allem darum, dass du es bequem hast.«

»Das ist nirgends der Fall.«

»Ich weiß, Süße, aber es ist heiß, und das wird es in den nächsten Tagen wohl auch bleiben. Mr McCarthy meint außerdem, es sei gut möglich, dass der Stromausfall nicht gleich morgen behoben ist, sondern eher im Lauf der Woche. Es könnte wirklich unangenehm werden, wenn es so lange andauert.« Er nahm ihre Hand und erlebte einen Moment ungetrübten Glücks, als sie sie ihm nicht sofort entzog. »Sie haben mir erzählt, dass sie ein Baby vor der Geburt verloren haben. Offensichtlich hatten sie daran ganz schön zu knabbern.«

»Das hat sie mir gegenüber auch erwähnt.«

»Ich glaube, sie wollen helfen.«

»Ich möchte ihre Hilfe nicht.«

»Okay, aber gegen ihre Klimaanlage hätte ich nichts einzuwenden.«

Sie blickte ihn zum ersten Mal, seit er reingekommen war, direkt an. »Du möchtest also gehen?«

»Ja, ich denke schon. Sie erscheinen mir sehr sympathisch, und hier ist es heiß wie in der Hölle. Nicht zu vergessen, dass sie vermutlich einen funktionierenden Kühlschrank und eine Kaffeemaschine haben, beides Sachen, die uns hier ohne Strom nicht zur Verfügung stehen.«

»Das Argument mit dem Kaffee überzeugt mich.«

Oliver lächelte über die erste leichtherzige Bemerkung, die er seit dem schrecklichen Schicksalsschlag von ihr gehört hatte. Ihre Leidenschaft für Kaffee war berüchtigt, und obwohl es ihn ermutigte, dass sie sich überhaupt für irgendwas interessierte, schmerzte ihn die Erkenntnis, wie lange es her war, dass sie über irgendetwas gescherzt hatte. Er zog ganz leicht an ihrer Hand, um ihr beim Aufsetzen zu helfen. »Da wir noch gar nicht ausgepackt haben, sollte es nicht schwierig sein, unser Lager für ein paar Tage woanders aufzuschlagen.«

»Und wenn wir uns dort nicht wohlfühlen, können wir jederzeit hierher zurückkommen, oder?«

»Was immer du möchtest, Süße.« Und das meinte Oliver genau so. Er würde tun, was in seiner Macht stand, um ihr zu helfen, ihren Frieden mit dem Entsetzlichen zu machen. Die Entfremdung zwischen ihnen beiden war beinahe so schmerzhaft, wie es der Verlust ihres Sohns gewesen war, und er hatte keine Ahnung, wie er den gähnenden Abgrund zwischen ihnen

232

überbrücken sollte, sodass sie als Ehepaar wieder zueinanderfinden konnten.

Er hatte gehofft, dass der Umzug nach Gansett Island ihre Alltagsroutine aufmischen würde, doch seit ihrer Ankunft hier war nichts so gelaufen wie geplant.

Sie suchten ihre Koffer und Taschen zusammen, packten die verderblichen Lebensmittel ein, die Oliver vorhin besorgt hatte, und gingen die Treppe hinunter.

Die McCarthys hatten sich auf die Ladefläche von Big Macs Pick-up gesetzt und betrachteten den spektakulären Sonnenuntergang.

»Sehen Sie, worauf Sie sich jetzt jeden Tag freuen können?«, erkundigte sich Big Mac und deutete mit einer Kopfbewegung zum Himmel.

»Es ist wunderschön«, erwiderte Oliver. »Dara und ich nehmen Ihre freundliche Einladung dankbar an, aber wir möchten, dass Sie uns Bescheid geben, wenn Sie von uns die Nase voll haben.«

»Ach, hören Sie auf«, antwortete Linda mit einem Lachen. »Es wird schön sein, Gesellschaft zu haben. Möchten Sie einfach hinter uns herfahren, damit Sie Ihr Auto zur Verfügung haben?«

»Klar«, sagte Oliver. »Ich muss nur auf dem Weg nach draußen das Tor schließen.«

»Wir werden warten«, erklärte Big Mac.

Während sie hinter den McCarthys herfuhren, hoffte Oliver weiter und betete um einen Durchbruch bei Dara, die schweigend neben ihm saß, aus dem Fenster starrte und im Geiste Millionen Kilometer entfernt zu sein schien. Wenn ihr Aufenthalt auf Gansett Island nicht die gewünschte Wirkung hatte, war er mit seinem Latein am Ende. Er hatte keine Ahnung, was er dann noch tun konnte.

KAPITEL 21

Ins Gespräch mit seinem Vater, seinen Onkeln und Cousins vertieft, die über die aufgegebene Alpakafarm redeten, die Mac kaufen wollte und die ihm als neues Familienprojekt vorschwebte, fiel Shane McCarthy plötzlich auf, dass er Katie schon eine Weile nicht mehr gesehen hatte.

Mac darüber sprechen zu hören, was sie mit der alten Farm anfangen könnten, hatte Shanes Interesse geweckt, denn er wollte liebend gern einem weiteren Anwesen auf der Insel, das dem Verfall preisgegeben war, zu neuem Glanz verhelfen. Macs Begeisterung war ansteckend, und sie beschlossen, sich das Grundstück und die Gebäude in der nächsten Woche gemeinsam anzuschauen.

Doch wo steckte seine geliebte Frau? Er stand auf, um sich auf die Suche nach ihr zu machen. »Braucht irgendjemand was?«

»Bring mehr Bier mit, wenn du zurückkommst«, antwortete Riley.

»Okay.«

Shane begab sich ins Haus, aber Katie war nicht bei den Frauen, die in der Küche beisammenstanden und Vorschläge für Sarahs Fliesenspiegel diskutierten.

»Weißt du, wo Katie ist?«, fragte er Julia, Katies Zwillingsschwester.

234

»Nein, keine Ahnung.«

»Ich auch nicht.«

»Sie ist vor ungefähr einer halben Stunde reingekommen«, meinte Sarah. »Ich glaube, sie ist nach oben gegangen.«

»Danke, dann schaue ich dort mal nach«, erklärte Shane und verspürte einen Anflug von Sorge. Es passte so gar nicht zu ihr, einfach sang- und klanglos zu verschwinden. »Wäre das okay?«

»Fühl dich ganz wie zu Hause«, erwiderte Sarah mit ihrem herzlichen Lächeln.

Sie war die beste Schwiegermutter, die sich ein Mann nur wünschen konnte, und er hatte sie schon in sein Herz geschlossen, bevor er ihre Tochter geheiratet hatte. Sie hatten einen Winter lang zusammen im Sand & Surf gewohnt und das Haus renoviert, Zeit mit Owen, Laura und dem kleinen Holden verbracht. Das war zu einer Zeit gewesen, als Shane noch damit gerungen hatte, mit dem Albtraum abzuschließen, den seine Ex-Frau ihm bereitet hatte, und Sarah hatte das Ende ihrer von häuslicher Gewalt geprägten Ehe verarbeiten müssen.

Sarah war ihm damals eine gute Freundin geworden. Weil er seine eigene Mutter verloren hatte, als er gerade erst sieben Jahre alt gewesen war, freute sich Shane, dass sie nun dauerhaft zu seinem Leben gehörte.

Er ging die Treppe hinauf ins obere Stockwerk und sah in ein paar Zimmer, konnte Katie aber nicht finden. Daher klopfte er schließlich an die eine Tür, die geschlossen war, und rief ihren Namen.

»Komm nicht rein, Shane«, sagte sie und klang völlig aufgelöst.

Erschreckt fragte er: »Was ist denn los?«

»Ich …«

»Katie, Süße … Mach auf.«

Eine volle Minute verstrich, bevor aufgeschlossen und die Tür einen Spalt weit geöffnet wurde. Das Erste, was Shane auffiel, war Katies gerötetes, verquollenes Gesicht mit den verweinten Augen. »Was ist los, Süße?«

»Ich … Ich glaube, ich hatte einen Abgang.«

Shane fühlte sich, als hätte ihm jemand ein Messer in die Brust gerammt, und er musste sich zwingen, etwas zu erwidern. »Hast du … Ich wusste gar nicht …«

»Ich auch nicht«, sagte sie, während ihr Tränen übers Gesicht liefen.

»Lass mich rein, Süße.«

»Ich muss sauber machen. Da ist Blut …«

»Das wische ich auf. Lass dir von mir helfen.«

Die Tür schwang auf, und Shane musste sich beim Anblick der Blutflecken ein Keuchen verkneifen. »Katie, Süße, lass mich bitte Vic holen.«

»Nein! Nur du.«

»Meinst du, du kannst dich duschen?«

Sie nickte.

»Okay, aber schön vorsichtig.« Er half ihr aus ihrer Kleidung und in die Dusche. Bestürzt über das Blut auf dem Klo und dem Fußboden, sagte er: »Bist du sicher, dass du nicht in die Krankenstation solltest?«

»Ja, ganz sicher.«

Da sie Krankenschwester war und das vermutlich besser beurteilen konnte als er, gab er nach. Für den Moment. Wenn die Blutung nicht aufhörte, würde er auf einer Untersuchung bestehen.

»Es tut mir so leid«, stieß sie hervor und schluchzte. »Ich wusste nichts davon. Wie ist es möglich, dass ich davon nichts wusste?«

»Sch, es ist okay. Du hättest es bald gemerkt.« Er versuchte, seinen eigenen Herzschmerz außen vor zu lassen, während er sie versorgte. Unter dem Waschbecken fand er Reinigungsutensilien und hatte alle Spuren beseitigt und das Badezimmer wieder tipptopp in Ordnung gebracht, als sie das Wasser in der Dusche abstellte.

Shane wartete mit einem Handtuch auf sie, in das er sie wickelte, bevor er sie an sich drückte. »Tut dir was weh?«

»Jetzt nicht mehr. Jetzt ist es mehr wie ein dumpfes Ziehen. Ich dachte erst, ich bekomme meine Tage, doch da war so viel mehr Blut als sonst.«

»Blutest du immer noch?«

»Ein bisschen.«

»Was hältst du davon, wenn ich Julia frage, ob sie was dabeihat, das du benutzen kannst?«

»Aber keine Tampons. Ich brauch eine Binde. Vermutlich sogar mehr als eine.«

»Ich frag sie einfach. Wenn sie keine hat, wird schon irgendjemand anders aushelfen können.«

»Du darfst nur auf keinen Fall erzählen, was passiert ist. Noch nicht. Ich brauch noch ein bisschen …«

Er küsste sie auf die Stirn. »Ich erkläre ihr, dass du deine Periode besonders heftig bekommen hast.«

»Danke. Es tut mir leid. Ich weiß, das muss eklig sein.«

»Das soll dir nicht leidtun, und daran ist überhaupt nichts eklig. Ich bin nur froh, dass es dir schon ein wenig besser geht.«

»Es fühlt sich an, als sei mein Herz gebrochen.« Ihr Kinn zitterte, und ihre Augen füllten sich erneut mit Tränen. »Wir hätten beinahe ein Baby bekommen, Shane.«

»Wir versuchen es weiter. Das Gute daran ist, dass wir jetzt wissen, es ist möglich.« Sie hatten es schon eine Weile vergeblich probiert, daher war das in der Tat ein winziger Lichtblick in dem ganzen Kummer. »Dieses Mal hat es noch nicht sein sollen, warum auch immer, aber wir werden gemeinsame Kinder haben, Katie.«

Er hielt sie im Arm, während sie weinte, und als sie sich schließlich beruhigt hatte, half er ihr, sich auf den geschlossenen Toilettendeckel zu setzen, und machte sich auf die Suche nach Julia.

Sie war draußen auf der Veranda und sprach mit Owen über die Stücke, die sie nachher spielen wollten, und darüber, wie sie das ohne Strom für Julias Keyboard und ihre Mikrofone bewerkstelligen konnten.

»Hey, Julia.« Shane winkte sie zu sich. »Katie ist oben und hat eine besonders heftige Periode. Sie braucht Binden. Hast du zufällig welche?«

»Lass mich in meiner Tasche nachsehen. Ist alles in Ordnung?«

Shane folgte ihr nach drinnen. »Ich glaub schon. Sie fühlt sich nur furchtbar.«

»Ja, das ist Mist.« Julia wühlte in ihrer großen Tasche und förderte schließlich von ganz unten drei einzeln verpackte Binden zutage. »Soll lieber ich sie ihr bringen?«

Shane rang sich ein Lächeln ab. »Ich mach das schon. Mich schüchtern solche Frauensachen nicht so leicht ein.«

»Richte ihr aus, sie soll sich melden, wenn sie noch was braucht.«

»In Ordnung. Danke.« Er ging wieder hoch, beeilte sich, um so schnell wie möglich wieder bei Katie zu sein. Im Badezimmer angekommen, reichte er ihr die Binden. »Auf Julia ist Verlass.«

»Ja, das stimmt. Ich glaube, es gibt nichts, was sie in ihrer Rettungstasche nicht dabeihat.«

»Brauchst du Kleidung zum Wechseln? Ich kann deine Mutter nach was fragen.«

»Nein, meine Sachen haben nichts abbekommen.«

»Dann lass ich dich mal eine Minute allein.«

Als sie das Badezimmer verließ, angezogen, aber weiter blass und irgendwie erschüttert wirkend, brachte er sie in eins der

Gästezimmer und drängte sie, sich einen Moment hinzulegen. Er schloss die Tür und schickte Julia eine Nachricht, teilte ihr mit, wo sie waren, und bat sie, ihnen den Rücken freizuhalten. Katie geht es immer noch nicht so richtig toll, daher bleiben wir einen Moment hier oben und ruhen uns aus. Sagst du's deiner Mutter?

Klar.

Shane öffnete die Fenster, um ein bisschen frische Luft reinzulassen, dann streckte er sich neben Katie auf dem Bett aus. Sein Handy vibrierte, als eine weitere Nachricht von Julia eintraf, begleitet von einem Emoji, das die Augen verdrehte.

Mom hat sich aufgeregt, dass Katie vielleicht eine Lebensmittelvergiftung hat. Ich habe ihr versichert, dass es Frauenprobleme sind. Richte ihr aus, dass wir ihr gute Besserung wünschen.

Katie schmiegte sich an ihn, legte ihren Kopf auf seine Brust.
Shane schlang seine Arme um sie. »Wie fühlst du dich?«
Sie schniefte ein bisschen. »Traurig, leer ... wund.«
»Es tut mir so leid, Süße.«
»Ich hab schon so vielen Patientinnen bei genau solchen Fällen geholfen, doch wenn es einem selbst passiert ...« Sie holte bebend Luft und atmete langsam wieder aus.
»Sobald es sicher ist, es erneut zu versuchen, werden wir das tun.«
»Danke, dass du so super reagiert hast. Du verdienst ernsthaft eine Gefahrenzulage, nachdem du mitten in den Albtraum geplatzt bist.«

Shane lachte leise. »So schlimm war es nun auch wieder nicht, und ich möchte stets sein, wo auch immer du bist, und das ganz besonders, wenn du mich brauchst.«

»Ich brauch dich die ganze Zeit, aber in den nächsten paar Tagen vielleicht noch mehr als sonst.«

»Ich bin genau hier, Süße.«

KAPITEL 22

Während Alex vom Pflegeheim nach Hause fuhr, blinzelte er gegen die Tränen an. Natürlich hatte es nicht von Dauer sein können. Das hatte er vorher gewusst – und trotzdem gehofft. Sie hatten einen halben Tag völliger Klarheit gehabt, bevor seine Mutter erneut von der Demenz eingeholt worden war. Sie hatte verwirrt gefragt, wo sie sich befinde, wer sie seien und wann ihr Ehemann George nach Hause kommen würde.

So schnell und unvermittelt die lichten Stunden begonnen hatten, so rasch waren sie ihnen wieder entrissen worden.

Dennoch war er unglaublich dankbar für die Zeit, die ihnen geschenkt worden war, selbst wenn es sie alle unendlich traurig gemacht hatte, Marion erneut zu verlieren. Er hatte angeboten, sie zurück in die Einrichtung zu bringen, was fürchterlich gewesen war. Sie war verwirrt gewesen und desorientiert und hatte nach seinem verstorbenen Vater geschrien. Das überaus fähige Personal hatte ihn ermutigt, nach Hause zu fahren, ihm versichert, sie würden sich gut um sie kümmern.

Trotzdem war es einfach nur schrecklich. Sie hatten gerade genug Zeit mit ihr bekommen, um zu sehen, was für eine liebevolle Großmutter sie den Kindern hätte sein können.

Er schlug mit der flachen Hand auf das Lenkrad, bis der Schmerz in seinen Unterarm ausstrahlte.

Die Sonne war beinahe untergegangen, als er die Einfahrt zu Martinez Grün & Garten erreichte, der Landschaftsgärtnerei, die seine Mutter und Paul bis vor ein paar Jahren gemeinsam geführt hatten. Er bog hinter dem Gartencenter links ab und hielt vor dem Haus an, das er und Jenny gebaut hatten.

Seine Mutter hatte es sich nicht anschauen können. Eigentlich hatte er gehofft, sie würden mehr Zeit haben.

Alex saß noch lange im Auto und dachte darüber nach, dass er Jenny und dass Paul Hope überhaupt erst wegen der Krankheit ihrer Mutter kennengelernt hatte. Er wäre niemals ohne triftigen Grund nach Gansett Island zurückgekehrt und hätte auch nicht in aller Herrgottsfrüh am Leuchtturm die Wiese gemäht. Und Hope war auf die Insel gekommen, um Marion zu Hause zu versorgen.

Es erschütterte ihn zutiefst, dass Marion in ihrem kurzen Moment der Klarheit ihre Schwiegertöchter getroffen hatte, die gar nicht ihre Schwiegertöchter wären, wenn sie nicht erkrankt wäre.

Er hatte keine Ahnung, wie lange er gedankenverloren dort saß, bis Jenny ans Beifahrerfenster klopfte.

Alex entriegelte die Tür und wischte sich rasch eine Träne von der Wange.

Jenny ließ sich auf den Beifahrersitz sinken, hatte das Empfangsteil des Babyfons in der Hand und stellte die Klimaanlage sofort so ein, dass der kühle Luftstrom ihr schweißnasses Gesicht traf. »Alles in Ordnung bei dir?«

»War nie besser.«

»So schlimm?«

»Fast nicht auszuhalten. Als ich sie rübergefahren habe, hat sie nach meinem Vater geschrien.«

Jenny verzog das Gesicht. »Das tut mir so leid, Alex. Wie kann ich helfen?«

Er griff nach ihrer Hand. »Das hier ist schon ein guter Anfang.«

Sie drückte seine Finger. »Ich wünschte, ich könnte mehr tun.«

»Ich musste nur gerade daran denken, dass es uns beide als Paar ohne ihre Krankheit nicht gäbe, und auch Paul und Hope nicht. Ethan wäre nicht hier, George und Scarlett wären nie geboren worden. Wie schrecklich ist es eigentlich, dass wir so glücklich sind, weil sie erkrankt ist?«

»Sie schien sich über die Familie zu freuen, die wir in ihrer Abwesenheit geschaffen haben.«

»Stimmt.« Er wischte sich verärgert eine weitere Träne weg, wünschte sich, sie würden endlich versiegen. »Es ist bloß so furchtbar traurig.«

»Traurig und unfair.«

Er nickte, dankbar, dass sie es verstand. Natürlich tat sie das.

»Das Leben kann so traurig und unfair sein, aber es ist auch schön und voller Freude, oft genug zur selben Zeit.«

»Das heute war schlimm«, sagte er mit einem lang gezogenen Seufzen.

»Ich denke, du solltest versuchen, es vielmehr als Geschenk zu betrachten. Sie hat mich, Hope und die Kinder kennengelernt. Und zwar ganz bewusst, denn sie war nicht nur körperlich anwesend. Wir konnten mit ihr reden und mehr über sie erfahren. Ich werde diese Zeit mit ihr niemals vergessen oder aufhören, dafür dankbar zu sein.«

»Ich bin für all das ebenfalls dankbar. Bitte versteh mich da nicht falsch.«

»Ich weiß. Was so schwerfällt, ist, dass es uns wieder entrissen wurde.«

»Ja.« Er holte tief Luft und hielt sie einen Moment an, bevor er ausatmete. »Wir können jetzt reingehen.«

»Es ist so viel netter hier draußen im Auto, mit der Klimaanlage.«

»Wir schaffen uns einen Generator an, und zwar so schnell wie menschenmöglich.«

»Von mir wirst du keine Einwände hören.«

Er blickte zu ihr. »Danke, dass du für mich da bist und heute für meine Mutter da warst. Dich an meiner Seite zu haben macht alles leichter.«

»Geht mir genauso.«

»Ich benötige vielleicht eine Minute, um das zu verarbeiten.«

»Lass dir so viel Zeit, wie du brauchst, und sag mir, was ich tun kann, um dir zu helfen.«

»Ich liebe dich, Jenny Martinez.«

»Ich liebe dich auch, Alex Martinez, und ich bin wirklich froh, dass wir einander gefunden haben, aber es wird mir immer furchtbar leidtun, dass deine Mutter erkranken musste, damit das geschehen konnte.«

»Ich denke, das trifft es auf den Punkt. Können wir jetzt rein?«

»Was immer du willst.«

»Du weißt, was ich will, oder?«

»Hm, lass mich raten«, antwortete sie, während sie ihm durch die heiße Abendluft in das noch heißere Innere ihres Hauses folgte.

»Ich möchte eine Wiederauflage unserer ersten verschwitzten gemeinsamen Woche.«

»Ach ja?«

»Ja.«

Sobald sie durch die Tür waren, drehte er sich um und versperrte ihr den Weg ins Haus, drängte sie mit dem Rücken gegen die Haustür aus Holz, die er selbst eingehängt hatte. Er nahm ihr das Babyfon ab und stellte es auf den Tisch, auf dem die Schlüssel lagen. »Wir haben vorhin über den Vorraum im

Leuchtturm gesprochen«, sagte er, während er sie auf den Hals küsste. »Das war der Ort, an dem meine Besessenheit von der sexy Leuchtturmwärterin begonnen hat.«

»Ach ja?«

»Das weißt du ganz genau. Kurz nachdem sie mich mit Tomaten bombardiert hatte.«

»Das war eine meiner besten Ideen. Vor allem, wenn man bedenkt, dass die Jungs in der Schule immer behauptet haben, ich würde wie ein Mädchen werfen.«

Lachend erwiderte er: »An dem Tag nicht.« Er öffnete ihre Shorts, zog sie nach unten und schob eine Hand in ihre Unterhose. Am Anfang, als sie noch ganz frisch zusammen gewesen waren, hatte er sich Sorgen wegen seiner mangelnden Finesse in Momenten wie diesem gemacht, wenn er sie so heftig begehrte, dass es ihn innerlich verbrannte. Aber sie hatte ihm gesagt, sie liebe ihn, egal ob mit oder ohne Finesse.

Und das war gut, weil er sie heute so dringend brauchte. Er sehnte sich nach der Verbundenheit, die er nur mit ihr erlebte. Sie allein vermochte ihn mit dem Schicksal zu versöhnen und ihn an Tagen wie diesem zu trösten, wenn die Folgen der Krankheit seiner Mutter zu schlimm wurden, um sie zu ertragen.

»Ja, Alex«, seufzte sie. »Genau dort.«

Er wusste immer, wo er sie berühren musste, wie er ihr höchste Lust bereiten konnte. Er wartete, bis sie ganz dicht vor dem Höhepunkt stand, dann ließ er sie gerade lang genug los, um seine Shorts aufzuknöpfen, und dann war er in ihr, und sie kam augenblicklich.

Irgendwie gelang es ihm, sich zu beherrschen, während ihm der Schweiß übers Gesicht lief und in den Augen brannte. Oder vielleicht waren das auch Tränen. Doch das war egal, entschied er, während er die Frau liebte, der sein Herz gehörte. Was sollte nur aus ihm werden, wenn sie nicht bei ihm war und ihm half, nicht den Verstand zu verlieren, sein Leben mit Freude und Liebe erfüllte, Licht in die Dunkelheit brachte?

»Jenny …«

Sie schlang ihm die Arme um den Hals und küsste ihn auf die Wange und dann auf die Lippen. »Ich bin hier. Genau hier.«

»Ich liebe dich so sehr.«

»Ich liebe dich mehr.«

Er schüttelte den Kopf, umklammerte ihre Pobacken, während er das Tempo steigerte und sie gemeinsam dem Höhepunkt zustrebten, mit einer Vertrautheit und Mühelosigkeit, die aus den gemeinsamen Jahren erwachsen war. So etwas hatte er nie mit irgendeiner anderen erlebt. »Es ist so verdammt heiß.«

»Absolut.«

»Ich meinte die Temperatur, aber es ist tatsächlich ziemlich heftig.«

Jenny lächelte. »›Heiß‹ ist das Wort des Tages.«

Alex wurde langsamer, hob sie an und ließ sie an sich auf und ab gleiten, bis sie den Kopf in den Nacken warf und hörbar gegen das Holz schlug. »Autsch. Alles in Ordnung?«

»Total in Ordnung. Hör bloß nicht auf.«

Das Verlangen in ihrer Stimme entzündete ein neues Feuer in ihm, und als er zwischen ihre Beine griff, um sie zu streicheln, reichte das aus, und er war bei ihr, grub sich in sie, während er ebenfalls zum Höhepunkt kam. Als er sich genug geholt hatte, um seinen Beinen zu trauen, sagte er: »Halt dich an mir fest.«

Ihr Kopf ruhte an seiner Schulter, die Arme hatte sie ihm um den Hals gelegt. »Okay.«

Alex umfasste sie fester, trat aus seinen Shorts und ging mit ihr zum Sofa, legte sich mit ihr darauf, ohne sie zu verlassen.

»Geschickter Move«, bemerkte sie und lächelte.

»Das hat dir gefallen?«

Sie strich ihm das verschwitzte Haar aus der Stirn. »Ich mag das alles.«

»Danke, dass du heute für mich da gewesen bist.«

»Ich bin jeden Tag für dich da, nicht nur an den guten.«

»Dem Himmel sei Dank dafür. Ohne dich an meiner Seite hätte ich das mit meiner Mutter nicht so gut überstanden und hätte am Ende vermutlich den Verstand verloren.«

»Unsinn, davon kann gar nicht die Rede sein.«

Er schüttelte den Kopf. »Ausgeschlossen. Du bist das Geheimnis meines Erfolges. Du und George.«

»Wir lieben dich.«

»Ich liebe euch auch.« Er küsste sie zärtlich, plante nichts weiter, doch dann öffnete sie die Lippen, und plötzlich waren sie mitten in der zweiten Runde. So war es immer zwischen ihnen. Sie schienen einfach nicht genug voneinander bekommen zu können. Er war jeden Tag dankbar dafür, dass er an jenem Morgen zum Leuchtturm rausgefahren war, um die Wiese zu mähen, und dafür mit Tomaten beworfen worden war. Sie war fuchsteufelswild gewesen, weil er sie mit dem Lärm vom Rasenmäher so früh am Tag geweckt hatte.

»Was denkst du gerade?«, wollte sie wissen und schaute ihn mit Augen an, die immer nur voller Liebe auf ihm ruhten. Na ja, außer er ärgerte sie, was er oft genug tat, weil das nämlich Spaß machte. Alles machte Spaß mit ihr.

»Ich denke gerade an die Tomaten«, erklärte er, während er sich langsam in ihr bewegte. »Du hast keine Ahnung, wovor du mich gerettet hast, indem du mich unter Beschuss genommen hast.«

»Das weiß ich sehr wohl. Mir ging's ja auch nicht besser.«

Er legte die Arme um sie und rieb mit seinen Lippen über ihren Hals. »Alles war besser, nachdem ich dich gefunden hatte.«

»Für mich auch.«

»Sogar Tage wie heute.«

Jenny schlang die Arme um ihn und presste sich an ihn, während sie sich wie Tänzer in perfekter Harmonie bewegten. »Besonders Tage wie heute.«

Er hielt sie fester und nahm sie mit auf eine sinnliche Reise, die sie bis zum Gipfel trug. Sie waren danach schweißgebadet, aber er fühlte sich schon viel besser als bei seiner Ankunft zu Hause. »Danke hierfür, für uns, dafür, dass du bei meiner Mom und allem an meiner Seite bist und mir den Rücken freihältst.«

»Dein Rücken ist mir der liebste auf der ganzen Welt«, antwortete sie und strich mit den Fingern über seine verschwitzte Haut.

»Wir besorgen uns einen verdammten Generator.«

KAPITEL 23

Luke Harris hielt seine schlafende Tochter Lily auf dem Arm, während seine Frau Sydney sich von ihren Freunden verabschiedete. Er fragte sich, ob sonst noch jemand bemerkt hatte, wie zerbrechlich Syd seit dem Unfall am Anfang des Sommers in der Marina wirkte. Sie hatte versehentlich Gas gegeben, sodass ihr Auto, mit Lily in ihrem Kindersitz auf der Rückbank, über die Uferbefestigung ins Wasser gerollt war. Mason und Blaine hatten sie zwar rausgeholt, aber da war das Wasser im Innenraum bereits so schnell und so hoch gestiegen, dass allen der Schreck nachhaltig in die Glieder gefahren war. Wenn er darüber nachdachte, was hätte passieren können, wenn Blaine und Mason ein paar Minuten später am Unfallort gewesen wären oder wenn sie nicht in der Lage gewesen wären, sie rechtzeitig zu retten …

Er hatte Albträume von jenem Tag, und er wusste nicht, ob Syd ebenfalls welche hatte. Falls dem so war, hatte sie nicht mit ihm darüber geredet. Er hatte gehofft, dass sie allmählich darüber hinwegkommen würde, doch das war bisher nicht passiert. Nicht wirklich. Sie schaffte es sehr gut, den Anschein zu erwecken, als sei alles in Ordnung, aber er kannte sie zu gut, um ihr das abzukaufen.

Bei Charlies und Sarahs Feier hatte sie sich nett unterhalten, hatte ein paar Gläser Wein mit ihren engsten Freunden genossen und war so entspannt gewesen, wie er sie seit dem Unfall nicht mehr erlebt hatte.

Wenn sie zu Hause waren und Lily ins Bett gebracht hatten, würde er schauen, ob er sie dazu bringen konnte, mit ihm darüber zu reden. Er hoffte nur, dass er keinen Riesenfehler beging, indem er das Problem ansprach, doch er konnte es nicht ertragen, sie weiter in Stille leiden zu sehen.

Auf der Heimfahrt dachte er darüber nach, wie er das Thema am besten ansprechen sollte. Er war nervös, was ein weiteres Zeichen dafür war, dass zwischen ihnen etwas nicht stimmte. Mit ihr zu reden war ihm immer leichtgefallen – und für jemanden, der sein ganzes Leben lang für seine Wortkargheit bekannt gewesen war, war das etwas Besonderes. In ihrer Gegenwart kannte er weder Nervosität noch Unsicherheit. Die Tatsache, dass er jetzt beides verspürte, bedeutete, dass dieses Gespräch längst überfällig war.

Der Unfall war vor fast drei Monaten passiert, aber seither war nichts wie zuvor gewesen. Ihm war durchaus aufgefallen, dass Syd es vermied, mit Lily irgendwohin zu fahren, außer es ließ sich gar nicht vermeiden. Das konnte so nicht weitergehen. Als einzige Innenarchitektin der Insel hatte sie ein florierendes Geschäft, und angesichts ihres bislang größten Auftrags – der anstehenden Renovierung und Neueinrichtung des Hotels der McCarthys im kommenden Winter – konnte sie keine Angst davor haben, mit ihrer Tochter im Auto zu fahren.

Zu Hause ließ er ihren Hund Buddy raus, während sie schon mal Lily badete.

Dann kuschelten sie im Bett mit ihr und lasen ihr vor.

Nach dem anstrengenden Tag war Lily müde und schlief während der zweiten Geschichte ein.

»Soll ich sie rüberbringen?«, fragte Luke.

»Ja, bitte.«

Vorsichtig nahm Luke seine schlafende Tochter hoch und trug sie ins Nebenzimmer, wo er sie in ihr Bettchen legte. Manchmal, wenn er sie anblickte, konnte er immer noch nicht fassen, dass sie wirklich da war. Er strich ihr über das seidige Haar, das denselben Kupferton hatte wie das ihrer Mutter. Seit diesen furchtbaren zehn Minuten in der Marina sprach er jeden Tag ein Dankgebet dafür, dass Blaine und Mason rechtzeitig vor Ort gewesen waren.

Kurz darauf war auch der Betonklotz an der Stelle, wo es passiert war, ersetzt worden, aber Luke ertrug es immer noch nicht, dorthin zu sehen, auch nach all dieser Zeit. Er wachte mindestens einmal die Woche schweißgebadet auf, weil er geträumt hatte, hilflos mit anschauen zu müssen, wie sich das Auto mit Wasser füllte, während seine Frau und seine Tochter darin eingeschlossen waren.

Er kämpfte gegen die mittlerweile vorhersehbare Welle der Übelkeit an, die ihn jedes Mal erfasste, wenn er diese endlos erscheinenden Momente erneut durchlebte.

Syd quälte sich mit Selbstvorwürfen. Sie hatte telefoniert, als sie mit dem Fuß von der Bremse auf das Gaspedal gerutscht war. Ganz egal, wie häufig man sie daran erinnerte, dass es ein Unfall gewesen war, sie konnte einfach nicht verwinden, dass sie ihn verursacht hatte. Und das war der Kern ihres Problems: Sie musste sich selbst verzeihen, bevor sie damit klarkommen konnte.

Er ging zurück in ihr gemeinsames Schlafzimmer, wo sie im Bett saß, ihr allgegenwärtiges iPad auf den Knien, und irgendwas erledigte, was mit ihrer Arbeit zu tun hatte.

Luke knöpfte sich das Hemd auf und entkleidete sich bis auf die Unterhose, verschwand kurz ins Badezimmer und schlüpfte dann neben ihr unter die Decke. »Hey«, sagte er.

Sie lächelte ihn an. »Selber hey.«

»Können wir reden?«

»Mhm.« Sie tippte weiter auf ihrem iPad rum.

»Syd.«

Sie schaute ihn kurz an.

»Ich möchte mit dir reden.«

Sie legte das iPad auf ihren Nachttisch. »Gibt es ein Problem?«

»Ja, Baby. Es gibt ein Problem.«

Ihre Miene spiegelte Verwirrung und Besorgnis wider. »Was denn?«

Er ließ sich eine Sekunde Zeit, um die richtigen Worte zu finden, wusste genau, wie entscheidend es war, das hier gut hinzukriegen. »Ich mach mir Sorgen um dich.«

»Um mich? Warum?«

»Du warst den Sommer über nicht du selbst.«

»Was soll das heißen? Wer war ich denn?«

»Syd. Du weißt, was ich meine. Seit dem Unfall ...«

Sie hielt eine Hand hoch, um ihn zu stoppen. »Ich möchte darüber nicht sprechen.«

»Liebling, wir müssen darüber sprechen.«

Sie hielt sich die Ohren zu und legte die Stirn auf die Knie. »Das kann ich nicht.«

Luke richtete sich auf und zog sie in seine Arme. »Wir müssen aber. Seit dem Tag ist nichts mehr in Ordnung gewesen, und ich sehe doch, dass du leidest. Das ertrage ich nicht – für dich nicht. Und auch nicht für Lily und mich. Wir müssen darüber reden und herausfinden, was wir tun können, um darüber hinwegzukommen.«

»Ich werde nie darüber hinwegkommen. Niemals.«

»Doch, das wirst du, aber erst musst du dich damit auseinandersetzen.«

»Wie soll ich das tun, wo ich jedes Mal, wenn ich die Augen schließe, das Wasser hereinströmen sehe, während Lily in ihrem Sitz angeschnallt ist, ohne dass wir rauskönnen, und das alles nur, weil ich nicht aufgepasst habe? Was schlägst du vor, wie ich mich damit auseinandersetzen soll?«

»Indem du darüber sprichst. Indem du dir genau anschaust, was passiert ist und warum es passiert ist, und dir dann verzeihst, wie es alle anderen getan haben.«

»Ich werde mir nie verzeihen können, dass ich mein Kind fast umgebracht habe. In einem Auto. Und das nach dem, was ich bereits durch ein Auto verloren habe ... Da sollte man doch meinen, ich wüsste es besser.«

»Sydney, Baby, es gibt keinen Zusammenhang zwischen dem, was deiner Familie zugestoßen ist, und diesem Unfall. Jemand hat sich betrunken und dann beschlossen, sich trotzdem ans Steuer zu setzen, und das ist das, was für den tragischen Tod deiner Familie verantwortlich ist. Du allerdings hast schlicht einen Fehler begangen ...«

»Der Lily fast das Leben gekostet hat!« Sie riss sich von ihm los. »Das werde ich mir nie verzeihen, Luke. Niemals.«

»Du musst aber.«

»Das kann ich nicht.«

»Könntest du dir vorstellen, mit Kevin darüber zu reden?«

Sie zuckte die Achseln. »Ich bin mir nicht sicher, wie ein Psychiater da helfen sollte. Er kann die furchtbaren Erinnerungen nicht löschen.«

»Vielleicht könnte er dir helfen, einen Weg zu finden, mit dem fertigzuwerden, was passiert ist, damit du weiterleben kannst, ohne davor Angst zu haben, dass etwas Ähnliches erneut passiert.«

»Das ist der Punkt. Es lauert immer etwas direkt hinter der nächsten Ecke, wartet nur darauf, mir alles, was ich liebe, zu entreißen.«

»Nein, Liebling. So ist es nicht. Du kannst nicht in ständiger Angst vor so etwas leben. Das macht dir alles kaputt.«

»Ich weiß nicht, wie ich irgendetwas anderes als ängstlich sein könnte. Der Unfall hat mir vor Augen geführt, dass ich es mir in meinem neuen, glücklichen Leben nicht zu bequem einrichten darf.«

»Dann müssen wir das ändern, damit du wieder inneren Frieden findest. Vielleicht sollten wir gemeinsam zu Kevin gehen.«

»Wieso meinst du das?«

»Es war nicht leicht, hilflos neben dem Auto zu stehen, unfähig, irgendetwas zu tun, um meine Familie zu retten.«

»O Gott, Luke«, sagte sie mit brüchiger Stimme. »Ich habe nur an mich gedacht. Es tut mir so leid.«

»Es war ein Unfall, Syd. Ein Unfall. Es war nicht deine Schuld. Es ist einfach passiert. Und nun müssen wir einen Weg finden, damit zu leben, ohne uns davon so quälen zu lassen. Können wir bitte einen Termin mit Kevin ausmachen?«

Sie dachte darüber eine ganze Weile nach, bevor sie zögernd nickte.

Erleichtert umarmte Luke sie und küsste sie auf den Scheitel.

»Wir schaffen das, Liebling. Ich verspreche es.«

»Das hoffe ich.«

Es war zwar nur der erste Schritt in einem Prozess, der wahrscheinlich lange dauern würde, aber er war dankbar, dass sie bereit war, sich darauf einzulassen. Und er war entschlossen, alles zu tun, um ihr dabei zu helfen, sich besser zu fühlen.

KAPITEL 24

Lange nachdem seine Familie im Bett war, saß Paul Martinez mit seinem zweiten Glas Whisky auf dem Sofa und dachte über den außergewöhnlichen Nachmittag mit seiner Mutter nach. Als er und Hope mit Scarlett zu einem ihrer regelmäßigen Besuche ins Heim gekommen waren, war ihm sofort aufgefallen, dass etwas anders war, und als er begriffen hatte, dass Marion klar im Kopf war, war er so verblüfft gewesen, dass er anfangs gar nicht gewusst hatte, was er tun sollte.

»Ruf Alex an«, hatte Hope ihn gedrängt. »Schnell.«

Es fühlte sich immer noch unwirklich an, selbst Stunden danach, dass seine Mom für eine Weile wieder wie früher gewesen war. Wenn er es nicht selbst erlebt hätte, hätte er es nicht für möglich gehalten. Und dann, weil Demenz so eine heimtückische Krankheit war, war Marion genauso plötzlich wieder in der geistigen Umnachtung versunken – beinahe als hätte jemand einen Schalter umgelegt.

Er war sich nicht sicher, ob er für die kurze Atempause dankbar sein oder sich darüber ärgern sollte. Seine Gefühle waren durcheinander.

Als er hörte, dass Scarlett wach wurde, ging er zu ihr, um sich um sie zu kümmern, damit Hope weiterschlafen konnte. Er wickelte seine kleine Tochter und gab ihr eins von den

Fläschchen mit Muttermilch, die Hope vorhin abgepumpt hatte.

Paul liebte seine Vaterrolle und seine beiden Kinder Scarlett und Ethan, war so froh, dass seine Mutter seine Familie hatte kennenlernen können und erfahren hatte, dass er und Alex glücklich verheiratet waren, Kinder und Frauen hatten, die sie liebten. Er hoffte, dass sie dieses Wissen mitgenommen hatte, dorthin, wohin auch immer ihr Geist verschwand, wenn die Demenz die Oberhand gewann. Er hoffte, das Wissen, dass es ihnen gut ging und dass sie glücklich waren, tröstete sie auf einem gewissen Level.

Sie hatte sich nach der Gartenbaufirma erkundigt, die sie mit dem Vater ihrer Söhne vor über vierzig Jahren gegründet hatte, und es hatte sie erleichtert, zu hören, dass er, Alex und Jenny sie erfolgreich weiterführten. Für kurze Zeit war es wie früher gewesen, und sie hatten über das Geschäft gesprochen. Eine Zeit lang hatten sie und er zusammengearbeitet, bevor ihm aufgefallen war, dass sie immer häufiger Sachen vergaß und Dinge durcheinanderbrachte, die sie wenige Monate zuvor noch mühelos erledigt hatte.

Das war der Beginn von allem gewesen, und danach hatte der geistige Verfall sich immer weiter beschleunigt, sodass er gezwungen gewesen war, Alex zu bitten, heimzukommen und ihm zu helfen. Das zählte immer noch zu den schlimmsten Telefonaten, die er je hatte führen müssen.

Paul hatte keine Ahnung, wie lange er das Baby im Arm gewiegt hatte, bis ihm auffiel, dass seine Tochter eingeschlafen war. Er stand auf und legte sie zurück in ihr Bettchen, wartete einen Moment, bis er sicher sein konnte, dass sie nicht wieder wach wurde, bevor er sich auf Zehenspitzen aus dem Zimmer schlich. Auf dem Flur begegnete er Hope.

»Ich wollte gerade nach euch sehen«, erklärte sie.

Er küsste sie auf die Stirn. »Du solltest doch eigentlich schlafen.«

»Es ist zu heiß, um zu schlafen. Außerdem hab ich gehört, dass sie aufgewacht ist, und dann bist du nicht zurück ins Bett gekommen.«

»Ich bin noch gar nicht im Bett gewesen.«

»Oh. Geht es dir gut?«

Er zuckte die Achseln. »Ich denke schon.«

Sie nahm seine Hand und zog ihn mit sich ins Schlafzimmer, das früher einmal seinen Eltern gehört hatte. Nachdem sie seine Mom in das Pflegeheim auf dem Festland hatten bringen müssen, hatte er eine Weile gebraucht, bis es sich für ihn richtig angefühlt hatte, dieses Zimmer für sich zu beanspruchen.

Inzwischen hatten sie alles neu eingerichtet, aber trotzdem war es manchmal ein komisches Gefühl, hier zu schlafen.

Hope schmiegte sich im Bett an ihn. »Was kann ich für dich tun?«

Er legte seinen Arm um sie. »Mehr hiervon.«

»Selbst wenn es zu heiß ist, um zu kuscheln?«

»Zum Kuscheln ist es nie zu heiß.«

»Ich wünschte, es gäbe etwas, was ich tun kann, damit du dich besser fühlst.«

»Ist schon in Ordnung, Süße. Es gibt nichts, was irgendjemand sagen oder tun kann, um an dieser Situation irgendetwas zu verbessern. Es ist, wie es ist. Ich bin nur froh, dass sie dich und die Kinder kennenlernen konnte.«

»Ich auch. Ich bin außerdem dankbar, dass es passiert ist, als sie hier auf der Insel war statt auf dem Festland. Sonst hätten wir vermutlich gar nicht rechtzeitig dort sein können.«

»Stimmt.«

»Selbst unter den schlimmsten Umständen gibt es dennoch einen Silberstreif am Horizont.«

»Danke, dass du mir hilfst, den zu sehen.« Er streichelte ihr den Rücken und fuhr ihr mit den Fingern durch das seidige Haar. »Als wir unterwegs zu Mom waren, hast du erwähnt, du wolltest mit mir über etwas reden, wenn wir wieder zu Hause sind. Dazu sind wir gar nicht gekommen.«

»Ist schon in Ordnung. Es läuft uns nicht weg.«

Paul strich ihr über den Arm, genoss das Gefühl ihrer zarten Haut unter seinen Fingerspitzen. »Du solltest es mir besser sagen, sonst hält es mich die halbe Nacht wach, weil ich immer darüber nachdenke, was es wohl sein könnte.«

»Eigentlich sind es sogar gute Nachrichten. Ich habe von meinem Scheidungsanwalt bezüglich deiner Bitte gehört, Ethan adoptieren zu können.«

Paul stockte der Atem. »Und?«

»Er hat mit dem Anwalt meines Ex-Manns Kontakt aufgenommen und ihn darüber informiert, was wir möchten. Der Anwalt hat es ihm ausgerichtet, und er hat zugestimmt, allerdings unter einer Bedingung.«

»Welche denn?«

»Er möchte jährlich einen Bericht über Ethan und außerdem Fotos.«

»Wie geht es dir damit?«

»Ist schon okay, wenn dadurch ausgeschlossen ist, dass er jemals wieder versucht, ein Besuchsrecht einzuklagen.«

Nachdem er wegen sexuellen Missbrauchs einer minderjährigen Schülerin an der Highschool verurteilt worden war, befand sich Ethans Vater noch im Gefängnis. Irgendwann nächstes Jahr würde er seine Haftstrafe jedoch abgesessen haben, weshalb sie jetzt die Adoption beantragt hatten.

»Das wäre es also? Ich kann ihn adoptieren?«

»Wir müssen mit Dan reden und die Einzelheiten klären, aber Ethans Vater wird sich nicht dagegen sperren, solange ich seine Bedingungen erfülle, ihm jährlich den Brief schreibe und die Fotos schicke.«

»Das sind ausgezeichnete Neuigkeiten. Gleich morgen früh rufe ich Dan an.«

»Mein Sohn hat wirklich Glück, dich zum Vater zu haben, Paul.«

»Ich bin der Glückspilz. Er ist der beste Sohn, den man sich nur wünschen kann. Und ich habe ihn sehr lieb.«

Sie hob den Kopf, um ihn zu küssen, und er legte ihr einen Arm um die Schultern, hielt sie so.

Seine andere Hand glitt über ihrem Nachthemd nach unten, kam auf ihrem Po zum Stillstand.

Sie lächelte an seinen Lippen. »Dafür ist es zu heiß.«

»Dafür ist es nie zu heiß.«

»Ich glaube, heute vielleicht doch.«

»Nein«, widersprach er und küsste sie, bis er sie von seiner Sicht auf die Dinge überzeugt hatte.

»Wie schaffst du das nur jedes Mal?«, fragte sie, als er ihr das Nachthemd über den Kopf gestreift hatte und sich an ihrem Oberkörper hinabzuküssen begann.

»Das sind meine Superkräfte.«

»Sehr wirkungsvoll.«

Paul hatte nicht erwartet, heute Nacht zu lachen, aber es war ihr, zusammen mit der Nachricht über Ethans Adoption, gelungen, dass er an etwas anderes dachte als Kummer und Sorgen. Er legte sich ihre Beine auf die Schultern und widmete sich der Aufgabe, ihr zu zeigen, was sie ihm bedeutete, brachte sie mit Fingern und Zunge schnell zum Höhepunkt.

»Sehr wirkungsvoll«, sagte sie und schnappte nach Luft.

Er zog eine Spur aus Küssen zu ihrem Busen hoch, nahm erst eine, dann die andere Brustspitze zwischen die Lippen, bevor er in sie eindrang. »Ah, das ist das beste Gefühl auf der ganzen Welt.«

»Mhm, unvergleichlich.«

»Und verschwitzt.«

Sie lachte. »Verschwitzt, aber gut.«

Ein bisschen Schweiß nahm er hierfür jederzeit gern in Kauf, überlegte er, während er sich nach dem unglaublichen Höhepunkt, den sie gemeinsam gefunden hatten, seiner Umgebung wieder bewusst wurde.

»Ich brauche eine kalte Dusche«, erklärte sie.

»Das lässt sich arrangieren. Doch erst in einer Minute. Vorher will ich noch mehr hiervon.« Er zog sie an sich, und sein Herz klopfte von der körperlichen Anstrengung und vor Liebe. So viel Liebe.

Sie umarmte ihn und fuhr ihm mit den Fingern durchs Haar. »Ich hab jede Menge davon. Jederzeit, wann immer du es brauchst.«

»Eigentlich ständig.«

»Ich bin dabei, denn ich brauche dich ganz genauso.«

Ihm war das Herz vor Kummer über die grausame Krankheit seiner Mutter schwer gewesen, aber Hope hatte ihn daran erinnert, dass er so vieles hatte, wofür er dankbar sein konnte.

KAPITEL 25

Nachdem er am Sonntagmorgen in Atlanta aufgewacht war und eine ganze Woche vor ihnen lag, in der er keinerlei Verpflichtung hatte und die er ungestört mit seiner Frau verbringen konnte, war Evan McCarthy bereit, monatelange Planung in die Tat umzusetzen und seiner geliebten Grace eine unvergessliche Überraschung zu bereiten.

Das Beste daran war, dass das Lied, das er über sie geschrieben hatte, alles überhaupt erst möglich gemacht hatte. *Sie* hatte alles für ihn möglich gemacht, und jetzt war er mehr als entschlossen, sie für all die Opfer zu entschädigen, die sie gebracht hatte, damit sie während seiner Tournee zusammen sein konnten.

Allein ihretwegen und dank ihrer Ermutigung und ihrem Beharren darauf, dass er seinen Traum verfolgen sollte, zusammen mit ihrer Bereitschaft, ihn auf seiner Tour zu begleiten, war er imstande gewesen, so erfolgreich zu sein. In den vergangenen Monaten hatte er jede Nacht mit Buddy Longstreet, Taylor Jones, Kate Harrington und den Musikern, die sie begleiteten, auf der Bühne gestanden. Zu sagen, dass er seinen Traum lebte, wäre noch untertrieben, aber sein Traum hatte nur dadurch wahr werden können, dass Grace bei ihm war.

Sie hatte ihre eigenen Träume auf Eis gelegt, um ihn bei der Verwirklichung der seinen zu unterstützen, hatte während ihrer Abwesenheit von der Insel ihre Apotheke ihrer Freundin Fiona überlassen.

Und jetzt war der Tag, den er so lange herbeigesehnt hatte, gekommen, und er konnte keine weitere Minute mehr darauf warten, seinen Plan in die Tat umzusetzen. Er küsste sie wach. »Gracie.«

»Noch zehn Minuten.« Sie war morgens immer total müde, seit sie schwanger war. Zwar war ihr die Morgenübelkeit erspart geblieben, die so viele ihrer Freundinnen plagte, dafür hätte sie ständig schlafen können.

»Ich habe uns Frühstück geordert.«

Sie öffnete eins ihrer wunderschönen braunen Augen. »Was hast du bestellt?«

»Den French Toast, den du letztes Mal, als wir hier waren, so gemocht hast.«

»Das hast du dir gemerkt?«

»Ich merke mir alles, was dich so zum Lächeln bringt wie dieser French Toast.«

Ihr Auge schloss sich wieder, während sie sich tiefer unter die Decke kuschelte. »Der beste Ehemann, den ich je hatte.«

Er schob eine Hand unter die Decke, um ihren Busen zu streicheln, woraufhin sie scharf einatmete. »Du musst aufstehen. Wir müssen gleich nach dem Frühstück los.«

»Wo müssen wir denn hin? Ich dachte, wir hätten Urlaub.«

»Das stimmt auch, es ist eine Überraschung. Jetzt schwing deinen sexy Hintern aus dem Bett, und pack deine Sachen. Ich entführe dich zu einem Abenteuer.«

»Ich dachte, wir würden eine Woche hierbleiben.«

»Das hatten wir auch vor. Aber das hat sich jetzt geändert.«

Sie hatten darüber geredet, für die Woche nach Hause zu fahren, sich dann jedoch dagegen entschieden, weil sie sonst zwei ihrer kostbaren freien Tage für die Reise verschwenden würden. Da Grace durchgehend müde war, hatten sie beschlossen, in ihrem Hotel in Atlanta zu bleiben, bis sie nächstes Wochenende nach Orlando mussten. Sie hatte ihm versichert, es wäre ihr genauso recht, wenn er lieber irgendwohin wollte, weshalb er wusste, sie würde nichts gegen seine geänderten Pläne haben.

Seine Gracie war stets zu allen Schandtaten bereit. Das hatte sie ihm während der anstrengenden Tournee, die sie seit Juli in dreißig verschiedene Städte geführt hatte, immer wieder bewiesen. Er hoffte nur, die Woche zu Hause würde ihnen beiden Gelegenheit bieten, ihre Akkus aufzuladen. Außerdem würde er so zur spontan angesetzten Hochzeit seiner Halbschwester Mallory da sein können. Er hatte vor zwei Wochen eine Nachricht von ihr erhalten, in der sie ihn unterrichtet hatte, dass sie und Quinn an ihrem gemeinsamen Geburtstag heiraten wollten.

Mallory hatte ihn gebeten, bei der Hochzeit zu singen, und er fühlte sich wegen dieser Bitte geehrt.

»Ist es ein Abenteuer, das auch Schlaf beinhaltet?«, erkundigte sich Grace. »Jede Menge Schlaf?«

»So viel du willst, aber zuerst musst du aufstehen.«

»In Ordnung, ich mach ja schon.«

Trotzdem rührte sie sich nicht. »Grace …«

»Evan …«

»Ich liebe dich. Schwing deinen Hintern aus dem Bett.«

Murrend und leise vor sich hin schimpfend setzte sie sich auf und schob sich das dunkle Haar aus dem Gesicht, öffnete mit sichtlicher Mühe die Augen.

»Ah, da ist sie ja. Meine wunderschöne Frau.«

»Ich fühle mich, als hätte man mir Drogen verabreicht oder so.«

»Vic behauptet, im nächsten Schwangerschaftsdrittel wird es besser.«

»Gott, das hoffe ich. Wenigstens kotze ich mir nicht die Seele aus dem Leib wie Abby.«

»Da fällt mir ein, ich hab von Adam gehört. Sie hatten jetzt ihren Termin bei einem Spezialisten auf dem Festland, und du wirst nicht glauben, was dabei festgestellt wurde.« Sein Bruder hatte zusätzlich den Stromausfall auf der Insel erwähnt, der inzwischen den zweiten Tag andauerte, während die Temperaturen auf Rekordhöhe verharrten. Hoffentlich würde sich da was getan haben, bis sie eintrafen.

»Doch nichts Schlimmes, oder?«

»Nein, nichts Schlimmes. Wenn du's genau wissen willst, sie haben herausgefunden, dass sie Vierlinge erwarten.«

»Was? Ernsthaft? Wie konnte das passieren?«

»Auf die altmodische Art und Weise, weshalb das Ganze einem echten Wunder gleichkommt.«

»Wenn man bedenkt, was sie alles ausprobiert und auf sich genommen haben … Das ist unglaublich.«

»Nach allem, was Adam erzählt, stehen sie immer noch ein bisschen unter Schock. Fünf Kinder unter zwei Jahren …«

»Oje. Abby muss ein Nervenbündel sein. Von ›unfähig, schwanger zu werden‹ zu einer Vierlingsschwangerschaft …«

»Ich weiß.«

»Nun, ich hab jedenfalls kein Recht, mich über Erschöpfung zu beschweren, weil ich ein einziges Kind austrage. Stell dir nur vor, wie sie sich fühlen muss.«

»Sie wird jede Menge Hilfe brauchen.«

»Gott sei Dank sind beide Familien auf der Insel und können für sie da sein.«

»Adam hat erzählt, meine Eltern hätten angeboten, für die ersten paar Wochen bei ihnen einzuziehen.«

»Das ist auf jeden Fall toll. Fünf Babys …« Sie erschauerte, stand auf und lief zur Dusche. »Gütiger Himmel.«

Die Neuigkeiten von zu Hause hatten Evans gute Laune heute Morgen nur noch gesteigert. Er wusste, was seine Schwägerin alles auf sich genommen hatte, nachdem sie erfahren hatte, dass sie vermutlich nie Kinder kriegen könnte. Und jetzt das … Echt erstaunlich. Evan konnte es gar nicht erwarten, sie alle wiederzusehen, wenn er Grace mit dem ungeplanten Besuch und mehr überrascht hatte.

Sie frühstückten in ihrer Suite, checkten aus dem Hotel aus und ließen sich zum Flughafen fahren.

»Wann wirst du mir verraten, wohin wir unterwegs sind?«

»Wenn wir dort sind.«

»Was soll die ganze Geheimnistuerei?«

»Das wirst du schon noch merken.«

Dank der gründlichen Vorbereitung konnte der Chauffeur sie direkt aufs Rollfeld bringen, wo ein eleganter kleiner Privatjet auf sie wartete.

»Was ist das?«, erkundigte sich Grace.

»Deine Kutsche, Liebste.«

»Seit wann können wir uns einen Privatjet leisten?«

»Seit mein Song für dich es auf den Spitzenplatz der Verkaufscharts geschafft hat und dort geschlagene zwölf Wochen geblieben ist. Das ist alles deine Schuld.«

Sie lächelte und verdrehte die Augen. »Meine Schuld. Na, wenn du es sagst.«

Er legte einen Finger unter ihr Kinn und hob es an, erwiderte ihren Blick. »Ohne meine persönliche wunderbare Grace gäbe es kein ›My Amazing Grace‹.« Er küsste sie und fügte hinzu: »Du bist das Geheimnis meines Erfolges, und jetzt möchte ich dich ein bisschen verwöhnen, daher lass mich einfach, okay?«

»Wenn es sein muss.«

»Das muss es.« Er folgte ihr aus dem Auto, half dem Chauffeur mit ihrem Gepäck und ging dann mit ihr die Stufen zum Flugzeug hoch. Dort wurden sie von den Piloten und den Flugbegleitern begrüßt und durften auf dem zweieinhalbstündigen Flug den VIP-Service genießen. Als der Pilot ankündigte, dass sie in dreißig Minuten landen würden, öffnete Evan seinen Rucksack und fand den Gegenstand, den er sich vor einer Woche heimlich als Vorbereitung auf diesen Moment besorgt hatte.

»Was ist das?«

»Die Augenbinde, die du von jetzt an tragen musst.«

»Was hast du vor, Evan?«

»Nur Gutes.« Er küsste sie, bevor er ihr die Augenbinde anlegte. »Ausschließlich Gutes.«

»Darf *ich* nachher *dir* die Augen verbinden?«, erkundigte sie sich.

Das hatte sofort die erwartbare Wirkung auf seine untere Anatomie. »Wann immer du willst, Baby.« Er nahm ihre Hand, führte sie an seinen Schritt, damit sie merkte, was ihre unschuldige Frage mit ihm anstellte.

Sie lachte. »Du bist leicht zu haben.«

»Nur bei dir.«

Die Maschine setzte pünktlich um ein Uhr auf der Landebahn des kleinen Inselflugplatzes auf. Ned Saunders, der beste Freund von Evans Vater, wartete in seinem Taxi auf sie, er hatte vorab die strikte Anweisung erhalten, unter keinen Umständen auch nur ein Wort zu sagen, bis sie ihr Ziel erreicht hatten. Grace würde Neds Stimme überall sofort erkennen, und Evan wollte wenigstens versuchen, die Tatsache, dass sie zu Hause waren, noch so lange geheim zu halten, bis sie da angekommen waren, wo sie jetzt gleich hinfahren würden.

Er half Grace beim Aussteigen aus dem Flugzeug, in die sengende Hitze hinein, die die Insel weiterhin in ihrem Griff hielt und zudem höchstwahrscheinlich für den Stromausfall verantwortlich war. In seiner Kindheit hatte es immer mal wieder solche Stromausfälle gegeben, meistens ebenfalls während einer Hitzewelle.

Evan hatte eine Baseballkappe auf, die er tief in sein Gesicht zog, damit er auf dem Weg durch die Ankunftshalle nicht erkannt wurde. Sie hatten Glück, alles war verlassen. Als sie durch die Eingangstür traten, wartete am Straßenrand bereits Neds uraltes Taxi. Er begrüßte Evan mit einem breiten Grinsen und erhobenem Daumen, womit er ihm zu verstehen gab, dass alles nach Plan lief.

»Wann werde ich erfahren, wo wir sind?«, fragte Grace, während Ned sie bei voll eingeschalteter Klimaanlage zu ihrem Ziel kutschierte. »Offensichtlich sind wir irgendwo, wo es sehr heiß ist.«

»Das wirst du in ein paar Minuten selbst herausfinden.« Er fühlte sich wie ein kleiner Junge an Weihnachten. Zusätzlich zu der Überraschung, die er für Grace vorbereitet hatte, hatte ihm der Erfolg des Songs gestattet, Ned das Geld zurückzuzahlen, das der ihm für die Gründung des Musikstudios und Labels Island Breeze Records vorgestreckt hatte, als Evan schon überzeugt gewesen war, mit seiner erträumten Musikerkarriere würde es nie etwas werden.

Ned hatte das Geld nicht wiederhaben wollen, aber eingelenkt, als er gemerkt hatte, wie wichtig das Evan war. Er würde nie vergessen, dass sein geliebter »Onkel Ned« ihm diese Rettungsleine zugeworfen hatte, als er so dringend ein neues Ziel im Leben gebraucht hatte. Das Studio lief ebenfalls unerwartet erfolgreich und wurde inzwischen von Evans gutem Freund Josh geführt.

Alles hatte sich in den letzten beiden Jahren geändert, doch die beste Veränderung war die Frau, die nun den Mittelpunkt seines Lebens bildete. Ihr gehörten sein Herz und seine Seele, und er konnte es gar nicht erwarten, ihr zu zeigen, was sie ihm bedeutete.

Noch eine Minute, und sie würden dort sein. Sie würden zu Hause sein.

Ned bog nach links auf eine geschotterte Straße ab, die vor einem schönen großen Haus endete, unweit der Küste und mit einem tollen Blick über den Long Island Sound. In klaren Nächten würde man in der Ferne die beleuchtete Newport Bridge sehen können.

Ungefähr vor einem Jahr hatten sie dieses Haus besichtigt, das Grace als ihr »Traumhaus« bezeichnet hatte. Sie hatte die maßgezimmerten Möbel bestaunt, die Holzverkleidungen, den Infinitypool und den großzügigen Garten. Es gab fünf Schlafzimmer und sieben Badezimmer, ein Medienzimmer, einen Weinkeller und ein Speisezimmer, das groß genug war, um ihrer gesamten Familie Platz zu bieten.

Kurz nachdem sie hier gewesen waren, war es verkauft worden, und als es dann ein paar Monate später wieder auf den Markt gekommen war, hatte Ned ihn angerufen, um es ihm zu sagen. Er hatte entscheidend dazu beigetragen, dass Evan das hier durchziehen konnte, indem er bei dem Kauf als sein Mittelsmann vor Ort aufgetreten war.

Evan war überglücklich, als er aus dem Auto stieg, umarmte seinen väterlichen Freund und ging dann um den Wagen herum, um Grace zu helfen.

Sie war ein bisschen wacklig auf den Beinen, und er hielt sie, bis sie sicher stand. »Bist du bereit für deine Überraschung?«

»Mehr als bereit. Kann ich da das Meer riechen?«

»Vielleicht.«

»Darf ich jetzt gucken?«

»Natürlich.«

Sie nahm die Binde ab, blinzelte ein paarmal, während ihre Augen sich an das helle Sonnenlicht gewöhnten, und keuchte dann auf. »Wir sind zu Hause? Auf Gansett?«

»Jap, und auch noch in mehr als einer Hinsicht. Erinnerst du dich an dieses Haus?«

Ihre Augen wurden groß. »Was ist damit?«

»Du hast es so toll gefunden. Wir fanden es beide toll.«

»Evan ... Was hast du getan?«

»Es gehört uns.«

Sie schrie auf und warf sich in seine Arme. »Das ist nicht dein Ernst!«

»Das ist mir so was von ernst. Unser Baby braucht Platz.« Die Wohnung über der Apotheke hatte kein Kinderzimmer.

»O mein Gott! Evan!« Sie umarmte ihn so fest, dass sie ihm beinah den Hals gebrochen hätte.

Er hatte nie eine bessere Umarmung bekommen.

Hinter ihr sah er Ned, der alles genau verfolgt hatte, wie verrückt grinsen. »Haste gut gemacht, Junge.«

»Ich dachte, jemand hätte es gekauft«, erklärte Grace und ließ Evan los, damit sie Ned in die Arme schließen konnte.

»Das war auch so, und als es dann wieder auf den Markt kam, hat Ned mich angerufen und gefragt, ob wir immer noch interessiert seien. Da hatte ich die Idee zu dieser Überraschung.«

»Das ist die beste Überraschung überhaupt!«

»Freut mich, dass du das findest. Auf dem Flug habe ich kurz Panik bekommen, weil ich ein Haus gekauft habe, ohne dich in die Entscheidung mit einzubeziehen.«

»Du wusstest doch, dass ich mich in das Haus verliebt habe, als wir es uns angeschaut haben.« Sie blickte zu ihm hoch, und in ihren dunklen Augen schimmerten Tränen. »Gehört es wirklich uns, Evan?«

»Ja, wirklich, und alles deinetwegen. Weil du mich so liebst, dass ich einfach nicht anders konnte, als ein Lied über dich zu schreiben, ein Lied, das auf Platz eins war, und zudem lang genug, dass wir unsere Träume verwirklichen können. Nichts davon wäre ohne dich passiert, meine wunderbare Grace.«

»Nichts davon wäre ohne *uns* passiert.«

»Ich bin jeden einzelnen Tag dankbar dafür, dass meine wunderbare Grace so pingelig darauf bedacht ist, alles richtig zu machen, dass sie persönlich nach Gansett Island gekommen ist, um mir das Geld zurückzuzahlen, das ich ihr für eine Überfahrt mit der Fähre geliehen hatte.«

»Ich hätte es gar nicht ausgehalten, dir das Geld nicht zurückzuzahlen«, erklärte sie leicht von oben herab, in dem Tonfall, den er so liebte.

»Und ich hätte es nicht ausgehalten, wenn du nicht gekommen wärst.« Er nahm ihre Hand und zog sie mit sich zur Haustür. »Sonst wäre ich zu dir gefahren.«

»Was? Davon weiß ich ja gar nichts.«

»Doch, das habe ich dir erzählt.«

»Nein, hast du nicht. Daran würde ich mich erinnern.«

Evan benutzte den Schlüssel, den Ned ihm gegeben hatte, um die Tür aufzuschließen. Nachdem Grace eingetreten war, drehte er sich um und winkte Ned. Evan würde ihn anrufen, wenn sie in die Stadt und zur Apotheke fahren wollten, wo Grace' Auto und sein Motorrad parkten. Ned hatte außerdem dafür gesorgt, dass sie alles hatten, was sie brauchten, um den Rest des Tages zu überstehen und in ihrem neuen Zuhause zu übernachten – Essen, Getränke und ein Bett. Wie stets war Ned der beste Mitverschwörer, den man sich nur wünschen konnte. Evan hatte nicht gewagt, irgendein Mitglied seiner Familie ins Vertrauen zu ziehen, denn keiner von ihnen hätte das Geheimnis für sich behalten können.

Als sie in der Diele standen, die ungefähr die Größe ihrer Wohnung über der Apotheke hatte, blickte Grace sich staunend um. »So etwas hätte ich mir nie träumen lassen, Evan. Oder jemanden wie dich.«

Er legte seine Arme um sie. »Willkommen zu Hause, Liebste.«

KAPITEL 26

Big Mac lud Oliver ein, mit ihm zur morgendlichen Lagebesprechung in der Marina zu kommen, die an Sonntagen allerdings eher gegen Mittag stattfand.

»Worum geht es denn bei dieser sogenannten Lagebesprechung?«, fragte Oliver.

»Total wichtige Sachen«, antwortete Big Mac ernst.

»Sonst auch als Kaffee, Donuts und Schwachsinn-Labern bekannt«, warf Linda ein.

Oliver lachte. »Das klingt vielversprechend. Würde es dich stören, Dara?«

»Natürlich nicht. Viel Spaß.«

»Es ist ohnehin nicht weit, nur den Hügel runter an der Marina«, erklärte Big Mac, »sodass Sie jederzeit, wenn Sie von unserem ›Schwachsinn-Labern‹ genug haben, die Flucht ergreifen können.«

»Gut zu wissen.« Oliver gab Dara einen Kuss auf die Wange. »Wir sehen uns dann nachher.«

Nachdem die Männer aufgebrochen waren, trat Dara mit ihrer Kaffeetasse in der Hand auf die hintere Veranda, um die Aussicht auf New Harbor zu genießen.

Linda ließ ihr ein paar Minuten, bevor sie ihr folgte, wobei sie ihren eigenen Kaffee mitnahm. »Das ist unsere Marina und das dort«, sie deutete auf ein Gebäude, »unser Hotel.«

»Sie haben hier wirklich ein Stück vom Himmel gefunden.«

»In der Tat. Wir sind total glücklich darüber, an einem so schönen Ort zu leben und zu arbeiten.«

»Als Oliver mir erzählt hat, dass wir den Job als Leuchtturmwärter auf einer abgelegenen Insel in Rhode Island bekommen haben, dachte ich, er sei verrückt. Was sollen wir auf einer abgelegenen Insel? Aber es ist sehr friedlich hier.«

»Das stimmt. Ich bin froh, dass Sie das erkennen können, vor allem jetzt. Zu dieser Zeit des Jahres, wenn die Touristen auf die Insel strömen, geht es hier ein bisschen irre zu, doch nach dem Labor Day nimmt der Rummel merklich ab. Mac und ich haben eine wunderbare Familie und einen großen Freundeskreis, die Sie mit offenen Armen willkommen heißen, wenn Sie das möchten.«

»Ich weiß nicht, was ich möchte. Jeder Tag fühlt sich wie ein neuer Härtetest an, den man irgendwie durchstehen muss.«

»Das ist schwierig.«

»Glauben Sie mir, das weiß ich.«

Linda wollte Dara nicht drängen, mehr zu sagen, als sie von sich aus preisgeben wollte, daher nahm sie einen Schluck von ihrem Kaffee und schaute zu, wie Big Macs Pick-up die Marina unten erreichte und auf seinem üblichen Platz parkte. Sie folgten tatsächlich immer der gleichen Routine, vor allem im Sommer, wenn sie sich praktisch ununterbrochen um Hotel und Marina kümmern mussten.

Linda hatte vor, später am Nachmittag Mac und Maddie zu besuchen, um mit den Kindern zu helfen, damit Mac ins Büro gehen und dort mit seiner Angestellten den Papierkram abarbeiten konnte. Julia Lawry hatte den Verwaltungsbereich der Baugesellschaft und der Marina ordentlich auf Vordermann gebracht, seit Mac sie im Mai eingestellt hatte. Sie hatte sich als Geschenk des Himmels erwiesen, und er war dafür echt dankbar. Mac musste sein Stresslevel im Auge behalten, und das ganz besonders nach dem Zwischenfall im Frühling.

»Wie haben Sie … wieder ins normale Leben zurückgefunden, beziehungsweise zu dem, was als normales Leben gilt, nachdem Sie das Baby verloren hatten?«

»Das haben wir nicht. Wir mussten uns im Grunde genommen ein neues ›normal‹ suchen. Nichts war mehr so wie vorher. Die Fehlgeburt war derart schockierend, dass wir lange gebraucht haben, um das zu verwinden. Wir haben weitergemacht, und schließlich hatten wir fünf Kinder, aber wir denken selbst nach all diesen Jahren immer noch an das eine, das vor der Geburt gestorben ist.«

»Es tut mir leid, dass Ihnen das passiert ist.«

»Danke. Unser Sohn Mac und seine Frau Maddie haben etwas ganz Ähnliches erlebt. Sie sind bei ihrem dritten Baby zu einer routinemäßigen Ultraschalluntersuchung gegangen, doch da war kein Herzschlag mehr. Es war eine sehr schwierige Zeit für sie, aber sie haben es Gott sei Dank geschafft. Inzwischen haben sie ein drittes Kind und erwarten im September Zwillinge. Trotzdem ist da immer noch die Trauer um das Kind, das gestorben ist. Daran wird sich auch nie etwas ändern.«

»Viele haben uns geraten, noch ein Kind zu bekommen. Als ob das alles in Ordnung bringen würde.«

»Das tut es nicht, doch ich kann Ihnen versichern, dass ein Baby neue Freude in Ihr Leben bringen würde. Das Baby wäre ganz gewiss kein Ersatz für Ihren Lewis. Dennoch würde es Ihnen eventuell helfen, wieder Sinn im Leben zu finden. Bei uns hat es funktioniert, und Mac und Maddie haben Trost bei den beiden Kindern gefunden, die sie bereits hatten, als es passiert ist.«

»Wenn ich ein Baby kriege, würde ich mir dauernd Sorgen machen.«

»Das stimmt natürlich. Meine Kinder sind alle in den Dreißigern, und ich mache mir ständig Sorgen um sie. Davon ist man nie ganz frei.«

»Möglicherweise sind Oliver und ich einfach nicht dazu bestimmt, Eltern zu sein. Diese Möglichkeit muss ich auch akzeptieren ... Na ja, es ist vielleicht besser für uns, wenn wir kinderlos bleiben.«

»Wie meinen Sie das, dass Sie nicht dazu bestimmt sind, Eltern zu sein?«

»Schauen Sie sich doch nur an, was Lewis in unserer Obhut passiert ist.«

»Dara, meine Liebe, wir kennen uns erst ganz kurz, aber ich weiß bereits mit größter Sicherheit, dass Sie eine liebevolle und hingebungsvolle Mutter waren, und Oliver war ein liebevoller und hingebungsvoller Vater. Was Ihrem Lewis passiert ist, war ein Unfall.«

»Er hat die Haustür öffnen und rauslaufen können, während wir beide zu Hause waren.«

»Es war ein Unfall. Sie dachten, Sie hätten alles für seine Sicherheit getan. Ihnen ist überhaupt nicht der Gedanke gekommen, dass er tun könnte, was er dann leider getan hat. Warum auch?«

»Er hat immer gerne Neues ausprobiert und ist dabei häufig in Schwierigkeiten geraten. Nur wenn er im Bettchen lag und schlief, hat er sich mindestens zwei Stunden lang nicht gerührt. Das war die einzige Pause, die wir hatten. Sonst mussten wir ständig hinter ihm herrennen.«

»Hört sich nach Mac an, meinem Ältesten. Der war als Kleinkind ein echter Mutterschreck. Wir haben ihm immer gesagt, er könne sich wirklich glücklich schätzen, dass er überhaupt Geschwister hat.«

Dara lachte. »Das klingt nach meinem Lewis. Wir hatten angefangen, ein zweites Kind in Erwägung zu ziehen, aber er hat uns einfach fertiggemacht.«

»Aber gegen ein Nachmittagsschläfchen hatte er nichts?«

»Absolut nicht. Er hat sich auch nie gewehrt, wenn wir ihn hingelegt haben, weil er sich in der Regel bis zu dem Zeitpunkt schon völlig verausgabt hatte.«

»Hatte er je zuvor irgendetwas in der Richtung getan wie an jenem Tag?«

»Nein.«

»Warum also sollte einer von Ihnen beiden ahnen, dass ausgerechnet während dieser Zeit besondere Vorsichtsmaßnahmen notwendig sein könnten?«

Dara zuckte die Achseln. »Wir wussten, dass er von dem neuen Kind fasziniert war, das kürzlich auf der anderen Straßenseite eingezogen war.«

»Aber wären Sie auf die Idee gekommen, dass er versuchen könnte, allein dorthin zu gehen?«

»Nein. Doch es ist schwierig, mir nicht die Schuld zu geben – oder Oliver. Wir waren schließlich beide zu Hause, als es passiert ist.«

»Rein verstandesmäßig wissen Sie, dass es nicht Ihre Schuld ist, oder? Sie beide hätten alles in Ihrer Macht Stehende getan, damit ihm nichts zustößt. Manchmal geschehen Dinge einfach, ohne irgendeinen guten Grund oder eine Erklärung dafür. Was Lewis passiert ist, war ein tragischer Unfall.«

»Ich fühle mich trotzdem dafür verantwortlich. Ich habe mich auf einen wichtigen Prozess vorbereitet. In Gedanken war ich ganz bei meiner Arbeit. Wenn ich mich nicht so auf die Akten konzentriert hätte …« Erneut zuckte sie die Achseln. »Darüber muss ich ganz viel nachdenken.«

»Es war nicht Ihre Schuld, Dara. Eltern müssen arbeiten, um den Lebensunterhalt zu verdienen, damit ihre Kinder was zu essen haben, ein Dach über dem Kopf und Kleidung. Ich habe keinen Zweifel daran, dass Lewis sich von seinen beiden Eltern geliebt gefühlt hat.«

»Wir haben ihn so sehr geliebt«, sagte sie und wischte sich Tränen weg.

Linda legte einen Arm um die jüngere Frau, hoffte, dass ihr Trost willkommen war.

Dara lehnte sich an sie. »Danke, dass Sie zuhören. Es hilft mir, mit jemandem zu sprechen, der es versteht. So viele Leute haben helfen wollen, aber sie begreifen es einfach nicht. Ihnen ist es nicht passiert.«

»Lewis hatte großes Glück, dass er Sie und Oliver als Eltern hatte. Sie sollten die Zeit hier als Gelegenheit für einen Neustart begreifen. Finden Sie neue Freunde, die Sie nicht als seine Eltern kannten. Vielleicht stellen Sie fest, dass das hilft.«

»Das tut es bereits.«

»Ich bin so froh, dass Sie auf unsere Insel gekommen sind und dass wir den Stromausfall haben.«

Dara lachte, während sie sich neue Tränen wegwischte. »Ich auch.« Sie blickte Linda an. »Danke, dass Sie zuhören und mit mir darüber reden. So viele Leute in meinem Leben werden nicht mal mit ihrer eigenen Trauer über Lewis' Tod fertig. Sie haben weder die Zeit noch die Kraft, meine zu lindern.«

»Nun, ich habe all die Zeit und Kraft, die Sie brauchen, solange Sie sie brauchen.«

»Das bedeutet mir unheimlich viel. Ich hatte nicht damit gerechnet, hier neue Freunde zu finden.«

»Wenn Sie bereit sind, ich habe jede Menge guter Freundinnen und Freunde zusätzlich zu meiner Familie, die überglücklich wären, Sie kennenzulernen, Sie und Oliver hier bei uns willkommen zu heißen und in unseren Kreis aufzunehmen, damit Sie sich hier wohlfühlen.«

»Ich hätte nicht gedacht, dass ich je wieder Interesse an anderen Menschen haben würde, aber nachdem ich Sie und Ihren Ehemann getroffen habe, klingt Ihr Angebot sehr verlockend.«

»Dann machen wir das doch. Sie müssen es nur sagen.«

»Danke, Linda.«

KAPITEL 27

»Hey, alle zusammen, das ist Oliver Watkins. Er und seine Frau Dara sind unsere neuen Leuchtturmwärter. Oliver, das da sind mein Kumpel Ned, meine Brüder Frankie und Kev, mein ältester Sohn Mac und unser Geschäftspartner Luke Harris.«

Die Männer begrüßten Oliver mit Handschlag und einem freundlichen Lächeln.

»Erst mal braucht er einen Kaffee und dann ein paar von Lindas berühmten Donuts.«

Big Mac war entschlossen, dem jüngeren Mann eine gute Zeit zu bieten und ihn zu einem Teil ihrer morgendlichen Zusammenkunft zu machen – falls er das wollte.

»Milch und Zucker?«, fragte er Oliver.

»Milch reicht. Danke, Mac.«

»Ich kümmere mich drum, Dad«, sagte Mac.

»Danke, Sohn.«

»Nennense ihn Big Mac«, erklärte ihm Ned, »sonst gibt's Kuddelmuddel mit dem da.« Er deutete mit dem Daumen auf den jüngeren Mac, der inzwischen im Gebäude verschwunden war. »Und der hat auch noch 'nen Sohn namens Mac. Is' das reine Chaos.«

Oliver lachte. »Verstehe.«

»Die Welt braucht mehr Mac McCarthys, nicht weniger«, verkündete Big Mac.

»Red dir das nur weiter ein«, entgegnete Ned.

Mac kehrte mit einem Tablett zurück, auf dem sich Kaffee für seinen Vater und Oliver und ein Teller mit Donuts für alle befanden. »Gott sei Dank für Generatoren.«

Die Männer stürzten sich auf die Donuts.

»Greifen Sie zu, Oliver«, forderte ihn Kevin auf. »Bei uns dürfen Sie nicht schüchtern sein.«

»Na dann.« Er nahm einen der gezuckerten Teigkringel, biss ab und stöhnte unwillkürlich. »Himmel, ist der gut.«

»Nicht wahr?«, erwiderte Big Mac. »Linda gebührt das Lob für die Donuts, für die die Marina berühmt ist. Sie hat kurz nach unserer Heirat angefangen, sie zu machen, und bevor wir wussten, wie uns geschah, kamen die Leute Jahr für Jahr wieder und haben danach verlangt. Ich bin davon überzeugt, sie haben weit mehr zum Erfolg der Marina beigetragen als alles andere.«

»Du aber auch«, sagte Ned zwischen zwei Bissen.

»Die Anlage hier war halb verfallen und bestand aus mehr oder minder baufälligen Baracken, als mein kleiner Bruder darüber gestolpert ist, eine großartige Idee hatte und sie mit purer Willenskraft wahr gemacht hat«, stellte Frank klar.

Oliver betrachtete den geschäftigen Hafen mit den unzähligen Booten und Menschen, dem bunten Treiben an den Anlegestellen. »Hier herrscht jedenfalls ganz schön Betrieb.«

»Es ist ein ganz besonderer Ort«, merkte Kevin an. »Dieser Hafen und auch die Insel. Seit dem ersten Mal, als ich meinen älteren Bruder hier besucht habe, hatte ich den Wunsch, zurückzukehren. Das letzte Mal, als ich hergekommen bin, habe ich mich entschieden, dauerhaft zu bleiben, und jetzt sind wir hier.«

»Die McCarthy-Brüder, wieder vereint«, erklärte Frank und toastete Big Mac und Kevin mit seinem Kaffeebecher zu.

»Zusammen mit unserem adoptierten vierten«, fügte er hinzu und meinte Ned.

»Tun Sie sich selbst einen Gefallen, Oliver«, schaltete sich Mac ein, »und hören Sie nicht zu sehr darauf, was die vier hier so reden. Sonst könnten Sie sich in einer Situation wiederfinden, in der Sie schauen müssen, wo Sie das Geld für eine Kaution auftreiben.«

»Er lügt wie gedruckt«, rief Ned. »Halten Sie sich an uns. Wir zeigen Ihnen, wie man eine tolle Zeit hat.«

»Sind wir heute Nachmittag noch immer fürs Angeln verabredet?«, erkundigte sich Frank.

»Das ist der Plan«, antwortete Big Mac. »Sie sind herzlich eingeladen, uns zu begleiten, Oliver.«

»Das ist wirklich sehr nett von Ihnen. Lassen Sie mich abklären, was Dara heute tun möchte, bevor ich irgendetwas zusage.«

»Gesprochen wie ein weiser Mann«, bemerkte Kevin.

»Was führt Sie auf unsere schöne Insel?«, fragte Frank, während er sich einen zweiten Donut nahm.

»Meine Frau und ich haben einen Neustart gebraucht, nachdem unser dreijähriger Sohn tödlich verunglückt ist.«

»O Gott«, entfuhr es Kevin. »Das tut mir so leid.«

Die anderen Männer sprachen ebenfalls ihr Beileid aus.

»Danke. Es ist vor über einem Jahr passiert, aber wir haben immer noch damit zu kämpfen. Als ich die Anzeige für den Job als Leuchtturmwärter gesehen habe, hat mich das irgendwie besonders angesprochen. Ich hoffe, wir finden hier einen neuen Weg, wie wir weitermachen können.«

»Sie sind am richtigen Ort gelandet«, erwiderte Mac. »Wir haben so viele Freunde und Familienmitglieder, die zu schwierigen Zeiten in ihrem Leben hergekommen sind und an diesem Ort ihren Frieden gefunden haben.«

»Das wäre schön«, sagte Oliver. »Wir brauchen dringend etwas Frieden.«

»Wenn es irgendetwas gibt, was wir tun können ...«, begann Kevin.

»Kev ist Psychiater«, erklärte Big Mac. »Ein verdammt guter noch dazu, wenigstens nach dem, was ich höre.«

»Wow, hier gibt es echt alles, was?«

»Wir haben alles, was Sie brauchen«, bestätigte Big Mac.

»Außer Strom«, warf Ned ein, was alle zum Lachen brachte.

Während Big Mac beobachtete, wie Oliver in das Gelächter mit einstimmte, fand er, dass seine Insel einen guten Einfluss auf seinen jungen neuen Freund hatte.

KAPITEL 28

Seamus wachte lange vor den Jungs und Caro auf und hatte bereits zwei Tassen von dem Kaffee getrunken, den er auf dem Gasgrill gekocht hatte, als sie zu ihm auf die Terrasse trat.

»Ein weiterer brütend heißer Tag«, stellte sie mit einer Grimasse fest.

»So schaut's aus.«

»Immer noch kein Strom?«

»Nope.«

»Wir brauchen dringend einen Generator.«

»Ich hab bereits ein paar Anrufe gemacht, sodass wir noch im Herbst einen bekommen.«

»Hast du überhaupt geschlafen?«

»Nope.«

»Seamus …« Sie ließ sich mit einem Seufzen auf den Stuhl neben ihm sinken. »Du kannst darüber nicht deine Gesundheit aufs Spiel setzen.«

»Ich kann nicht anders.« Er stand auf, schenkte ihr eine Tasse Kaffee ein und reichte sie ihr. »Sorry, der Sahne traue ich heute Morgen nicht mehr, daher leider ohne.«

Bei dem Gedanken, ihren Kaffee schwarz trinken zu müssen, verzog sie das Gesicht.

»Ich hab nachgedacht …« Seamus kehrte zu seinem Platz zurück, setzte sich so hin, dass er sie anschaute. »Was, wenn wir dem Vater der Jungen erlauben, sie zu besuchen, ihn ihnen aber als einen Freund von uns vorstellen? Wir könnten ihm das im Austausch dafür anbieten, dass er sie bei uns leben lässt. Später dann, wenn sie älter sind und gefestigter, könnten wir ihnen sagen, wer er in Wahrheit ist, und dann können sie entscheiden, ob sie ihn weiter sehen möchten.«

»Was, wenn er mehr als das will?«

»Mehr geht nicht. Wir sind die gesetzlichen Vormunde.«

»Er könnte vor Gericht ziehen.«

»Ich glaub nicht, dass er das tun wird. Es gibt einen Grund, weshalb Lisa ihn aus ihrem Leben und dem der beiden Jungs ausgeschlossen hat und nicht mal auf den Gedanken gekommen ist, ihn zu kontaktieren, als sie wusste, dass sie im Sterben liegt. Er kennt diesen Grund, und wir müssten vermutlich nicht lange nachforschen, um herauszufinden, um was es sich handelt. Was hältst du von meiner Idee?«

»Ich hab Angst, die Jungs könnten es uns eines Tages vorwerfen, dass wir ihnen nicht von Anfang an gesagt haben, wer er ist.«

»Ich denke, darauf könnten wir – im Übrigen wahrheitsgemäß – erwidern, dass wir ihn erst besser kennenlernen wollten, bevor wir ihnen reinen Wein einschenken. Weil wir uns sicher sein wollten, dass es ihnen nicht schadet. Außerdem ist ja nicht ausgeschlossen, dass er sie vielleicht ein Mal sehen will, wir dann aber nie wieder von ihm hören. Wenn wir ihnen von vornherein sagen, wer er ist, und er dann einfach von der Bildfläche verschwindet, trifft sie das vermutlich schwer – und das zu einem Zeitpunkt, zu dem der Verlust ihrer Mutter noch frisch ist.«

»Das stimmt.« Sie griff nach seiner Hand und verschränkte ihre Finger mit seinen. »Du wirkst auf mich ruhiger als gestern.«

»Nur nach außen. Innerlich bin ich immer noch starr vor Angst und gleichzeitig total aufgewühlt.«

»Dann verbirgst du das heute besser.«

»Ich führe mir immer wieder vor Augen, was Dan gesagt hat: dass das Gesetz auf unserer Seite ist, weil Lisa uns zu den gesetzlichen Vertretern der beiden bestimmt hat. Ich versuche, darauf zu vertrauen.«

»Du bist ein wunderbarer Vater, Seamus. Die Jungs können sich so was von glücklich schätzen, dass sie dich haben.«

»Findest du das wirklich? Die Hälfte der Zeit habe ich das Gefühl, das total in den Sand zu setzen.«

»Ich denke das wirklich, und du machst nichts falsch. Sie lieben dich. Sie folgen dir auf Schritt und Tritt, hängen an deinen Lippen und schauen genau zu, was auch immer du gerade tust.«

»Ich liebe sie so sehr.«

»Und das wissen sie. Ich denke, du solltest deinen Plan mit Dan besprechen, damit er die Information hat, wenn er mit dem anderen Anwalt redet.«

»Du wärst dafür, den Kontakt unter den von mir vorgeschlagenen Bedingungen zu ermöglichen?«

»Wenn das bedeutet, dass alles so bleibt, wie es jetzt ist, auf jeden Fall.«

»Und wir sind uns einig, dass es zumindest im Moment das Richtige ist, ihnen nicht zu sagen, wer er ist, oder?«

»Ich glaube schon. Wenn er weiter herkommen will, dann schulden wir ihnen irgendwann die Wahrheit. Aber nicht jetzt. Es ist noch zu bald nach dem Tod ihrer Mutter.«

»Ich bin froh, dass wir uns da einig sind.«

»Fühlst du dich besser?«

»Sehr. Es hilft auf jeden Fall, einen Plan zu haben.« Er nahm das Handy, das er über Nacht über eine Powerbank aufgeladen hatte, und schrieb Dan eine Textnachricht.

Ruf mich bitte an, wenn du Zeit für eine Strategiebesprechung hast.

Dan meldete sich kurz darauf, und Seamus unterbreitete ihm seine Idee. »Was meinst du?«

»Das könnte funktionieren. Lass mich gleich morgen früh mit dem Anwalt reden und rausfinden, was er möchte. Ich will ihm nichts von uns aus anbieten, bevor wir mehr darüber wissen, worum es ihm geht. Außerdem möchte ich in Erfahrung bringen, weshalb Lisa ihn derart aus ihrem Leben ausgeschlossen hat, ehe wir einem Besuch zustimmen.«

»Das ist ein guter Einwand.« Da hätte er selbst drauf kommen müssen.

»Ich ruf euch an, sobald ich mit ihm gesprochen hab.«

»Danke, Dan. Wir sind so froh über deine Hilfe in dieser Sache.«

»Bitte, immer gern, mein Freund. Sei ganz ruhig. Alles wird gut.«

»Danke. Wir hören uns morgen.«

»Er findet das nicht verkehrt«, berichtete Seamus Carolina. »Er behält es im Kopf, für den Fall, dass er es braucht.«

»Prima. Und jetzt lass uns versuchen, uns zu entspannen und unseren freien Tag zu genießen.«

Seamus fühlte sich besser, nachdem er alles mit Carolina durchgesprochen und mit Dan telefoniert hatte. Ganz beruhigt würde er aber erst wieder schlafen können, wenn er mit Sicherheit wusste, dass seine kleine Familie nicht länger in Gefahr war.

KAPITEL 29

Cooper James wurde von den Sonnenstrahlen geweckt, die durch die Fensterläden, die er einen Spaltbreit aufgelassen hatte, ins Zimmer fielen. Er reckte sich und sprang aus dem Bett, zog sich Shorts an, bevor er in das Badezimmer verschwand, das an sein Zimmer grenzte. Das Inseldomizil seines Bruders war schön und viel gemütlicher als das megahippe Penthouse, in dem Jared ihn hatte wohnen lassen, während er in New York studierte.

Er hatte dort ein paar echt krasse Partys gefeiert, von denen Jared allerdings nichts wusste. Andererseits interessierte es ihn vermutlich auch nicht. Seit er Lizzie geheiratet hatte, verbrachte sein Bruder nicht mehr den Großteil seiner Zeit in der Stadt, sondern hielt sich lieber in diesem Landhaus auf der Insel auf. Hierher hatte er sich zurückgezogen, nachdem er beschlossen hatte, aus dem Wall-Street-Wahnsinn auszusteigen.

Hier war Jared glücklich, und das konnte man sehen. Natürlich lag das zu großen Teilen an seiner wunderbaren Ehefrau, die einer den nettesten, authentischsten Menschen war, die Coop je kennengelernt hatte. Man musste sich nur anschauen, was sie gestern getan hatte, als sie eine junge Mutter mitsamt ihrem Neugeborenen mit heimgenommen hatte, obwohl es ihr nach einer weiteren fehlgeschlagenen künstlichen Befruchtung selbst nicht gut ging.

Man musste schon ein besonderer Mensch sein, wenn man seinen eigenen Schmerz für jemand anders hintanstellte. Und Lizzie war so ein ganz besonderer Mensch.

Coop begab sich in die Küche und bemerkte erstaunt, dass er der Erste war, der heute aufgestanden war. Das passierte sonst nie, wenn er bei seiner Familie war. Dank der Notstromversorgung des Hauses konnte Coop Kaffee kochen, den er nach draußen an Jareds Pool mitnahm. Beim Anblick der Göttin, die im Wasser ihre Bahnen zog, blieb er jäh stehen.

Wer zur Hölle war das?

Sie trug einen weißen Bikini und pflügte mit geschmeidigen, effizienten Kraulzügen und professionell wirkenden Unterwasserwenden durch das kühle Nass, die auf jahrelanges Schwimmtraining schließen ließen.

Gebannt folgte er ihr mit den Augen, während er aus seinem Kaffeebecher trank. So wie sie schwamm, könnte sie durchaus bei den Olympischen Spielen antreten, überlegte er.

Als sie schließlich an dem Ende des Pools, wo er stand, auftauchte und innehielt, war er restlos fasziniert. Sie setzte die Schwimmbrille ab und schaute zu ihm hoch, und ihm blieb fast das Herz stehen. Was zur Hölle hatte Gigi Gibson im Pool seines Bruders verloren?

»Hey, Süßer«, sagte sie. »Wie heißt du?«

»Äh ... Cooper?«

»Bist du dir nicht sicher?« Sie stemmte sich mit einer anmutigen Bewegung aus dem Wasser.

Er gab sich Mühe, ihren grazilen, umwerfend sexy Körper nicht anzustarren, scheiterte allerdings dabei. Aber schließlich gelang es ihm doch, bevor ihn seine Reaktion auf den Anblick in Verlegenheit brachte. Sein fleischgewordener feuchter Traum stand vor ihm – tropfnass. So was passierte Normalsterblichen wie ihm eigentlich nicht.

»Hallo? Erde an Cooper, wenn das dein Name ist.«

»Ist es. Cooper James. Ich bin Jareds Bruder.«

»Jetzt, da du es erwähnst, kann ich die Ähnlichkeit erkennen.«

»Was t-tust du hier?« Er verspürte nie Nervosität im Umgang mit Frauen, aber dies war auch nicht einfach irgendeine Frau, sondern die, derentwegen er Termine platzen ließ, damit er ihre Show sehen konnte.

Sie deutete zum Apartment über der Garage. »Ich wohne hier.«

»Hier? Auf Gansett Island?«

»Noch ein paar Wochen.«

»Warum?«

»Jordan und ich filmen auf der Insel die neuste Staffel unserer Show. Meine allerbeste Busenfreundin ist nämlich nach dem Ende ihrer schrecklichen Ehe auf die Insel gekommen, hat sich Knall auf Fall in den hünenhaften Feuerwehr-Chief verguckt, und das Nächste, was ich höre, ist, dass sie die Show lieber hier als in L. A. drehen möchte. Und darum bin ich jetzt hier.«

Warum hatte er davon noch nichts gehört? Vielleicht lag es daran, dass er seit seinem Studienabschluss Tag und Nacht für seine Firma gearbeitet und auf nichts anderes geachtet hatte. »Es fällt mir schwer, mir dich irgendwo anders vorzustellen als in L. A.«

»Das geht allen so, deshalb ist es ja so lustig. In drei Wochen sind wir fertig.«

»Und was ist dann?«

»Dann fliege ich wieder nach Hause.«

»Und mit der Show ist Schluss?«

»Da sind wir uns noch nicht sicher. Ich vermute, das hängt davon ab, wie gut diese Staffel ankommt.«

»Ich bin sicher, das wird großartig. Ihr beide seid einfach wunderbar zusammen.«

Sie hob eine Augenbraue. »Du schaust unsere Show?«

»Süße, jeder Mann in Amerika, in dessen Adern noch Blut fließt, schaut diese Show. Ich kann gar nicht glauben, dass ich hier stehe und mit Gigi Gibson spreche.«

Sie stemmte sich eine Hand in die Hüfte und warf sich in Pose. »In Fleisch und Blut.«

»O ja, das sehe ich.« Cooper gehörte nicht zu den Typen, die berühmte Frauen anstarrten oder zu Schwärmereien neigten, bei denen nicht die geringste Hoffnung bestand, dass je irgendwas draus wurde. Was Frauen anging, war er eher realistisch. Gigi Gibson war so weit außerhalb seiner Liga, dass es lachhaft war, aber sie stand jetzt tatsächlich vor ihm, was ihm den Mut verlieh, den nächsten Schritt zu wagen. »Hättest du Lust, nachher was zu unternehmen?«

»Was denn zum Beispiel?«

»Ich bin mir sicher, es wird uns gelingen, irgendwie in Schwierigkeiten zu geraten.«

»Ich bin schon seit Monaten hier und habe das bisher nicht geschafft. Wenn es einen langweiligeren Ort auf der Welt gibt als diese Insel, dann hab ich den noch nicht gefunden.«

»Ach, komm schon. So schlimm ist Gansett nun auch wieder nicht.«

»Wenn man an L. A. gewöhnt ist, schon.«

»Das mag sein. Ich lebe in Manhattan.«

»Dann weißt du ja, was ich meine.«

»Ja, aber das Leben hier hat durchaus seinen ganz eigenen Reiz. Es ist auf jeden Fall entspannend.«

»Ja, unbedingt, und es ist auch schön. Ich kann schon nach-vollziehen, warum Leute es lieben. Doch auf lange Sicht ist es einfach nicht mein Ding.«

»Verständlich. Also, machen wir nachher was?«

Sie musterte ihn von Kopf bis Fuß, so intensiv, dass er auf-passen musste, dass es nicht wieder peinlich wurde. »Ich denke schon.«

»Gut, ich hol dich um sieben ab.«

Lächelnd erwiderte sie: »Du bist echt voll niedlich. Bist du überhaupt schon volljährig?«

»Ich bin vierundzwanzig«, stellte er leicht gekränkt richtig.

»Ein Baby.«

»Wie alt bist du denn?«

»Neunundzwanzig.«

»O verdammt. Das ist natürlich schon ziemlich alt. Vielleicht muss ich mir das mit heute Abend doch noch mal überlegen.«

»Ehrlich?« Sie wirkte überrascht.

»Nein, natürlich nicht«, erklärte er lachend. »Wir sehen uns um sieben.«

»Bis dann.«

Während sie wegging – wobei es im Grunde mehr ein Schreiten war –, stand er wie angewurzelt da und bewunderte ihre atemberaubende Rückansicht, die der Bikini mit dem Tangahöschen nur höchst unzureichend bedeckte.

Nach dieser Show hatte er dann wirklich eine Beule in sei-nen Shorts.

Als sie bei der Treppe zum Garagenapartment angekom-men war, schaute sie zu ihm zurück und ertappte ihn. Sie warf ihm ein zufriedenes Lächeln zu.

Die Frau war eindeutig zu sexy. Sobald er sich wieder unter Kontrolle hatte, ging er zurück ins Haus und stellte fest, dass Jared und Lizzie aufgestanden waren, während er auf der

Terrasse seine Traumfrau getroffen hatte. »Jared, ich muss mir nachher deinen Porsche leihen.«

»Vergiss es.«

»Lass ihn doch, Jared«, schaltete sich seine neue beste Freundin Lizzie ein. »Was sagst du sonst immer? Der Wagen ist versichert.«

Jetzt galt Jareds finsterer Blick ihnen beiden.

»Was hast du eigentlich überhaupt vor?«, erkundigte sich Lizzie.

»Sieht ganz so aus, als hätte ich eine Verabredung mit Gigi Gibson.«

»Lieber Gott«, entfuhr es Jared. »Sie ist mehr als eine Nummer zu groß für dich, kleiner Bruder.«

»Im Gegenteil. Sie ist genau meine Kragenweite«, widersprach Cooper mit einem anzüglichen Grinsen.

Jessie kam in die Küche, das Baby auf dem Arm, und erweckte den Eindruck, als hätte sie die ganze Nacht kein Auge zugetan. »Gibt es hier vielleicht Kaffee?«

»Sofort«, antwortete Lizzie. »Wie möchtest du ihn denn?«

»Mit Milch und Zucker, bitte.«

»Kein Problem.« Während Lizzie das Gewünschte zubereitete, blickte sie über die Schulter zu ihr. »Warst du die ganze Nacht wach?«

»Ja, so ziemlich.«

»Ich hab schon oft gelesen, dass Neugeborene eine Weile brauchen, bis sie nicht mehr die Nacht zum Tag machen«, erklärte Lizzie. »Daher muss man anfangs schlafen, wenn sie das auch tun.«

»Ich muss zur Arbeit.«

»Du kannst nicht unmittelbar nach der Entbindung wieder zurück zu deinem Job im Hotel, Jessie.«

»Wenn ich da nicht erscheine, kriege ich kein Geld.«

»Zerbrechen Sie sich deswegen nicht den Kopf«, warf Jared mit einem Anflug von Ungeduld ein. »Wir kümmern uns um alles, was Sie und das Baby brauchen.«

Jessies Kinn bebte. »Das kann ich nicht annehmen.«

Sie war so ein süßes Mädchen, und Coop ertappte sich dabei, mehr über sie wissen zu wollen und darüber, wie sie schwanger und allein auf der Insel gelandet war.

»Ist ja bereits passiert«, erwiderte Jared. »Machen Sie sich wegen nichts Sorgen.«

»Gibt es Leute wie Sie wirklich?«, fragte Jessie, während sie auf dem Stuhl Platz nahm, den Jared ihr hielt. »Sie helfen anderen, auch wenn Sie sie gar nicht kennen?«

»Das ist alles ihr Verdienst.« Jared deutete mit dem Kinn zu seiner Frau und lächelte, während er sie anschaute. »Sie hilft allen möglichen Leuten, die ganze Zeit.«

»Mit seinem Geld«, fügte Lizzie hinzu. »Sein Geld auszugeben, um anderen zu helfen, ist mein liebster Zeitvertreib.«

»Und sie ist außergewöhnlich gut darin, *unser* Geld für andere Leute auszugeben«, stellte Jared fest.

Lizzie strahlte ihn an, während sie Jessie ihren Kaffee reichte. »Du kannst hier so lange bleiben, wie du es brauchst.«

»Das geht nicht. Ich kann allen hier doch kein neugeborenes Baby aufhalsen, das das gesamte Haus zusammenschreit.«

Jessie hatte keine Vorstellung davon, wie wahr das war, dachte Cooper, überrascht von der Großzügigkeit, die sein Bruder und seine Schwägerin der jungen Frau gegenüber zeigten, obwohl sie selbst ihren eigenen Kummer zu bewältigen hatten.

»Danke«, sagte Jessie und schien mit den Tränen zu kämpfen.

»Hier«, schaltete sich Coop ein. »Lass mich die Kleine nehmen, während du was isst. Lizzies Rührei ist einfach göttlich.«

»Oh. Bist du dir sicher?«

»Absolut.« Coop nahm ihr das Baby ab und legte es sich in den Arm. Sie war ein süßes kleines Ding mit perfekt geformtem Mund und ganz zarten Augenbrauen, die sich leicht zusammenzogen, sodass sie irgendwie verwundert wirkte. »Guten Morgen, Krümel. Was muss ich da hören, du hast deine Mami die ganze Nacht wach gehalten?«

Während die anderen frühstückten, wanderte Cooper mit der Kleinen durch das weitläufige Haus, redete die ganze Zeit irgendwelchen Unsinn mit ihr. Sie schien an allem interessiert, was er sagte. Obwohl er seit Jahren Onkel war, hatte er bisher nicht darüber nachgedacht, eigene Kinder zu haben. Das fiel für ihn in die »Vielleicht eines Tages mal«-Kategorie, etwas, das erst in weiter Zukunft interessant werden würde.

»Du machst das wirklich gut«, bemerkte Lizzie von der Tür her, wo sie am Rahmen lehnte und ihn beobachtete.

»Ich bin Onkel, seit ich vierzehn war«, erinnerte er sie. »Meine älteren Schwestern haben zusammen fünf Kinder.«

»Ach ja, stimmt.«

»Sie ist aber wirklich süß.«

»Absolut«, antwortete Lizzie wehmütig.

»Warum hast du sie mit nach Hause gebracht, obwohl du wusstest, dass ein Baby hierzuhaben für dich schmerzhaft sein würde, Lizzie?« Er wusste, es störte sie nicht, dass Jared ihm erzählt hatte, was sie gerade durchmachten.

Lizzie zuckte die Achseln. »Sie hat eine Bleibe gebraucht. Und wir haben Platz.«

Sein Herz flog ihr entgegen. »Lizzie …«

»Ist schon okay für mich. Ehrlich.«

Sie sagte, was er hören wollte, doch der Schmerz stand ihr deutlich ins Gesicht geschrieben.

»Möchtest du sie halten?«, erkundigte sich Coop. Er hatte keine Ahnung, ob er das anbieten sollte, aber andererseits war er völlig ratlos, wie er die Situation handhaben sollte.

»Sicher. Ich übernehme. Geh und besorg dir was zum Frühstück.«

Cooper reichte ihr das Baby. »Alles gut?«

»Ja.«

Er zögerte, verließ dann jedoch das Zimmer und kehrte in die Küche zurück.

»Wo ist das Baby?«, wollte Jared wissen.

»Bei Lizzie.«

Er stand auf und begab sich zu seiner Frau.

»Sag mir die Wahrheit«, bat Jessie. »Ist es wirklich okay, wenn ich hier bin?«

»Ja, klar«, antwortete Cooper und hoffte, dass das tatsächlich der Wahrheit entsprach.

KAPITEL 30

Jared fand Lizzie im Wohnzimmer, mit dem Baby im Arm auf dem Sofa. Sein Herz schmerzte, und er wünschte sich, sie könnte das mit ihrer beider Kind erleben statt mit dem einer Fremden. »Babe.«

Sie schaute zu ihm auf, und auf ihrem Gesicht spiegelte sich ihre Verzweiflung wider, die sie rasch vor ihm zu verbergen suchte. »Hey.«

»Was tust du da?«

»Ich halte kurz das Baby, damit Jessie was essen kann.«

»Das hatte doch Cooper übernommen.«

»Ist schon in Ordnung. Mir geht's gut, Jared.«

»Nein, tut es nicht. Also versuch gar nicht erst, mir das weiszumachen. Ich weiß es besser.«

Als sie nicht widersprach, bestätigte sie damit seinen Verdacht. »Lass uns Jessie das Baby zurückgeben und zu einer kleinen Spritztour aufbrechen.«

»Wo willst du denn hin?«

»Das zeige ich dir dann.« Er nahm ihr behutsam das Baby ab und gab ihr einen Kuss auf die Stirn. »Mach dich fertig.«

»Okay.«

Jared brachte das Neugeborene in die Küche, wo die Mutter der Kleinen gerade aufgegessen hatte. Er lief hoch in ihr Schlafzimmer, streifte seine Kleidung ab und trat zu Lizzie in die Dusche, war sich sicher, dass ein Teil des Wassers auf ihrem Gesicht Tränen waren. Er legte seine Arme um sie und hielt sie fest, wünschte, es gäbe irgendeinen Zauberstab, den er schwenken könnte, um ihr zu geben, was sie sich so sehnsüchtig wünschte.

Sie standen eine Weile schweigend unter dem heißen Wasserstrahl.

Kurz darauf verließen sie das Haus und fuhren mit seinem Auto über die Insel. An diesem Sonntagmorgen im August herrschte viel Verkehr, doch bald würde auf der Insel wieder Ruhe einkehren. Jared war mehr als bereit dafür. Er, der einst das geschäftige Treiben von New York genossen hatte, hatte sich an die wohltuende Ruhe von Gansett Island außerhalb der Saison gewöhnt.

Sie erreichten das Chesterfield, das Anwesen, das sie gekauft und zu einer erstklassigen Hochzeitslocation ausgebaut hatten, die Lizzie leitete. Er hatte darauf bestanden, dass sie eine Assistentin einstellte, damit sie im Sommer nicht jedes Wochenende arbeiten musste.

»Was tun wir hier?«

»Ich möchte dir etwas zeigen.«

»Okay ...«

Sie folgte ihm nach drinnen, wo ihre Angestellten schon mitten in den Vorbereitungen für die Hochzeit des heutigen Tages steckten, die für zwei Uhr geplant war. Dankenswerterweise gab es hier einen leistungsstarken und leisen Stromgenerator, den sie im Rahmen der Renovierungen hatten einbauen lassen. Das war weise Voraussicht gewesen, denn sonst wären sie gezwungen gewesen, die Feier abzusagen.

»Dem Himmel sei Dank für den Generator, oder?«, bemerkte Jared.

»Aber echt. Stell dir nur vor, wir müssten dem Brautpaar erklären, dass ihr großer Tag mangels Strom leider ausfallen muss.«

»Das möchte ich mir lieber nicht ausmalen.«

Er führte sie die breite Treppe hoch und dann zu einer schmaleren in den zweiten Stock. Er benutzte den Schlüssel zur Tür des Apartments, das leer stand, seit sein Bruder Quinn mit Mallory zusammengezogen war.

»Was tun wir hier, Jared?«

»Zwei Dinge. Erstens wollte ich dich aus dem Haus locken, und zweitens wollte ich dich daran erinnern, dass die Wohnung frei ist. Wir können Jessie und das Baby hier unterbringen, mit allem versorgen, was sie brauchen, und sie kann so lange wie notwendig mietfrei dableiben.«

Lizzie setzte sich auf das dunkelblaue Sofa, das sie selbst für diesen Raum ausgesucht hatte. Sie hatte sich persönlich um jedes Detail der Renovierungsarbeiten gekümmert, hatte das in die Jahre gekommene Anwesen in ein echtes Schmuckstück verwandelt, das bei Brautpaaren so beliebt war, dass sie für ihre Hochzeit eine anderthalbjährige Wartezeit in Kauf nahmen.

Seine Ehefrau war einfach wunderbar, und ihren Kummer konnte er kaum ertragen.

»Es tut mir leid, dass ich sie zu uns nach Hause mitgenommen habe.«

Er ließ sich neben ihr nieder. »Das soll dir bitte nicht leidtun, Süße. Ich weiß, du kannst nicht anders, wenn du jemanden siehst, der Hilfe braucht. Diese Eigenschaft macht dich ja so liebenswert.«

Tränen liefen ihr über die Wangen. »Ich dachte, ich könnte es tun, dass es keine große Sache werden würde. Aber du hattest recht.«

Nachdem er einen Arm um sie gelegt hatte, küsste Jared sie zärtlich. »Ich halte es einfach nicht aus, wenn du leidest.«

»Ich weiß, und du bist bislang so großartig gewesen. Ich hab darüber nachgedacht und glaube, es ist vielleicht doch an der Zeit, über eine Adoption nachzudenken. Das soll nicht heißen, dass ich die Hoffnung aufgebe, irgendwann schwanger zu werden, nur dass wir auch andere Möglichkeiten in Erwägung ziehen sollten.«

»Und was ist mit einer Leihmutter?«

»Das will ich ebenfalls nicht ausschließen.«

Jared atmete erleichtert auf, weil es das erste Mal war, dass sie andere Möglichkeiten, Eltern zu werden, zuließ. Ehrlich gesagt war er sich nicht sicher, ob er es ertragen würde, sie eine weitere gescheiterte künstliche Befruchtung durchleiden zu sehen.

»Morgen schauen wir uns näher an, unter welchen Bedingungen das geht, und bringen das dann ins Rollen.« Das war es, worin er wirklich gut war: eine Herausforderung erkennen und einen Weg finden, sie zu meistern. Etwas zu unternehmen – irgendetwas –, um sie der Erfüllung ihres Traums, Eltern zu sein, näher zu bringen, würde dafür sorgen, dass sie beide sich besser fühlten. Davon war er überzeugt.

Er schob ihr Haar beiseite, küsste sie auf den Nacken, und wie jedes Mal, wenn er das tat, schmolz sie dahin. »Also siedeln wir Jessie in dieses Apartment um?«

»Morgen oder übermorgen, wenn sie sich besser fühlt.«

»In Ordnung.«

KAPITEL 31

Während sich ein weiterer geschäftiger Sonntag im Sommer seinem Ende zuneigte, lenkte Deacon Taylor, der Hafenmeister von Gansett Island, sein Boot zu dem Anleger, der für die Wasserfahrzeuge aller Einrichtungen zur öffentlichen Sicherheit reserviert war, und vertäute es. Nachdem er den Motor ausgestellt hatte und das Funkgerät sowie andere Ausrüstungsgegenstände ordnungsgemäß verstaut hatte, prüfte er noch einmal die Taue und sprang dann an Land, freute sich darauf, Julia nach einem langen Tag wiederzusehen.

Von Rechts wegen sollte er erst nach Hause gehen und sich duschen, um sich Schweiß, Salz und Sonnencreme abzuwaschen, aber er hatte sie zu sehr vermisst. Es war ehrlich komisch, wie häuslich er über den Sommer geworden war, seit er die Liebe seines Lebens getroffen und das fehlende Teilchen zu dem Puzzle gefunden hatte, das seine Existenz vor ihr gewesen war.

Und »Existenz« war das passende Wort. Vor ihr hatte er lediglich existiert. Mit ihr war er auf eine Art und Weise lebendig, wie er es ohne sie nie für möglich gehalten hätte.

Ihre Stiefschwester Stephanie hatte Julia dafür engagiert, im Bistro für die musikalische Umrahmung der sonntäglichen Cocktailstunde zu sorgen, und bestand darauf, ihr dafür etwas zu zahlen. Julia hätte das auch ohne Honorar getan, einfach weil sie es liebte, Klavier zu spielen und zu singen und vor einem dankbaren Publikum aufzutreten.

Und das Publikum war überaus dankbar. Das Bistro war immer bis auf den letzten Platz besetzt, wenn Julia angekündigt war. Viele der Gäste blieben dann auch noch zum Dinner, weshalb dieses Arrangement eine echte Win-win-Situation für beide Schwestern war.

Deacon eilte die Stufen zum Sand & Surf hoch und wäre beinahe mit Owen Lawry zusammengestoßen, der gerade durch die Tür trat.

»Hey.« Owen, dem zusammen mit seiner Frau Laura das Hotel gehörte, hielt ihm die Tür auf. »Wohin so eilig?«

Deacon deutete mit dem Kinn zum Bistro und legte den Kopf schief, damit er Julias tolle Stimme hören konnte.

»Ah, natürlich. Meine wunderschöne Schwester.«

»Es war ein ewig langer Tag bei der Arbeit«, antwortete Deacon mit einem Grinsen.

»Dann lass dich von mir nicht aufhalten.«

»Ich wünsch dir einen angenehmen Abend«, rief Deacon Owen zu.

»Gleichfalls.«

Jeder Abend mit Julia war der beste, den er je mit irgendjemandem verbracht hatte. Monate nachdem sie sich kennengelernt hatten, als er sie von der Hochzeit ihrer Zwillingsschwester Katie »entführt« hatte, hatte ihre Beziehung noch nichts von ihrem ganz besonderen Zauber eingebüßt. Das Außergewöhnliche war nicht der Gewohnheit gewichen, wie es in jeder vergangenen Beziehung passiert war. Er hatte zu glauben begonnen, dass das bei ihr auch niemals geschehen würde.

Er betrat das überfüllte Bistro und entdeckte seine Liebste auf der kleinen Bühne vorn im Raum, wo sie an dem eleganten Stutzflügel saß. Zu ihren Füßen hatte sich ihr junger Hund Puppy Pupwell zusammengerollt.

Der schwarze Labradorwelpe, den sie vor dem Ertrinken gerettet und schließlich dauerhaft zu sich genommen hatten, war in den letzten Monaten gewachsen und wog inzwischen fast zehn Kilo. Julia war traurig, dass sie ihn nicht länger wie ein Baby herumtragen konnte.

Obwohl jedes Fenster und jede Tür offen stand, um die Meeresbrise einzulassen, war die Hitze hier drinnen geradezu überwältigend. Doch das schien niemanden zu stören, während sie Julia lauschten.

Deacon lehnte sich gegen den Türrahmen und sah sich an seiner Liebsten satt. Ihre kleine Familie war die größte Freude seines Lebens. Zuzuhören, wenn sie sang, und zu beobachten, wie sie immer mehr Vertrauen zu sich und ihrem unglaublichen Talent gewann, folgte gleich darauf. Im Moment trug sie gerade »Fallin'« von Alicia Keys vor, einen Song, den sie auf dem Keyboard geübt hatte, das er ihr für zu Hause besorgt hatte. Er hatte es online bestellt und mit einer Vorfreude auf die Lieferung gewartet, wie er sie aus seiner Kindheit von Weihnachten her kannte. Nach einer endlosen Woche war es schließlich eingetroffen.

Er hatte es in dem Apartment über dem ehemaligen Tanzstudio seiner Schwägerin aufgebaut, bevor Julia von der Arbeit in Macs Büro heimgekehrt war. Deacon würde nie vergessen, wie sie beim Anblick ihres eigenen Keyboards gestrahlt hatte, des ersten, das sie besaß, seit ihr Idiot von Vater das Klavier, das sie so geliebt hatte, einfach verkauft hatte.

Jener Tag war jedenfalls einer in einer langen Reihe vieler wunderbarer Tage gewesen, die er seit Katies und Shanes Hochzeit mit ihr erlebt hatte. Uneingeladen bei der Feier aufzutauchen und die Brautjungfer und Trauzeugin einfach zu entführen war auf jeden Fall der beste Einfall seines Lebens gewesen. Jetzt hatten sie vor, sich im Herbst eine größere Wohnung zu suchen, wenn das Leben für sie beide etwas ruhiger wurde. Er hatte ihr erklärt, wo auch immer sie landeten, sie würden auf jeden Fall genug Platz haben, um einen Stutzflügel unterzubringen, damit sie spielen konnte, wann immer sie wollte.

»Sie ist unglaublich«, bemerkte ein Typ, der neben Deacon stand.

»Unbedingt.«

»Ich frage mich, warum sie nicht vor mehr Publikum als dem hier auftritt.«

»Ich glaube, so, wie es ist, gefällt es ihr am besten.« Julia liebte es, hier im Hotel zu spielen, in dem sie die Sommer ihrer Kindheit verbracht hatte. Diese Sommer bei ihren geliebten Großeltern waren die einzigen Erholungspausen von dem Leben mit ihrem unberechenbaren, gewalttätigen Vater gewesen, die sie und ihre Geschwister gehabt hatten.

»Kennen Sie sie?«

»Allerdings.«

»Ist sie vergeben?«

»Ja.«

»Mist. Der Typ ist ein echter Glückspilz.«

»Ja, und das weiß er auch.«

Der Mann warf ihm einen irritierten Blick zu und ging.

Hände weg. Sie gehört mir. Deacon behielt diese Gedanken für sich. Zuzusehen, wie sie in den letzten paar Monaten aufgeblüht war, war unglaublich befriedigend gewesen. Sie hatte die Kontrolle über ihr Leben zurückgewonnen und widmete sich jetzt ausschließlich den Dingen, die sie liebte. Dazu zählte Gott sei Dank auch er.

Deacon hatte ein Riesenglück, dass sie ihn liebte. Weil er sie so genau beobachtete, erkannte er exakt den Moment, in dem sie ihn bemerkte. Ihr Lächeln ließ ihr Gesicht aufstrahlen, erhellte auch seine Welt. Er wartete, bis sie ihren Auftritt mit einer langsamen, sinnlichen Version von »Bohemian Rhapsody« beendet hatte, die alle völlig in ihren Bann zog. Als sie fertig war, hielt es niemanden auf seinem Sitz, und unter dem frenetischen Beifall errötete Julia vor Freude und Verlegenheit.

Sie musste sich erst noch daran gewöhnen, wie die Leute auf ihre Darbietungen reagierten.

Julia warf ihrem Publikum eine Kusshand zu, hob Pupwell auf den Arm und bahnte sich einen Weg zu Deacon, blieb unterwegs immer wieder stehen, um kurz mit ihren begeisterten Fans zu reden.

Dann stand sie vor ihm, schenkte ihm ein hinreißendes Lächeln, stellte sich auf die Zehenspitzen und küsste ihn. »Ahoi, Matrose. Hast du Lust, deinem Mädchen einen Drink zu spendieren?«

Deacon legte seine Arme um sie und drückte sie an sich, glücklich, nach so vielen Stunden endlich wieder mit ihr zusammen zu sein. »Alles, was du möchtest, Süße.«

»Oh, alles?«

»Absolut alles, was du nur willst.«

»Ich hab genau, was ich brauche, gleich hier mit dir und Pupwell.«

»Möchtest du auswärts essen oder lieber sofort nach Hause?«

»Nach Hause. Ich bin müde.«

Deacon hielt sie weiter im Arm, während sie das Hotel verließen und in die schwüle Hitze traten, die sich mehr nach Mittagszeit anfühlte, obwohl es unterdessen kurz vor acht am Abend war.

»Wie viel länger werden wir noch in dieser Hitze brüten müssen?«, erkundigte sie sich.

»Einen Tag oder zwei.«

»Das halte ich nicht aus. Ich fühle mich total schlapp.«

»Auf der Bühne hast du nicht schlapp gewirkt. Du warst großartig, wie immer.«

»Danke. Es freut mich, das zu hören, aber ich hab die ganze Zeit geschwitzt, und vermutlich riecht man das.«

»Ist bei mir genauso. Meine Haut ist mit einer Schicht aus getrocknetem Salz, Schweiß und Sonnencreme überzogen.«

»Ich sehe in unserer Zukunft eine kalte Dusche.«

»Ja, bitte.«

Sie gingen durch den Ort zu Blaines und Tiffanys Haus, über die lange Einfahrt zu der Garage, die ein Stück zurückgesetzt war. Deacon folgte Julia die Treppe hoch, wobei sein Blick auf ihrem Hintern ruhte, der sich bei jeder Stufe verführerisch wiegte. Sie war sexy, ohne sich darum bemühen zu müssen. Sie fand sich selbst zu dünn, aber in seinen Augen war sie perfekt. Für ihn zählte bloß, dass sie gesund war und weiter Fortschritte machte, nachdem sie einen Großteil ihres Lebens mit Essstörungen zu kämpfen gehabt hatte.

Deacon war sich darüber im Klaren, dass für sie vor allem die Abwesenheit von Chaos in ihrem Leben der Schlüssel zur Gesundheit war, und er hatte fest vor, zu tun, was immer nötig war, damit es so blieb.

In ihrem Apartment, in dem es heiß war wie in einem Ofen, der den ganzen Tag über an gewesen war, fütterte sie Pupwell, bevor sie Deacon in der Dusche Gesellschaft leistete.

»Gott, das fühlt sich himmlisch an«, sagte sie, als sie unter dem kühlen Wasserstrahl standen.

»Absolut«, pflichtete er ihr bei und fuhr mit den Händen über ihre Haut.

Lächelnd antwortete sie: »Ich meinte die Dusche.«

Er küsste sie. »Und ich hab dich gemeint.«

Sie strich ihm über die Oberarme, verschränkte die Hände in seinem Nacken und erwiderte seinen Kuss. »Ich hatte schon so das Gefühl, als ginge es dir nicht um die Dusche.«

»Für mich dreht sich alles immer nur um dich.« Er packte ihren Hintern und hob sie an, drückte sie gegen die kühle Fliesenwand. »Da es zu heiß ist, um das hier auf irgendeine andere Weise zu tun ...«

»Nur zu.«

»Schon dabei.«

Julia lachte leise. Er liebte es, sie zum Lachen zu bringen, ihr Seufzer und Schreie der Lust zu entlocken – sofern die Fenster zum Garten seines Bruders geschlossen waren.

Er kam in sie und musste still halten, damit es nicht zu schnell vorbei war. So war es jedes Mal mit ihr, intensiv und heiß, so unglaublich heiß, selbst wenn draußen nicht gerade eine rekordverdächtige Hitzewelle herrschte.

»Alles okay?«, fragte sie, als er viel länger innehielt als sonst.

»Ich versuche, nicht zu früh zu kommen.«

»Das wäre aber absolut okay.«

»Nein, wäre es nicht. Nicht bevor meine Süße gekriegt hat, was sie braucht.«

Sie schlang ihre Arme und Beine fester um ihn. »Ich hab alles, was ich brauche, und mehr, als ich mir je hätte träumen lassen.«

Sein Herz setzte kurz aus, wie jedes Mal, wenn sie solche Sachen zu ihm sagte und ihn daran erinnerte, wie sehr sich das Leben für sie beide geändert hatte, seit sie einander gefunden hatten. Er schloss die Augen und dankte im Geiste dem Schicksal, das dafür gesorgt hatte, dass er zur selben Zeit auf der Insel gelandet war wie sie. Wenn er darüber nachdachte, wie leicht er sie hätte verpassen können …

Er glitt ganz in sie, liebte es, wie sie den Kopf in den Nacken fallen ließ, ihm ihren wunderschönen Hals darbot. »Ich konnte es gar nicht erwarten, nach der Arbeit zu dir zu kommen. Ich bin vom Anleger praktisch zum Surf gerannt.«

»Und ich war so glücklich, dich zu sehen, als wären wir einen Monat getrennt gewesen statt nur ein paar Stunden.«

»So viele Stunden. Viel zu viele. Wir brauchen nach der Saison dringend Urlaub, damit wir das hier den ganzen Tag lang tun können.«

»Ja, lass uns das tun.«

»Wo immer du hinfahren möchtest.«

»Ich bin bisher nie irgendwo gewesen, daher entscheide du.«

Was er wollte, war, ihr die Welt zu Füßen zu legen, jeden Schmerz wiedergutzumachen, den sie je erfahren hatte. Er wollte ihr ein Leben mit Kindern und einem Zuhause geben und Sicherheit. Oder anders gesagt: alles, was sie vorher nie gehabt hatte.

»Mir würde es vollauf reichen, eine gesamte Woche hier mit dir und Pupwell zu verbringen.« Trotzdem würde er sich was einfallen lassen, damit sie mehr von der Welt zu sehen bekam.

»Das klingt himmlisch.« Ihre Fingernägel kratzten über seine Kopfhaut und sandten ihm einen Schauer über den Rücken.

Deacon fasste ihr zwischen die Beine, streichelte sie, bis ihre inneren Muskeln sich um ihn zusammenzogen und sie mit einem kleinen Lustschrei den Höhepunkt erreichte, der im Gegenzug auch seine Selbstbeherrschung zerstörte. Sie benutzten keinerlei Verhütung, und jedes Mal, wenn sie Sex hatten, hoffte er, dass es dieses Mal geschehen würde und er ihr helfen konnte, einen weiteren ihrer kühnsten Träume wahr werden zu lassen.

Bislang war das nicht passiert, doch das konnte sich ja ändern.

Das Wasser war eiskalt geworden, während sie sich miteinander vergnügt hatten, aber kaltes Wasser hatte sich nie so gut angefühlt, bis er merkte, dass Julia zu zittern begann. »Lass uns schnell dafür sorgen, dass dir wieder warm wird, Liebling.«

»Ich hätte nie gedacht, dass ich heute noch mal frieren würde.«

Er löste sich von ihr und ließ sie vorsichtig runter, vergewisserte sich, dass sie auch sicher stand, bevor er sich auf die Suche nach was zum Abtrocknen machte. »In zehn Minuten schwitzt du wieder.« Deacon wickelte sie in ein Handtuch und gab ihr einen Kuss. »Die beste kalte Dusche aller Zeiten.«

»Ja, wir setzen immer noch einen drauf.«

»Ich hoffe, wir können das die nächsten fünfzig oder sechzig Jahre so beibehalten.«

»Sehr gern.«

Er küsste sie auf die Stirn und dann noch einmal auf den Mund. »Ich bin bei allem dabei, was dich und mich für immer beinhaltet. Genau genommen …« Er dirigierte sie zu dem einzigen Schlafzimmer der Wohnung, fasste sie an den Schultern und drückte sie sanft auf die Bettkante.

»Genau genommen was?«

»Kleinen Moment. Und nicht vom Fleck rühren.« Immer noch splitterfasernackt, ging er zu seiner Kommode und fand das Kästchen, das er dort vor ein paar Wochen versteckt hatte, damit er genau den richtigen Moment für die wichtigste Frage seines Lebens abpassen konnte. Wenn man ihm vor sechs Monaten gesagt hätte, dass er im Sommer ganz verrückt danach sein würde, sich für den Rest seines Lebens an eine Frau zu binden, hätte er sich kaputtgelacht. Seit er Julia getroffen hatte, verstand er jedoch, warum geistig gesunde Männer sich wegen der Frauen zum Affen machten, die sie liebten. Verrückt zu sein hatte sich nie besser angefühlt.

Sein Verlangen nach ihr wuchs exponentiell mit jedem Tag, den er mit ihr verbrachte, und er war klug genug, um zu wissen, dass es für jegliche Chance auf dauerhaftes Glück unverzichtbar war, sie für immer an seiner Seite zu haben. Nachdem er sich eine Sekunde besonnen hatte, drehte er sich um und stellte fest, dass sie ihn mit dem leicht argwöhnischen Blick betrachtete, von dem man hätte denken können, er sei für immer in ihr wunderschönes Gesicht gebrannt, als sie einander kennengelernt hatten.

Deacon hatte diesen Ausdruck schon eine Weile nicht mehr gesehen und wollte auf keinen Fall der Grund dafür sein. »Nichts Schlimmes, Liebling. Nur gute Sachen von jetzt an, schon vergessen?« Er hatte ihr das jedes Mal gesagt, wenn sie besorgt schien oder ängstlich. »Also vergiss das Stirnrunzeln, und lächle lieber.«

Sie gehorchte, wobei ihre Augen strahlten, so wie es ihm am besten gefiel. Er wollte nicht, dass sie jemals wieder wegen irgendwas besorgt war, selbst wenn er wusste, dass das ein hohes Ziel war.

Er kniete sich vor sie, hielt das Kästchen in einer Hand verborgen, während er mit der anderen nach ihr griff und sie zu einem Kuss an sich zog. »Du weißt, wie sehr ich dich liebe, oder?«

»Ich glaub schon.«

»Wahrscheinlich hast du nur eine ungefähre Vorstellung davon, wie sehr du mein Denken beherrschst.«

»Deacon«, flüsterte sie, und in ihren Augen glänzten Tränen.

Er zog sie oft damit auf, wie nah sie am Wasser gebaut war, aber er würde nichts an ihr ändern, selbst nicht, dass sie bei Fernsehwerbung weinen konnte. Sie war einfach perfekt für ihn.

»Wenn ich nicht bei dir bin, zähle ich die Minuten, bis ich dich wiedersehe. Und wenn ich bei dir bin, gibt es nichts anderes, was ich möchte oder brauche. Und du weißt, wie viel es mir bedeutet, deine schützende Muschel zu sein, dich vor allem zu bewahren, was dir je wehtun könnte. Und ich hatte gehofft, dass du vielleicht … du weißt schon, einwilligen würdest, mich zu heiraten.«

Er hielt ihr den Diamantring hin, den er mit Blaines und Tiffanys Hilfe ausgesucht hatte, und wartete mit angehaltenem Atem ab, was sie antworten würde.

Jetzt liefen ihr tatsächlich Tränen über die Wangen, während sie den Ring anstarrte, bevor sie den Blick zu seinem Gesicht hob.

»Wenn er dir nicht gefällt, können wir ihn jederzeit …«

Sie unterbrach ihn mit einem Kuss. »Ich liebe ihn. Ich liebe *dich*, und ja zu der Heirat. Tausend Prozent ja.«

»Das ist eine Menge Ja«, bemerkte er, schwach vor Erleichterung.

Sie strich ihm das nasse Haar aus der Stirn. »Du hast dir nicht wirklich Sorgen darüber gemacht, was ich sagen würde, oder?«

»Das weniger, aber ich wollte dir unbedingt den richtigen Ring aussuchen. Genau genommen hat das fast schon an Besessenheit gegrenzt. Tiffany hat mir versichert, dass du ihn lieben würdest.«

»Und da hat sie recht. Ich bin völlig hin und weg. Doch noch mehr als den Ring liebe ich, was du gesagt hast. Das ist das, worauf es mir wirklich ankommt. Und das weißt du.«

»Richtig, und ich verspreche dir, dass du stets in Sicherheit bist, meine süße Julia, und ich werde mein Bestes geben, um dich jeden Tag glücklich zu machen.«

»Du könntest mir nichts bieten, was mir mehr bedeuten würde als das, und du könntest dann jetzt jederzeit diesen wunderschönen Ring an meinen Finger stecken.« Sie hielt ihm ihre Hand hin und wackelte mit den Fingern.

Lächelnd nahm ihn Deacon aus dem Kästchen und schob ihn ihr auf den Ringfinger der linken Hand. Er setzte sich auf seine Fersen und bewunderte, wie er an ihrer Hand aussah. »Perfekt.«

»So wie wir.«

Er umarmte sie fest. »Genau wie wir.«

KAPITEL 32

Nachdem er sich kurz mit Dara abgesprochen hatte, entschied Oliver, Big Macs Einladung anzunehmen und ihn auf den Angelausflug zu begleiten. Er konnte sich nicht an das letzte Mal erinnern, dass er irgendetwas mehr genossen hatte als jene Stunden auf dem Wasser mit seinen neuen Freunden. Es machte ihm riesig Spaß, war lustig, und die Männer verstanden sich ausgezeichnet.

Big Macs Sohn Evan schickte eine Textnachricht, während sie draußen waren, um seinen Vater darüber zu informieren, dass er und seine Frau Grace zurück auf der Insel waren. Zu sehen, wie sehr sich der ältere Mann darüber freute, dass sein Sohn zurück war, weckte den Schmerz, der ein so großer Teil von Oliver geworden war, nachdem er Lewis verloren hatte. Die Trauer über das, was nie sein würde, drückte ihm das Herz ab.

»Ach, Mist«, sagte Big Mac. »Tut mir leid, Oliver. Das hätte ich geschickter handhaben müssen.«

»Ich bitte Sie«, antwortete Oliver. »Tun Sie das nicht. Sie sind zu Recht glücklich, dass Ihr Sohn zurück ist.«

»Trotzdem, ich hätte mich etwas zurückhalten können, statt so auszuflippen.«

»Du flippst über alles aus«, bemerkte Ned trocken und brach damit die Spannung, weil alle lachen mussten.

»Ich möchte nicht, dass Sie sich dauernd Sorgen darüber machen, was Sie in meiner Anwesenheit sagen. Ich muss langsam mal zu einem Anflug von Normalität zurückkehren.«

»Dafür gibt es keinen Terminplan«, erklärte Frank. »Ich habe Jahre dafür gebraucht, nachdem meine Frau an Krebs gestorben war und mich als alleinerziehenden Vater von zwei Kindern zurückgelassen hatte, die erst sieben und neun Jahre alt waren.«

»Das mit Ihrer Frau tut mir leid.«

»Und mir tut es leid, dass Sie Ihren Sohn verloren haben.«

»Danke. Es ist echt schlimm, um das mal vorsichtig zu formulieren. Da nichts anderes geholfen hat, sind meine Frau und ich auf der Suche nach einem Neuanfang hergekommen.«

»Gansett Island ist dafür der ideale Ort«, stellte Kevin fest. »Die Insel ist großartig für Neuanfänge.«

»Er muss es wissen«, warf Ned ein. »Er ist nach der Trennung von seiner Frau nach dreißig Jahren Ehe hier aufgekreuzt, und jetzt ist er frisch verheiratet und hat seit Kurzem sogar eine kleine Tochter.«

»Das stimmt«, räumte Kevin mit einem Grinsen ein. »Und ich könnte nicht glücklicher sein. Allerdings lässt sich meine Situation nicht mit Ihrer vergleichen. Dafür gibt es keinen Vergleich. Ich meine einfach nur, dass an einem so wunderschönen Ort zu leben, zusammen mit diesen Spinnern, sich als exakt das herausgestellt hat, was ich gebraucht habe.«

»Ich kann sehen, dass das der Fall ist«, meinte Oliver.

»Sie sind uns jederzeit willkommen, jeden Tag, wann immer Sie möchten«, sagte Frank. »Wenn Sie Freunde brauchen, dann sind wir da.«

Von den freundlichen Worten nahezu zu Tränen gerührt, konnte Oliver bloß nicken.

»Und wenn Sie mehr Unterstützung benötigen, dann ist Kevin Ihr Mann«, fügte Big Mac hinzu. »Er ist ein gefragter

Psychotherapeut, und wir haben Riesenglück, dass er seine Praxis auf unserer abgelegenen kleinen Insel betreibt.«

»Um Himmels willen, bloß kein Druck«, schaltete sich Kevin ein. »Aber falls Sie professionelle Hilfe in Anspruch nehmen möchten, melden Sie sich. Kaffee- und Angelfreunde bleiben wir ohnehin.«

»Es ist auf jeden Fall gut, das zu wissen«, antwortete Oliver. »Meine Frau und ich … Es ist anstrengend, auch nur einen ganz normalen Tag zu überstehen, seit das mit Lewis passiert ist.«

»Das kann ich mir gut vorstellen«, erwiderte Kevin. »Ich fühle mit Ihnen beiden.«

»Wie auch immer«, erklärte Oliver, »ich wollte nicht die Stimmung verderben.«

»Haben Sie nicht«, versicherte ihm Big Mac. »Machen Sie sich keine Sorgen unseretwegen. Wir sind für Sie da, solange Sie Teil unserer Gemeinschaft hier sind, und auch dann noch, wenn Sie weitergezogen sind. Pech für Sie, mein Freund, wenn Sie sich erst einmal mit uns eingelassen haben, werden Sie uns nicht mehr los.«

»Kann ich bestätigen«, meldete sich Ned zu Wort. »Die kleben wie Kleister.«

»Dir gefällt es doch, dass du uns am Hacken hast«, wandte sich Big Mac an seinen besten Kumpel.

»Hast schon recht.«

»Das ist sehr nett von Ihnen«, bemerkte Oliver. »Zu Hause waren wir umgeben von wohlmeinenden Leuten, die helfen wollten, es aber nur schwieriger für uns gemacht haben, da sie selbst genug mit ihrer Trauer zu tun hatten. Insofern ist es eine echte Erleichterung, neue Freunde zu finden.«

»Warten wir mal ab, ob Sie das in ein paar Wochen auch noch sagen«, scherzte Ned.

Oliver lächelte. Das hatte er oft getan, seit er die Männer heute früh bei Kaffee und Donuts kennengelernt hatte. »Da bin ich mir sicher.«

* * *

Linda überredete Dara dazu, sie zu begleiten, als es Zeit wurde, zu ihrer Schicht bei Macs und Maddies Kindern aufzubrechen, damit Mac sich eine Weile ungestört seiner Arbeit im Büro widmen konnte. Seit Maddie Bettruhe verordnet worden war, waren alle immer wieder eingesprungen, um ihnen zu helfen. Kelsey war in der Tat ein Geschenk des Himmels, aber der Sonntag war ihr freier Tag, und so übernahm Francine die Vormittagsschicht bis zum Lunch und Linda den Nachmittag.

»Wie lange machen Sie das schon so?«, fragte Dara, während sie die kurze Strecke zu Macs Haus in Lindas gelbem VW Käfer zurücklegten.

»Seit Mai«, antwortete Linda.

»Das ist ganz schön lang.«

»Mit drei Kindern im Alter von sechs Jahren und drunter können die beiden alle Hilfe gebrauchen.«

»Wow, und jetzt kriegt sie Zwillinge.«

»Die letzten drei Schwangerschaften waren nicht wirklich geplant. Den kleinen Jungen, den sie verloren haben, eingeschlossen. Wir waren so glücklich über die Nachricht, dass sie danach erneut schwanger geworden ist, und dann auch noch mit Zwillingen! Sie sagt meinem Sohn seit Monaten, dass er sich sterilisieren lassen muss, bevor sie ihn wieder in ihre Nähe lässt.«

Dara lachte, was sie überraschte. Es war ziemlich lange her, dass sie über irgendwas gelacht hatte. »Das ist komisch.«

»Es ist ihr ernst damit. Bei fünf Kindern ist für sie Schluss.«

313

»Ich kann nicht behaupten, dass ich ihr daraus einen Vorwurf mache. Fünf sind eine Menge.«

»Das war auch für uns eine Menge, aber unsere kamen wenigstens ein bisschen weiter auseinander. Trotzdem werden die nächsten paar Jahre für sie nicht langweilig werden. Wir haben übrigens erst kürzlich erfahren, dass unser Sohn Adam und seine Frau Abby Vierlinge erwarten.«

»Wow. Hatten sie eine Hormonbehandlung oder künstliche Befruchtung?«

»Das ist das Interessante daran, nein. Letzten Winter haben sie einen kleinen Jungen adoptiert, und wenige Monate später – zack – ist sie schwanger. Das mit den Vierlingen haben sie letzte Woche rausgefunden.«

»Das muss ein ganz schöner Schock gewesen sein.«

»Absolut, doch sie versuchen, es einfach als Wunder zu betrachten.«

»Das geht auch gar nicht anders. Ihre Familie ist auf jeden Fall interessant.«

»Danke. Wir lieben sie alle sehr. Übrigens heiratet Macs Tochter am Dienstag. Mallory und ihr Verlobter werden an dem Tag beide einundvierzig und haben spontan beschlossen, diesen Tag mit ihrer Hochzeit zu feiern.«

»Wie schön. Mallory ist Macs Tochter?«

»Genau. Aus einer Affäre, die zu Ende war, bevor er mich getroffen hat. Erst knapp vierzig Jahre später hat er erfahren, dass er aus dieser Beziehung ein Kind hat. Das war alles ziemlich unerwartet.«

»Oje. Was hat er gesagt? Was haben Sie gesagt?«

»Mein Ehemann ist der großherzigste Mensch der Welt. Sobald er sie kennengelernt und ihre Geschichte gehört hatte, hat er sie mit offenen Armen willkommen geheißen und sie vorbehaltlos in unserer Familie aufgenommen. Ich bin seinem Beispiel gefolgt, aber das war auch nicht schwer. Mallory hat es allen leicht gemacht, sie ins Herz zu schließen. Sie ist eine wunderbare, äußerst fähige junge Frau, die perfekt zu uns passt, als wäre sie schon immer eine der Unseren gewesen. Wir sehen in ihr vor allem einen Menschen mehr, den wir lieben.«

»Das ist wirklich erstaunlich. Und Sie haben noch zwei weitere Söhne, oder?«

»Richtig. Evan ist Musiker und mit Grace verheiratet. Sie sind gerade von einer Tournee mit Buddy Longstreet zurück.«

»Echt? *Der* Buddy Longstreet?«

»Genau der. Kennen Sie vielleicht den Song ›My Amazing Grace‹?«

»Evan McCarthy. Das ist Ihr Sohn?«

»Genau. Und Grant McCarthy, der das Drehbuch zu dem Film ›Song of Solomon‹ geschrieben hat, ist auch unser Sohn.«

»Nicht wahr. Das ist einer von meinen Lieblingsfilmen.«

»Geht mir genauso. Er und seine Frau Stephanie erwarten ein Baby, und Evan und Grace ebenfalls. Evan hat Grace mit einem neuen Haus auf der Insel überrascht, und wir sind für morgen alle dorthin eingeladen, zu einer Party für Mallory und Quinn, aber auch, um uns das neue Haus anzusehen.«

»Ihre Familie ist wirklich toll.«

»Finden wir auch.« Linda blickte sie an. »Mac und ich haben mit einer schlimmen Erfahrung begonnen, haben dann aber fünf wunderbare Kinder bekommen und später, sozusagen als Bonus, Mallory. Ich bin so dankbar dafür, dass wir imstande waren, unsere Trauer hinter uns zu lassen und zu erkennen, dass wir noch eine Menge Leben und Liebe vor uns hatten. Die Kinder, die wir nach dem Verlust des ersten dann gesund auf die Welt gebracht haben, haben uns geholfen, den Schmerz zu verwinden.«

»Es ist jedenfalls gut, zu wissen, dass das passieren kann. Manchmal frage ich mich, ob ich wohl je wieder Freude oder Glück empfinden werde.«

»Ganz bestimmt.«

»Möglicherweise«, erwiderte Dara. »Aber es ist wirklich schwer.«

»Vielleicht müssen Sie einfach Ihre eigene Freude erschaffen.«

»Ja, was Sie sagen, ist sicher richtig.«

»Ich möchte mich nicht aufdrängen oder übergriffig sein.«

»Bitte, machen Sie sich deswegen keine Sorgen. Sie und Mac sind so wunderbar zu Oliver und mir. Eben hat er mir eine Textnachricht geschickt, in der er mir schreibt, wie sehr ihm der Angelausflug gefällt.«

»Die Männer sorgen schon dafür, dass sie Spaß haben. Mit ihnen Zeit zu verbringen wird ihm guttun. Und meine Freundinnen und ich werden versuchen, für Sie da zu sein.«

»Danke.«

»Schön. Und jetzt kommen Sie mit, und lernen Sie meine wunderbare Schwiegertochter und meine Enkel kennen.«

Linda stieg vor ihr die Stufen zur Veranda hoch, öffnete die Schiebetür und trat ein. Ein Junge und ein Mädchen stürmten auf sie zu und schlangen ihr die Arme um die Beine.

»Gott sei Dank bist du hier«, begrüßte sie eine ältere Frau.

Dara vermutete, dass es sich dabei um Maddies Mutter Francine handelte. Sie hatte rotes Haar und strahlend grüne Augen, mit denen sie liebevoll das Baby betrachtete, das sie im Arm hielt.

»Viel Arbeit?«, erkundigte sich Linda.

»Jede Menge. Und Maddie geht es nicht gut. Sie liegt oben im Bett.«

»Müssen wir Vic rufen?«

»Nein, behauptet sie. Ihr ist übel.«

»Die Arme.« Linda beugte sich vor, um dem kleinen Jungen einen Kuss zu geben, dann hob sie seine Schwester hoch. »Das ist meine neue Freundin Dara. Dara, das sind Francine, meine

Enkel Thomas und Mac der Dritte, und diese kleine Prinzessin ist unsere Hailey.«

»Ich freue mich, euch alle kennenzulernen«, sagte Dara.

»Was gibt's zum Essen, Grammy?«, fragte Thomas, unmittelbar bevor er losrannte, um mit seinen Lastern zu spielen, ohne auf eine Antwort zu warten.

»Francine, du hast frei. Dara und ich übernehmen jetzt.«

»Dem Himmel sei Dank. Diese kleine Rasselbande hat mich ganz schön auf Trab gehalten.«

»Was machen wir nur, wenn noch mal zwei mehr davon da sind?«, wollte Linda wissen und küsste Hailey auf den Hals, bis das kleine Mädchen kicherte.

»Wir werden ein paar zusätzliche Omas einstellen«, meinte Francine auf ihre gewohnt direkte Art. Sie lief die Treppe hoch, um nach Maddie zu sehen, kehrte aber gleich zurück und verkündete, dass sie schliefe. Nachdem sie ihre Enkel kurz gedrückt hatte, versprach sie Linda, morgen wieder vorbeizuschauen, um rauszufinden, ob was gebraucht wurde, dann verließ sie durch die Schiebetür das Haus.

Linda setzte Hailey ab und begann mit der Essenszubereitung. Als sie alles auf den Tisch gestellt hatte, fing Mac an, nach seinem Fläschchen zu weinen.

»Ich kann das machen«, bot Dara an, nachdem Linda ihm die Windel gewechselt hatte.

»Sind Sie sicher?«

»Absolut.«

Dara nahm das Baby und setzte sich auf einen Stuhl.

Er schaute mit seinen blauen Augen fragend zu ihr auf. Den Fotos nach zu urteilen, die bei Linda und Mac standen, war er seinem Vater wie aus dem Gesicht geschnitten.

Linda brachte ihr das Fläschchen. »Wenn es zu viel wird, sagen Sie es bitte einfach.«

»Alles prima, danke.«

»Nein, danke Ihnen. Ich hab auch nur zwei Hände.«

»Ich helfe gern.« Eine Million Erinnerungen drohten sie zu überwältigen, während sie dem Baby die Flasche gab. Wie viele Male hatte sie das bei ihrem eigenen Sohn getan? Er hatte sich geweigert, an der Brust zu trinken, hatte von Beginn an seinen eigenen Kopf gehabt.

Während Linda mit den anderen Kindern am Küchentisch malte, versorgte Dara das Baby und beschäftigte sich mit ihm, bis sich der Kleine die Augen zu reiben und zu quengeln begann, ein untrügliches Zeichen dafür, dass es Zeit für sein Nickerchen wurde.

»Ich nehme ihn mit hoch«, erklärte Linda, »und schaue auch gleich nach Maddie. Können Sie solange auf die Bande hier aufpassen?«

»Sicher.« Dara setzte sich mit Thomas und Hailey an den Tisch und malte das Bild weiter, mit dem Linda angefangen hatte.

»Was ist deine Lieblingsfarbe?«, fragte Thomas.

»Orange. Und deine?«

»Ich mag Orange auch. Hailey mag Schwarz. Sie malt alles schwarz an. Wer tut so was?«

Und richtig, Hailey war mit einem schwarzen Wachsmalstift an einem Bild von einer Blume zugange. Wie konzentriert sie das machte, war bewundernswert.

»Die Menschen mögen nun mal unterschiedliche Dinge«, antwortete Dara. Seine Neugier erinnerte sie an Lewis, den sie manchmal »die Fragenfabrik« genannt hatten. Bei dem Gedanken musste sie lächeln, nicht weinen, was eine erfreuliche Entwicklung war. Schließlich konnte sie vor diesen niedlichen Kindern nicht in Tränen ausbrechen. »Bist du aufgeregt wegen deiner kleinen Schwestern?«

»Nein«, erwiderte Thomas entschieden und rümpfte seine sonnenverbrannte Stupsnase. »Eine Schwester ist mehr als genug.«

Hailey streckte ihm prompt die Zunge raus.

»Siehst du, was ich meine?«, beschwerte er sich bei Dara.

»Ja, aber du hast ja auch Mac.«

»Der ist bloß ein Baby und kann gar nichts tun.«

»Das wird sich ja ändern. Bevor du dichs versiehst, wirst du ständig hinter ihm herlaufen müssen.«

»Trotzdem werden es drei von ihnen sein, und nur zwei von uns. Mommy sagt, danach ist Schluss mit Babys.«

Dara musste sich zusammennehmen, um nicht laut zu lachen.

»Und Daddy sagt, als großer Bruder müsse ich auf sie alle aufpassen.«

»Da hat er wohl recht.«

»Hast du auch Kinder?«

Dara verkniff sich ein Keuchen bei diesem Schuss geradewegs ins Herz. »Nein. Habe ich nicht.« Es war einfach ausgeschlossen, dass sie diesem kleinen Jungen Lewis erklären könnte oder was ihm passiert war, daher ließ sie es bleiben.

»Du wärst eine nette Mommy.«

»Findest du?«

Er grinste und nickte.

»Das ist echt lieb von dir, das zu sagen.«

»Wann können wir wieder Fernsehen gucken?«, fragte Thomas, den das Malen bereits langweilte.

»Sobald der Strom wieder da ist.«

»Ohne Fernsehen ist es öde.«

»Absolut.«

Linda kam die Treppe runter. »Thomas, schwatzt du gerade Dara das Ohr ab?«

»Wie soll das denn gehen? Ohren sind angewachsen.«

»Er ist gerade in der wörtlichen Phase«, bemerkte Linda in Daras Richtung, ehe sie sich wieder Thomas zuwandte. »Das ist eine Redewendung, Süßer.«

»Was ist das?«

»Etwas, das Leute sagen, das so allerdings nicht wirklich passieren kann«, erklärte Dara. »Wenn deine Grammy fragt, ob du mir das Ohr abschwatzt, will sie damit andeuten, dass du viel redest.«

»Er redet *echt viel*«, bestätigte Hailey.

»Sei still«, entgegnete Thomas.

»Sei du doch still.«

»Hört sofort auf«, schritt Linda ein, »sonst gibt es Stille Treppe oder eine Auszeit in euren Zimmern.«

Thomas warf Hailey einen Blick voll geschwisterlicher Verachtung zu.

»Alles wie immer hier«, stellte Linda fest. »Sie können jederzeit gern mein Auto nehmen, wenn Sie die Flucht ergreifen möchten. Ich würde Ihnen keinen Vorwurf machen.«

»Nein, alles in Ordnung. Es ist schön, etwas zu tun zu haben. Vielleicht können wir mal zu meinem Leuchtturm rausfahren, damit die Kinder da spielen können.«

»Sie haben Ihren eigenen Leuchtturm?«, fragte Thomas mit großen Augen.

»Für das nächste Jahr schon.«

»Das ist toll. Können wir dahin, Grammy?«

»Na klar«, sagte Linda.

»Super, dann nehmen wir uns das fest vor.« Es war schön, etwas zu haben, worauf sie sich freute, dachte Dara, dankbar, dass ihre neue Freundin sie zu sich eingeladen hatte und ihr neue Hoffnung gab.

Bislang erwies sich Gansett als gut für ihre verletzte Seele.

KAPITEL 33

Am Montagabend kam der ganze Clan in Evans und Grace'
neuem Haus zum Junggesellenabschied für Mallory und Quinn
zusammen. Nach einem weiteren Tag ohne Strom waren alle
schon ziemlich genervt, doch sie gaben sich für Braut und
Bräutigam Mühe, um ihnen nicht die Stimmung zu verderben.

Mallory war dankbar dafür, dass ihre Familie sich so für
sie ins Zeug legte – und das trotz des Stromausfalls –, und
außerdem wollte sie dringend Evans und Grace' neues Zuhause
sehen.

»Oh, wow«, entfuhr es Quinn, als sie vor dem großen Haus
mit der Dreiergarage, dem wunderschön angelegten Garten
und der tollen Aussicht aufs Meer anhielten. »Ich muss ernsthaft anfangen, Lieder zu schreiben und einzusingen.«

Mallory lachte. Sie waren im Seniorenheim so eingespannt
gewesen, wo alles auch ohne Stromversorgung reibungslos wei-
terlaufen sollte, dass sie nicht mal dazu gekommen waren, sich
mit seinem jüngeren Bruder Cooper zu treffen, der seit zwei
Tagen auf der Insel war. »Hast du nicht genug zu tun, Dr.
James?«

»Ich hab jede Menge zu tun, aber ich muss irgendwas falsch
machen, wenn das hier das Haus ist, das sich dein kleiner Bruder
mit dem Geld kaufen konnte, das er mit Musik verdient hat.«

»Du machst schon alles richtig, und wir können uns selbst ein nettes kleines Haus kaufen, wenn wir das möchten.«

»So was hier können wir uns nicht leisten.«

»Wir brauchen so was auch gar nicht.«

Er warf ihr einen Blick zu. »Ich hab noch das Geld, das Jared mir gegeben hat, als er gerade ein Vermögen verdient hatte. Ich hab's nie angerührt, weil es mir irgendwie komisch vorkam, Geld von meinem jüngeren Bruder anzunehmen, doch er wollte unbedingt seinen Reichtum mit uns teilen. Darauf können wir also zurückgreifen, wenn wir etwas richtig Tolles wollen.«

»Ich brauch ›richtig toll‹ nicht. Ich bin in dem kleinen Häuschen meiner Schwester total glücklich. Solange du bei mir bist, fehlt mir nichts.«

»Da bist du aber wirklich leicht zufriedenzustellen.«

»Das weißt du doch.«

»Stimmt, und ich weiß das mehr zu schätzen, als du vermutlich ahnst.«

»Das empfinde ich genauso. Ich liebe unser stressarmes Zusammenleben. Du und ich und Brutus sind eine perfekte kleine Familie.«

Brutus, der auf der Rückbank saß, schnaubte zustimmend.

Sie hatten ihn mitgebracht, weil es zu Hause zu heiß war, um ihn dort allein zu lassen. Der arme Kerl litt ebenso unter der Hitze wie seine Menschen.

»Dann auf zur Party!«, verkündete Mallory und stieg aus dem Auto, ging die elegante Steintreppe hoch zur Eingangstür.

Evan und Grace warteten dort bereits, um sie herzlich zu begrüßen und zu umarmen und ihrer Freude über die bevorstehende Heirat Ausdruck zu verleihen.

»Vergiss die Hochzeit«, meinte Mallory. »Zeig uns das Haus!«

»Vergiss die Hochzeit«, sagt sie am Tag vor dem großen Ereignis«, brummte Quinn.

»Ach, sei still. Du weißt doch, dass es nur ein Scherz war. Irgendwie.«

Grace lachte, hakte sich bei Mallory unter und erklärte: »Dann gibt's jetzt die große Tour.«

»Kannst du es schon glauben, dass du wirklich hier lebst?«, fragte Mallory.

»Ich brauch mindestens ein Jahr, bis mir das klar sein wird.«

Nachdem die Frauen im Gebäude verschwunden waren, musterte Quinn Evan. »Da hast du uns anderen aber echt den Fehdehandschuh hingeschmissen beim Wettbewerb um die beste Ehefrauen-Überraschung in der Geschichte der Ehefrauen-Überraschungen.«

»Hab ich echt gut hingekriegt, oder?«

»Eigenlob macht es nur schlimmer.«

Evan lachte und bedeutete Quinn, zur Terrasse vorauszugehen, wo alle möglichen Getränke in Kühlboxen standen.

»Limonade und verschiedene Sorten Mineralwasser sind dort drüben«, erklärte Evan.

»Danke.«

Quinn entschied sich für eine Zitronenlimonade und öffnete die Flasche. »Ich hab jetzt echt die Nase voll von dieser verdammten Hitzewelle.«

»Zu Recht. Es ist fast so, als hätte jemand den Thermostat auf die höchste Stufe gestellt.«

»Und zwar gleich für mehrere Tage.«

»Wie ist die Lage im Seniorenzentrum?«, erkundigte sich Evan.

»Wir kommen gerade so klar, dank der beiden Notstromaggregate, doch die reichen nur für Licht und Kühlschränke sowie die Klimaanlage auf der niedrigsten Stufe. Unsere Bewohner sind schlecht drauf, weil sie kein Fernsehen haben und kein Internet. Und ich kann's ihnen nicht verdenken, das ist schließlich ihre Verbindung zur Welt.«

»Das ist echt Mist.«

»Wem sagst du das? Gott sei Dank hat sich unsere Koordinatorin für das Beschäftigungsangebot, Jordan Stokes, jede Menge zu ihrer Unterhaltung einfallen lassen, aber trotzdem … Ich hab gehört, es könnte noch ein paar Tage dauern.«

»Was denn?«, fragte Grant, der gerade zu ihnen auf die Terrasse trat.

»Bis der Strom wieder da ist«, antwortete Evan.

»Ausgeschlossen. Wir stehen kurz vor dem Hitzetod in unserem Haus. Es gibt da nicht mal die Andeutung einer Brise.«

»Dann bleibt doch hier«, schlug Evan vor. »Hier gibt es immer ein kühles Lüftchen vom Meer, und außerdem hat das Haus eine unabhängige Stromversorgung.«

»Darauf komme ich vielleicht wirklich zurück«, erwiderte Grant. »Steph verträgt die Hitze nicht gut.«

»Mein Haus ist euer Haus«, meinte Evan.

»Das hier ist echt irre, und ich bin sauer auf dich.«

»Weswegen?«

»Ich wollte mir das Haus hier angucken, sobald wir zurück wären.«

»Tja, wer zu spät kommt …«, sagte Evan.

»Bitte nicht noch mehr Eigenlob«, merkte Quinn an.

»So ist er immer«, warf Grant ein, der ein Bier gefunden hatte und sich einen langen Schluck gönnte. »Verdammt, tut das gut.« Er zuckte zusammen und blickte Quinn entschuldigend an. »Sorry. Das wollte ich dir nicht so unter die Nase reiben.«

»Kein Problem. Ich verspüre kein Verlangen nach Bier.« Nach so vielen trockenen Jahren übte Alkohol in jeglicher Form keinen Reiz mehr auf ihn aus. »Macht euch bitte nie Gedanken, ob ihr in meiner oder Mallorys Anwesenheit Alkohol trinken könnt. Es ist wirklich alles gut.«

»Habt ihr schon das von Adam und Abby gehört?«, fragte Grant Quinn.

»Ja, sicher. Das ist echt unglaublich.«

In dem Moment gesellte sich Adam mit seinem Sohn Liam auf dem Arm zu seinen Brüdern und seinem zukünftigen Schwager. »Findet euch damit ab, meine Jungs sind die mächtigsten.«

»Mein Gott«, stöhnte Evan. »Kriegen wir das jetzt bis ans Ende unseres Lebens zu hören?«

»Ich fürchte schon«, erwiderte Grant. »Es ist seit Tagen nicht mehr auszuhalten mit ihm.«

»Es ist bereits wesentlich länger nicht auszuhalten mit ihm«, erklärte Evan.

Adam machte einen anzüglichen Hüftschwung und eine eindeutige Bewegung mit seinem freien Arm, die seine Brüder zu Würgegeräuschen veranlassten. »Ich hab die Guten abgekriegt. Vier Babys. Toppt das mal, ihr Loser.«

Grant seufzte. »Ich würde ihn ja umlegen, aber ich will nicht seine fünf Kinder großziehen müssen.«

»Ich würde dir helfen, den Leichnam zu verscharren«, bot Evan an.

»Warum wollen sie dich jetzt schon wieder töten, Adam?«, erkundigte sich Abby, die mit den anderen Frauen auf die Terrasse kam.

»Er redet die ganze Zeit über seine Jungs und die Kraft seiner Lenden, weil er dich mit vier Babys geschwängert hat«, antwortete Evan. »Meinen Glückwunsch übrigens. Glaub ich.«

Abby lachte und bot ihrem Schwager die Wange zum Kuss. »Er wird nicht mehr viel Gelegenheit haben, sich an seiner Lendenkraft zu erfreuen, wenn wir erst mal fünf Babys haben.«

»Habe ich das jetzt prima gemacht oder nicht, Liebste?«

»Langsam hörst du dich an wie Mac«, stellte Abby fest.

»Wer hört sich an wie ich?«, wollte der dann prompt wissen, als er sich mit Hailey und Baby Mac zu ihnen stellte. »All meine Sprüche sind urheberrechtlich geschützt. Niemand darf sie ohne meine ausdrückliche, schriftliche Einwilligung verwenden.«

»Ach, halt die Klappe, Mac«, entgegnete Evan. »Wirst du es nicht manchmal selbst leid, dir zuzuhören?«

»Nein, eigentlich nicht, und auch dir ein herzliches Hallo, Bruder. Willkommen zu Hause.«

Evan nahm den kleinen Mac seinem Vater ab und beugte sich vor, um Hailey einen Kuss zu geben, die beim Anblick ihres Onkels fröhlich quietschte. Daher nahm er sie auf den anderen Arm. »Es ist völlig in Ordnung, Onkel Evan lieber zu mögen als Daddy. Das würde jeder verstehen.«

»Ich bitte dich«, konterte Mac. »Sie sind für immer im Team Mac. Und PS: Das ist wirklich ein schönes Haus.«

»Danke«, sagte Evan. »Wir müssen erst noch begreifen, dass wir jetzt tatsächlich hier wohnen.«

»Es wird sich binnen kürzester Zeit wie ein Zuhause anfühlen«, versicherte ihm Grant. »Ich wollte euch Bescheid geben, dass wir die Premiere des Films am Freitagabend abhalten wollen. Allerdings müssen wir die Daumen drücken, dass der Strom bis dahin wieder da ist. Alle sind ins Kino eingeladen und nach der Vorführung zur After-Show-Party ins Bistro.«

»Ich kann es gar nicht erwarten«, verkündete Evan. »Ich hab den Zeitungsartikel und die Kritik in der *L. A. Times* gelesen. Sie waren restlos begeistert.«

»Ja, die Kritiken sind echt gut«, bestätigte Grant. »Wir sind wegen der Inselpremiere am Freitag schon ganz aufgeregt.«

»Ich habe Gerüchte um einen Oscar für meinen Bruder gehört«, meinte Mac. »Ich könnte nicht stolzer sein.«

»Danke«, antwortete Grant, »aber Steph und Charlie sind hier die Stars.«

»Auf jeden Fall, trotzdem hast du es wunderbar hingekriegt, ihre Geschichte mit Leben zu erfüllen, und darauf kannst du mit Fug und Recht stolz sein«, merkte Evan an.

»Bin ich auch«, sagte Grant, »doch auf sie bin ich noch stolzer. Wenn man erst mal das volle Ausmaß dessen weiß, was sie durchlitten hat … Das ist wirklich kaum zu fassen.«

»Ich bin schon echt gespannt«, erwiderte Mac.

»Dieses Haus ist einfach atemberaubend«, befand Mallory, als sie sich zu ihnen gesellte. »Meinen Glückwunsch, Evan. Du hast deine Frau sehr glücklich gemacht.«

»*Sie* hat *mich* sehr glücklich gemacht. Ohne sie gäbe es keinen Nummer-eins-Hit und kein schickes Haus. Rein gar nichts.«

Quinn legte einen Arm um Mallory. Um diese Zeit morgen würden sie verheiratet sein. Das zu glauben fiel ihm immer noch schwer. Er hätte nie gedacht, dass er je heiraten würde, aber dann war sie in sein Leben getreten und hatte alles verändert.

Sie lächelte zu ihm hoch. »Was für ein Unsinn ist hier draußen passiert?«

»Nur das Übliche.«

»Meine Brüder sind auf jeden Fall unterhaltsam.«

»Wo wir gerade von Brüdern reden, hier kommen meine.«

Jared und Lizzie traten auf die Terrasse, gefolgt von Cooper, der eine hässliche Wunde auf der rechten Gesichtshälfte hatte.

»Was zur Hölle ist denn mit dir passiert?«, fragte ihn Quinn, während sie einen komplizierten Händedruck mit anschließender Umarmung ausführten.

»Au, pass doch auf«, sagte Cooper und verzog schmerzhaft das Gesicht, als Quinn ihm auf den Rücken klopfte.

»Er hat zwei gebrochene Rippen«, erzählte Jared, »zusätzlich zu der Schramme im Gesicht, und er will nicht darüber reden, wie es passiert ist, aber offenbar war die Feuerwehr beteiligt.«

Quinn versuchte, sich zusammenzureißen, um nicht zu lachen, scheiterte jedoch.

Jared fiel in sein Gelächter mit ein, während Cooper sie beide finster anstarrte.

»Das Beste«, fügte Jared hinzu, »kommt noch: Er war zu der Zeit bei einem Date mit Gigi Gibson.«

»Lasst ihn in Ruhe, Jungs«, verlangte Lizzie. »Er ist verwundet.«

»Und vermutlich tödlich verlegen«, fügte Jared hinzu.

»Ich besorge mir jetzt was zu trinken«, verkündete Cooper. »Ihr Typen könnt mich mal.«

»Ich möchte unbedingt wissen, was da geschehen ist«, meinte Jared, nachdem Cooper gegangen war. »Aber aus ihm ist nichts herauszukriegen.«

»Ich kann Mason aushorchen«, erklärte Mallory und zückte ihr Handy.

»Oder noch besser, du kannst ihn persönlich fragen.« Quinn deutete mit dem Kinn zu dem Feuerwehrchef, der just zusammen mit seiner Freundin Jordan eingetroffen war. Sie war Gigis beste Freundin, daher sollte es dort mehr Informationen zu holen geben.

Mason und Jordan begrüßten die anderen, bevor sie sich auf den Weg zu Mallory und Quinn machten. Er war einer ihrer engsten Freunde und würde morgen Quinns Trauzeuge sein.

»Da ist ja das glückliche Paar«, sagte Mason.

»Wir wollen die ungeschminkte Wahrheit über Gigi und Cooper, und zwar jetzt«, stellte ihn Mallory zur Rede.

»Äh, meine Liebste hat mich zur Verschwiegenheit verpflichtet«, antwortete Mason.

»Ach, komm schon!«, protestierte Mallory. »Niemand weiß, was passiert ist.«

»Das muss er euch schon selbst erzählen«, verkündete Mason. »Ich rede nicht darüber, sonst werde ich von Jordan auf Eis gelegt.«

»Ehrlich … Ist es so sehr um dich geschehen?«

»Ja. Und, seid ihr bereit für den großen Tag?«, wollte er wissen, offensichtlich erpicht darauf, das Thema zu wechseln.

Quinn hegte keinen Zweifel daran, dass Mallory alle Einzelheiten bei ihrer nächsten Schicht als Rettungssanitäterin rausfinden würde.

»So was von bereit«, sagte Mallory und strahlte vor Glück.

Quinn hatte sie einmal anvertraut, dass sie, nachdem ihr erster Ehemann vom einen auf den anderen Moment gestorben war und sie so lange um ihn getrauert hatte, nicht mehr damit gerechnet hatte, noch mal zu heiraten – bis sie ihn getroffen hatte. So viel war geschehen, seit Quinn Jareds und Lizzies Angebot angenommen hatte, der medizinische Leiter ihrer Senioreneinrichtung zu werden.

Dabei hätte er beinahe abgesagt. Er hatte sich wegen der Einschränkungen, die das Leben auf einer Insel mit sich brachte, Sorgen gemacht, nicht zu vergessen, dass er in der Nähe von Familienmitgliedern wohnen würde, und das zum ersten Mal, seit er nach dem Medizinstudium in die Armee eingetreten war.

Er schätzte es, sein eigenes Ding zu machen, und legte großen Wert auf seine Privatsphäre, aber in der Nähe von Jared und Lizzie zu leben war nett. Sie ließen ihn in Ruhe. Er ließ sie in Ruhe. Und wenn sie miteinander Zeit verbrachten, war es immer schön. Er hatte in seinem jüngeren Bruder einen echten Freund gefunden und in Lizzie eine tolle Schwägerin.

Und dann war er Mallory begegnet, und sein gesamtes Leben hatte sich geändert.

»Du bist so still«, bemerkte seine Liebste, während sich die anderen um sie herum angeregt unterhielten.

»Ich hab nur darüber nachgedacht, was alles passiert ist, seit ich auf Lizzies und Jareds Jobangebot hin hergekommen bin – und dass ich beinah abgelehnt hätte.«

»Das wäre in der Tat tragisch gewesen.«

Er küsste sie auf die Schläfe. »Allerdings.« Er blickte ihr in die Augen. »Um diese Zeit morgen …«

»Ich kann es gar nicht erwarten.«

»Ich auch nicht.«

* * *

Laura Lawry saß an der Rezeption des Sand & Surf und ging die letzten Buchungen durch, als Piper Bennett, die zu ihren Gästen zählte, von einem Ausflug in die Stadt zurückkehrte. Laura zuckte zusammen, als sie sah, dass das Gesicht der jungen Frau mehrere Blutergüsse aufwies und ihre Lippe blutete.

Laura eilte um den Tresen herum zu ihr. »O mein Gott! Was ist passiert?«

»Ich … Ein Mann … Er …«

»Sch, okay. Sie müssen nicht darüber reden, wenn Sie nicht wollen.«

Die Arme zitterte so heftig, dass Laura sie erst mal in die Lounge neben der Hotellobby brachte.

»Wir müssen die Polizei rufen, Piper.«

»Nein«, widersprach die andere und blinzelte Tränen zurück. »Ich kann nicht.«

»Der Polizeichef ist ein enger Freund von mir. Er wird wissen, was zu tun ist. Bitte lassen Sie mich ihm Bescheid sagen. Wer auch immer Ihnen das angetan hat, darf nicht ungeschoren davonkommen.«

Piper faltete ihre zitternden Hände im Schoß.

Laura zwang sich, zu schweigen und der anderen Frau die Chance zu geben, zu begreifen, dass sie das Opfer eines Verbrechens war. Sie hätte Erste Hilfe geleistet, aber nachdem sie so etwas schon einmal mit Owens Mutter erlebt hatte, und zwar am Abend von deren Ankunft auf der Insel, wusste Laura, es war wichtig, dass die Polizei die Verletzungen der Frau zu sehen bekam.

»Wenn Sie sicher sind, dass ich das tun sollte …«

Beim Einchecken gestern hatte Piper bei Laura den Eindruck hinterlassen, eine kluge und vernünftige junge Frau zu sein. Vermutlich stand sie noch unter Schock, sodass sie nicht klar denken konnte und verunsichert war.

»Das ist absolut das Richtige.«

Piper nickte und verkrampfte die Hände im Schoß.

»Ich bin gleich zurück.«

Laura ging in ihr Büro, das an die Lobby angrenzte, und wählte die Nummer von Blaines Handy.

»Hey, Laura. Was kann ich für dich tun?«

»Ich habe hier eine junge Frau im Surf, die Opfer eines Übergriffs geworden ist. Ich bin nicht sicher, was genau passiert ist, doch sie hat blaue Flecke im Gesicht, ihre Lippe blutet, und sie steht offensichtlich unter Schock.«

»Ich bin schon unterwegs.«

»Sie ist noch unsicher, ob und inwiefern die Polizei da reingezogen werden soll.«

»Das verstehe ich. Wir werden uns gut um sie kümmern. Bin gleich da.«

»Danke, Blaine.«

Als Laura aus ihrem Büro trat, kam ihr Mann Owen gerade die Treppe runter, ihre drei Kinder auf dem Arm. Dass es ihm gelang, sie alle gleichzeitig zu tragen, versetzte Laura immer wieder in Erstaunen.

»Na, können wir gleich losfahren?«, fragte er.

»Ich glaub nicht, dass ich mitkann.«

»Was ist denn los?«

Laura informierte Owen rasch. »Gestern hat sie mir erzählt, dass sie einfach mal rausgemusst hätte, nachdem ihr Verlobter die Hochzeit Knall auf Fall abgesagt und mit ihr Schluss gemacht hat. Und jetzt das … Blaine ist schon unterwegs.«

»Oje, das ist übel.«

»Ich muss bei ihr bleiben.«

»Natürlich. Ich schaue mit unseren drei Kleinen kurz bei Evan vorbei. Da können sie etwas Dampf ablassen mit ihren Cousins und Cousinen.«

»Ich komme nach, sobald ich kann.«

Er gab ihr einen Kuss. »Halt mich auf dem Laufenden.«

»Mach ich.« Nachdem sie sich von ihm und ihren Kindern verabschiedet hatte, kehrte sie zu Piper zurück. »Kann ich Ihnen was zu trinken anbieten, Wasser oder auch was Stärkeres?«

Sie schüttelte den Kopf. »Nein, danke.«

Laura blieb bei ihr, während sie auf Blaine warteten, was sie glücklicherweise nicht lange tun mussten. Als sie Männerstimmen aus dem Foyer hörte, ging Laura ihm entgegen, um ihn und Jack Downing von der Polizei Rhode Island zu begrüßen.

»Wir hatten gerade ein Treffen«, erklärte Blaine.

»Ich möchte sie nicht überfahren. Sie ist noch ziemlich aufgewühlt und erschüttert.«

»Ich warte hier draußen«, verkündete Jack.

Laura bedeutete Blaine, ihr in die Lounge zu folgen. »Piper, das hier ist Blaine Taylor, der Chef des Gansett Island Police Department. Blaine, das ist Piper Bennett, die Gast in unserem Haus ist.«

»Hallo, Piper«, sagte Blaine und nahm ihr gegenüber Platz.

»D-danke fürs Herkommen.«

»Ist doch selbstverständlich. Können Sie mir erzählen, was geschehen ist?«

Piper warf einen Blick zu Laura.

»Soll ich gehen, damit Sie ungestört mit Blaine reden können?«

»Nein! Bitte bleiben Sie.«

Laura setzte sich neben Piper. »Ich bin da, und solange Sie mich brauchen, gehe ich auch nicht weg.«

Piper begann zu schluchzen.

Sie warteten, bis sie sich gesammelt und ein paarmal tief durchgeatmet hatte. »Ausgerechnet, wenn man denkt, es kann nicht noch schlimmer kommen.«

»Es tut mir so leid, dass Ihnen das auf unserer Insel passiert ist«, sagte Blaine.

»Es war meine Schuld. Ich hab einen Fehler gemacht und mit Fremden gefeiert. Und dann bin ich noch mit ihm aufs Zimmer gegangen, obwohl ich wusste, dass ich das nicht tun sollte, und als er mich dann gepackt hat ...«

»Es ist nicht Ihre Schuld, Piper«, stellte Blaine richtig. »Einen Mann auf sein Zimmer zu begleiten ist keine Einladung zu irgendwelchen Übergriffen. Aber ich habe eine gute Nachricht für Sie.«

»Welche denn?«

»Wenn Sie mir verraten können, in welchem Hotel das passiert ist, und vielleicht auch noch, in welchem Zimmer, werden wir ihn finden und wegen Körperverletzung festnehmen können.«

»Es ... Es war im Harborside. Zimmer zweiunddreißig.«

»Und sein Name?«

»Chris.«

»Eine Sekunde.« Blaine stand auf und begab sich ins Foyer, kehrte kurz darauf zurück. »Die Landespolizei wird ihn verhaften.«

Piper ließ den Kopf in die Hände sinken, und ihre Schultern bebten, so heftig schluchzte sie. »Ich hätte nie mit ihm mitgehen dürfen, aber er wirkte so nett. Und ich wollte mich besser fühlen.«

»Hat er Sie vergewaltigt, Piper?«, erkundigte sich Blaine behutsam.

Sie schüttelte den Kopf. »Ich hab mich gewehrt und konnte vorher fliehen.«

»Brauchen Sie einen Arzt?«

»Ich … Ich glaub nicht.«

»Ich würde gerne ein paar Fotos von Ihren Verletzungen machen, um sie für die Anklage zu dokumentieren«, erläuterte Blaine. »Das hilft uns dabei, ihn für seine Tat zur Rechenschaft zu ziehen.«

»Okay«, antwortete Piper zögernd. Sie verzog das Gesicht, als Blaine sie fotografierte.

»Ich hole mal besser unser Erste-Hilfe-Set.« Laura stand auf und ging in ihr Büro. Dann machte sie sich daran, Pipers blutige Lippe zu säubern und Heilsalbe aufzutragen. Sie bot auch an, für die blauen Flecke auf Pipers Gesicht einen Kühlpack zu holen. Der Vorfall weckte Erinnerungen an die Nacht, in der Sarah in sogar noch schlimmerer Verfassung hier aufgetaucht war, nachdem ihr jetziger Ex-Mann sie übelst misshandelt hatte.

»Danke«, sagte Piper und hielt sich den Kühlpack an die Wange.

»Und jetzt müssen Sie mir leider Schritt für Schritt erzählen, was von dem Moment an, in dem Sie ihn kennengelernt haben, bis zu dem, als Sie aus seinem Zimmer entkommen konnten, geschehen ist«, fuhr Blaine fort und zog einen Notizblock und einen Stift aus seiner Brusttasche.

Laura blieb bei Piper sitzen, während die alles berichtete.

Blaine stellte eine Menge Fragen, und Piper beantwortete jede einzelne davon. Ihre Entschlossenheit schien mit jeder Minute, die verstrich, zuzunehmen.

Als sie eine Stunde später wieder die Lobby betraten, war Jack zurück.

»Er ist in der Arrestzelle auf der Station«, sagte er. »Und verlangt nach seinem Anwalt.«

Piper schlang die Arme um sich. »Was wird jetzt passieren?«

»Sie erstatten Anzeige wegen Körperverletzung und versuchter Vergewaltigung«, erwiderte Blaine. »Wenn es dann zur Verhandlung kommt, werden wir Ihre Aussage brauchen. Das wird allerdings eine Weile dauern.«

»Danke, dass Sie gekommen sind und so rasch gehandelt haben«, meinte sie, und ihr Blick wanderte zu Jack.

»Ich melde mich«, versprach Blaine.

»Falls es irgendetwas gibt, was wir sonst noch tun können«, fügte Jack hinzu und reichte Piper seine Visitenkarte, »rufen Sie bitte jederzeit an.«

»Noch mal danke Ihnen beiden.«

»Ja, danke.« Nachdem Laura die Männer hinausbegleitet hatte, wandte sie sich an Piper. »Bitte kommen Sie mit nach oben in meine Privatwohnung. Ich mache uns einen Tee.«

»Ich möchte Ihnen nicht noch mehr zur Last fallen.«

»Ach, Unsinn.« Laura legte ihren Arm um die andere Frau, hatte das Gefühl, als wären sie nach den letzten paar Stunden Freundinnen. »Ich möchte helfen, wenn ich irgendwie kann.«

»Sie sind so nett. Das ist sehr tröstlich.«

»Mir tut es nur so leid, dass das passiert ist«, erklärte Laura, während sie die Treppe zu ihrer Wohnung im zweiten Stock hochstiegen.

»Es ist ja nicht Ihre Schuld.«

»Bevor wir reingehen, muss ich Sie warnen … Ich hab drei kleine Kinder. Ich hab keine Ahnung, was für ein Chaos uns da drin erwartet.«

»Bitte, machen Sie sich deswegen keine Gedanken. Ich habe Nichten und Neffen und weiß, wie das ist.«

»Okay.« Laura schloss die Tür auf und trat in eine tadellos aufgeräumte Wohnung. »Und einmal mehr beweist mein Ehemann, warum er der Allerbeste ist.« Owen hatte nicht nur alle drei Kinder umgezogen und aufbruchbereit gehabt, er hatte auch noch aufgeräumt und sogar geputzt, denn es roch irgendwie frisch und schwach nach Zitrone.

»Ich bin beeindruckt«, sagte Piper.

»Bitte setzen Sie sich doch. Machen Sie es sich bequem. Und ich muss Sie noch nicht einmal warnen, dabei vor eventuell vergessenen Erdnussbutter-Sandwiches auf der Hut zu sein.«

Piper lächelte, während sie auf dem Sofa Platz nahm.

Laura kochte ihnen beiden Tee, dankte im Geiste erneut für den Gasherd, der einmal mehr seine Nützlichkeit bei Stromausfall unter Beweis stellte. Mit zwei Tassen kehrte sie zurück.

»Danke.« Piper trank vorsichtig einen Schluck, verzog das Gesicht, als ihre verletzte Lippe mit dem Tassenrand in Berührung kam. »Sie haben weit mehr getan, als man von Ihnen erwarten kann.«

»Überhaupt kein Problem. Wir sind immer im Einsatz und tun alles für unsere Gäste.«

»Meine Großeltern haben hier regelmäßig Urlaub gemacht. Damals wurde das Hotel von einem Ehepaar namens Adele und Russ geführt, mit dem sie sich angefreundet hatten. Kennen Sie sie?«

»Das sind die Großeltern meines Ehemanns. Sie leben hier auf der Insel.«

»Wie schön, dass das Hotel im Familienbesitz geblieben ist.«

»Es war ihr Hochzeitsgeschenk an uns.«

»Wow.«

»Aber jetzt genug von mir. Was kann ich für Sie tun? Soll ich jemanden anrufen?«

»Nein, das möchte ich nicht. Meine Familie macht sich schon genug Sorgen um mich.«

»Ich musste gestern noch oft an Sie denken, nachdem Sie eingecheckt hatten. Ich war einmal an dem gleichen Punkt wie Sie jetzt … Nur dass ich tatsächlich verheiratet war, als ich entdeckt habe, dass mein frischgebackener Ehemann sich immer noch über eine Dating-App mit Frauen verabredete.«

Pipers Augen weiteten sich entsetzt. »Wie haben Sie das herausgefunden?«

»Eine meiner Brautjungfern hat sein Profil gesehen und sich unter falschem Namen mit ihm verabredet, da sie dachte, das müsse ein Scherz oder ein Versehen sein. War es aber nicht. Kurz danach habe ich festgestellt, dass ich schwanger war.«

»Okay, Sie gewinnen.«

Laura lachte. »Das ist ja kein Wettstreit. Ich erzähle Ihnen das bloß, damit Sie wissen, dass, egal, wie es im Moment aussieht, Sie das hier überstehen werden. Das verspreche ich.«

»Gut zu wissen. Mein heutiges Verhalten passt gar nicht zu mir. Ich lasse mich nicht auf Zufallsbekanntschaften ein. Nicht dass dagegen grundsätzlich etwas einzuwenden wäre. Ich habe es nur nie gemacht.«

»Sie haben ja nichts Falsches getan. Sie müssen Spaß mit ihm gehabt haben, bevor Sie eingewilligt haben, ihn auf sein Zimmer zu begleiten.«

»Ja genau, es war lustig mit ihm. Er hat mich zum Lachen gebracht, was ich nicht für möglich gehalten hätte. Es war so schön, wieder zu lachen, mich wieder begehrt zu fühlen. Ich war dumm, schließlich sollte ich es besser wissen, als so ein Risiko einzugehen.«

»Ich werde Ihnen immer weiter versichern, dass es nicht Ihre Schuld ist, bis Sie mir glauben.«

»Das könnte ein bisschen dauern«, erwiderte Piper und wischte sich eine Träne weg.

»Sie sind herzlich eingeladen, hierzubleiben, solange Sie das möchten. Nehmen Sie sich so viel Zeit, wie Sie brauchen, um sich davon zu erholen – körperlich und seelisch – und zu entscheiden, wie es weitergehen soll. Wir freuen uns, wenn wir Sie hierhaben.«

»Das ist wirklich nett von Ihnen.« Sie stellte ihre Teetasse auf den Tisch. »Danke noch einmal für Ihre Unterstützung, Ihre Freundlichkeit und den Tee. Das hat mir so unfassbar geholfen.«

Laura umarmte sie spontan. »Ich schaue morgen früh nach Ihnen. Und falls Sie mich in der Nacht brauchen, wählen Sie am Zimmertelefon die Durchwahl dreißig. Bitte zögern Sie nicht, sich zu melden.«

»Danke. Bevor ich gehe, noch eine kurze Frage.«

»Bitte, gern.«

»Was hat es mit dem sexy Cop Jack auf sich?«

Laura lachte. »Ist er sexy? Ist mir überhaupt nicht aufgefallen.«

»Lügnerin. Niemand ist *so* verheiratet.«

»Haha, stimmt auch wieder. Vielleicht ist mir das ein oder andere Mal der Gedanke gekommen, dass er sexy ist, aber verraten Sie das nicht meinem Mann.«

»Ihr Geheimnis ist bei mir sicher.«

»Er hat Ihnen seine Karte gegeben, falls Sie etwas brauchen …«

»Ich glaub nicht, dass ich im Moment tatsächlich für irgendwas bereit bin. Doch es ist tröstlich, dass es dort draußen Typen wie ihn und Blaine und Ihren Owen gibt.«

»Ich denke nicht, dass sein Angebot ein Verfallsdatum hat«, erwiderte Laura mit einem kleinen Grinsen. »Wenn Sie im Moment nirgendwo sein müssen, sollten Sie eine Weile hierbleiben. Man weiß nie, was auf Gansett Island passiert.«

»Da ich meinen bisherigen Job gekündigt habe, weil ich dorthin ziehen wollte, wo mein Ex-Zukünftiger lebt, ist das bei mir tatsächlich der Fall.«

»Wir haben bestimmt genug Arbeit für Sie, falls Sie wirklich noch nicht gleich wieder abreisen wollen. Jetzt beginnt die Zeit in der Saison, wo meine studentischen Aushilfskräfte wieder zurück an ihre Colleges müssen, sodass ich förmlich in Arbeit ersticke. Falls Sie also ernsthaft darüber nachdenken, lassen Sie es mich bitte unbedingt wissen.«

»Ich werde darüber nachdenken. Noch mal danke, Laura. Wir sprechen uns morgen früh.«

»Bis dann.«

Laura ging mit ihr zur Tür und schaute ihr nach, wie sie sich mit hängenden Schultern entfernte. Sie konnte sich gut vorstellen, dass sie ganz ähnlich ausgesehen hatte, als sie zur Hochzeit ihrer Cousine Janey auf die Insel gekommen war. Das war die Woche gewesen, in der sie Owen kennengelernt und in der sich alles geändert hatte. Sie hoffte, dass Piper jemanden finden würde, der sie so liebte, wie sie es verdiente – vielleicht sogar Jack, den sexy Cop. Das wäre lustig. Eine Sache stand jedenfalls fest – Pipers Ex-Verlobter war ein Idiot.

Sie schickte Owen eine Textnachricht, um zu fragen, ob sie jetzt noch zu Evan und Grace nachkommen sollte.

Jon fängt an, quengelig zu werden. Wir brechen hier bald unsere Zelte ab. Ich kann mich zu Hause gerne noch eine Weile um sie kümmern, wenn du kurz zu deiner Familie möchtest.

Ich werde ja alle bei der Hochzeit morgen sehen. Melde dich, wenn du hier eintriffst, dann komm ich runter und helfe dir beim Ausladen der Babyfuhre.

Okay, mach ich.

Dass sie allein in der Wohnung war, passierte Laura so selten, dass sie die Gelegenheit nutzte und die Füße hochlegte, um in der halben Stunde, die ihr blieb, bis Owen hier eintreffen würde, in einer Zeitschrift zu blättern.

Als seine Nachricht dann kam, lief sie die Treppe hinunter, grüßte kurz Tara, die Studentin, die an der Rezeption saß, und ging draußen um das Hotel herum zum Parkplatz auf der Rückseite, wo Owen den dunkelblauen SUV abgestellt hatte, den sie am Anfang des Sommers gekauft hatten. Wenn man drei kleine Kinder herumkutschieren musste, brauchte man ein großes Auto.

Jonathans Gesicht war ganz rot und seine Augen feucht. »Was ist denn mit meinem Süßen los?«, fragte sie, als sie ihn abschnallte und aus dem Sitz hob.

»Er war die ganze Zeit schlecht drauf«, erklärte Owen.

Laura gab ihm einen Kuss auf die Stirn. »Vermutlich setzt ihm die Hitze zu.«

»Ich hoffe, das ist alles«, meinte Owen.

Der Arme wirkte gestresst.

Er trug Joanna und Holden, während Laura ihm mit Jon folgte, die Windeltasche über der Schulter. Nachdem sie die drei gebadet und fürs Bett fertig gemacht hatten, krochen auch die erschöpften Eltern ins Bett.

»Was war denn mit der jungen Frau?«, wollte Owen wissen.

»Sie hat den Vorfall Blaine und Jack gemeldet, und sie haben den Typen verhaftet.«

»Freut mich, dass sie ihn erwischt haben. Ich finde es schlimm, dass so was hier passiert.«

»Blaine würde dir sagen, dass auch unsere kleine Insel nicht vor Mistkerlen gefeit ist.«

»Das stimmt allerdings.«

»Wie war die Party?«

»Super. Und du müsstest mal Evans neues Haus sehen. Es ist einfach unglaublich.«

»Ich bin schon ganz neugierig. Sind Mallory und Quinn aufgeregt?«

»Du kennst sie doch. Sie sind ziemlich entspannt, aber sie haben die ganze Zeit gelächelt.«

»Ich schicke den beiden gleich noch eine Nachricht, um mich dafür zu entschuldigen, dass ich die Party versäumt habe.«

»Ich hab ihnen schon gesagt, dass du dich um einen Vorfall mit einem Gast kümmern musstest, sonst wärst du mitgekommen.«

»Piper tut mir so leid. Die Arme hat gerade eine schlimme Trennung hinter sich, und dann passiert auch noch so was. Ich hab sie eingeladen, so lange zu bleiben, wie sie mag, und ihr außerdem einen Job angeboten, falls sie arbeiten möchte.«

»Das ist wirklich nett von dir, Süße.«

»Ich kann mir vorstellen, wie sie sich fühlt. Ich war ja in einer ähnlichen Situation. Vorhin musste ich an den Tag nach Janeys Hochzeit denken. Weißt du noch?«

Owen drehte sich auf die Seite und lächelte, während er ihr das Haar aus dem Gesicht strich. »Wie könnte ich je den Tag vergessen, an dem ich dich vor diesem Hotel gefunden habe, wie du im strömenden Regen standest und aussahst wie ein kleines Mädchen, das sich verlaufen hatte und nicht mehr weiterwusste?«

»Genau das war ja auch der Fall.«

»Mir ging es ganz ähnlich, nur dass mir das nicht klar war, bis du mich gefunden hast.«

»Es ist erstaunlich, wie einer der schlimmsten Tage meines Lebens sich in einen der besten verwandelt hat. Ich werde nie die Zeit ganz am Anfang vergessen, die wir hier zusammen verbracht haben, als mir dauernd schlecht war, weil ich mit dem Kind eines anderen schwanger war, und du trotzdem bei mir geblieben bist und für mich da warst. Und als du dich entschieden hast, den Winter dranzuhängen ...« Laura fächelte sich Luft zu. »Das war einfach so unglaublich romantisch.«

Lächelnd erwiderte er: »Ich habe noch nicht einmal versucht, besonders romantisch zu sein. Ich wusste einfach, ich konnte dich nicht verlassen.«

»Vielleicht findet Piper ja ihren Owen auf Gansett Island.«

»Ja, das wäre was, oder?«

Laura dachte an Pipers Bemerkung über Jack, sagte aber nichts zu Owen. »Absolut.«

KAPITEL 34

Dan Torrington hatte fast den ganzen Montag lang versucht, den Anwalt, der Kyles und Jacksons Vater vertrat, telefonisch zu erreichen, doch leider vergebens. »Sie müssen das verstehen«, sagte der Anwalt, als Dan ihn endlich während Mallorys und Quinns Party an der Strippe hatte. »Mein Klient hat erst kürzlich erfahren, dass die Mutter seiner Kinder verstorben ist. Er möchte sich vergewissern, dass seine Söhne versorgt sind und es ihnen gut geht.«

Dan hatte sich extra ein Stück von den anderen entfernt, um den Anruf anzunehmen. Er befürchtete, dass Seamus am Ende noch einen Herzinfarkt erlitt, wenn das hier nicht bald geklärt war. »Dem Vernehmen nach hat er sich weder blicken noch von sich hören lassen, solange sie noch lebte. Die Jungs kennen ihn nicht, und ich schätze, das war von ihr so beabsichtigt. Und vermutlich hat das Gericht auch nicht grundlos beschlossen, ihr das volle Sorgerecht zuzusprechen.«

»Er hatte ein paar Probleme und hat Fehler gemacht, die er bereut.«

»Wenn ich mir seine Akten anschaue, was werde ich finden?« Dan, der die Einzelheiten bereits kannte, fragte sich, wie aufrichtig der Anwalt ihm gegenüber sein würde.

»Sie werden feststellen, dass er als junger Mann Probleme hatte und in Schwierigkeiten geraten ist, doch das liegt hinter ihm.«

»Von was für Schwierigkeiten reden wir hier?«, wollte Dan wissen.

»Er hatte einige Jahre mit Drogenabhängigkeit zu kämpfen und war eine Weile wegen des Besitzes verbotener Substanzen im Gefängnis. Jetzt ist seine Bewährungszeit zu Ende, er hat einen guten Job und ein Haus. Während er mit Lisa zusammen war, hatte er Suchtprobleme und war noch auf Bewährung, aber seit er aus dem Gefängnis raus ist, hat es keine weiteren Konflikte mit dem Gesetz mehr gegeben.«

»Ich weiß es zu schätzen, dass Sie mir gegenüber aufrichtig sind, doch Sie müssen verstehen, dass meine Mandanten den Jungs ein sicheres Zuhause geboten und ihnen durch die schwierige Zeit nach dem Tod ihrer Mutter geholfen haben. Die beiden jetzt, an diesem Punkt, zu entwurzeln und aus ihrer vertrauten Umgebung zu reißen wäre absolut kontraproduktiv.«

»Er möchte seine Söhne sehen.«

Dan hatte nichts von Seamus' Vorschlag gesagt, bevor nicht zweifelsfrei feststand, dass das unumgänglich war. »Ich habe ein Angebot für Sie, und ich möchte es deutlich machen: Dies ist das einzige Angebot, das wir unterbreiten werden. Mein Mandant und seine Frau haben das uneingeschränkte Sorgerecht für die Jungs und auch die Mittel, das durchzufechten, falls Sie es auf einen Prozess ankommen lassen wollen. Die Mutter der Jungs hat meine Mandanten – nicht Ihren – dazu bestimmt, die beiden nach ihrem Tod großzuziehen. Sie und ich wissen beide, dass jeder Richter die Vorkehrung, die die verstorbene Mutter getroffen hat, respektieren würde.«

»Okay, wie lautet Ihr Vorschlag?«

»Die O'Gradys sind bereit, ihm einen ersten Besuch zu ermöglichen, allerdings nicht als ihr Vater, sondern als alter

Freund der Familie. Sie schlagen zwei Treffen pro Jahr vor, und wenn die Jungs älter sind, erfahren sie, wer er in Wahrheit ist. Dann können die beiden selbst entscheiden, was für eine Beziehung sie zu ihm wollen.«

»Das ist ganz schön heftig.«

»Es ist auch ganz schön heftig von ihm, dass er jetzt auftaucht und Forderungen stellt, obwohl die Kinder ihn überhaupt nicht kennen. Wo war er in den letzten sieben Jahren?«

»Ich werde ihm den Vorschlag unterbreiten und mich dann wieder bei Ihnen melden.«

»Wir freuen uns darauf, von Ihnen zu hören.«

Dan hatte gerade erst aufgelegt, als Seamus schon neben ihm stand und ihn mit Fragen überfiel. »Was hat er gesagt?«

»Er wird dem Vater der Jungen von eurem Angebot berichten. Der Mann hatte ein paar Probleme mit Drogen und war deswegen im Gefängnis. Er war auch noch abhängig und auf Bewährung, als er und Lisa zusammen waren.«

»Ah«, antwortete Seamus. »Das erklärt einiges. Was hat der Anwalt erwidert, als du ihm von unserem Plan erzählt hast?«

»Dass es ganz schon heftig sei, aber ich habe darauf verwiesen, dass das umgekehrt genauso gilt, wenn er nach so langer Zeit aus heiterem Himmel auftaucht und Forderungen stellt.«

»Es ist schon ganz schön dreist.«

»Zu seiner Verteidigung muss man berücksichtigen, dass er bis vor Kurzem gar nichts von Lisas Tod wusste.«

»Das zählt nicht. Wo hat er all die Jahre gesteckt?«

»Genau das habe ich auch vorgebracht. Ich habe außerdem klargemacht, dass du die Ressourcen hast, notfalls vor Gericht zu gehen.«

»Verdammt richtig. Die meiste Zeit versuche ich, so zu tun, als wäre meine Frau nicht stinkreich, doch ich würde nie zögern, sie darum zu bitten, für etwas so Wichtiges wie das hier zu zahlen.«

Carolina legte beide Hände um Seamus' Arm, als sie zu ihnen trat. »Ich würde sehr gerne für alles bezahlen, was dafür sorgt, dass diese Jungs bei uns bleiben.«

»Ah, Liebling«, erwiderte Seamus. »Du solltest dich nicht so an mich heranschleichen.«

»Warum nicht? Schließlich tust du das bei mir andauernd.«

»Da hat sie recht.«

Dan lachte und klopfte Seamus auf die Schulter. »Ich weiß, es ist zwecklos, dir zu sagen, dass du dir keine Sorgen machen sollst, aber ich glaube wirklich, dass alles gut wird. Er hat keine Chance vor Gericht, und das weiß er. Der Anwalt weiß es auch, was der Grund dafür ist, dass er zugestimmt hat, mit seinem Mandanten über euren Vorschlag zu reden. Ich gebe euch Bescheid, sobald ich irgendetwas von ihm höre.«

»Ich bin mir sicher, dafür ist auch verantwortlich, dass du uns vertrittst«, meinte Seamus. »Der andere Typ muss gedacht haben: Wie, echt jetzt? *Der* Dan Torrington? Wenigstens zeigt ihnen das, dass wir das nicht auf die leichte Schulter nehmen.«

»Oh, er weiß, dass es uns ernst ist. Überlasst das alles ruhig mir. Ich melde mich morgen bei euch. Und jetzt werde ich meine liebe Frau suchen. Ihr solltet den Abend genießen und könnt danach beruhigt schlafen. Ich bin mir sehr sicher, dass alles in Ordnung kommen wird.«

»Danke, Dan«, sagte Carolina. »Wir sind so froh, dich auf unserer Seite zu haben.«

»Ich freue mich, wenn ich helfen kann. Es ist meine Lieblingsbeschäftigung, dafür zu sorgen, dass das Gesetz so funktioniert, wie es soll. Ich wünsche euch eine gute Nacht.«

»Danke, wir dir auch«, antwortete Seamus.

Dan verließ sie und trat von hinten an Kara heran, während die sich mit Linda McCarthy, Tiffany Taylor, Janey Cantrell, Grace McCarthy, Sydney Harris, Abby McCarthy und Maddie McCarthy unterhielt, die auf einer Liege ruhte.

Kara erschrak erst und entspannte sich sofort wieder, als sie merkte, dass er es war. »Ich habe dir doch gesagt, dass du damit aufhören sollst«, verlangte sie in amüsiertem Ton. »Er liebt es, mich zu erschrecken.«

»Evan macht das auch immer«, warf Grace ein. »Was soll das?«

»Uns gefällt es, wie ihr aufkeucht und euch dann in unsere Arme sinken lasst«, erklärte Dan, was ihm von seiner Geliebten einen Ellbogenstoß in die Magengegend eintrug.

Dan keuchte auf und lachte dann. Seine Frau ließ ihm keine Dummheiten durchgehen.

»War das der Anwalt, mit dem du reden wolltest?«, fragte Kara.

»Ja. Alles gut fürs Erste. Morgen telefonieren wir wieder.« Die Lippen dicht an ihrem Ohr, erkundigte er sich: »Wollen wir heute früher ins Bett? Ich bin erschöpft.«

Sie schaute ihn mit dem kecken kleinen Lächeln an, das er so liebte. »Bist du erschöpft oder lüstern?«

»Darf ich nicht beides sein?«

»Ich schätze schon. Dann verabschieden wir uns wohl besser.«

Dass er jede Party für den Rest seines Lebens mit der wunderschönen Kara Torrington am Arm verlassen durfte, war das Beste überhaupt. *Sie* war das Beste überhaupt. Als er sie lachen und mit ihren Freunden reden, ihnen eine gute Nacht wünschen sah, fühlte er sich wie der glücklichste Mann der ganzen Welt, weil er mit ihr nach Hause gehen würde – und sie zusammen ein Baby bekamen.

Das Leben war gut und würde mit jedem Tag, an dem Kara an seiner Seite war, nur noch besser werden.

Kapitel 35

»Ich mache mir Sorgen, dass du dich selbst stresst«, erklärte Carolina, während sie den Jungs dabei zusahen, wie sie auf dem Rasen mit Thomas, seiner Cousine Ashleigh und Ethan spielten. Burpy war ihnen wie immer dicht auf den Fersen.

»Jetzt, wo Dan mit dem Anwalt geredet hat, geht es mir besser. Es ist gut, dass sie wissen: Wir sind bereit, zu tun, was immer notwendig ist, um die beiden zu behalten.«

»Wie du ja gesagt hast: Von Dan Torrington angerufen zu werden übermittelt eine gewisse Botschaft.«

»Das tut es allemal. Wir können froh und dankbar sein, dass wir ihn auf unserer Seite haben.«

»Weshalb es wahrscheinlich vertretbar ist, heute Nacht zumindest ein bisschen Schlaf zu finden.«

»Ich werde mein Bestes geben. Diese ganze Angelegenheit hat mir vor Augen geführt, wie sehr mir die beiden kleinen Frechdachse ans Herz gewachsen sind.«

»Das wusstest du schon vorher. Und sie wissen es auch. Sie sehen ja selbst, wie schnell du von der Arbeit nach Hause kommst, damit du sie zum Angeln oder zu irgendeinem anderen Abenteuer mitnehmen kannst. Sie sehen es daran, dass sie jederzeit deine volle Aufmerksamkeit haben und wie du sie in alles, was du tust, mit einbeziehst. Sie hängen dir bei jedem Wort an den Lippen und verfolgen alles genau, was du tust. Du bist zum wichtigsten Menschen in ihrem Leben geworden.«

»Du stehst mit mir ganz oben auf einer Stufe, Liebling.«

»Sie lieben mich, das weiß ich. Aber dich bewundern sie, und das ist wirklich schön. Sie könnten keinen besseren Vater haben, und sie werden nie irgendwen anders wählen, egal was mit diesem Kerl passiert. Sie werden sich daran erinnern, wer für sie da war, als sie das am dringendsten gebraucht haben.«

»Ach, Liebling, du bringst mich gleich zum Weinen.«

»Dann sollte ich dich wohl besser von hier wegbringen, bevor du dir noch eine Blöße gibst.«

»Wahrscheinlich keine schlechte Idee.« Seamus pfiff nach den Jungs, und sie kamen angerannt wie immer, wenn er nach ihnen rief. Als er Carolina geheiratet hatte, die achtzehn Jahre älter war als er und Mutter eines erwachsenen Sohnes, hatte er gewusst, dass er dafür, mit seiner wahren Liebe zusammen zu sein, die Chance aufgab, eigene Kinder zu haben, und das war für ihn völlig okay gewesen, solange er im Gegenzug ein Leben mit ihr an seiner Seite verbringen durfte.

Niemals, in seinen wildesten Träumen nicht, hätte er sich die Familie ausmalen können, die sie jetzt hatten, mit Kyle und Jackson sowie Carolinas Sohn Joe, dessen Frau Janey und ihren Kindern P. J. und Vivienne.

Joe hatte ihnen vor ein paar Tagen von ihrem Plan erzählt, nach Ohio zurückzugehen, damit Janey ihr Veterinärstudium abschließen konnte. Sie würden ihnen furchtbar fehlen, aber sie würden über Weihnachten und im nächsten Sommer wieder auf die Insel kommen.

Während sich Kyle und Jackson wie zwei kleine Äffchen an ihn klammerten, verabschiedeten sich Seamus und Carolina von allen und wünschten eine gute Nacht. Morgen zur Hochzeit würden sich alle wiedersehen.

Später, als er die zwei dreckigen Jungs beim Baden beaufsichtigt, danach ins Bett gebracht und schließlich noch den Hund ein letztes Mal rausgelassen hatte, legte sich Seamus neben Carolina und starrte an die Decke. Nachdem er vor vielen Jahren seine jüngeren Brüder verloren hatte – einen an Krebs und den anderen an eine Überdosis Drogen –, hatte er mit dem Beten aufgehört, doch jetzt besann er sich und sprach ein stilles Gebet an den Allmächtigen, bat ihn um Hilfe, damit die Jungs bei ihm und Caro bleiben konnten, wo sie hingehörten.

Erst dann schloss er die Augen und versuchte, zumindest ein wenig Schlaf zu finden.

KAPITEL 36

Ihrem Vater zufolge war Mallory Vaughn so irisch wie nur was. Zumindest von der McCarthy-Seite her. Ihre verstorbene Mutter hatte englische und holländische Vorfahren gehabt, und seit sie vor zwei Sommern ihren Vater wiedergefunden hatte, hatte Mallory die Lücken bezüglich seiner Familie geschlossen. Trotz ihres irischen Erbes war sie jedoch nicht abergläubisch, daher verbrachte sie die Nacht vor der Hochzeit mit ihrem Verlobten.

Während sie Quinn anschaute, wie er mit einem Arm über dem Kopf schlief, dankte sie den verschlungenen Pfaden des Schicksals, die ihn in ihr Leben geführt hatten.

Nachdem ihr erster Ehemann im Alter von siebenundzwanzig Jahren plötzlich und ohne jegliche Vorwarnung gestorben war, hatte Mallory nicht damit gerechnet, jemals wieder zu heiraten. Aber nachdem sie Big Mac McCarthy getroffen und das ihr Leben in jeder nur denkbaren Weise auf den Kopf gestellt hatte, war sie Dr. Quinn James begegnet, der am Ende dieses Tages ihr rechtmäßig angetrauter Ehemann sein würde. Außerdem war heute auch noch ihr einundvierzigster Geburtstag.

Als sie beschlossen hatten, an ihrem gemeinsamen Geburtstag zu heiraten, hatten Mallory und Quinn eigentlich vorgehabt, eine zwanglose Grillparty im Garten von Mallorys Bruder Mac zu veranstalten, doch als Big Mac davon erfahren hatte, hatte er darum gebeten, ihre Hochzeit im wunderschönen Chesterfield-Anwesen ausrichten zu dürfen.

»Ich habe so unglaublich viel in deinem Leben verpasst«, hatte er erklärt. »Daher lass mich bitte das hier für dich tun.«

Das hatte er so süß und so ernsthaft gesagt, dass Mallory unter Tränen eingewilligt hatte. Weil ihr gemeinsamer Geburtstag in diesem Jahr auf einen Dienstag fiel, hatten sie vor einem Monat das sonst ausgebuchte Chesterfield problemlos reservieren können. Seither hatten Lizzie James und ihr Team ein Wunder vollbracht. Mallory konnte es gar nicht erwarten, das Endergebnis von all den vielen Besprechungen unter der Woche, Telefonaten und E-Mails zu sehen. Da Lizzie alles organisierte, zweifelte Mallory nicht daran, dass es wunderschön werden würde.

Sie beugte sich vor und küsste Quinn erst auf die Schulter und dann auf die Lippen, weckte ihn damit aus tiefem Schlaf.

Er öffnete seine goldbraunen Augen, und ein Lächeln breitete sich auf seinem attraktiven Gesicht aus. »Guten Morgen, meine Schöne. Herzlichen Glückwunsch zum Geburtstag. Und zum Hochzeitstag.«

»Herzlichen Glückwunsch zu allem«, erwiderte Mallory und seufzte, als er seine Arme um sie legte. In all den Jahren, seit Ryan gestorben war, hatte sie sich nirgends so rundum wunderbar gefühlt wie bei Quinn. »Wir müssen los, wenn wir noch zu dem Meeting wollen, bevor die Festlichkeiten beginnen.« Sie bemühten sich, jeden Tag mit einem Treffen der Anonymen Alkoholiker in der Stadt zu beginnen, und mussten das nur ganz selten ausfallen lassen.

»Wie wäre es, wenn wir eine Runde laufen, die wir dort enden lassen?«

»Das klingt prima.«

Sie standen auf, zogen sich Laufklamotten an und brachen auf, nahmen den langen Weg in die Stadt und erreichten die Kirche, in deren Keller der Raum für das allmorgendliche Treffen lag. Die anderen Teilnehmer ihrer Gruppe, zu der auch ihr guter Freund Mason Johns gehörte, saßen bereits auf ihren Stühlen im Kreis, als sie reinkamen und sich den Schweiß abwischten. Die Hitzewelle dauerte unvermindert an, aber hier unten war es angenehm kühl.

Ihre Freunde klatschten für Braut und Bräutigam, was Mallory und Quinn verlegen machte. Sie schnappten sich Wasserflaschen vom Tisch mit den Erfrischungen und setzten sich ein Stück abseits von den anderen, weil sie vom Laufen so verschwitzt waren.

Nina, die Frau, die die Gruppe leitete, deutete zu ihnen. »So sieht echte Hingabe aus, meine Freunde. An einem Tag, an dem Mallory und Quinn ganz bestimmt anderes im Kopf haben, nehmen sich die beiden die Zeit, zuerst hierherzukommen. Dem sollten wir nach Kräften nacheifern, besonders an Tagen, an denen wir glauben, wir hätten Besseres zu tun, als zu einem Meeting zu gehen.«

Hinterher liefen sie in gemächlicherem Tempo nach Hause, um zu duschen und zu frühstücken, in diesem Fall Müsli mit kalter Milch aus der Kühlbox, die sie seit Tagen mit Eisbeuteln auf Betriebstemperatur hielten.

»Ganz im Ernst, langsam hab ich von diesem Stromausfall die Nase voll«, erklärte Quinn. »Es wird schön sein, ein paar Tage lang von dieser Insel runterzukommen und wieder ins einundzwanzigste Jahrhundert zurückzukehren.«

»Da hast du recht«, pflichtete ihm Mallory bei. »Ich beginne allmählich, heißes Wasser schmerzlich zu vermissen, selbst wenn kalte Duschen das Einzige sind, was verhindert, dass wir dahinschmelzen. Gott sei Dank gibt es im Chesterfield

353

dank des Generators Strom, sodass ich auf den Hochzeitsfotos nicht völlig verschwitzt aussehen werde.«

»Du könntest nicht mal dann verschwitzt aussehen, wenn du dich anstrengst.«

»Nicht notwendig, den Charme hochzuschalten, Dr. James. Falls du's noch nicht gemerkt hast: So leicht wirst du mich nicht mehr los.«

»Das heißt aber nicht, dass ich meine Bemühungen einstellen werde.« Quinn kam zu ihr an die Küchenspüle. »Ich verschwinde jetzt, damit du und deine Freundinnen euer Ding durchziehen könnt. Doch bevor alles verrückt wird, möchte ich dir noch mal sagen, dass ich dich liebe und dass dich zu lieben das Highlight meines Lebens ist.«

»Darf ich mich umdrehen, damit ich dich anschauen kann?«

Er wich einen Schritt zurück, um es ihr zu ermöglichen, und sie hob die Arme, schlang sie ihm um den Hals.

»Das ist vermutlich das Netteste, was du je zu mir gesagt hast, und du hast eine Menge netter Sachen zu mir gesagt.«

»Das meine ich auch so. Du bist das Beste, was mir je passiert ist, und ich kann es gar nicht erwarten, mit dir verheiratet zu sein.«

»Geht mir umgekehrt genauso. Erst heute Morgen hab ich daran gedacht, wie ich nach Ryans Tod geglaubt habe, dass es das mit Heiraten und Liebe für mich gewesen sei. Bis du des Wegs kamst und mir eine zweite Chance auf alles eröffnet hast.«

Er küsste sie und hielt sie eine lange Weile an sich gedrückt. »Verspäte dich nachher nicht.«

»Würde mir nicht im Traum einfallen.«

Quinn würde jetzt zu Jareds Haus fahren und mit seinen Brüdern abhängen, bis es Zeit wurde, zum Chesterfield aufzubrechen. Mallory würde sich zu Hause fertig machen, unterstützt von ihrer Schwester Janey, die auch ihre Brautjungfer war, und ihrer Cousine Laura sowie ihrer besten Freundin

Trish. Trish war eine gefragte Fotografin, die deshalb auch für die Hochzeitsfotos verantwortlich sein würde. Sie sollte mit der Fähre um halb elf eintreffen, da sie am gestrigen Abend noch einen Auftrag in Boston gehabt hatte.

Seit sie nach Gansett Island gekommen war, hatte Mallory ihre Freundin nicht mehr gesehen, daher freute sie sich darauf, Trish Quinn, Big Mac, Linda und dem Rest ihrer neuen Familie vorzustellen. Viele Jahre lang hatte Mallorys Familie nur aus ihrer Mutter und Trish bestanden. Jetzt hatte sie mehr Verwandte, als sie zählen konnte, und liebte es, zu den weitverzweigten McCarthys zu gehören.

Janey und Laura trafen zusammen mit Cindy Lawry ein, die Mallory frisieren würde. Eigentlich hatte sie ihr Haar offen tragen wollen, doch da es so unerträglich heiß war, hatten sie und Cindy sich umentschieden und eine Hochsteckfrisur gewählt.

Ein paar Stunden später stand Mallory vor dem bodentiefen Spiegel im Brautzimmer des Chesterfield und musterte ihre Erscheinung kritisch. »Nicht so schlecht für eine einundvierzigjährige alte Tussi«, meinte sie und lachte über ihre Wortwahl.

»Überhaupt nicht schlecht«, erklärte Big Mac, der hinter sie getreten war.

Mallory fing im Spiegel seinen Blick auf und lächelte, wie sie es immer tat, wenn sie ihn sah. Ihr ganzes Leben lang hatte sie sich gefragt, wie ihr unbekannter Vater wohl sein würde, aber nichts hätte sie auf die Wirklichkeit vorbereiten können. Er war einer der wunderbarsten Menschen, die ihr je begegnet waren, und sie liebte ihn heiß und innig.

»Du bist eine wunderschöne Braut, Süße«, verkündete Linda, die sich hinter ihren Mann stellte. »Das Kleid ist perfekt für dich.«

»Das habe ich Tiffany zu verdanken«, antwortete Mallory. Ihr Brautkleid war elegant, schlicht und gleichzeitig sexy. Es hatte Spaghettiträger, nur ganz dezente Verzierungen und eine kurze Schleppe, aber der absolute Knaller war der tiefe Ausschnitt hinten, der den Großteil ihres Rückens unbedeckt ließ. Tiffany hatte ihr zu dem Kleid zugeredet, ihr versichert, dass es sensationell aussehen würde, und sie hatte recht behalten. Mallory liebte es und war sich ziemlich sicher, dass Quinn ihre Meinung teilen würde. »Einzig sie konnte mir helfen, das perfekte Kleid online auszusuchen und so zu bestellen, dass es mir wie angegossen passt.«

»Sie ist auf jeden Fall gut in dem, was sie macht«, sagte Linda. »Ihr beide habt es genau richtig hinbekommen.«

»Ich bin so froh, dass es euch gefällt.« Mallory hob den Rocksaum an, ging ein paar Schritte zu dem Tisch, auf dem Lizzie zwei Schachteln mit Blüten deponiert hatte, und winkte Linda zu sich. »Da meine eigene Mutter heute nicht bei uns sein kann, hatte ich gehofft, du wärst bereit, ihren Platz einzunehmen.« Mallory schob ihr das Armband mit dem Blumensträußchen über das Handgelenk.

»Es wäre mir eine Ehre«, erklärte Linda sichtlich bewegt.

»Ich werde nie die richtigen Worte finden können, um dir dafür zu danken, wie herzlich du mich in eure Familie aufgenommen hast. Du hast keine Sekunde gezögert und mir von Anfang an das Gefühl gegeben, dazuzugehören, was du ganz bestimmt nicht hättest tun müssen, und dafür werde ich dir immer dankbar sein.«

Linda umarmte sie vorsichtig. »Wir hatten keine Ahnung, dass du noch gefehlt hast, um unsere Familie zu vervollständigen. Und du hast es uns so leicht gemacht, dich in unserer Mitte willkommen zu heißen. Wir haben dich sehr, sehr gern.«

»Du bringst mich noch zum Weinen«, warnte Mallory lächelnd.

Linda lachte, während sie sich ein paar Tränen wegtupfte. »Du hast angefangen.«

Die beiden Frauen lachten gemeinsam und griffen bei den Taschentüchern, die Big Mac ihnen hinhielt, großzügig zu.

»Wir sehen uns unten«, sagte Linda und verließ den Raum.

»Das war wirklich nett von dir, sie so einzubeziehen.« Big Mac stand der marineblaue Anzug mit dem weißen Oberhemd und dem hellblauen Schlips, der perfekt zur Farbe seiner Augen passte, ausgezeichnet.

Mallory befestigte eine weiße Rose an seinem Revers und blickte dann zu ihm hoch. »Ich liebe sie so sehr wie dich. Danke für diesen wunderschönen Tag.«

»Wir lieben dich auch, und es ist uns eine große Freude, dir diesen Tag zu bereiten. Danke, dass du mir erlaubst, dein Vater zu sein, heute und immer. Linda hatte recht, weißt du? Wir haben darauf gewartet, dass du unser Glück komplett machst.« Er gab ihr einen Kuss auf die Wange. »Herzlichen Glückwunsch zum Geburtstag, meine Süße, und nur das Allerbeste von allem für dich und deinen Mann.«

Mallory tupfte sich wieder Tränen aus den Augen und hoffte, dass sie ihr Make-up nicht ruiniert hatte. »Danke, Dad.« Ihn so zu nennen würde sie nie leid werden.

Lizzie kam zur Tür. Sie sah in einem roten Kleid und mit hochgesteckten blonden Haaren ebenfalls wunderschön aus. »Von uns aus kann es losgehen.«

Mallory war froh darüber, dass sie ihre Schwägerin sein würde und Jared und Cooper ihre Schwäger. Sie hatte den Rest der Familie James noch nicht getroffen, freute sich allerdings schon darauf, sie kennenzulernen.

Big Mac hielt Mallory seinen Arm hin. »Du brauchst eigentlich niemanden, der dich deinem Bräutigam offiziell übergibt, aber ich bin überglücklich, dass du mich gefragt hast.«

Sie hakte sich bei ihm unter. »Ich habe lange auf einen Vater gewartet. Da lasse ich mir jetzt einfach nichts mit dir entgehen.«

* * *

Quinn hatte gedacht, er sei darauf vorbereitet, Mallory als Braut am Arm ihres geliebten Vaters zu sehen. Doch als er auf dem Rasen vor dem Chesterfield stand, hinter sich das blaue Meer, begriff er, dass ihn nichts darauf hätte vorbereiten können, wie wunderschön und wie glücklich sie wirkte, als sie mit Big Mac auf die rückwärtige Veranda des Gebäudes trat.

Janey, Laura und Trish waren vor ihnen den Gang zwischen den Stuhlreihen entlanggekommen, während eine Assistentin von Trish das Fotografieren übernommen hatte. Quinn hatte Mallorys langjährige Freundin bei FaceTime-Unterhaltungen kennengelernt, sie aber erst heute persönlich getroffen.

Mallorys Hochzeitskleid war umwerfend, allerdings hatte er auch nichts anderes von seiner wunderbaren Braut erwartet. Ihr dunkles Haar hatte sie hochgesteckt, und sie wandte nicht ein Mal den Blick von ihm, während sie am Arm ihres Vaters auf ihn zuschritt.

Jared, Cooper und Mason an seiner Seite und ihren gemeinsamen Hund Brutus brav zu seinen Füßen, an dessen Halsband jemand zur Feier des Tages eine schwarze Seidenfliege befestigt hatte, musste Quinn gegen seine Rührung ankämpfen, während er über all das nachdachte, was zum heutigen Tag geführt hatte. Er hatte sich anstrengen müssen, um wieder mobil zu werden und die schwere Depression und die Alkoholabhängigkeit hinter sich zu lassen, in die er versunken war, nachdem er bei einem Militäreinsatz sein Bein verloren hatte.

Als Jared und Lizzie ihn nach Gansett Island eingeladen und ihm in ihrem Seniorenheim den Job des leitenden Arztes angeboten hatten, hatte er gedacht, er würde maximal ein Jahr bleiben, allerhöchstens zwei, bevor er weiterzog. Doch das war gewesen, bevor er Mallory getroffen und mit ihr ein völlig neues Leben für sich gefunden hatte. Jetzt konnte er sich nichts

Schöneres mehr vorstellen, als jeden Tag mit ihr zu verbringen, zu Hause und bei der Arbeit.

Von ihrem Platz in der ersten Reihe aus übertrug Masons Freundin Jordan die Hochzeit per FaceTime für seine Eltern und Schwestern, die nicht so kurzfristig auf die Insel hatten kommen können. Quinn war Jordan dankbar, dass ihr das eingefallen war und sie es jetzt umsetzte.

Big Mac brachte Mallory bis zum Ende des Gangs zwischen den Stuhlreihen. Er küsste seine Tochter auf die Wange und ergriff Quinns Hand. »Seid glücklich, ihr beide.«

»Das ist der Plan«, erwiderte Quinn, während er Mallorys Hand nahm.

Nachdem Big Mac neben seiner Frau in der ersten Reihe Platz genommen hatte, musterte Quinn seine wunderschöne Braut. »Wow«, sagte er, »wirklich atemberaubend.«

Und dann raubte sie ihm tatsächlich den Atem, als sie sich umdrehte und ihm die Rückseite des Kleides zeigte, ihm dabei über die Schulter ein Lächeln zuwarf.

Quinn fächelte sich übertrieben Luft zu, und alle anderen lachten.

Mallorys Onkel Frank, ein Richter im Ruhestand, führte die Trauung durch. »Liebe Familienmitglieder und liebe Freunde von nah und fern«, begann er und deutete beim letzten Wort zu Jordan mit dem FaceTime-Anruf bei Quinns Familie, »wir haben uns heute hier versammelt, um der Eheschließung meiner wunderschönen Nichte Mallory Vaughn mit Dr. Quinn James beizuwohnen. Heute ist auch der Geburtstag unserer Braut und unseres Bräutigams, also kann man sagen, dass alles vor genau einundvierzig Jahren begonnen hat.«

Quinn blickte in demselben Moment zu Mallory, in dem sie ihn anschaute, und sie beide lächelten über die gewundenen Pfade des Schicksals, die sie zu diesem Moment geführt hatten.

»Mallory und Quinn haben ihre eigenen Versprechen geschrieben, und ich bin nur hier, um alles legal zu machen«, erklärte Frank. »Mallory, wenn du bereit bist ...«

Sie reichte ihren bunten Brautstrauß Janey und drehte sich zu Quinn um, nahm seine Hände in ihre und sah ihn mit all der Liebe und der Zuneigung an, die für ihn lebenswichtig geworden waren. »Ich erinnere mich noch so gut an den Tag, an dem wir uns begegnet sind«, begann sie. »Es war ein Sommertag, ganz ähnlich wie der heutige, nur nicht so furchtbar heiß. Wir waren beide laufen, als wir an den Schauplatz eines Motorradunfalls kamen und entdeckten, dass wir beide eine medizinische Ausbildung hatten. Ich erinnere mich noch, wie beeindruckt ich von deiner ruhigen Kompetenz während einer Krise war. Mir ist allerdings auch aufgefallen, dass du echt sexy warst.«

Quinn lachte, auch wenn er spürte, dass er vor Verlegenheit rot wurde.

»Keiner von uns hätte wissen können, welche Folgen dieses erste Treffen haben würde oder wie sehr unsere Leben sich in den nächsten paar Monaten verweben würden. Ich befand mich an jenem Tag an einem Tiefpunkt, nachdem man mir in dem Job gekündigt hatte, den ich zwölf Jahre lang so geliebt hatte. Ich hatte außerdem schwer an dem zu tragen, was meine verstorbene Mutter vor mir geheim gehalten hatte, während ich meinen Vater und meine neue Familie kennenlernte. Eigentlich war das die schlimmstmögliche Zeit dafür, den Mann meiner Träume zu finden. Doch dann warst du da, und ich bin so dankbar dafür, dass sich unsere Pfade gekreuzt haben und dass wir seither beinah jeden Tag zusammen verbringen durften. Alles an uns fühlt sich so richtig an, so leicht und so perfekt. Ich liebe dich mehr als alles, und ich freue mich auf eine Ewigkeit mit dir an meiner Seite.«

Quinn benutzte seinen Ärmel, um sich die Tränen wegzuwischen, die sie ihm mit ihren von Herzen kommenden Worten entlockt hatte. »Ich erinnere mich auch an diesen Tag. Ich erinnere mich an jede Einzelheit, besonders aber daran, wie viel Glück unser Patient hatte, dass ein Unfallchirurg und eine Krankenschwester aus der Notaufnahme nach seinem Motorradunfall als Ersthelfer bei ihm waren. Es ist schwer, sich vorzustellen, dass irgendjemand noch mehr Glück haben könnte, und doch war ich derjenige, der das meiste Glück hatte. Du sagst, du habest dich an einem Tiefpunkt befunden, als wir einander begegnet sind. Das war bei mir genauso. Ich war nach dem Verlust meines Beines immer tiefer gesunken, und erst nachdem ich dich kennengelernt hatte, konnte ich meinen Schmerz mit jemandem teilen und wirklich zu heilen beginnen. Du hast also nicht nur geholfen, dem Motorradfahrer das Leben zu retten, sondern du hast auch mich gerettet, auf so viele Arten und Weisen, vor allem aber, indem du mir einen Grund geliefert hast, zu lächeln, zu hoffen, Pläne zu schmieden, mich zu verlieben, und indem du mir dieses wunderbare neue Leben geschenkt hast, das ich mir nie hätte träumen lassen.« Quinn lehnte seine Stirn gegen Mallorys. »Du machst es mir so verdammt leicht, dich zu lieben, und ich kann es gar nicht erwarten, dich für immer an meiner Seite zu wissen.«

Ihnen liefen die Tränen über das Gesicht, was sie nicht im Geringsten störte, denn sie lachten dabei und tauschten die Ringe, bevor Frank sie offiziell zu Mann und Frau erklärte.

»Es ist mir eine große Freude, dank des Amtes, das mir der Bundesstaat Rhode Island verliehen hat, den hier Versammelten Dr. Quinn James und Mrs Mallory Vaughn James als Ehepaar vorstellen zu können. Dr. James, Sie dürfen die Braut jetzt küssen.«

»Mit dem größten Vergnügen«, meinte Quinn.

KAPITEL 37

Von ihrem Platz auf dem blöden Liegestuhl aus, der es ihr gestattete, trotz der verordneten Bettruhe an allem teilzunehmen, verfolgte Maddie McCarthy, wie ihre Schwägerin Mallory Quinn James heiratete, während sie die Abstände zwischen den Schmerzen maß, die sich nicht länger mit irgendetwas anderem erklären ließen als mit Wehen. Das dürfte eigentlich nicht sein, dachte sie, nicht bei Mallorys Hochzeit, nicht, wo der Geburtstermin der Zwillinge erst in einem Monat sein sollte.

Gott sei Dank war Mac damit beschäftigt, die Hochzeit seiner Schwester zu verfolgen und dabei gleichzeitig seine Kinder zu beaufsichtigen, damit sie die feierliche Zeremonie nicht störten. Darum hatte er noch nicht bemerkt, dass seine Frau alle zehn Minuten vor Schmerz das Gesicht verzog. Er würde durchdrehen, wenn ihm klar wurde, dass sie Wehen hatte.

Maddie holte ihr Handy aus der Handtasche und schickte ihrer Schwester Tiffany eine Nachricht. Sobald die Trauung vorbei ist, komm bitte zu mir. Ich brauche dich.

Nachdem Quinn Mallory gefühlt geschlagene fünf Minuten lang geküsst hatte, wandten die Frischvermählten sich lächelnd zu ihren Gästen um und schritten unter tosendem Applaus durch den Gang zum Haus.

Mit ihrer Tochter Addie auf dem Arm stand Tiffany auf und eilte zu Maddie. »Was ist los?«

Maddie schaute sich suchend nach Mac um, entdeckte ihn, als er mit Hailey und Mac auf dem Arm gerade etwas zu Thomas sagte.

»Maddie?«

Sie blickte ihre Schwester an. »Ich hab Wehen.«

»Nein, hast du nicht.«

»Doch.« Wie um das zu unterstreichen, baute sich eine neue auf und ließ sie nach Luft schnappen. Sie konzentrierte sich und zwang sich, ruhig weiterzuatmen, während ihr kalter Schweiß auf die Stirn trat.

»Seit wann?«

»Vor ungefähr einer Stunde hat es angefangen, gleich nachdem wir hier eingetroffen sind. Ist Victoria da?«

»Jap. Soll ich sie holen?«

»Ja, und mach bitte schnell.« Das Letzte, was Maddie jetzt wollte, war, Mallorys großen Tag zu stören, aber ihre beiden Töchter hatten offenbar andere Pläne. Sie war außer sich vor Sorge, weil sie zu früh kamen. Eigentlich wollten sie lange vor dem errechneten Termin in Providence sein, nicht noch einmal auf der abgelegenen Insel, nicht noch einmal ohne Strom. Sie bemühte sich, Ruhe zu bewahren, nicht der Hysterie nachzugeben, die dicht unter der Oberfläche lauerte.

Tiffany kehrte mit Victoria, jedoch ohne Addie zurück.

»Ist das Fruchtwasser schon abgegangen?«, erkundigte sich Vic.

»Bisher nicht, aber seit ungefähr einer Stunde habe ich Wehen, von denen ich dachte, es handele sich um Übungswehen. Nur kommen sie jetzt regelmäßig im Abstand von knapp unter zehn Minuten.«

»Ich muss dich nach drinnen bringen und untersuchen. Denkst du, du schaffst es ins Haus?«

»Ja.«

Victoria und Tiffany halfen ihr auf.

»Sei vorsichtig, Tiff«, sagte Maddie zu ihrer Schwester, die ebenfalls schwanger war.

»Alles prima«, versicherte die ihr. »Mach dir um mich keine Sorgen.«

Maddie wimmerte leise, als eine weitere Wehe sie zwang, stehen zu bleiben.

»Das waren eher sechs Minuten seit der Letzten«, stellte Tiffany fest.

Die Zeit schien von da an langsamer zu verstreichen, während die anderen Hochzeitsgäste bemerkten, dass etwas nicht stimmte. Maddie schaute auf und erwischte genau den Moment, als ihr Ehemann mitbekam, dass etwas nicht in Ordnung war. Der Ausdruck auf seinem Gesicht spiegelte genau ihre Empfindungen wider. Das konnte einfach nicht passieren.

Victoria und Tiffany brachten Maddie die Stufen hoch und ins Wohnzimmer im Erdgeschoss.

»Ich hab keine Handschuhe«, erklärte Victoria.

»Das ist nicht schlimm«, erwiderte Maddie.

»Ich muss mir gründlich die Hände waschen, bevor ich dich anfasse.«

Als sie zurückkehrte, untersuchte Victoria sie schnell und stellte fest, dass der Muttermund sich bereits sechs Zentimeter geöffnet hatte. »Meine Güte. Du machst aber echt keine halben Sachen.«

»Was ist hier los?«, fragte Mac, der ins Zimmer gelaufen kam, das Gesicht aschfahl vor Schock und Sorge.

»Ich glaube, wir kriegen heute Babys«, antwortete Victoria.

»Nein«, widersprach Mac und schüttelte den Kopf. »Es ist zu früh.«

»Die Babys scheinen das anders zu sehen, und es ist überhaupt nicht ungewöhnlich, dass Zwillinge nicht bis zum Ende ausgetragen werden«, meinte Vic. »Tiffany, hol bitte deinen Mann. Sag ihm, er soll sich beeilen.«

Während Maddie mit einer weiteren Wehe zu kämpfen hatte, hastete Mac an ihre Seite und ließ sich neben dem Sofa, auf dem sie ausgestreckt lag, auf die Knie fallen. »Es tut mir so leid«, beteuerte sie unter Tränen. »Das ist ganz plötzlich gekommen. Vorhin ging's mir noch prima.« Doch wenn sie darüber nachdachte, hatte sich ihr Bauch schon in den letzten Tagen fest angefühlt, ihr Rücken hatte mehr als sonst geschmerzt, und ihr war irgendwie vage übel gewesen. Vielleicht hatte sie Wehen gehabt, ohne es zu merken.

»Hör auf«, verlangte er. »Dir muss nichts leidtun. Du und ich, wir können einfach nicht anders, als unsere Babys unter völlig verrückten Umständen auf die Welt zu bringen.« Er gab ihr einen Kuss und wischte ihr die Tränen ab. »Alles wird gut. Versprochen.«

Sie war ihm so dankbar dafür, dass er sich Mühe gab, für sie die Ruhe zu bewahren, während er innerlich vermutlich durchdrehte.

Blaine kam herein, beriet sich kurz mit Victoria und entschied, den Rettungshubschrauber zu rufen, um Maddie nach Providence bringen zu lassen, falls die Babys auf die Neugeborenen-Intensivstation mussten. Auch wegen des Stromausfalls wollten sie kein Risiko eingehen.

Allein das Wort »Neugeborenen-Intensivstation« zu hören reichte aus, um die Sorge der werdenden Eltern in neue Höhen zu schrauben.

Die nächsten paar Minuten verflogen förmlich, hektische Betriebsamkeit brach aus, Menschen liefen durcheinander, und dann ertönte endlich das Dröhnen des Hubschraubers, der unweit der Stelle landete, wo gerade noch die Trauung stattgefunden hatte.

Sobald sie und Mac in den Helikopter verfrachtet worden waren, ließ sich der Drang, zu pressen, nicht länger wegatmen. Das erste der beiden Zwillingsmädchen kam, als der Hubschrauber gerade abhob. Ihre Schwester folgte zwölf Minuten später, als sie kurz vor der Landeplattform an der Frauen-und-Kinder-Klinik in Providence waren.

Die Besatzung des Rettungshubschraubers versicherte ihnen, dass die Mädchen zwar klein seien, aber selbstständig atmen könnten, was schon mal eine Riesenerleichterung war, auch wenn noch nicht alle Sorgen ausgeräumt waren.

Maddie war erschöpft, nachdem sie die Zwillinge geboren hatte, und sie schien nicht mit dem Weinen aufhören zu können. Die Aufregung und das Auf und Ab der Gefühle bei der Geburt hatten sie ausgelaugt. So viel also zu ihrem Plan, dieses Mal eine ruhige, vernünftige und gut organisierte Geburt zu haben. Wenn es irgendetwas Positives daran gab, dass die beiden Mädchen zu früh gekommen waren, dann vielleicht, dass sie so Thomas nicht mehrere Wochen bei Verwandten auf der Insel zurücklassen mussten.

»Alles in Ordnung bei dir?«, fragte Maddie Mac.

»Ich kann nicht glauben, dass du mich das fragst. Du bist es doch, die gerade in einem Hubschrauber Zwillinge zur Welt gebracht hat.«

»Ich weiß, wie sehr diese chaotischen Geburten dich aufregen.«

»Das Einzige, was mich interessiert, ist, dass es dir und den Mädchen gut geht. Und das Erfreuliche daran ist, das hier ist die letzte chaotische Geburt, die wir je haben werden.«

»Schnipp, schnapp«, sagte Maddie, eine Anspielung auf die Vasektomie, die er im September vornehmen lassen würde.

»Nach dem hier freue ich mich tatsächlich darauf«, erklärte Mac.

»Geh zu den Mädchen«, bat ihn Maddie nach der Landung. »Bleib bei ihnen, bis du weißt, dass alles in Ordnung ist, dann komm zu mir.«

Er beugte sich vor und gab ihr einen Kuss. »Du bist jeden Tag wunderbar, aber heute ganz besonders. Ich liebe dich so sehr. Danke für all unsere Kinder.« Und dann war er fort, folgte den Pflegekräften, die die Neugeborenen in rasendem Tempo aus dem Hubschrauber holten und ins Krankenhaus schafften. Ihre Eile und die Dringlichkeit, die sie ausströmten, steigerten seine Sorge erneut.

Während Maddie aus dem Hubschrauber geladen wurde, betete sie darum, dass mit ihren Babys alles gut werden würde.

* * *

Mac fiel es schwer, zu glauben, dass das alles passierte. Im einen Augenblick hatte er seinem Sohn gerade erklärt, dass er noch ein paar Minuten länger still sein müsse, und im nächsten hatte er gemerkt, dass irgendwas mit Maddie war. Für einen kurzen Moment war er vor Schreck wie erstarrt gewesen, bevor er das hatte abschütteln können, seine Kinder seinen Eltern übergeben hatte und zu seiner Frau gelaufen war.

Der Vorfall erinnerte ihn zu sehr an die Nacht von Haileys Geburt mitten in einem Tropensturm, auf einer Insel bei Stromausfall, und zu allem Überfluss war der einzige Arzt von Gansett nicht auf der Insel gewesen. Gott sei Dank war Janey irgendwann eingefallen, dass ihr Ex-Verlobter Dr. David Lawrence bei seinen Eltern in der Stadt zu Besuch war. Damals war David zu ihrer Rettung gekommen, heute hatte das der Hubschrauber getan.

Wenn man Mac heute Morgen gesagt hätte, dass er noch vor Sonnenuntergang in der Frauen-und-Kinder-Klinik in Providence sein würde, getrennt von Maddie, und darauf warten würde, zu erfahren, dass es seinen Töchtern gut ging, hätte er das weit von sich gewiesen. Aber nichts in seinem Leben mit Maddie war je vorhersehbar gewesen, warum also das hier?

Auf dem Flur vor der Neugeborenen-Intensivstation lief er auf und ab, während sein Handy mehr oder weniger unablässig vibrierte, weil die Familie und ihre Freunde sich besorgt erkundigten, was los war. Er nahm nur den Anruf von seinem Vater entgegen.

»Hey.«

»Wie schlägst du dich, Sohn?«

»Wäre besser, wenn ich wüsste, wie es um die Babys steht.«

»Dann sind sie schon geboren?«

»Jap. Im Helikopter.«

»Ach du lieber Himmel. Geht es Maddie gut?«

»Schien so. Sie war einfach unglaublich tapfer, wie immer. Im Moment warten wir noch darauf, zu erfahren, wie die Babys sich machen. Schließlich sind sie einen Monat zu früh dran ...«

»Klar. Doch wir müssen darauf vertrauen, dass mit ihnen alles in Ordnung ist.«

»Das hoffe ich.«

»Gib mir Bescheid, sobald du irgendetwas weißt, ich leite das dann an alle weiter.«

»Okay. Richte Mallory und Quinn bitte aus, dass es uns so leidtut, ihnen die Hochzeitsfeier ruiniert zu haben.«

»Denk nicht weiter darüber nach. Sie hat bereits gesagt, sie fänden es toll, dass sie sich ihren Geburtstag mit den Zwillingen teilen, der jetzt zusätzlich auch noch ihr Hochzeitstag ist. Alle wollen nur hören, dass es Maddie und den Mädchen gut geht.«

»Ich melde mich in der Minute, in der ich mehr weiß.«

»Dann warten wir auf Nachricht von dir. Ach ja, mach dir wegen der anderen Kinder keine Sorgen. Mom, Francine und Tiffany kümmern sich um sie. Ned und ich helfen auch.«

»Solange du und Ned da mitmischt, sind sie ja in den besten Händen.«

»Genau meine Rede.«

Er konnte sich wirklich auf seinen Dad verlassen, darauf, dass er ihn zum Lachen brachte, sogar inmitten von all dem Stress und Chaos um ihn herum. »Hab dich lieb, Pop.«

»Ich dich auch. Sag Maddie, dass wir in Gedanken bei ihr und den Mädchen sind und wir die Kleinen bereits in unser Herz geschlossen haben.«

»Mach ich.«

Mac wartete eine weitere Stunde, lief bestimmt tausend Mal vom einen Ende des kurzen Flurs zum anderen und wieder zurück, bevor eine Krankenschwester erschien.

»Mr McCarthy?«

»Ja.«

»Möchten Sie Ihre Töchter sehen?«

»Ja, bitte, und wenn es möglich ist, wüsste ich auch gerne, wie es meiner Frau geht.«

»Ich schau mal, was ich rausfinden kann.«

Mac folgte ihr in ein Zimmer, wo er mit steriler Schutzkleidung, einer Maske und Handschuhen sowie einem Schutzüberzug für seine Schuhe ausgestattet wurde. Als er bereit war, führte sie ihn in einen großen Raum mit lauter Inkubatoren und leise piependen Überwachungsmonitoren. Die Mädchen lagen in nebeneinanderstehenden Glaskästen und waren an zahllose Geräte und Monitore angeschlossen, ein Anblick, der ihn völlig überwältigte.

»Geht es ihnen …«

»Sie machen sich bemerkenswert gut«, teilte ihm die Krankenschwester mit. »Das eine Baby ist fast fünf Pfund schwer, und die Apgar-Werte sind einwandfrei. Das zweite Baby ist mit etwas unter vier Pfund etwas leichter, und die Werte sind nicht ganz so gut, aber nichts, was Anlass zur

Sorge gibt. Wir möchten sie noch achtundvierzig Stunden zur Beobachtung hierbehalten, um die Sauerstoffversorgung und andere Vitalwerte zu überwachen.«

»Also wird alles gut werden?«

»Sie sind in einer guten Verfassung. Haben Sie schon Namen für sie?«

Erleichtert nickte Mac. »Die Ältere ist Emma Linda, und ihre Schwester ist Evelyn Francine.«

»Das sind wirklich wunderschöne Namen. Ich werde sie mir gleich auf den Karten notieren.«

Mac starrte in die beiden perfekten kleinen Gesichter. »Sie heißen nach ihren Großmüttern und Urgroßmüttern.«

»Sie sehen einander so ähnlich, dass sie vielleicht sogar eineiig sind.«

Er wischte sich die Tränen weg, die zum Teil aus Erleichterung und zum Teil aus Freude und Liebe flossen. Zum fünften und sechsten Mal, den Sohn mitgezählt, den sie verloren hatten, überraschte es ihn, wie sein Herz sich weitete, um Platz für mehr Menschen zu machen, die er liebte. Eineiige Zwillinge. Er und Maddie hatten gelesen, dass eineiige Zwillinge wirklich so was wie ein kleines Wunder waren, während zweieiige Zwillinge in bestimmten Familien genetisch bedingt gehäuft vorkamen.

Mehrere Minuten lang starrte er auf ihre beiden Wunder, bis die Krankenschwester mit Nachrichten über Maddie zurückkehrte.

»Ich habe mit der verantwortlichen Krankenschwester von ihrer Station gesprochen, und es geht ihr gut, sie erhält aber eine Transfusion, weil sie nach der Geburt eine Menge Blut verloren hat. Sie ist im Zimmer vierhundertzwölf, falls Sie zu ihr möchten.«

»Vielen Dank. Wäre es in Ordnung, wenn ich die beiden hier für ihre Mutter und den Rest der Familie fotografiere?«

»Natürlich.«

Mac zückte sein Handy, stellte den Fokus auf ihre süßen Gesichtchen ein und machte zwei gute Aufnahmen, auf denen kaum etwas von den ganzen Kabeln und Überwachungsgeräten zu sehen war. »Ich komme dann gleich wieder.«

»Wir laufen nicht weg.«

Außerhalb der Neugeborenen-Intensivstation streifte er sich die Schutzkleidung ab und stopfte alles in den entsprechenden Müllbehälter, bevor er sich auf den Weg zum Fahrstuhl und in den vierten Stock begab. Er wollte dringend zu Maddie und sich mit eigenen Augen davon überzeugen, dass mit ihr alles in Ordnung war. Er verließ den Fahrstuhl und ging direkt zum Stationszimmer. »Ich suche Raum vierhundertzwölf, Madeline McCarthy.«

»Dritte Tür links.«

»Danke.« Er betrat, ohne anzuklopfen, das Zimmer, das sie für sich allein hatte, wenigstens im Moment. Maddie schlief, aber alles, was er wahrnahm, war ihre Blässe. An einem Infusionsständer neben ihrem Bett hingen ein Beutel mit Blut und mehrere weitere mit anderen Flüssigkeiten. Mac setzte sich auf den Stuhl neben ihrem Bett und legte seine Hand über ihre kühle. Er schaute ihr lange beim Schlafen zu, ehe sie sich schließlich rührte, die Augen aufschlug und sich zu ihm umdrehte.

»Wie geht es ihnen?«

»Sehr gut. Sie sind wunderschön.« Er suchte die Fotos auf seinem Handy und zeigte sie ihr.

Maddie betrachtete die beiden Gesichter, blätterte zwischen den beiden Bildern hin und her.

»Die Krankenschwester sagt, dass alles gut aussieht. Emma ist nicht ganz fünf Pfund schwer und Evelyn knapp vier. Sie atmen selbstständig, und ihre Apgar-Werte sind insgesamt prima. Sie meinte auch, sie habe den Eindruck, es seien eineiige Zwillinge.«

»Was bedeutet, dass sie sich gegen uns verbünden werden, sobald sie sich ihrer Macht bewusst werden.«

»Verdammt, daran hatte ich noch gar nicht gedacht.«

»Ich hatte während meiner Bettruhe zwangsläufig jede Menge Zeit, darüber nachzudenken, wie es wohl sein wird, zur selben Zeit drei Töchter in der Pubertät zu haben. Ich werde Beruhigungsmittel brauchen, um das zu überstehen.«

»Wir besorgen dir, was auch immer du brauchst.«

»Ich bin so erleichtert, zu hören, dass es ihnen gut geht. Ich hab mir solche Sorgen gemacht, weil sie zu früh gekommen sind. Jetzt, wo ich weiß, dass alles im Lot ist, kann ich anfangen, mich zu freuen, dass ich nie wieder schwanger sein werde. Ich hab von Bettruhe die Nase voll, von Liegestühlen, schmerzenden Brüsten und davon, zusehen zu müssen, wie sich andere Leute um meine Kinder kümmern. Das hier ist ein großer Augenblick für mich, und das Ende einer Ära.«

»Die Mannschaft und ich könnten nicht stolzer auf unsere wunderbare Kapitänin sein. Sie hat in den letzten paar Jahren Großartiges geleistet.« Er beugte sich über sie und küsste sie. »Aber mal im Ernst, Madeline – im Hubschrauber?«

Sie lachte. »Ich musste schließlich Janey ausstechen, mit Vivs Geburt auf der Fähre.«

»Das ist toll, Liebste. Du weißt doch, dass Janey zu übertrumpfen bei den McCarthys ein sportlicher Wettkampf ist.«

»Das weiß ich, und ich hab mich fürs Team geopfert, indem ich die Babys im Hubschrauber gekriegt habe. Du musst mir beipflichten, das gibt eine gute Geschichte ab.«

»Ich werde nur eingestehen, dass ich froh bin, dass es vorbei ist und dass es euch dreien gut geht. Das ist alles, worauf es mir ankommt. Kann ich der Familie ein Bild von den Mädchen und ihre Namen schicken?«

»Ja, bitte. Sie müssen außer sich vor Sorge sein.«

»Ich hab vor einer Weile mit meinem Vater gesprochen und ihm erzählt, dass die Zwillinge da sind und ihr alle wohlauf seid.«

»Ich hoffe, du hast ihn auch gebeten, sich in unserem Namen bei Mallory und Quinn für das Theater bei ihrer Hochzeit zu entschuldigen.«

»Klar, aber er meinte, eine Entschuldigung sei nicht nötig. Mallory hat bereits erklärt, wie cool sie es fände, dass ihre Nichten mit ihr und Quinn zusammen Geburtstag haben, und das auch noch an ihrem Hochzeitstag.«

»Stimmt auch wieder.«

»Er hat auch gemeint, dass es unseren anderen Kindern gut geht und unsere Eltern und Tiffany sich um sie kümmern.«

»Okay. Ich hoffe, die ganze Erfahrung war nicht zu traumatisierend.«

»Ich bin davon überzeugt, alle haben ihnen gesagt, was los ist, und ihnen versichert, dass kein Grund zur Sorge besteht.« Er küsste ihren Handrücken, achtete dabei darauf, nicht an ihren Infusionszugang zu stoßen. »Weißt du, was noch cool daran ist, dass die Babys früher gekommen sind?«

»Na ja, ich kann mir nur vorstellen …«

Er wackelte anzüglich mit den Augenbrauen und grinste. »Wir sind sechs Wochen dichter an *Du-weißt-schon-was*.«

»Dir ist schon klar, dass das nicht passieren wird, bevor du mit deinem Ding nicht unterm Messer warst. Daher solltest du vielleicht, wo wir ohnehin schon hier sind, deinen Termin vorverlegen, wenn du dir weiter Hoffnung darauf machen möchtest, bald wieder zurück in den Sattel zu steigen.«

»Er kann es wirklich nicht leiden, wenn du so abfällig über ihn sprichst«, erwiderte Mac mit schmollend verzogenen Lippen.

»Sag ihm, er soll sich nicht so anstellen und schauen, dass er unters Messer kommt. Ohne Schnippschnapp kein Sex.«

»Schon gut, schon gut. Du hast ja recht. Du musst es nur nicht so genießen.«

»Machst du Witze? Ich bin für die meiste Zeit unserer Ehe schwanger gewesen. Du hast verdammt noch mal recht, dass ich das hier genießen werde, und ich habe fest vor, es nach Kräften auszunutzen, und auch, dass du dich so anstellst.«

»Hey, ich soll jemanden mit einem Messer an mein bestes Stück lassen. Wie soll ich mich da deiner Meinung nach fühlen?«

»Ich hab gerade zwei Melonen durch eine viel zu kleine Öffnung rausgepresst. Das heißt, ich gewinne. Heute und jeden Tag. Also, wenn du Mitgefühl für etwas möchtest, was nur ein winziger Schnitt unterhalb deines Pipimanns ist«, sagte sie und benutzte dabei Thomas' Wort für Penis, »musst du woanders suchen.«

»Ich hatte keine Ahnung, dass ich mit einer derart gehässigen Frau verheiratet bin.«

Darüber musste Maddie laut lachen, zuckte jedoch sofort vor Schmerz zusammen. »Du weißt ganz genau, mit wem du verheiratet bist.«

»Ja, stimmt, und ich würde sie für nichts auf der Welt eintauschen, selbst wenn sie zu mir und meinem Pipimann gemein ist.«

»Du kannst ihm ausrichten, dass ich es wiedergutmachen werde, wenn er den Eingriff hinter sich hat.«

»Oh, das hat ihm gefallen. Er kann es gar nicht erwarten. Er hat dich vermisst.«

Maddie verdrehte die Augen. »Es ist nie viel notwendig, um ihn derart in Aufregung zu versetzen.«

»Nicht, wenn du in der Nähe bist, und besonders nicht, wenn er seit Monaten nicht zum Einsatz gekommen ist.«

»Oje, er hat wirklich große Opfer gebracht.«

»Bin ich aber froh, dass du das auch so siehst.«

»Ganz bestimmt. Danke für alles, was du getan hast, um mich heil durch diese Schwangerschaft zu bringen. Ich weiß, es war für keinen von uns beiden einfach.«

»Bitte danke mir nicht. Du bist das Superweib dieser Geschichte. Danke für unsere perfekten kleinen Töchter.«

»Zeig mir noch mal die Fotos.«

Sie verbrachten den Rest des Tages damit, übers Handy mit Thomas und Hailey zu sprechen, sich auszuruhen, Bilder anzuschauen, nach den Zwillingen zu sehen, der Familie und ihren Freunden Textnachrichten zu schreiben und insgesamt für ihre perfekte, nunmehr wirklich komplette Familie dankbar zu sein.

KAPITEL 38

Sobald er die guten Neuigkeiten von Mac aus Providence erfahren hatte, machte Ned sich auf die Suche nach Francine und fand sie in einem der eleganten Salons im Erdgeschoss des Chesterfield. Sie saß da und hatte den kleinen Mac auf dem Schoß, dem der Lärm des Hubschraubers einen Schreck eingejagt hatte und der untröstlich gewesen war, weil seine Eltern nicht mehr da waren. Jetzt schlief das Baby in den Armen seiner Großmutter, und Francine sang dem kleinen Mann leise etwas vor.

Ned lehnte sich gegen den Türrahmen und betrachtete sie mit dem Baby. Sie war so eine wunderbare Großmutter, und es erfüllte ihn mit tiefer Freude, sie mit den Kindern zu sehen. Sie hatte ihm anvertraut, wie viel sie bei ihren beiden Töchtern versäumt hatte, weil sie so viel und so lange hatte arbeiten müssen, um die Familie durchzubringen, nachdem ihr Mistkerl von Ehemann sie verlassen hatte. Er verspürte außerdem Befriedigung darüber, dass er durch das geschickte An- und Verkaufen von Häusern auf der Insel inzwischen so viel Geld hatte, dass sie nie wieder würde arbeiten müssen. Sie konnte sich ganz ihren Töchtern und ihren sieben Enkeln widmen, beziehungsweise acht, denn einer war ja noch unterwegs.

Er stieß sich vom Türrahmen ab und setzte sich zu ihr aufs Sofa, achtete darauf, das Baby nicht zu stören. Für jemanden, der nie eigene Kinder gehabt hatte, war Ned inzwischen ziemlich geübt im Umgang mit Babys und Kleinkindern.

»Hast du schon irgendwas gehört?«, erkundigte sich Francine mit besorgter Miene.

»Big Mac hat mit Mac telefoniert.« Ned achtete darauf, leise zu sprechen, damit er den kleinen Mac nicht weckte. »Emma Linda und Evelyn Francine sind im Hubschrauber zur Welt gekommen.«

»O mein Gott! Geht es ihnen gut?«

»Die Babys sind klein, aber gesund, trotzdem wollen sie sie noch für die nächsten achtundvierzig Stunden zur Beobachtung auf der Neugeborenen-Intensivstation behalten.«

»Und Maddie?«

»Mac hat erzählt, sie hat bei der Geburt 'ne Menge Blut verloren, daher erhältse 'ne Transfusion. Doch sonst is' alles in Ordnung.«

»Gott sei Dank«, seufzte Francine und atmete erleichtert auf.

Ned zog sein Handy hervor, um ihr die Fotos zu zeigen, die Mac geschickt hatte. »Diese kleine Schönheit is' unsre Emma, und das Püppchen hier is' Evelyn, die ihren zweiten Vornamen von ihrer Großmutter Francine hat.«

»Es ist so lieb, dass sie das getan haben«, erklärte Francine gerührt. »Der Name meiner Mutter war Evelyn.«

»Ich kann mich noch daran erinnern, dass Lindas Mutter Emma hieß.«

»Die beiden haben das gut gemacht.«

»Jap, und es is' auf jeden Fall 'ne Riesenerleichterung, dass das jetzt durch und vorbei is'.«

»Absolut. Hoffentlich haben wir wirklich nur noch die Geburt eines Enkelkindes zu überstehen.«

»Hoff ich auch, denn das is' schon anstrengend für die Großeltern.«

»Auf jeden Fall. Du bist übrigens der beste Großvater, den man sich nur denken kann. Die Kleinen können froh sein, dass sie dich haben.«

Immer wenn sie sich lobend über ihn äußerte, wurde ihm ganz warm ums Herz. »Ich bin es, der das Riesenglück hat, in meinem Alter noch zu so einer wunderbaren Familie zu kommen.«

»Und das Beste daran ist, dass wir vor allem den Spaß abkriegen und keine Arbeit.«

»Stimmt«, pflichtete er ihr schmunzelnd bei. »Wir versuchen aber trotzdem weiter, noch selbst eins zu kriegen, oder?«

Sie kicherte, und ihr Gesicht wurde ganz rot, wie jedes Mal, wenn er so was zu ihr sagte. Er liebte es, dass er seinen hübschen Rotschopf zum Erröten bringen konnte. »Ach, hör auf.«

»Niemals.« Er hatte ein Leben lang auf sie und ihre Familie gewartet, daher war er entschlossen, jede Sekunde mit ihnen zu genießen.

KAPITEL 39

»Ich hab nachgedacht«, verkündete Frank, während er seine Verlobte Betsy über die Tanzfläche wirbelte.

»Worüber?«

Frank schaute ihr ins Gesicht, staunte wie jeden Tag darüber, was für ein Glück er hatte, dass er nach so vielen einsamen Jahren, seit er seine Frau Joann an Krebs verloren hatte, Betsy begegnet war. »Über dich und mich und unsere Pläne.«

»Was für Pläne?«

»Solche, bei denen wir für immer zusammenbleiben.«

»Ich dachte, wir hätten diese Pläne bereits.«

»Ich rede davon, es offiziell zu machen und zu heiraten. Was hältst du davon?« Er hatte sie eines Morgens im vergangenen Frühling beim Frühstück mit einem Ring und einem Antrag überrascht, bei dem sie gerührt ein paar Freudentränen vergossen hatte und den sie überglücklich angenommen hatte. Seither war einiges passiert, und sie waren so beschäftigt gewesen, dass sie noch nicht genauer über das Wann und Wo einer Hochzeit nachgedacht hatten.

»Ich halte das für eine großartige Idee. Bei all den Hochzeiten, bei denen du die Trauung vornimmst, wird es höchste Zeit, dass du auch mal selbst an die Reihe kommst.«

»Mein Bruder Mac hat angeboten, einen Online-Kurs zu belegen und sich zur Eheschließung befähigen zu lassen, damit er uns trauen kann, wenn wir wollen.«

»Natürlich hat er das«, erwiderte sie lachend. »Und es wird großartig werden.«

»Ich habe ihm gleich von vornherein erklärt, dass er das nur bei dir und mir tun darf. Schließlich will ich nicht, dass er mir die Kunden abspenstig macht.«

»Niemand kann dich ersetzen, Euer Ehren. Was meinst du, wann sollte unsere Hochzeit stattfinden?«

»Das kommt ganz darauf an, was für eine Feier meine Braut möchte.«

»›Klein und einfach‹ würde mir reichen.«

»Mir auch, nur bedenke bitte, dass bei den McCarthys nichts klein oder einfach ist.«

»Das stimmt wohl. Was schlägst du vor?«

»Wie wäre es mit Ende Oktober im Wayfarer? Dann ist die Saison vorüber, die Touristen sind wieder weg, und wir haben die Insel für uns.«

»Du meinst diesen Oktober?«

»Jap. Ich möchte kein weiteres Jahr darauf warten, dich zu heiraten, Betsy Jacobson. Wir brauchen ja keine großartigen Vorbereitungen, um die Hochzeit in diesem Oktober über die Bühne zu bringen.«

»Das ist in gerade mal zwei Monaten.«

»Richtig, und alles, was du tun musst, ist, dir ein schickes Kleid zu kaufen und pünktlich vor Ort zu erscheinen. Ich werde mit Nikki reden und mich um den Rest kümmern.«

Noch bevor sie darauf antworten konnte, ging ein Raunen durch die Versammlung.

»Was ist los?«, fragte Frank seinen Sohn Shane, der mit seiner Frau Katie neben ihnen tanzte.

»Der Strom ist wieder da.«

»O Gott sei Dank«, stieß Frank aus.

»›Gott sei Dank‹ ist genau richtig«, sagte Katie. »Ich kann bei dieser Hitze keine weitere Nacht ohne Klimaanlage auskommen.«

»Und das ist kein Witz«, bestätigte Shane, während er seine Frau anlächelte. »Ohne runtergekühlte Luft ist sie absolut unleidlich.«

»Schuldig im Sinne der Anklage«, meinte Katie. »Es war furchtbar.«

Die Luft im Saal fühlte sich bereits kühler an, nachdem die Klimaanlage angesprungen war.

»Shane, könntest du bitte deinen Vater zur Vernunft bringen und ihm sagen, dass wir in zwei Monaten keine ganze Hochzeit planen können?«

Katie lachte. »Oh, wie schön!«

»Er ist verrückt«, erklärte Betsy und verdrehte die Augen.

»Verrückt nach dir, und er kann es nicht erwarten, mit dir verheiratet zu sein«, stellte Frank richtig.

»Ah«, erwiderte Katie. »Das ist so süß, und natürlich schaffen wir eine Hochzeit in zwei Monaten. Sogar mit links.«

»Ihr seid alle verrückt«, entgegnete Betsy.

»Das weißt du ja bereits«, sagte Shane lächelnd. »Also solltest du dir deiner Sache besser sicher sein, bevor du in den McCarthy-Zirkus einheiratest.«

»Hey«, protestierte Frank. »Rede es ihr bloß nicht aus. Bei ihr befinde ich mich ohnehin schon weit außerhalb meiner Liga.«

»Das ist natürlich wahr«, pflichtete ihm Shane gespielt ernst bei.

Während Frank eine gekränkte Miene aufsetzte, lachten die anderen.

Owen und Laura kamen zu ihnen, wollten wissen, was so witzig war.

»Dad versucht, Betsy zu überreden, ihn übernächsten Monat zu heiraten«, erklärte Shane seiner Schwester. »Sie denkt, er sei übergeschnappt, und Dad macht sich Sorgen, dass ich ihr die Heirat am Ende noch ausrede. Ach ja, und er behauptet, sie spiele in einer ganz anderen Liga als er. Jetzt bist du auf dem neusten Stand.«

»Eine Hochzeit in nur zwei Monaten?«, fragte Laura. »Das könnte gehen. Die Feier ist im Surf, ich kümmere mich um alles. Ende Oktober ist wunderschön.«

»Ihr seid alle miteinander übergeschnappt«, erwiderte Betsy, während ihre dunklen Augen belustigt funkelten. »Aber ich merke es, wenn ich überstimmt bin. Laura, ich würde liebend gern im Surf heiraten. Shane, es gibt nichts, was du zu mir sagen kannst, das mich davon abbringen könnte, deinen Vater zu heiraten. Tut mir leid. Und Frank, bilde dir ja nicht ein, dass du dich hochheiratest. Wenn, dann trifft das auf mich zu. Ich krieg nicht nur dich, sondern auch noch deine wundervolle Familie. Also sage ich Ja zu Ende Oktober und Ja zu allem, einschließlich der Verrücktheit der McCarthys.«

Umgeben von Freunden und Familie, legte Frank seine Arme um sie und küsste sie, als ob sie allein wären, und kümmerte sich nicht darum, dass die anderen johlten und pfiffen. Er konnte es nicht erwarten, Betsy endlich zu seiner Frau zu machen.

KAPITEL 40

»Das war der beste Tag überhaupt«, erklärte Quinn, während er mit Mallory tanzte. »Ich kann gar nicht glauben, dass du endlich meine Frau bist. Und ich kann gar nicht glauben, dass ich schließlich doch eine Frau *habe*.«

»Besser spät als nie, denke ich.«

»Ich hab auf dich gewartet. Ich hab nie eine Frau getroffen, bei der ich mir vorstellen konnte, mit ihr verheiratet zu sein, bis du mich förmlich umgehauen hast.« Er unterstrich diese Worte mit einem zärtlichen Kuss, den ihre Gäste mit Johlen und Klatschen quittierten.

»Wenn ich mal um die allgemeine Aufmerksamkeit bitten darf«, rief Jared, als der Song zu Ende war.

Quinn legte seinen Arm um Mallory und geleitete sie zurück zu ihren Plätzen an der Hochzeitstafel. »Ich entschuldige mich schon mal im Voraus für das, was gleich passieren wird.«

Mallory lachte. »Ich kann es gar nicht erwarten, seine Rede zu hören.«

»Lizzie und ich möchten euch allen dafür danken, dass ihr heute hier seid, und auch unseren Dank für diesen wunderschönen Tag Mr und Mrs McCarthy als den Gastgebern übermitteln, die diese Feier zu Ehren meines Bruders Quinn und seiner wunderhübschen Braut Mallory ausrichten. Ich habe selten zwei Menschen getroffen, die besser zueinander passen, nicht zu vergessen, dass sie sogar am gleichen Tag geboren und im gleichen Berufsfeld tätig sind. Von dem Moment an, als er dich kennengelernt hat, Mallory, war Quinn ein anderer Mensch. Er war besser gelaunt, leichtherziger, lustiger, glücklicher. Er hat häufiger gelächelt, als ich es von ihm kannte, und er hat in der Zeit, die ihr nun zusammen seid, gar nicht mehr damit aufgehört. Langsam glaube ich, dass er das auch nicht mehr tun wird.«

Das Weinen eines Babys unterbrach ihn, und alle schauten zur Tür, wo eine junge Frau mit einem verzweifelten Ausdruck auf dem Gesicht stand, ein Baby auf dem Arm. »Ich ... Es tut mir leid. Lizzie. Ich muss Lizzie sprechen.«

»Entschuldigung«, flüsterte die, stand von ihrem Stuhl auf und eilte zu der Frau.

»Wer ist das?«, wandte sich Quinn an Jared.

Sein Bruder biss die Zähne zusammen. »Jemand, dem Lizzie hilft.« Es schien ihm schwerzufallen, nach der Unterbrechung den Faden wieder aufzunehmen. »Okay, wo war ich? Ach ja, ich wollte gerade sagen: ein Hoch auf Quinn und Mallory.« Er hob sein Champagnerglas zum Toast. »Ich wünsche euch beiden viele glückliche gemeinsame Jahre.«

Die Gäste stießen auf das Brautpaar an, während Jareds Blick weiter angespannt an der Tür hing.

Und Quinn fragte sich, was hier eigentlich vor sich ging.

* * *

Lizzie brachte Jessie in einen der Salons und schloss die Tür. Ihr fiel sofort auf, dass das Gesicht der jungen Frau verquollen war und ihre Augen gerötet. Das Baby sah nicht viel besser aus, und der kleine Körper zitterte vom vielen Weinen.

»Es tut mir so leid, dass ich die Hochzeit störe«, erklärte Jessie, und ihre Stimme brach. Sie schluchzte auf. »Aber ich kann das hier nicht. Ich kann mich nicht um dieses Baby kümmern. Ich hab keine Ahnung, was ich tue, und nichts, was ich versuche, kann sie beruhigen. Bitte nimm du sie.«

Lizzie konnte sich nicht überwinden, sich zu rühren. Das hier war die rote Linie, die sie auf keinen Fall überschreiten würde, das hatte sie Jared versprochen. »Ich kann sie nicht nehmen, Jessie. Sie ist deine Tochter.«

»Ich will sie nicht. Ich weiß, das klingt, als wäre ich ein Monster, dabei wollte ich sie überhaupt nie haben. Ich hab einen Fehler gemacht ... Einen einzigen Fehler.« Wieder brach sie in Schluchzer aus, unter denen ihr zierlicher Körper erbebte. »Bitte, Lizzie. Du kannst ein gutes Zuhause für sie finden. Das weiß ich.«

»Ich ... Nein, ich kann das nicht. Ich kann es einfach nicht.«

»Ich fühle mich so schuldig dabei, dir das anzutun. Und ich bin dir wirklich dankbar für alles, was du für mich getan hast, doch ich hab Angst, dass ich ihr nur schade.« Sie legte das Baby aufs Sofa, gab ihrer Tochter einen Kuss auf die Stirn und ließ die Windeltasche auf den Boden fallen, ehe sie an Lizzie vorbei aus dem Zimmer hastete.

»Warte! Jessie, warte bitte!« Bis Lizzie das Baby auf den Arm genommen hatte und Jessie nachlaufen konnte, war die bereits durch die Eingangstür hinausgerannt und in ein Taxi eingestiegen, das in der Einfahrt gewartet hatte. Wie unter Schock schaute Lizzie zu, wie das Taxi losfuhr, während sie selbst versuchte, das weinende Baby zu trösten. Es war beinahe so, als ob die Kleine verstünde, was gerade passierte.

Und so stand sie auch zehn Minuten später noch auf der Türschwelle, als Jared sie fand.

»Was geht hier vor sich?«, wollte er wissen und trat hinter sie.

»Jessie … Sie hat gesagt, sie kann sich nicht um das Baby kümmern, dass sie Angst hat, sie könnte ihr schaden.« Lizzie drehte sich zu ihm um.

Seine Miene spiegelte seinen Schock wider, als er sah, dass sie das Baby auf dem Arm hatte. »Ausgeschlossen, Lizzie. Es ist einfach ausgeschlossen …«

»Ich weiß, und das habe ich ihr auch gesagt. Aber sie hat das Baby einfach hingelegt und ist so schnell rausgelaufen, dass ich sie nicht aufhalten konnte. Das war vor ungefähr zehn Minuten.«

»Wir müssen ihr nach.«

»Wir können hier jetzt nicht weg.« Obwohl es die Hochzeit seines Bruders war, hatte sich Lizzie um viele der Details gekümmert und musste daher vor Ort sein.

Jared dachte ungefähr eine halbe Minute nach. »Ich werde Cooper bitten.« Er drehte sich um und ging entschlossenen Schrittes in den Ballsaal, um seinen jüngeren Bruder aufzuspüren.

Lizzie drückte das Baby an sich, wiegte es vorsichtig, und ihre Instinkte übernahmen, während ihr Herz schneller zu schlagen begann und ihr die Folgen hiervon klar wurden. »Mach dir keine Sorgen, meine Süße. Wir stellen sicher, dass sich jemand gut um dich kümmert.«

Jared kehrte mit Cooper im Schlepptau zurück und reichte ihm die Schlüssel vom Porsche. »Sie ist vor ungefähr einer Viertelstunde mit einem Taxi hier weggefahren. Finde sie. Wenn sie nicht bei uns ist, schau in der Angestelltenunterkunft des Beachcomber nach.«

»Was, wenn sie an keinem der beiden Orte ist?«, erkundigte sich Cooper.

»Überprüf den Fähranleger. Sie darf die Insel auf keinen Fall verlassen. Der Himmel weiß, wie wir sie dann aufspüren sollen.«

»Ich kümmere mich drum«, versprach Cooper.

»Wenn es dir gelungen ist, sie ausfindig zu machen, bring sie zurück zu uns nach Hause. Schreib mir eine Textnachricht, und dann treffen wir uns dort.«

»Was, wenn sie nicht mitwill?«

»Dann ruf mich an«, erklärte Jared. »Wir kommen dann zu dir.«

Blaine Taylor gesellte sich im Foyer zu ihnen. »Ist alles in Ordnung?«

»Nicht wirklich«, antwortete Jared und setzte den Polizeichef ins Bild.

»Hast du zufällig die Nummer auf dem Taxi gesehen?«, erkundigte sich Blaine bei Lizzie.

»Nein, aber es war gelb.«

»Eine Limousine oder ein Kombi?«

»Limousine.«

Blaine holte sein Mobiltelefon aus der Innentasche seines Sakkos und tätigte einen Anruf. »Hier ist Chief Taylor. Ich muss wissen, wer gerade am Chesterfield war und einen Gast abgeholt hat und wohin die Fahrt ging.« Er hörte eine Sekunde lang zu, nickte und sagte dann: »Danke für die Auskunft.« Er wandte sich an Jared und Lizzie. »Sie hat sich direkt zum Fähranleger bringen lassen.«

Jared schaute auf seine Armbanduhr. »Verdammt. Vermutlich hat sie die Fähre um sechs Uhr noch erwischt. Was machen wir jetzt?«

»Ich kann das Jugendamt auf dem Festland benachrichtigen«, meinte Blaine. »Aber die werden aller Wahrscheinlichkeit nach erst morgen herkommen können.«

»Nein«, widersprach Lizzie. »Bitte nicht. Dann landet sie im System. Ich habe das viel zu oft passieren sehen, um das zuzulassen.« Lizzie hatte in New York ein Heim für Obdachlose geleitet, bevor sie Jared geheiratet hatte, daher verfügte sie über

ausreichend Erfahrung in diesen Dingen. »Jessie hat mich gebeten, mich um ihr Baby zu kümmern, und genau das werde
ich tun. Sie wird zurückkommen, wenn sie etwas Zeit hatte,
sich zu beruhigen. Sie wird zurückkommen.«

»Lizzie, wir werden die Kleine nicht behalten.«

»Ich hab kein Wort davon gesagt, dass wir sie behalten.
Ich hab gesagt, ich kümmere mich um sie, bis ihre Mutter
zurückkehrt.«

»Und was, wenn sie das nicht tut? Was dann?«

»Ich weiß es nicht, aber wir können sie nicht dem System
überlassen, Jared.«

»Warum nicht? Dafür sind die zuständigen Stellen doch
da.«

»Weil wir uns um sie kümmern können.«

»Sie ist nicht unser Kind, Lizzie, und du weißt so gut wie
ich, warum das eine furchtbar schlechte Idee ist.«

Lizzie ertrug es nicht, ihn so aufgewühlt und besorgt zu
sehen. Allerdings ertrug sie die Vorstellung, dass dieses arme,
hilflose Baby irgendwelchen Fremden übergeben wurde, noch
viel weniger. Nicht, wenn sie die Möglichkeit hatte, die Kleine
zu versorgen. »Wir behalten sie nur so lange bei uns, bis wir
mehr über Jessie herausgefunden haben.«

»Könnte ich bitte mal kurz unter vier Augen mit meiner
Frau sprechen?«, fragte Jared Blaine und Cooper.

»Selbstverständlich«, erwiderte Blaine.

Die beiden Männer gingen und wirkten erleichtert, Jared
und Lizzie das allein ausfechten zu lassen.

»Wir können das nicht tun, Lizzie, und du weißt auch,
warum.«

»Wir können Jessie helfen, bis sie wieder zu sich kommt.«

»Wir haben Jessie bereits geholfen, und das ist der Dank,
den wir dafür erhalten? Sie lässt ihr Kind einfach bei uns und
erwartet, dass wir uns darum kümmern? Ich bin damit nicht

einverstanden. Was ist, wenn sie hier auftaucht und ihr Baby wiederhaben will, obwohl du es bereits ins Herz geschlossen hast? Was ist dann?«

»Das weiß ich nicht! Ich weiß nur, dass sie mich um Hilfe gebeten hat, und daher werde ich ihr helfen.«

»Egal, was ich will?«

»Natürlich ist mir wichtig, was du willst. Das weißt du doch.«

»Und ich bitte dich, dieses Baby Blaine zu übergeben und ihn rausfinden zu lassen, was zu tun ist. Das ist schließlich sein Job.«

Das Baby war auf ihrem Arm eingeschlafen, der kleine Körper lag warm an Lizzies Brust. »Das möchte ich nicht. Ich möchte Jessie Zeit dafür geben, sich darüber klar zu werden, dass sie einen Fehler begangen hat, ohne dass die Behörden da mit reingezogen werden.«

»Du weißt, ich unterstütze dich in allem, was du dir wünschst. Immer. Aber das hier ist zu viel. Ich hab eine Heidenangst, dass dir das Herz gebrochen wird. Und wenn dir jemand wehtut, spüre ich den Schmerz ganz genauso wie du.«

»Deswegen liebe ich dich ja so sehr, Jared. Wirklich. Doch ich kann dieses hilflose Kind nicht einfach der staatlichen Fürsorge übergeben und mit mir selbst weiterleben. Ich muss das hier für das Baby und für Jessie tun.«

Sie begriff, warum er so empfand. Natürlich tat sie das. Es war ein großes Risiko für sie, wenn sie sich darauf einließ. Andererseits hing sie bereits mittendrin, und das würde so bleiben, bis sie sich sicher sein konnte, dass das Baby bestens versorgt war.

Jared legte seinen Arm um Lizzie und gab sich Mühe, sie zu unterstützen, aber sie konnte an seiner Anspannung spüren, wie er mit sich rang, wie hin- und hergerissen er war. Und das mit gutem Grund.

KAPITEL 41

Dara saß auf der hinteren Veranda bei den McCarthys, als Oliver von einem Ausflug in die Stadt zurückkehrte.

»Ich habe gute Neuigkeiten«, sagte er. »Der Strom ist wieder da.«

»Wunderbar. Sollen wir dann zurück in den Leuchtturm?«

»Das wäre vermutlich nicht verkehrt.«

»Ich fände es unschön, wenn wir einfach gehen, ohne uns von Mac und Linda zu verabschieden.« Die beiden waren schon den ganzen Nachmittag bei der Hochzeit ihrer Tochter.

»Wir können ihnen eine Nachricht dalassen und sie zum Abendessen zu uns in den Leuchtturm einladen, als Dankeschön dafür, dass wir hier sein durften.«

»Gute Idee. So machen wir's.«

Sie folgte ihm nach oben, um ihre Sachen zu packen und das Bett abzuziehen. Sie steckten die Laken, die Bettwäsche und die Handtücher in die Waschmaschine und stellten sie an.

Unten angekommen, suchte Oliver einen Zettel und einen Stift.

> Liebe Linda, lieber Mac,
> der Strom ist wieder da, daher haben wir beschlossen, Euch nicht länger zur Last zu

fallen. Wir können uns gar nicht genug dafür bedanken, dass Ihr uns Obdach gewährt habt, und für Eure Freundlichkeit. Wenn es Euch passt, kommt bitte morgen Abend zum Dinner zu uns in den Leuchtturm, am besten irgendwann nach sechs Uhr. Wenn morgen für Euch ungünstig ist, lasst es uns bitte wissen, dann finden wir einen besseren Termin. Die Bettwäsche ist in der Waschmaschine. Noch mal danke für Eure Gastfreundschaft.

»Wie soll ich unterschreiben?«

»Liebe Grüße, Oliver und Dara.«

Das tat er und legte den Zettel neben die Kaffeemaschine. Dann verfrachteten sie Maisy ins Auto und fuhren nach Hause, zum Leuchtturm. Oliver war schon vormittags hier gewesen, um das Tor zu öffnen, durch das sie jetzt rollten.

»Ich kann auch gleich absperren«, sagte er, hielt an und stieg aus, um sich darum zu kümmern.

Während Dara zum Leuchtturm blickte, fiel ihr auf, dass sich ihre Einstellung zu ihrem Aufenthalt auf der Insel seit ihrer Ankunft verändert hatte. Die Zeit mit Mac und Linda war einfach wunderbar gewesen, und diese Überlegung teilte sie Oliver mit, als er sich wieder hinters Steuer setzte.

»Da hast du recht. Bei ihnen zu sein war etwas ganz Besonderes.«

»Willst du weiter zur morgendlichen Männerrunde gehen?«

»Wenn du nichts dagegen hast.«

»Überhaupt nicht. Sie scheinen dir gutzutun.«

»Stimmt, und ich hatte den Eindruck, es hat dir gefallen, mit Linda und ihren Enkelkindern zusammen zu sein.«

»Ich hätte nie geglaubt, dass das etwas wäre, was ich gerne wollte, aber ich hab ihre Gesellschaft wirklich genossen, sodass ich es einfach getan hab, als sie mich gefragt hat, ob ich mitkommen möchte. Und ich fand es echt schön.«

»Schau uns nur an. Wir schließen neue Freundschaften und haben Spaß, und das nach erst wenigen Tagen auf Gansett Island.«

»Ich mag es hier. Ich fühle mich weniger … seelenwund.«

»Ich empfinde das ganz genauso. Und es stört auch nicht, dass die Menschen hier großartig sind.«

»Nein, auf keinen Fall.«

Das war die längste Unterhaltung, die sie seit Lewis' Tod geführt hatten, und es fühlte sich fast an wie früher, als Dara stets den Eindruck gehabt hatte, sie könne mit ihm über alles reden. Oliver war von Anfang an ihr bester Freund gewesen, und er hatte ihr so gefehlt. Vor der Tragödie hätte sie es nie für möglich gehalten, dass irgendetwas zwischen sie kommen könnte. Jetzt wusste sie es besser.

Sie stiegen aus dem Auto, und Maisy lief voraus zur Tür. Sogar die Hündin wirkte nach ein paar Tagen auf der Insel lebendiger und schwungvoller.

Dara folgte Oliver und Maisy in den Leuchtturm und die Wendeltreppe zum zweiten Stock hoch, wo sie ihre Sachen auspackten und sich einrichteten. »Zuhause« war eine weitere Sache, die heikel gewesen war, seit sie Lewis verloren hatten. Dara konnte es nicht ertragen, ohne ihren kleinen Jungen in ihrem Haus zu sein. Sie hatte monatelang bei ihren Eltern gewohnt, bis ihre finanzielle Lage es ohnehin unumgänglich gemacht hatte, das Haus zu verkaufen.

Bevor sie nach Gansett gekommen waren, hatten sie im Grunde genommen getrennte Leben geführt. Hier blieb ihnen nichts anderes übrig, als im gleichen Bett zu schlafen, denn es gab nur eins. Vielleicht würde sich das noch als etwas Gutes erweisen. Schlechter konnte es ja schließlich nicht werden.

Dara setzte sich auf die Bettkante, wusste nicht so recht, was sie mit sich anfangen sollte, jetzt, wo sie wieder hier waren. Als Maisy sie mit der Schnauze anstupste, kraulte sie sie zwischen den Ohren.

»Hättest du Lust, in der Stadt was essen zu gehen?«, schlug Oliver vor.

Die Hoffnung in seiner Stimme und in seinen Augen bewog sie dazu, einzuwilligen. »Sicher, das klingt gut.«

Sein Gesicht strahlte unter dem ersten echten Lächeln auf, das sie seit gefühlten Ewigkeiten bei ihm gesehen hatte.

»Oliver?«

»Ja?«

»Kommst du mal her?«

Er stand auf und setzte sich neben sie auf die Bettkante.

»Ich hab mich gerade gefragt, ob wir vielleicht …«

»Was denn, Süße?«

»Könntest du mich eine Weile im Arm halten?«

Eine Sekunde lang wirkte er überrascht, sodass sie sich schon fragte, ob er es tun würde. Aber dann legte er die Arme um sie, zog sie ganz eng an sich und erinnerte sie damit daran, wie nah sie sich eigentlich immer gewesen waren. Sie atmete seinen vertrauten Duft ein und legte den Kopf an die Stelle an seiner Schulter, die einfach perfekt dafür war.

»Das fühlt sich schön an.«

»Wie Nach-Hause-Kommen.«

»Dara …«

»Nicht. Lass uns einfach das hier machen und nachher essen gehen und einen guten Tag genießen. Okay?«

»Ja, das ist okay.«

KAPITEL 42

Es hatte beinah eine Woche gedauert, einen Termin bei Kevin McCarthy zu bekommen, aber jetzt, wo es so weit war, war Sydney furchtbar nervös. Zu einem Therapeuten zu gehen erinnerte sie zu sehr an die entsetzlichen Monate, die auf den Tod ihres ersten Ehemannes und ihrer beiden Kinder gefolgt waren.

Dass so was um ein Haar wieder passiert wäre, war mehr, als sie ertragen konnte, und keine Therapie der Welt würde daran etwas ändern können.

»Luke hat mir gesagt, warum ihr hier seid«, erklärte Kevin.

Seine Herzlichkeit und seine beruhigende Ausstrahlung halfen ihr. Trotzdem war ihr innerer Aufruhr schwer zu ignorieren.

»Wie wäre es, wenn wir damit anfangen, dass du mir den Unfall aus deiner Sicht schilderst und mir verrätst, wie du dich in den Monaten seither fühlst?«

Das Letzte auf der Welt, was Sydney tun wollte, war, die furchtbaren Minuten erneut zu durchleben, in denen sie überzeugt gewesen war, dass sie und Lily sterben müssten. Nur der hoffnungsvolle Ausdruck auf Lukes Gesicht konnte sie dazu bewegen, ihre Seele so zu entblößen. Also ging sie die Ereignisse jenes schrecklichen Tages noch einmal durch, von dem Moment an, in dem sie mit Lily zu Hause losgefahren war, und wie sie auf dem Weg zum Mittagessen mit Luke in der Marina kurz bei einem Kunden angehalten hatte.

»Und als wir dann endlich angekommen waren, saßen wir in der einen Minute im Auto auf dem Parkplatz, und in der nächsten waren wir im Wasser. Ich habe mir den Kopf am Lenkrad gestoßen, daher habe ich ein paar Sekunden gebraucht, um zu begreifen, dass es wirklich gefährlich wurde. Dann waren da Luke und Big Mac. Sie konnten die Tür nicht aufkriegen, und die Fenster ließen sich ebenfalls nicht öffnen.« Sie hielt inne, bevor sie sich zwang, weiterzuerzählen, das Unaussprechliche in Worte zu fassen. »Die eine Sache, an die ich mich am deutlichsten erinnere, außer der Panik und der Fassungslosigkeit, war der Gedanke, dass ich dieses Mal wenigstens mit meinem Kind sterben dürfte.«

Luke schnappte nach Luft.

»Es tut mir so leid.« Syd nahm seine Hand und schaute ihn an. »Ich hasse es, dass ich das gedacht habe, statt daran zu denken, was es dir antun würde, uns beide zu verlieren, aber es war so eine Erleichterung, zu wissen, dass ich den Albtraum nicht erneut würde durchmachen müssen.«

»Das ist wirklich eine große Last, die du da mit dir herumträgst, Syd«, erklärte Kevin.

»Das ist es. Dass es überhaupt passiert ist ...« Sie schüttelte den Kopf. »Das ist der Teil, über den ich einfach nicht hinwegkomme. Meine Tochter wäre beinahe gestorben, weil ich nicht aufgepasst habe.«

»Ich habe ihr immer wieder versichert, dass es nicht ihre Schuld ist«, warf Luke ein.

»Was, wenn wir es mal aus einer anderen Richtung versuchen?«, fragte Kevin. »Was, wenn wir zulassen, dass Syd die volle Schuld für das, was geschehen ist, auf sich nimmt ...«

Lukes Augen blitzten entrüstet. »Moment mal.«

»Lass mich ausreden.« Kevin hob eine Hand, um seinen Freund aufzuhalten. »Syd, du gibst dir ja bereits die Schuld. Du glaubst, du allein seist schuld, warum also einigen wir uns nicht darauf, dass es genau so war? Du hast den Schalthebel auf D stehen lassen, dein Fuß ist von der Bremse gerutscht und aufs Gaspedal geraten, und du bist diejenige, die das Auto ins Wasser gefahren hat. Fühlst du dich in irgendeiner Weise besser, wenn andere dir recht geben und dich in dem bestätigen, was du ohnehin bereits glaubst?«

»Ja«, antwortete Syd, überrascht davon, dass das stimmte. »Ich hab das Gefühl, als müsse ich dafür zur Rechenschaft gezogen werden.«

»Okay, dann werden wir dich dafür zur Rechenschaft ziehen, aber nur, wenn du bereit bist, die Möglichkeit zu berücksichtigen, dass du einfach einen Fehler gemacht hast. Jeder, der jemals ein Auto gefahren hat, versteht das Potenzial für folgenreiche Fehler. Der Fuß rutscht von der Bremse, und das Auto rollt auf die Kreuzung. Das sind echte Versehen, anders als bei einem Fahrer, der glaubt, er könne es noch mühelos schaffen, bevor die Ampel rot wird. Oder der denkt, es sei ein Kavaliersdelikt, schneller zu fahren als erlaubt. Erkennst du den Unterschied?«

»Verstandesmäßig schon, und ich weiß auch, dass ich nie etwas tun würde, das Lily schaden würde.«

»Und ist das nicht das Wichtigste?«, erkundigte sich Kevin. »Dass du nie etwas tun würdest, das ihr schadet? Wenn du die Verantwortung dafür übernehmen kannst, den Unfall verursacht zu haben, dann musst du auch akzeptieren, dass es nicht absichtlich passiert ist.«

»Wow, er ist echt gut«, meinte Syd zu Luke.

Der lachte kurz auf. »Absolut.«

Kevin lächelte und lehnte sich vor. »Du kannst beides gleichzeitig tun – dir die Schuld an dem Unfall geben, aber einsehen, dass du nie absichtlich etwas tun würdest, das eure geliebte Tochter in Gefahr bringt. Du bist eine wunderbare Mutter, Sydney. Jeder, der dich kennt, weiß das.«

»Sie bedeutet mir alles«, sagte Syd leise. »Meine wunderbare zweite Chance.«

Luke drückte ihr die Hand.

»Du weißt besser als jeder andere, dass Dinge passieren, mit denen wir nie im Leben gerechnet hätten«, erwiderte Kevin.

»Was ich hasse.«

Kevin lachte leise. »Wenn du die schlechten Sachen hasst, dann musst du auch die guten hassen. Wir leben alle schon lang genug, um zu wissen, dass dieses Leben uns jede Menge von beidem gibt, und es ist oft genug mehr Gutes als Schlechtes.«

Sydney dachte einen Moment darüber nach. »Da hast du vermutlich recht.«

»Ich schlage vor, wir treffen uns weiter und sprechen darüber, bis du dich besser zu fühlen beginnst«, antwortete Kevin. »So lange, wie es dauert, bin ich für euch da.«

»Danke, Kevin. Ich muss zugeben, dass ich vor unserem Gespräch heute Vorbehalte hatte, aber jetzt erkenne ich, dass es hilfreich sein kann, alles hervorzuholen und genauer zu betrachten.«

»Genau das werden wir tun.«

* * *

Kevin brachte sie eine halbe Stunde später zur Tür, erfreut über die Fortschritte, die sie schon bei ihrem ersten Termin erzielt hatten. Er schickte sie nach Hause, mit der Anweisung, regelmäßig darüber zu reden, was an jenem Tag geschehen war, welche Auswirkungen es auf sie beide hatte und wie sie es empfanden. In all den Jahren, die er jetzt schon auf dem Gebiet arbeitete, hatte er herausgefunden, dass Gefühle auszusprechen den Menschen dabei half, mit ihnen fertigzuwerden.

Nachdem er seine Notizen zur heutigen Sitzung eingegeben und gespeichert hatte, verließ er seine Praxisräume und machte sich auf den Heimweg zu seinen beiden Mädchen, freute sich darauf, sie zu sehen.

Zu Hause saß Chelsea auf dem Sofa und stillte die kleine Summer. Als er reinkam, strahlte Chelsea ihn an, sodass er sich fühlte, wie er es vor ihr überhaupt nicht gekannt hatte. Er gab erst ihr einen Kuss und dann Summer, die die Augen aufschlug und beim Anblick ihres Daddys fröhlich zu strampeln begann.

»Und was ist hier so los?«

»Nur das ganz Normale nach einem kleinen erholsamen Nickerchen von uns beiden.« Chelsea hatte darüber gesprochen, dass sie zurück zu ihrem Job im Beachcomber wollte, aber er hatte sie ermutigt, sich mehr Zeit für das Baby zu lassen. Sie war es gewohnt, allein für sich verantwortlich zu sein, und musste sich erst an den Gedanken gewöhnen, dass er jetzt da war und für sie sorgen konnte.

Gemeinsam hatten sie entschieden, dass sie im nächsten Sommer für ein paar Abende unter der Woche hinter die Bar zurückkehren würde. In der Zwischenzeit genossen sie jede Minute mit ihrer kleinen Tochter, die ihnen solche Freude bereitete.

»Wie war die Arbeit?«

»Gut«, antwortete er. »Doch nichts ist besser als das hier.«

Summer hatte ihre kleine Hand um seinen Finger geschlossen und drückte fest zu.

»Wie wäre es denn dann mit einem Weiteren?«

Kevin starrte sie an. »Äh …«

Chelsea lachte. Das tat sie oft. »Nicht sofort, aber vielleicht in einem Jahr oder so.«

»Ich werde allmählich alt.«

»Unsinn. Das Alter ist nur eine Zahl.«

»Ich werde vierundfünfzig, Chelsea.«

»Ich weiß das, aber wenn ich Riley und Finn zusammen sehe, wünsche ich mir das auch für Summer. Eine Schwester oder einen Bruder, der ihr vom Alter her nahe ist und mit ihr zusammen aufwächst.«

»Du weißt, wie du mich auf Trab hältst, Mrs McCarthy.«

»Ich kann ja nicht zulassen, dass du es zu bequem hast«, entgegnete sie lächelnd.

»Bevor wir Summer bekommen haben, habe ich mir insgeheim manchmal gedacht, dass ich verrückt sein müsse, familienmäßig noch mal ganz von vorne anzufangen, vor allem da meine beiden Jungs fast dreißig sind.«

»Das war nicht so ›insgeheim‹. Wir alle wussten, dass du deswegen Panik geschoben hast.«

Lächelnd fuhr er fort: »Seit Summer da ist, ist das alles nicht mehr wichtig. Sie ist so perfekt und so wunderschön, und ich bin ihr hoffnungslos verfallen. Also, wenn du noch eins möchtest, gern. Solange wir uns nicht zu viel Zeit lassen.«

»Abgemacht.«

»Ich bin bereit und stehe dir jederzeit auch kurzfristig zu Diensten.«

Sie lachte. »Ich hab's vernommen.«

»Es ist bloß gut, dass ich dich so sehr liebe«, erklärte er und gab ihr einen Kuss.

»Dem kann ich nur zustimmen.«

KAPITEL 43

Da der Stromausfall behoben war, stand der planmäßigen Premiere von »Indefatigable – Unbeirrbar« am Freitagabend nichts mehr im Weg, was Stephanie wieder in das gleiche Dilemma brachte, in dem sie sich schon in L. A. befunden hatte. Am Donnerstagnachmittag hielt sie bei Charlies Haus an, hoffte, eine Minute allein mit ihm reden zu können.

Sie fand ihn in der Garage, wo er Werkzeuge in den Halterungen über der neuen Werkbank anbrachte, die sie und Grant ihm zu seinem Geburtstag geschenkt hatten. Sein silbergraues Haar war ganz kurz geschnitten, und er trug ein ärmelloses Gansett-Island-Shirt, sodass seine Muskeln und Tätowierungen in ihrer vollen Pracht zu sehen waren.

»Hey«, sagte sie. »Ich hoffe, ich störe dich nicht.«

Als er sich zu ihr umdrehte, strahlte sein Gesicht mit einem breiten Lächeln auf, bei dem seine blauen Augen funkelten. Er lächelte in letzter Zeit oft, und die rauen Kanten, die er aus dem Gefängnis mitgebracht hatte, waren größtenteils abgeschliffen. »Hey, Kleines. Komm rein. Und PS: Du kannst mich gar nicht stören.«

Seit dem Moment, in dem er angefangen hatte, mit ihrer Mutter auszugehen, als Stephanie elf Jahre alt gewesen war, hatte sie immer wieder gedacht, dass jeder das Glück haben sollte, einen Charlie in seinem Leben zu haben. Er breitete die Arme aus, und sie trat zu ihm. Sie würde nie genug davon bekommen, ihn jederzeit umarmen zu können, wann immer ihr danach war.

»Sieht echt super aus«, sagte sie und deutete auf die Werkbank und die ordentlich aufgereihten Werkzeuge.

»Es wird langsam.«

»Wo ist Sarah?«

»Drüben im Hotel. Sie hilft Laura bei etwas.« Er legte den Kopf schief und blickte sie prüfend an. Er war schon immer in der Lage gewesen, sie zu durchschauen. »Was beschäftigt dich, Stephie Lou?«

Sie liebte es, wenn er sie so nannte. »Die Premiere.«

»Ach, das hatte ich mir schon fast gedacht. Heute Morgen bin ich bereits von drei verschiedenen Reportern angerufen worden, noch vor dem Frühstück. Ich bin jedenfalls froh, wenn sich der Trubel wieder legt.«

»Hast du Grant erzählt, dass du Anrufe bekommen hast? Er kann den Publicity-Leuten vom Studio Bescheid sagen, damit die sich darum kümmern.«

»Das sind ja die, die meine Telefonnummer weitergegeben haben.«

»Oh, Mist. Soll ich dafür sorgen, dass das aufhört?«

»Nein, ist schon in Ordnung. Ich werfe ihnen ein paar Brocken hin, und dann lassen sie mich in Ruhe.«

»Ich frag mich, warum sie nicht bei mir anrufen.«

»Vermutlich, weil dein Ehemann ihnen zu verstehen gegeben hat, dass sie das tunlichst unterlassen sollen. Schließlich weiß er, wie empfindlich du in dem Punkt bist. Das wissen wir alle.«

»Ich bin nicht empfindlich«, erwiderte sie. »Ich bin einfach nur …«

»Schwanger? Im Griff der Hormone? Emotional? Alles zusammen?«

»Du bist ein echter Witzbold, Charlie-Bär.«

»Also alles, ja? Und dazu dann noch ein bisschen Schwelgen in unangenehmen Erinnerungen, und schon steckst du in der Klemme.«

»Ja, so ungefähr. Ich möchte Grant und Dan und dich unterstützen, und alle anderen, die dabei geholfen haben, unsere Geschichte auf die Leinwand zu bringen, aber ich weiß einfach nicht, ob ich es ertrage, es noch einmal zu sehen, noch einmal mitzuerleben. Ich hab das Gefühl, das haben wir schon lange hinter uns gelassen.«

»Haben wir ja auch. Ganz bestimmt. Manchmal vergesse ich es sogar, weißt du? Dann ist es auf einmal Mittag, bevor mir wieder einfällt, dass ich im Gefängnis war.«

»Das ist gut. Ich möchte nicht, dass du daran denkst.«

»Ich werde vermutlich immer irgendwie daran denken. Es ist zu sehr Teil meiner Geschichte, genau wie du und deine Mutter Teil dieser Geschichte seid. Doch ich denke nicht mehr so oft an das Schlimme.«

»Ich auch nicht. Im Moment gibt es so viel Besseres, für uns beide. Darum scheue ich ja so davor zurück, die Tür wieder aufzustoßen.«

»Was total verständlich ist. Wenn ich im Nachhinein darauf zurückblicke, bin ich mir nicht sicher, wer von uns schlechter dran war – ich drinnen oder du draußen, wo du unsere Schlachten ganz auf dich allein gestellt schlagen musstest.«

»Du hast es viel schlimmer getroffen. Ich war wenigstens frei.«

»Ach, warst du das?«

Man konnte sich darauf verlassen, dass er direkt auf den springenden Punkt kam. Stephanie blickte zu ihm hoch. »Gehst du zur Premiere?«

»Das weiß ich noch nicht. Vermutlich entscheide ich das erst unmittelbar vorher.« Er fasste sie am Kinn und drehte ihr

Gesicht sanft zu sich. »Vielleicht sollten wir zusammen gehen und es gemeinsam hinter uns bringen, was meinst du?«

»Das musst du nicht für mich tun.«

»Für wen sonst sollte ich das wohl tun? Ich glaube, du möchtest schon gerne dieses Projekt sehen, in das in den letzten beiden Jahren Grants Herzblut geflossen ist.«

»Ja, schon. Er hat so hart daran gearbeitet. Wenn es irgendetwas anderes wäre ...«

»Das weiß ich, und er weiß es auch. Was würdest du denn davon halten, wenn wir daraus eine Verabredung machen, du und ich? Ich hol dich ab und kauf dir sogar Popcorn.«

Stephanie konnte sich immer darauf verlassen, dass ihr Charlie-Bär sie zum Lachen brachte und ihr genau das gab, was sie brauchte. »Erinnerst du dich noch an unsere erste Verabredung?«

Er dachte eine Sekunde darüber nach. »Ich weiß nicht ganz genau, welches die erste war.«

»Du bist mit mir ins Kino gegangen, in ›Arielle, die Meerjungfrau‹, und du hast mir erklärt, ich könne jede Süßigkeit haben, die ich wollte.«

Er nickte lächelnd. »Und du hast so lange an der Theke gestanden und hin und her überlegt, was du haben wolltest, dass wir beinah den Beginn des Films verpasst hätten.«

»Das war das allererste Mal, dass mir jemand gesagt hat, ich könne haben, was immer ich wollte. Ich hab mir Schokodrops ausgesucht, und jedes Mal, wenn ich die seither gegessen habe, musste ich daran denken: an das erste Mal, dass mein Dad mich zu einem Ausflug eingeladen hat, nur wir beide etwas zusammen unternommen haben, und daran, wie schön du es mir gemacht hast. Wie schön du alles für mich gemacht hast.« Sie zwang sich, ihm in die Augen zu sehen. »Wenn du dich je fragst, warum ich vierzehn Jahre lang wie eine Besessene alles getan habe, Himmel und Erde in Bewegung gesetzt habe, um dich aus dem Gefängnis zu kriegen, dann war das wegen der Schokodrops, wegen ›Arielle‹ und der Ballettstunden, die du mir bezahlt hast, und wegen all der Sachen, die du mir über Insekten und die Natur und Tiere beigebracht hast. Es war alles zusammen. Du warst *alles* für mich, und das bist du immer noch.«

Er überwand den kurzen Abstand zwischen ihnen und zog sie in eine seiner Bärenumarmungen, die sie so vermisst hatte in der Zeit, in der sie getrennt gewesen waren. »Du bist für mich auch alles, Kleines«, erklärte er rau. »Das warst du immer und wirst es immer bleiben.«

»Wie wäre es dann, wenn du mich morgen um halb sieben am Bistro abholst?«

»Abgemacht.«

KAPITEL 44

Seamus und Carolina hatten drei quälende Tage lang auf eine Nachricht dazu warten müssen, ob der Vater der Jungs ihr Angebot annehmen würde. Dan hatte sie schließlich am Donnerstagabend angerufen, um ihnen mitzuteilen, dass Jace Carson mit den vorgeschlagenen zwei Besuchen im Jahr und ihren Bedingungen einverstanden war. Wenn die beiden dann volljährig waren – oder früher, falls sämtliche beteiligten Parteien einverstanden waren –, würden sie erfahren, dass Jace ihr leiblicher Vater war.

Sofern er nicht vorher das Interesse verlor und von der Bildfläche verschwand.

Im Austausch für den Kontakt zu den Jungs hatte Dan von Jace zusätzlich die schriftliche Zusicherung verlangt, dass er die Sorgerechtsübertragung, die Lisa vor ihrem Tod abgeschlossen hatte, nicht anfechten würde. Zu hören, dass er das unterschrieben hatte, war eine Riesenerleichterung für Seamus und Carolina gewesen.

Jace hatte keine Zeit verschwendet und darum gebeten, die Jungs unverzüglich sehen zu dürfen. Und jetzt war es fast so weit, in den nächsten Minuten würde er eintreffen. Seamus hatte es so eingerichtet, dass Joe die Nachmittagstouren übernahm, damit er selbst zu Hause sein konnte, bei seiner Familie.

Er hatte ein paar Stunden online recherchiert, um mehr über den Mann herauszufinden, der der Vater der Jungs war, und hatte über einen langen Kampf gegen Drogensucht gelesen, im Laufe dessen der Mann auch kurz im Gefängnis gelandet war.

Allen Berichten zufolge war Jace inzwischen längere Zeit clean und für seinen Einsatz für andere Suchtkranke bekannt. Dank der Fotos, die in den sozialen Netzwerken verfügbar waren, wusste Seamus, dass Jace wie seine Söhne blondes Haar hatte. Kyle war ihm sogar wie aus dem Gesicht geschnitten, sodass Seamus sich fragte, ob den Kindern die Ähnlichkeit auffallen würde. Sie waren klug, und man konnte ihnen kein X für ein U vormachen.

»Wenn sie drauf kommen«, meinte Carolina, als er ihr seine Sorge anvertraute, »dann sagen wir ihnen die Wahrheit. Das Einzige, was für sie wichtig sein wird, ist, dass sie hier in ihrem Zuhause sicher sind, dass ihr Leben bei uns nicht in Gefahr ist.«

Sie saßen am Küchentisch und konnten hören, wie die Jungs draußen mit ihrem Hund Burpy herumtobten, der kläffte, während er versuchte, mit den beiden Schritt zu halten. Sie scherzten oft, dass sie eigentlich nie im Unklaren darüber seien, wo die Jungs steckten, weil sie sie und ihren Hund immer hören konnten.

»Du denkst also nicht, dass wir einen Fehler machen, indem wir ihnen nicht von Anfang an reinen Wein einschenken?«, wollte er wissen.

»Nein, ich glaube, es ist richtig, damit noch zu warten. Sie haben so viel Schlimmes hinter sich und haben sich gerade in ihr neues Leben bei uns eingefunden. Jetzt ist nicht der richtige Zeitpunkt dafür, irgendetwas zu tun, das dabei stören würde.«

»Es hilft auf jeden Fall, den Rat einer professionellen Mutter zu haben, auf den man sich verlassen kann.«

»Ich weiß nicht, ob ich mich als professionelle Mutter bezeichnen würde, aber ich erinnere mich noch gut daran, wie es war, mit Joe herzukommen, nachdem sein Vater gestorben war, und wie wichtig es für ihn war, dass alles in einigermaßen ruhigen Bahnen verlief.«

Bei dem Geräusch eines Autos, das draußen anhielt, standen sie auf, um zur Tür zu gehen und ihren Besucher zu begrüßen. Ein Mann stieg aus Ned Saunders' Taxi aus, und das Erste, was Seamus auffiel, waren seine Unterarme, die mit Tätowierungen bedeckt waren. Die Jungs waren fasziniert von Tattoos und würden sich die von Jace gewiss aus der Nähe anschauen wollen.

Seamus konnte die beiden und den Hund auf einem der Wege zum Wäldchen hören, das ihr persönlicher Abenteuerspielplatz war. Sie hatten strikte Regeln dazu, wie weit sie sich vom Haus entfernen durften, und befolgten sie, so wie sie sich grundsätzlich an das hielten, was man ihnen gesagt hatte.

Der Typ zahlte bei Ned für die Fahrt und bedankte sich bei ihm.

Ned hupte kurz und winkte Seamus und Carolina, bevor er rückwärts aus der Einfahrt fuhr.

Als der Mann auf sie zukam, bemerkte Seamus, dass er sich wie Jackson bewegte, seine Schritte Ungeduld verrieten. Er schüttelte Seamus und Carolina die Hand. »Ich bin Jace. Danke, dass ich Sie besuchen darf.«

Auch wenn er voreingenommen und eigentlich entschlossen war, ihn nicht zu mögen, gefiel es Seamus, wie der Mann sich präsentierte. »Ich würde ja sagen, kein Problem, aber …«

»Oh, Sie sind Ire.«

»Aye, stimmt.«

Die beiden Männer musterten einander, beinahe wie Boxkämpfer, kurz bevor sie in den Ring steigen.

»Die Jungs …«, begann Jace. »Geht es ihnen gut?«

»Ja, sie machen sich inzwischen prächtig«, antwortete Carolina. »In den ersten paar Monaten direkt nach dem

Tod ihrer Mutter hatten sie natürlich ganz schön daran zu knabbern.«

»Ich ... Ich wusste nicht mal, dass sie krank war. Ich hab mich furchtbar gefühlt, als ich erfahren habe, was passiert war.«

»Es war eine sehr schwierige Zeit«, erklärte Carolina. »Aber alle haben geholfen und die Jungs nach Kräften unterstützt.«

»Es tut mir leid, dass ich nicht da war, um meinen Teil beizutragen. Ich hatte ein paar ... Probleme, die ich inzwischen besser im Griff hab. Mir ist bewusst, es ist viel verlangt, dass ich sie sehen will. Doch ich hab erst kürzlich erfahren, dass Lisa gestorben ist, als ich versucht habe, Kontakt mit ihr aufzunehmen, weil ich mich nach meinen Söhnen erkundigen wollte. Ich hab damit gewartet, bis ich mein Leben auf die Reihe gekriegt hatte, nur musste ich dann herausfinden, dass es zu spät war.«

Jace wirkte ehrlich betrübt über Lisas Tod. »Sie haben es sehr nett hier«, stellte er nach einem Moment fest.

»Wir haben angebaut, nachdem wir die Jungs bei uns aufgenommen haben«, sagte Carolina und deutete auf das Haus. »Wir wollten, dass sie genug Platz haben.«

»Sind sie da?«

»Wenn Sie genau hinhören«, erwiderte Seamus, »können Sie sie im Wäldchen spielen hören. Sie lieben es, draußen zu sein.«

»Daran kann ich mich noch von früher erinnern, als sie klein waren. Sie wollten immer raus.«

Seamus steckte zwei Finger in den Mund und pfiff nach den Jungs, die auch sofort kamen, wie sie es immer taten, wenn er sie rief. Er fragte sich, in welchem Alter das wohl aufhören würde.

Sie stürmten aus dem Unterholz, zwei blonde Lausbuben mit sonnenverbrannten Nasen und fehlenden Vorderzähnen. Burpy folgte ihnen auf dem Fuße, kläffte wie gewöhnlich. Seamus war froh darüber, dass sie keine Nachbarn in der

Nähe hatten, bei all dem Lärm, den die Kinder und der Hund zusammen machten. Das Haus, in dem Lisa mit ihren Söhnen gewohnt hatte, stand ihrem am nächsten, das waren allerdings mehrere Hundert Meter die Straße entlang. Mittlerweile war dort ein neues Paar eingezogen.

»Kyle, Jackson und Burpy, ich möchte euch einen guten Bekannten von mir vorstellen. Das hier ist Jace. Könnt ihr ihn begrüßen?«

Er wartete mit angehaltenem Atem ab, ob einer der beiden den Mann wiedererkennen würde, aber das schien nicht der Fall zu sein.

Beide Jungs sagten »Hi« und schüttelten Jace die Hand, so wie Seamus es ihnen beigebracht hatte. Eigentlich sollten sie ihrem Gegenüber dabei auch in die Augen schauen, doch das klappte noch nicht so gut wie das Händeschütteln.

Seamus konnte erkennen, dass Jace beeindruckt war und auch ein bisschen gerührt davon, seine Söhne das erste Mal seit Jahren zu sehen.

»Können wir bitte einen Snack haben?«, fragte Kyle Carolina.

Das mit dem »bitte« und »danke« hatten sie inzwischen verinnerlicht. »Sicher«, antwortete sie. »Lasst uns reingehen und euch die Hände waschen.«

»Kommen Sie«, wandte sich Seamus an Jace. »Kann ich Ihnen was zu trinken anbieten?«

»Ein Glas Wasser wäre toll. Danke.«

Während Carolina mit den Jungs im Bad verschwand, schenkte Seamus drei Gläser Eiswasser ein und holte Saft für die Kinder. Dann schnitt er Käse in Würfel und stellte alles zusammen mit Crackern und Trauben auf den Tisch.

Die Jungs kamen aus dem Bad zurück und stürzten sich wie eine Bande halb verhungerter Barbaren auf den Snack, als hätten sie ein Jahr lang nichts zu essen gekriegt. »Schön langsam«, mahnte Seamus. »Wir haben einen Gast, und die Höflichkeit gebietet, dass er sich als Erstes nehmen darf.«

»Sorry«, sagte Kyle mit vollem Mund.

»Kein Problem«, erwiderte Jace, der belustigt wirkte.

Carolina gesellte sich am Tisch zu ihnen, und in der nächsten Stunde stellte Jace den beiden Kindern jede Menge Fragen zu ihrem Leben auf der Insel, zur Schule, zu ihren Freunden, den Fernsehserien, die sie mochten, und ihren Lieblingsgerichten.

Das musste Seamus ihm lassen, er gab sich echt Mühe, die Jungs kennenzulernen, und hörte ihnen aufmerksam zu. Als er sie bat, ihm ihre Lieblingsspielzeuge zu zeigen, rannten sie gleich los in ihr Spielzimmer, das sie auf Seamus' Geheiß hin heute Vormittag in Vorbereitung auf den erwarteten Besuch aufgeräumt hatten.

»Er scheint nett zu sein«, meinte Carolina, während sie mit Seamus allein in der Küche war.

»Ja, unbedingt. Und mir hat auch gefallen, dass er ihnen seine uneingeschränkte Aufmerksamkeit geschenkt hat.« Trotzdem war er vage beunruhigt und ging daher zum Spielzimmer, um mal nachzusehen. Jace saß auf dem Boden und ließ sich von seinen Söhnen ihr Spielzeug zeigen.

Auch wenn er froh war, dass der Besuch so glatt lief, konnte sich Seamus trotzdem nicht komplett entspannen. Carolina hatte ihm erklärt, wenn sie Jace am Leben der Jungs teilnehmen ließen, würden die beiden einfach einen Menschen mehr haben, den sie lieben konnten. Er war keine Bedrohung, wenigstens sagte Seamus sich das.

Eine Stunde später fuhr Seamus Jace zurück zum Anleger, damit er die letzte Fähre von der Insel erwischte. Auf der kurzen Fahrt schwiegen sie beide.

»Vielen Dank für heute«, wandte sich Jace an Seamus, als sie am Hafen ankamen. »Sie werden nie wissen, was es für mich bedeutet, dass ich sie treffen durfte.«

»Ich bin froh, dass wir eine Lösung gefunden haben.«

»Es ist nicht zu übersehen, dass sie bei Ihnen und Ihrer Frau sehr glücklich sind, und ich will auf keinen Fall Unruhe in ihr Leben hier bringen. Ich würde Ihnen gern meine Telefonnummer geben, einfach damit Sie sie haben, und falls Ihnen danach ist, ab und zu ein paar Fotos zu schicken, würde ich mich darüber sehr freuen.«

»Das geht auf jeden Fall.«

Sie tauschten ihre Kontaktdaten aus und schüttelten einander die Hand.

»Wissen Sie«, vertraute ihm Seamus an, »ich war eigentlich bereit, Sie zu hassen, einfach weil Sie ihr richtiger Vater sind. Aber nachdem ich Sie kennengelernt habe, hasse ich Sie nicht.«

Jace stieß ein raues Lachen aus. »Okay, danke. Außerdem ist es ziemlich offensichtlich, wen sie als ihren Vater betrachten, und soweit ich es bislang beurteilen kann, können die beiden von Glück reden, Sie zu haben.«

»Danke, das freut mich.«

»Ich habe eine Menge Fehler in meinem Leben gemacht – große Fehler, die viele Leute verletzt haben. Am meisten bereue ich die, unter denen Lisa und meine Jungs zu leiden hatten. Ich habe beim Entzug gelernt, dass wir die Vergangenheit nicht ungeschehen machen können. Wir können nur versuchen, es in der Zukunft besser hinzubekommen. Das ist mein einziges Ziel.«

»Das kann ich verstehen.«

»Und ich sehe, dass meine Söhne glücklich sind und bei zwei Menschen leben dürfen, die sie lieb haben.«

»Wir lieben sie sehr. Sie haben unser Leben so unfassbar bereichert.«

»Danke, dass Sie für die beiden und für Lisa da waren, als sie Sie gebraucht haben.«

»Das war die zweitbeste Idee, die ich je hatte, gleich nach der, Carolina dazu zu überreden, mich zu heiraten.«

»Noch einmal danke, dass ich kommen durfte.«

»Wir bleiben in Verbindung.«

Jace schüttelte ihm ein letztes Mal die Hand und stieg aus dem Pick-up.

Seamus schaute zu, wie der andere sich hinten an der Schlange der Passagiere anstellte, wartete, bis Jace sein Ticket vorgezeigt hatte und auf der Fähre war, bevor er erleichtert vom Parkplatz und nach Hause fuhr. Nachdem er Jace getroffen hatte und jetzt wusste, dass er ein anständiger Kerl war, fühlte Seamus sich besser bei dem Gedanken daran, ihn in ihr Leben zu lassen.

Als er zu Hause eintraf, aßen die Jungs bereits Spaghetti mit Fleischbällchen, die Gesichter wie gewohnt voller Tomatensoße.

Carolina begrüßte ihn mit einem liebevollen Lächeln, und Seamus spürte zum ersten Mal, wie die Anspannung von ihm abfiel, die ihn im Griff gehalten hatte, seit der Brief von Jace' Anwalt eingetroffen war.

Er setzte sich an den Tisch, und Carolina holte Teller für sie beide.

»Danke, Liebste.« Zu den Jungs sagte er: »Und euch beiden danke, dass ihr so freundlich zu meinem Bekannten wart. Er mochte euch sehr.«

»Der ist echt nett«, erwiderte Jackson mit vollem Mund. »Kann er mal wieder zum Spielen vorbeikommen?«

»Ja«, antwortete Seamus. »Auf jeden Fall.«

KAPITEL 45

Am späten Freitagnachmittag war Grant McCarthy gerade allein zu Hause, als ein Blumenstrauß geliefert wurde. »Danke«, sagte er zu dem jungen Mann vom Blumenladen der Insel.

»Schönen Tag noch.«

»Ebenfalls.« Grant brachte die mehrfarbigen Rosen in die Küche, stellte sie in einer Vase auf die Arbeitsplatte und fand dabei die Karte.

> Da wir nicht wussten, was wir einem berühmten, mit einem Oscar ausgezeichneten Drehbuchautor zu seinem großen Abend in seiner Heimatstadt schenken sollten, hoffen wir, dass Rosen in Ordnung sind. Wir sind so stolz auf Dich, Stephanie und Charlie – und es tut uns so leid, dass wir die Premiere versäumen. Wir können es gar nicht erwarten, den Film zu sehen.
>
> Alles Liebe für Dich, Mac und Maddie + 5

Gerührt von der Geste und den lieben Grüßen rief Grant seinen älteren Bruder an.

»Hey«, meldete sich Mac. »Wie ist die Lage?«

»Das sollte ich eigentlich dich fragen. Danke für die Blumen. Das wäre aber nicht nötig gewesen.«

»O doch. Wir wären so gern bei der Premiere dabei gewesen.«

»Ihr habt ja den besten Grund für euer Fernbleiben. Und ich kümmere mich darum, dass ihr eure eigene Privatvorführung bekommt, wenn ihr wieder hier seid.«

»Toll, darauf freuen wir uns schon.«

»Wie geht es Maddie und den Babys heute?«

»Alles prima. Die Zwillinge sind immer noch auf der Frühchenstation, aber man hat uns versichert, dass es so besser ist, denn dadurch hat man sie besser im Auge und kann alles Mögliche überwachen. Sie möchten sie noch eine Woche dabehalten, und dann siedeln wir für eine weitere Woche in Franks Haus um, damit wir in der Nähe vom Krankenhaus sind, falls irgendwas ist. So sieht jedenfalls im Moment unser Plan aus. Natürlich möchten wir auch unbedingt zurück zu unseren anderen Kindern.«

»Ihr fehlt ihnen, trotzdem kommen sie ohne euch klar.«

»Dem Himmel sei Dank für Mom, Francine, Tiffany, Kelsey und alle anderen, die eingesprungen sind. Man braucht wirklich ein Dorf, um auf dem Festland Zwillinge zu kriegen, wenn man drei kleine Kinder auf einer Insel hat.«

»Das kann ich mir gut vorstellen.«

»Und, bist du bereit für heute Abend?«

»So bereit, wie ich je sein werde.«

»Wie geht es Steph?«

»Das weiß ich nicht genau, sie hat nicht viel darüber gesagt. Ich versuche, den Ball flach zu halten, und ich möchte nicht, dass sie sich gedrängt fühlt, sich den Film anzuschauen, wenn sie das nicht verkraftet.«

»Das klingt nach einer überaus vernünftigen Einstellung.«

»Ich will ehrlich sein. Ich hatte mich ein bisschen in den Details verstrickt und war so begeistert davon, wie sich alles gefügt hat, dass ich nicht genug bedacht habe, wie es für sie sein muss, wenn sie ihre Geschichte auf der Leinwand präsentiert bekommt.«

»Ihr hat doch immer dein erster Gedanke gegolten, Grant. Daran hege ich keinen Zweifel. Es ist eine wunderbare Geschichte, und sie und Charlie verdienen alle Anerkennung, die sie erhalten – und du natürlich auch. Ich höre, dass der Film schon für einen Oscar im Gespräch ist.«

»Ach, beschrei es nicht.«

Mac lachte. »Okay, ich bin still. Aber ich wünsche euch nur das Beste.«

»Noch mal danke für die Blumen.«

»Hals- und Beinbruch, Bruderherz.«

»Gib Maddie und den Babys einen Kuss von uns.«

»Mach ich. Wir sprechen uns demnächst.«

Danach duschte Grant, rasierte sich und zog sich ein Oberhemd und eine Anzughose an, ein Outfit, das viel besser zu der lockeren Atmosphäre auf der Insel passte als der Smoking, den er zur Hollywood-Premiere getragen hatte. Er erwog, auf dem Weg zum Kino kurz beim Bistro vorbeizuschauen, beschloss dann jedoch, darauf zu verzichten, weil er Stephanie nicht drängen wollte.

Im August war freitagabends viel los im Restaurant, daher würde sie es vielleicht gar nicht rechtzeitig ins Kino schaffen. Nachdem er einen Großteil der letzten beiden Jahre über vollauf mit der Aufbereitung von ihrer und Charlies Geschichte für die große Leinwand beschäftigt gewesen war, konnte Grant besser nachvollziehen als jeder andere, wie schmerzhaft es für die beiden sein könnte, sich den Film anzusehen.

Er liebte sie zu sehr, um mehr von ihnen zu verlangen, als sie bereits gegeben hatten, um dieses Projekt zu ermöglichen.

415

Außerdem hatte Stephanie angeboten, die After-Show-Party im Bistro abzuhalten, daher musste sie sich höchstwahrscheinlich um letzte Details kümmern.

Als er im Kino eintraf, wurde er von Familienmitgliedern und Freunden empfangen, darunter natürlich seine Eltern, Geschwister, Onkel und Cousins und seine Cousine sowie Dan und Kara Torrington, kurz: so gut wie alle, die er auf der Insel kannte.

Sie klatschten, als er hereinkam, was ihn in Verlegenheit brachte.

Ein paar Minuten lang begrüßte er seine Gäste, bevor er in den vorderen Teil des Saals ging. Er hatte sich viele Gedanken darüber gemacht, was er hier zu Hause über Stephanie und Charlie und den Film sagen wollte. Als alle still waren und ihn erwartungsvoll anschauten, trat er ans Mikrofon, bei dessen Aufbau und Verkabelung ihm sein Bruder Adam vorhin geholfen hatte.

Das Kino von Gansett war technisch nicht auf der Höhe der Zeit, daher hatte er Adam hinzugezogen, damit der dafür sorgen konnte, dass alles reibungslos ablief. Er konnte nicht umhin, sich zu fragen, was seine Freunde in Hollywood von diesem Kino halten würden. Vermutlich würden sie die Nase rümpfen, doch hier, in diesem leicht stickigen Saal mit den abgewetzten Klappsitzen und den Fenstern in der Decke, durch die Licht hereinfiel, hatte seine Liebe zum Kino und zu Filmen ihren Anfang genommen.

»Guten Abend allerseits, und danke, dass ihr zur Gansett-Island-Premiere meines neuen Films ›Indefatigable – Unbeirrbar‹ so zahlreich erschienen seid. Wie die meisten von euch wissen, erzählt dieser Film die Geschichte meiner Ehefrau Stephanie und ihrer vierzehnjährigen Kampagne dafür, ihren Stiefvater Charlie Grandchamp, der zu Unrecht zu einer langjährigen Haftstrafe verurteilt worden war, aus dem Gefängnis freizubekommen.

Nachdem ich Stephanie kennengelernt, mich in sie verliebt und ihre Geschichte gehört hatte, dachte ich, ich hätte begriffen, was sie durchgemacht hatte. Aber erst als ich begonnen habe, das Drehbuch zu schreiben, hab ich herausgefunden, dass ich nur einen Teil wusste. Je mehr ich über Stephanie und Charlie herausgefunden habe, desto größer wurden meine Liebe und mein Respekt für sie, nicht nur, weil die beiden etwas überlebt hatten, das andere zugrunde gerichtet hätte, sondern dafür, wie sie nach dem Erlebten, nach dieser Geschichte dastehen. Wir haben dem Film den Titel ›Indefatigable – Unbeirrbar‹ gegeben, in Anerkennung von Stephanies unermüdlichem Bestreben, ein schlimmes Unrecht wiedergutzumachen, egal wie schlecht ihre Chancen standen. Meine verehrten Damen und Herren, hier ist ›Indefatigable – Unbeirrbar‹.«

Während die Zuschauer applaudierten, verließ Grant die Bühne, um sich neben seine Eltern in die erste Reihe zu setzen. Sein Dad klopfte ihm auf den Rücken und strahlte vor Stolz, während die Vorführung begann.

Zwei Stunden und zwanzig Minuten später lief der Abspann, und tosender Applaus brandete auf.

Grant bemerkte, dass seine beiden Eltern sich Tränen abwischen mussten.

»Das war großartig«, erklärte Linda. »Selbst nach all dieser Zeit, die wir Stephanie jetzt schon kennen … Ich hatte ja keine Ahnung.«

»Meinen Glückwunsch, Sohn«, sagte Big Mac. »Es ist ein Triumph für alle, die daran beteiligt sind.«

»Danke euch beiden. Ich bin froh, dass es euch gefallen hat.« Grant kehrte auf die Bühne zurück, um den Beifall entgegenzunehmen. »Vielen Dank an alle. Es gibt so viele Leute, denen ich danken muss. Zuallererst natürlich meinen Eltern, Mac und Linda, die mir immer versichert haben, ich könne alles sein, was ich sein möchte, sogar Drehbuchautor in Hollywood.

Dem Team bei Quantum Studios, hier insbesondere Hayden Roth, Kristian Bowen, Jasper Autry und dem unvergleichlichen Flynn Godfrey, die diese Geschichte haben lebendig werden lassen, zusammen mit dem unglaublichen Cast, der Film-Crew und all den zahllosen Menschen, die sonst noch mitgeholfen haben. Ganz besonders möchte ich an dieser Stelle aber meinen Freund, den begnadeten Anwalt Dan Torrington, erwähnen, ohne dessen tatkräftige Unterstützung diese Geschichte womöglich ein ganz anderes Ende genommen hätte.«

Grant machte eine Pause, während für Dan geklatscht wurde, der aufstand und sich verneigte.

Und da entdeckte Grant sie, Steph und Charlie … Ganz hinten lehnten sie an der Wand, nebeneinander und Hand in Hand, wie vom Beginn ihrer unglaublichen Geschichte an.

Sein Herz setzte einen Schlag lang aus, als er sah, wie sich Stephanie die Tränen aus dem Gesicht wischte, ehe sie lächelnd Dan applaudierte, der sie beide gerettet hatte, indem er sich bei Charlies Fall eingeschaltet hatte.

»Und schließlich«, fuhr Grant fort und musste gegen die in ihm aufwallenden Gefühle ankämpfen, »danke ich meiner wunderschönen, unfassbar tapferen Frau Stephanie Logan McCarthy und ihrem geliebten Stiefvater Charlie Grandchamp.« Er streckte seinen Arm aus, deutete zur Rückseite des Saals, wo sie standen, und alle drehten sich zu ihnen um, ohne das Klatschen zu unterbrechen.

Grant verließ die Bühne und lief den Mittelgang entlang.

Stephanie kam ihm auf halbem Weg entgegen, warf sich in seine ausgebreiteten Arme. Sie hielt sich an ihm fest und flüsterte ihm ins Ohr: »Es war unglaublich. Absolut unglaublich.«

Das war die beste Kritik, die er je erhalten hatte – und die einzige, auf die es ankam.

* * *

Bei der After-Show-Party im Bistro waren alle Plätze besetzt. Familie und Freunde waren da und feierten mit Stephanie und Charlie, die es beide nicht zu stören schien, so viel Interesse auf sich zu ziehen.

Julia Lawry stand mit ihrem Bruder Owen und Evan auf der Bühne, zusammen waren die drei einfach unglaublich.

»Was für ein Abend«, meinte Big Mac zu Linda, während er mit ihr, Adam, Abby, Grant, Stephanie, Grace, Joe und Janey an einem Tisch saß.

Charlie und Sarah hielten an einem anderen Tisch Hof, zusammen mit Sarahs Eltern Russ und Adele, dazu Jeff, John, Cindy, Katie, Shane, Laura, Frank und Betsy.

»Was für eine Woche«, sagte Linda. »Weiß eigentlich irgendwer, was jetzt der Grund für den Stromausfall war?«

»Offenbar ein Blitzeinschlag bei einer Verteilerstation auf dem Festland. Sie haben ein paar Tage gebraucht, um das Problem zu lokalisieren, und dann ein paar weitere, um es zu beheben.«

»Alle, die keinen Generator haben, reden jetzt davon, sich einen anzuschaffen.«

»Ich bin jedenfalls froh, dass wir uns schon nach dem letzten großen Schneesturm einen zugelegt haben.«

Oliver und Dara saßen mit Ned, Francine, Kevin, Chelsea, Riley, Nikki, Finn, Chloe, Mason und Jordan zusammen. Während des Abendessens im Leuchtturm hatten ihre neuen Freunde sie überzeugt, zur Premiere zu kommen und auch an der After-Show-Party teilzunehmen, damit sie mehr Bewohner der Insel kennenlernen konnten. Bislang hatten sie die Brüder Martinez und deren Ehefrauen sowie Slim und Erin und viele andere getroffen.

»Ich habe den Eindruck, sie amüsieren sich«, erklärte Big Mac und deutete mit dem Kinn zu den Watkins. Er hatte seine

Brüder und Ned gebeten, dabei zu helfen, dass sie sich hier willkommen fühlten.

»Stimmt. Ich bin froh, dass sie da sind.«

»Ich auch. Bislang scheint es ihnen hier zu gefallen.«

»Was könnte einem hier auch nicht gefallen?«

»Ich wüsste nichts. Es ist schön, dass Chloe ebenfalls da ist. Kev hat erzählt, die neuen Medikamente helfen ihr.«

»Das sind wunderbare Neuigkeiten. Es ist schlimm, wenn sie so leidet. Wir hatten gestern ein Treffen mit ihr, wegen des neuen Spa-Bereichs im Hotel, und sie hat so unglaublich viele tolle Ideen. Wenn wir den im Frühling eröffnen, wird das einfach großartig, und sie wird es wunderbar managen.«

»Mac bereitet sich darauf vor, mit der Renovierung zu beginnen – und sobald das erledigt ist, wenden sie sich der Alpakafarm zu. Die hat eine so grandiose Lage, dass wir uns das nicht entgehen lassen konnten.«

»Ich mag die Idee, daraus eine weitere Hochzeitslocation zu machen.«

»Ich auch. Hast du endlich rausgefunden, was mit Cooper James' Gesicht passiert ist?«

»Soweit ich weiß, verliert er darüber kein Wort, und Gigi auch nicht, aber offenbar sind sie in den letzten paar Tagen unzertrennlich.«

»Sehr interessant. Wer ist die Frau, die sich mit Jack Downing unterhält?«

»Das ist Piper Bennett. Laura hat sie eingestellt, damit sie in der Nachsaison im Surf aushilft.«

»Ah, verstehe.« Wenn er bei den neuesten Entwicklungen auf der Insel nicht auf dem Laufenden war, konnte seine Frau gewöhnlich schnell Abhilfe schaffen. »Und wie sieht es bei Jared, Lizzie und dem Baby aus?«

»Ich hab gehört, dass Jared einen Detektiv angeheuert hat, der versuchen soll, die Mutter des Kindes zu finden. Bislang haben sie jedoch kein Glück gehabt.«

»Das ist nicht leicht.«

»Absolut, vor allem da sie ja bisher Schwierigkeiten hatten, selbst Kinder zu kriegen, aber das muss unter uns bleiben.«

»O Gott. Was für ein Durcheinander.«

»Ich weiß«, erwiderte Linda und seufzte. »Ich hoffe, es bricht ihnen nicht das Herz.«

»Das hoffe ich auch. Also, Adam hat mir vorhin ein Geheimnis anvertraut«, meinte Big Mac. »Möchtest du's hören?«

»Natürlich!«

Lächelnd beugte er sich zu ihr vor, sodass nur sie ihn verstehen konnte. »Sie hatten eine weitere Ultraschalluntersuchung, und wie es aussieht, kriegen sie zweimal Zwillinge.«

»Ausgeschlossen. Haben sie was darüber gesagt, ob es Jungs oder Mädchen sind?«

»Sie glauben, vier Jungs.«

»Ach du meine Güte! Fünf Söhne?«

»Ja, heftig, oder? Ist die Welt bereit für fünf weitere McCarthy-Jungs?«

»Nein, ganz entschieden nicht, aber trotzdem kann ich es gar nicht erwarten.«

»Ich auch nicht«, antwortete Big Mac. »Jedenfalls wird es nicht langweilig werden.«

»Und deswegen lieben wir es so.«

KURZGESCHICHTE

Dr. David Lawrence und Daisy Babson
erbitten die Ehre Ihrer Anwesenheit am 8. September
um fünf Uhr nachmittags im Wayfarer auf
Gansett Island.
Der Empfang schließt sich direkt an.

An diesem Tag vor einem Jahr war der Himmel grau und stürmisch gewesen, passend zu David Lawrence' Stimmung, während er vor der Intensivstation des Rhode Island Hospital auf und ab gelaufen war und auf Nachricht darüber gewartet hatte, ob sein Vater den Herzinfarkt überleben würde. Drei Tage zuvor war der mit dem Rettungshubschrauber hergebracht worden, drei Tage vor Davids und Daisys Hochzeitstermin.

Sie hatten die Hochzeit verschieben müssen und beschlossen, das um genau ein Jahr zu tun. Heute war der Tag klar und schön heraufgedämmert, mit einem wolkenlosen blauen Himmel und strahlendem Sonnenschein. Nun stand nichts mehr seinem Vorhaben im Weg, Daisy zu heiraten. Wie das Sprichwort schon sagte: Aller guten Dinge waren drei. Seine Hochzeit mit Janey McCarthy war schon vor Jahren abgesagt worden, und er hatte viel Zeit gebraucht, bis die Wunde, an der er ganz allein die Schuld trug, zu verheilen begann und er mit seinem Leben weitermachen konnte.

Letzten Endes hatte sich alles zum Guten gewendet. Janey war glücklich mit Joe Cantrell verheiratet, und nachher würde David seine große Liebe zur Frau nehmen.

Denn für ihn gab es nicht den geringsten Zweifel daran, dass Daisy die Frau war, die für ihn bestimmt war.

Sein Handy vibrierte, es war eine Textnachricht von Janey. Herzlichen Glückwunsch zur Hochzeit für dich und Daisy. Joe und mir tut es so leid, dass wir nicht bei euch sein und mit euch feiern können. Aber wir freuen uns sehr für euch beide. xoxo.

Es hatte eine Zeit gegeben, zu der Joe und Janey die letzten Menschen auf der Welt gewesen wären, die ihm irgendetwas Gutes gewünscht hätten. Doch nachdem er Janey und ihrem kleinen Sohn P. J. bei dessen Geburt das Leben gerettet hatte, war ihm verziehen worden, dass er sie betrogen und damit alles zwischen ihnen zerstört hatte. Inzwischen war das vergeben und vergessen, und alles hatte sich so entwickelt, wie es vom Schicksal vorherbestimmt war. Davon war er überzeugt.

Vielen Dank, schrieb er Janey. Ihr fehlt uns. Ich hoffe, in Columbus ist alles super.

Das Studium bringt mich noch um, aber man versichert mir, irgendwann würde ich erkennen, dass es sich gelohnt hat. Sie fügte ein Emoji mit Grimasse hinzu.

Genau, Dr. Cantrell.

Danke. Euch beiden den allerschönsten Tag überhaupt. Und schickt Fotos!

Machen wir. Danke.

Es fühlte sich gut und richtig an, heute von Janey zu hören. Sie war dreizehn Jahre lang seine beste Freundin gewesen, und der Verlust dieser Freundschaft war das Schlimmste an ihrer Trennung gewesen. Er war dankbar, dass er sie wiederhatte.

Um vier Uhr zog David seinen Smoking an und brach zum Wayfarer auf, um sich mit seinen Trauzeugen Alex und Paul Martinez sowie Shannon O'Grady zu treffen.

Daisy hatte er seit gestern Abend nach dem Hochzeitsprobenessen im Restaurant Domenic's nicht mehr zu Gesicht bekommen. Jetzt hielt er es kaum noch aus, bis er sie wiedersehen würde. Der Tag ohne sie war so lang und langweilig gewesen, ziemlich genau so, wie sein Leben gewesen war, bevor sie hereingeplatzt war und alles umgekrempelt hatte.

Als er am Wayfarer eintraf, waren Alex und Paul bereits dort, beide ebenfalls im Smoking.

»So herausgeputzt macht ihr echt was her«, begrüßte er die Brüder.

»Ich habe ihn noch mal zurückgeschickt, damit er sich die Fingernägel schrubbt«, warf Paul ein, was sein Bruder mit einem Rippenstoß quittierte.

»Das ist Quatsch«, meinte Alex. »Jenny hat mir bereits eine Maniküre verpasst.« Er blies über seine Fingernägel und rieb sie an seinem Smokingjackett.

»Danke, dass ihr das hier für mich tut.«

»Ist uns eine Ehre, dass du uns gefragt hast«, erklärte Paul. »Und jetzt musst du uns noch sagen, wer der Haupttrauzeuge ist, damit der Sieger es dem anderen unter die Nase reiben kann.«

»Ausgeschlossen«, wehrte David ab. »Ich wähle da niemanden. Ihr seid beide meine Trauzeugen.«

»Verdammt«, rief Alex. »Ich war mir so sicher, dass du mich lieber magst.«

»Niemand mag dich lieber als mich«, widersprach Paul.

Alex wackelte mit den Augenbrauen. »Jenny schon.«

»Die kann dich gern mit Handkuss haben.«

»Sie küsst mich überall.«

»Igitt, sei still.«

Wie immer belustigt von den Brüdern, die seit der Mittelstufe seine Freunde waren, erkundigte sich David: »Wie geht es eurer Mutter?«

»Sie hatte heute einen schwierigen Tag«, erzählte Paul. »Aber am Nachmittag war es schon viel besser. Ich hab gehört, Daisy hat sie besucht, und das hilft ihr immer.«

Es überraschte David nicht, zu hören, dass Daisy sich selbst an ihrem Hochzeitstag Zeit für Marion genommen hatte.

»Ach Mist«, sagte Alex. »Apropos Daisy, beinahe hätte ich vergessen, dass sie mich gebeten hat, dir das hier zu geben.« Er zog einen Umschlag aus der Innentasche seines Jacketts und reichte ihn David.

»Danke. Ich les das dort drüben ...« Er deutete auf die Türen, die zur Strandterrasse führten.

»Wir warten hier.«

David ging nach draußen und fand einen Platz abseits des größten Trubels der Hochzeitsvorbereitungen. Nikki Stokes befand sich mitten im Auge des Sturms und dirigierte ihre Mitarbeiter.

Er öffnete den Umschlag und zog ein Blatt heraus, das mit Daisys unverwechselbarer Handschrift bedeckt war.

Mein liebster David,
wenn Du das hier liest, wird der Augenblick,
auf den wir uns jetzt schon so lange freuen,
fast gekommen sein. Ich kann es kaum
erwarten, Deine Frau zu werden, für immer

mit Dir zusammen zu sein, Kinder mit Dir zu kriegen, alles mit Dir zu erleben. Als wir uns kennengelernt haben, befand ich mich an einem Tiefpunkt in meinem Leben, aber Du hast dafür gesorgt, dass ich mich sicher und geliebt fühlen konnte. Du bist der erste Mensch in meinem gesamten Leben, der mir dieses Gefühl gibt, und es lässt sich nicht mit Worten beschreiben. Alles, was ich sagen kann, ist, dass es das schönste Gefühl überhaupt ist. Ich liebe Dich so sehr. Mehr, als Du je wissen wirst. Ich freue mich schon so darauf, Dich gleich zu sehen und »Ja« zu Dir zu sagen.

Daisy (zukünftig) Lawrence

David wischte sich die Tränen weg, die ihm in die Augen gestiegen waren, als er ihre Worte gelesen hatte. Er war der Glückspilz von ihnen beiden, und er wusste es. Sie für den Rest ihres gemeinsamen Lebens glücklich zu machen war das Mindeste, was er für sie tun konnte, nach allem, was sie ihm gegeben hatte.

Eine Stunde später stand er mit Alex, Paul und Shannon auf der Terrasse, während die Sonne in Richtung Horizont sank. In der ersten Reihe saßen seine Eltern und Geschwister, die während seines Kampfes gegen den Krebs und in den schlimmen Tagen, die auf seine Trennung von Janey gefolgt waren, immer zu ihm gehalten hatten. Sein Vater hatte alles gut überstanden und seit dem beinahe tödlichen Herzinfarkt fünfzehn Kilo abgenommen.

Davids Freundin und Kollegin Victoria Stevens war die Erste, die in einem wunderschönen, blass orangefarbenen Seidenkleid den Gang entlangkam und David dabei wie verrückt angrinste. Sie warf ihrem Verlobten Shannon einen sinnlichen Blick zu, woraufhin der sich räuspern musste.

Vic war überdreht und leicht übergeschnappt, aber David hatte sie in sein Herz geschlossen. Sie war es gewesen, die ihn ermutigt hatte, die Beziehung mit Daisy weiterzuverfolgen, und er war echt dankbar, dass er sich von ihr zu seiner großen Liebe hatte schubsen lassen.

Jenny und Hope Martinez waren die Nächsten, gefolgt von Maddie McCarthy, die ebenfalls zum Brautgefolge gehörte. Von der Geburt ihrer Frühchen-Zwillinge vor einem Monat hatte sich Maddie gut erholt. Die Babys waren zu Hause, und Mac und Maddie fanden sich langsam in ihr Leben als Eltern von fünf kleinen Kindern ein.

David hatte Mac vor ein paar Tagen eine Überweisung für die Vasektomie ausgestellt und hatte sich Macs mannigfaltige Gedanken dazu anhören dürfen. Der Termin war nächste Woche.

Die Frauen sahen wunderschön aus in den orangefarbenen Kleidern, die Daisy so viel Kopfzerbrechen bereitet hatten, bis er ihr gesagt hatte, sie solle einfach die Farbe nehmen, die ihr am besten gefiel, und aufhören, sich damit zu quälen, was andere wohl davon halten würden.

Und dann erschien Daisy am Arm von Mac McCarthy, den sie gebeten hatte, sie zu ihrem Bräutigam zu geleiten, weil sie Angst hatte, vor Nervosität zu stolpern.

Sie war nie schöner gewesen, und David musste sich daran erinnern, weiterzuatmen, während sie auf ihn zukam, in einem sexy, aber trotzdem eleganten Kleid, das einfach perfekt für sie war. Es war mit Perlen und Pailletten verziert, doch er nahm nur sie wahr – ihr strahlendes Lächeln, die Tränen in ihren Augen und das Glück, das sie zu umgeben schien.

Sie war ein Engel, der in sein Leben getreten war, und sie gehörte ganz ihm.

Als sie seine Hand nahm und ihn voller Liebe anblickte, bestand für David kein Zweifel daran, dass sie das Warten mehr als wert gewesen war. Aller guten Dinge waren tatsächlich drei.

DANK DER AUTORIN

Vielen Dank, dass Sie dieses Buch gelesen haben, das ich insgeheim immer das »Frankenstein-Buch« genannt habe, denn es enthält mehr als vierzig Erzählperspektiven und umfasst fünfundvierzig Kapitel. Puh! Meine ersten Probeleser haben mir versichert, dass es super funktioniert, und natürlich hoffe ich, dass alle, die es lesen, der gleichen Meinung sind. Es war ein Riesenspaß, diese Geschichte zu verfassen und all die Paare und Charaktere zu besuchen, die wir in den ersten zweiundzwanzig Büchern kennengelernt und ins Herz geschlossen haben. Zudem konnte ich ein paar neue einführen, die die Protagonisten der nächsten paar Bücher dieser Reihe sein werden.

Mein ganz besonderer Dank geht an meine Beta-Leser Anne Woodall und Tracey Suppo, genauso wie an die Hausärztin Sarah Hewitt, die alles Medizinische für mich überprüft. Meine langjährigen Lektorinnen Linda Ingmanson und Joyce Lamb haben immer Zeit für mich, wenn ich sie brauche, und damit unterstützen sie mich unglaublich. Ein Dankeschön meinem Gansett-Island-Beta-Team: Betty, Lyn, Katy, Gwen, Michelle, Kelly, Andi, Jaime, Juliane, Doreen, Mona, Jen, Tammy und Laurie. Ihr seid einfach klasse!

Danke auch an mein Team – Julie Cupp, Lisa Cafferty, Tia Kelly, Jean Mello, Nikki Haley, Melissa Saneholtz, Janet Margot und Ashley Lopez – für alles, was ihr tut, damit der Laden hinter den Kulissen reibungslos läuft.

Und schließlich gilt mein Dank meinen wunderbaren Lesern, die Gansett Island bis Band 23 getragen haben, ohne dass ein Ende in Sicht wäre. Als Nächstes kommt Coopers und Gigis Geschichte mit dem englischen Originaltitel »Temptation After Dark«. Noch mal danke, dass Sie Gansett Island derart lieben!

xoxo
Marie

Hat Ihnen dieses Buch gefallen? Möchten Sie informiert werden, wenn Marie Force ihr nächstes Buch veröffentlicht? **Dann folgen Sie der Autorin auf Amazon.de!**

1) Suchen Sie auf Amazon.de oder in der Amazon App nach dem eben gelesenen Buch.
2) Klicken Sie auf den Namen **der Autorin**, um auf die Autorenseite zu gelangen.
3) Klicken Sie auf den »Folgen«-Button.

Noch schneller gelangen Sie zur Autorenseite, indem Sie diesen QR-Code mit Ihrem Smartphone oder Tablet scannen:

Wenn Sie dieses Buch auf einem Kindle eReader oder in der Kindle App lesen, wird Ihnen automatisch angeboten, **der Autorin** zu folgen, sobald Sie die letzte Seite des Buches erreicht haben.

Zeitfracht Medien GmbH
Ferdinand-Jühlke-Straße 7
99095 Erfurt, Deutschland
produktsicherheit@kolibri360.de

Druck:
CPI Druckdienstleistungen GmbH
im Auftrag der
Zeitfracht Medien GmbH
Ein Unternehmen der Zeitfracht - Gruppe
Ferdinand-Jühlke-Str. 7
99095 Erfurt